NORA ROBERTS

Afrontar el Fuego

punto de lectura

Título: Afrontar el Fuego
Título original: *Face the Fire*
© 2002, Nora Roberts
Traducción: Juan Larrea
© De esta edición: noviembre 2006, Punto de Lectura, S.L.
Torrelaguna, 60. 28043 Madrid (España) www.puntodelectura.com

ISBN: 84-663-6860-4
Depósito legal: M-38.646-2006
Impreso en España – Printed in Spain

Diseño de cubierta: Pdl
Fotografía de cubierta: Byron Aughenbaugh / Getty Images
Diseño de colección: Más!grafica

Impreso por Mateu Cromo, S.A.

NORA ROBERTS

Afrontar el Fuego

Traducción de Juan Larrea

A los enamorados,
a los de ahora y a los de antes.

¡Oh amor!, ¡oh fuego! Él antes sacaba
con un gran beso mi alma por los labios
como la luz del sol bebe del rocío.

Alfred Lord Tennyson
(Traducción: Antonio Rivero Taravilla)

Prólogo

Tenía roto el corazón y sus astillas afiladas se le clavaban en lo más profundo del alma hasta hacerla desdichada cada instante de su vida. Ni siquiera sus hijos eran un consuelo; los hijos que había llevado en su vientre, los que había llevado para sus hermanas perdidas.

Ella, con gran dolor de su corazón, tampoco era un consuelo para ellos.

Los había abandonado, como lo había hecho su padre.

Su marido, su amor, su vida, había vuelto al mar y con él se fueron lo que ella tenía de esperanza, amor y magia.

En ese momento, él no recordaría los años que pasaron juntos; la felicidad que compartieron. No la recordaría a ella, ni a sus hijos, ni a sus hijas, ni a la vida en la isla.

Él era así. Ése era el destino de ella.

Y el de sus hermanas, se dijo mientras miraba los embates del mar desde el acantilado que tanto amaba. Ellas también habían amado y habían perdido.

11

La llamada Aire se había quedado prendada de un rostro hermoso y unas palabras amables que se tornaron en un monstruo. Un monstruo que la desangró. La mató por ser lo que era y ella no utilizó sus poderes para impedirlo.

La llamada Tierra había sufrido y se había encolerizado hasta levantar un muro piedra a piedra, un odio imposible de derribar. Usó sus poderes para vengarse, abandonó la Hermandad y se refugió en la oscuridad.

Ahora la oscuridad se había cerrado y ella, Fuego, se encontraba sola con su dolor.

La oscuridad le susurraba por las noches con una voz maligna llena de mentiras. Aunque las conocía bien se veía tentada por ellas.

Su círculo se había roto y no podría resistir sola.

Lo notaba, notaba que se le acercaba sinuosamente como si fuera una neblina hedionda que avanzaba pegada al suelo. Era insaciable. Su muerte la nutriría y, aun así, no podía afrontar la vida.

Levantó los brazos y la melena llameante onduló al viento que había conjurado con el aliento. Todavía le quedaban esos poderes. El mar aulló como respuesta y el suelo tembló bajo sus pies.

Aire, Tierra y Fuego, y Agua, que le había dado su gran amor para llevárselo de nuevo.

Era la última vez que podría conjurarlos.

Sus hijos estarían a salvo, se había ocupado de ello. La niñera los cuidaría, les enseñaría y el don: la sabiduría, tendría continuidad.

La oscuridad la lamía con un beso gélido.

Vacilaba en el borde del acantilado. Los deseos se debatían como bramaban la tormenta que sentía en su interior y la tempestad que había conjurado.

Pensó que se perdería la isla que sus hermanas y ella habían creado para protegerse de quienes querían capturarlas y matarlas. Se perdería todo.

«Estás sola», le murmuró la oscuridad. «Sufres. Acaba con la soledad. Acaba con el sufrimiento.»

Lo haría, pero no abandonaría a sus hijos ni a los hijos de sus hijos. Todavía tenía poderes y la fuerza y la sabiduría necesarias para emplearlos.

—Durante trescientos años, la isla de las hermanas será un refugio seguro. —La luz brotó de los dedos extendidos y dibujó un círculo dentro de otro círculo—. Tu mano no alcanzará a mis hijos. Vivirán, aprenderán y enseñarán y cuando mi sortilegio pierda su fuerza, surgirán otras tres para hacerse una. Un círculo de hermanas que resistirán y se enfrentarán a la hora más oscura. Valor y confianza, justicia y compasión, y amor sin ataduras, ésas son las lecciones de ellas tres. Por voluntad propia, se unirán para hacer frente a sus destinos. Si una u otra no lo hicieran la isla se hundirá en el mar, pero si ahuyentaran a la oscuridad, este lugar nunca llevará tu sello. Éste es mi último sortilegio. Que se haga mi voluntad.

La oscuridad intentó atraparla cuando saltó, pero no lo consiguió. Mientras se acercaba al agua, como una red de plata irradió su poder alrededor de la isla donde dormían sus hijos.

Uno

Hacía más de diez años que no iba por la isla. Más de diez años sin ver, salvo en sus pensamientos, los penachos del bosque, las casas dispersas, la curva de la playa y la ensenada, los imponentes acantilados donde estaban la casa de piedra y el faro blanco que se erguía junto a ella.

No debería haberle extrañado el sentimiento de atracción ni la sensación de placer puro y sencillo que lo embargó. A Sam Logan no se le sorprendía con facilidad, pero el deleite de contemplar lo que había cambiado y lo que no lo cogió desprevenido por su intensidad.

Había vuelto a casa, hasta que estuvo allí no se había dado cuenta del todo de lo que eso significaba para él.

Aparcó el coche cerca del muelle del transbordador porque quería caminar, oler el aire salado de la primavera, oír las voces que llegaban de los barcos, ver cómo fluía la vida en ese pedazo de tierra desgajado de la costa de Massachusetts.

Quizá también lo hiciera, reconoció, porque quería tener un poco de tiempo para prepararse antes de ver a la mujer que le había hecho volver allí.

No esperaba una acogida cálida. En realidad, no sabía qué esperar de Mia.

Hubo un tiempo en que sí lo sabía. Había llegado a conocer cada expresión de su rostro y cada matiz de su voz. Ella lo habría esperado en el muelle con la maravillosa melena roja al viento y los ojos grises como el humo resplandecientes por el gozo y el anhelo.

Habría oído su risa y ella se habría arrojado en sus brazos.

Esos días formaban parte del pasado, se dijo mientras subía la cuesta en dirección a la calle principal flanqueada por preciosas tiendas y oficinas. Él había acabado con ellos y se había alejado, voluntariamente, de la isla y de Mia.

Y en ese momento, voluntariamente también, volvía de aquel exilio.

Entretanto, la chica que había dejado en la isla se había convertido en una mujer; en una mujer de negocios, pensó con una sonrisa. No le sorprendía. A Mia siempre se le habían dado bien los negocios y tenía buen ojo para conseguir beneficios. Si fuera necesario, pensaba aprovecharse de eso para recuperar sus favores más fácilmente.

A Sam no le importaba engatusar a quien fuera si con eso salía victorioso.

Entró en la calle principal y se quedó un rato mirando La Posada Mágica. El edificio gótico de piedra era el único hotel de la isla y le pertenecía. Tenía algunas ideas que pensaba poner en práctica dado que su padre ya había dejado las riendas del establecimiento.

Sin embargo, los negocios podían esperar por una vez hasta que resolviera los asuntos personales.

Siguió caminando y le complació comprobar que el tráfico, si bien ligero, era constante. Se dijo que la actividad en la isla era tanta como le habían comentado.

Avanzó por la acera con su zancada amplia. Era alto, medía casi dos metros, con un cuerpo ágil y en forma que durante los últimos años había estado más acostumbrado a los trajes que a los vaqueros negros que llevaba ahora. El abrigo largo y oscuro flotaba detrás de él agitado por la brisa cortante de principios de mayo.

El cabello negro y despeinado por el viaje en transbordador le barría el cuello de la camisa. Tenía un rostro delgado con pómulos anchos y muy marcados. Sus ángulos se suavizaban un tanto por una boca carnosa y perfectamente delineada, pero, en cualquier caso, su estampa era imponente con los mechones de pelo agitados por el viento.

Sus ojos despiertos escudriñaban lo que había sido y volvería a ser su hogar. Tenían un color, entre azul y verde, parecido al mar que lo rodeaba y estaban enmarcados por unas pestañas y unas cejas completamente negras.

Cuando le convenía, se valía de su aspecto, como también se aprovechaba de su encanto o de su crueldad. Utilizaba cualquier arma que tuviera a mano para alcanzar su objetivo. Sabía que necesitaría sus mejores artes para conquistar a Mia Devlin.

Miró el Café & Libros, el negocio de Mia, desde el otro lado de la calle. Debería haberse imaginado que ella había comprado un edificio abandonado para convertirlo en un sitio elegante, encantador y rentable. El escaparate exhibía libros y unas macetas con flores alrededor de una tumbona. Eran dos de las cosas que Mia más adoraba, se dijo: las flores y los libros. El escaparate sugería que era el momento de descansar después de haber trajinado en el jardín y disfrutar de los frutos del trabajo con la lectura de una novela.

Mientras observaba, una pareja de turistas —todavía podía distinguir a los turistas de los lugareños— entró en la librería.

Se quedó donde estaba con las manos en los bolsillos hasta que se dio cuenta de que estaba mareando la perdiz. Existían pocas cosas más sobrecogedoras que Mia Devlin de mal humor. Estaba seguro de que lo atacaría con una furia desatada en cuanto lo viera.

Tampoco podía reprochárselo.

Aunque, a decir verdad, se dijo con una sonrisa, también había pocas cosas tan apasionantes como Mia Devlin hecha una furia. Sería…, sería divertido volver a batirse en duelo con ella. Resultaría gratificante aplacar ese genio.

Cruzó la calle y abrió la puerta de la librería.

Lulú estaba detrás del mostrador. La habría reconocido en cualquier parte. Aquella mujer diminuta con cara de gnomo medio oculta tras unas gafas con montura plateada fue quien realmente crió a Mia. Los padres de la joven estaban más intersados en viajar y en ellos mismos que en su hija y contrataron a Lulú, una antigua *hippy*, para que se ocupara de ella.

Lulú estaba cobrando a unos clientes, así que él tuvo un momento para mirar a su alrededor. El techo estaba salpicado de luces que parecían estrellas y que invitaban a echar una ojeada a los libros. Había un rincón muy acogedor con butacas delante de una chimenea sobre cuya repisa vio flores de primavera. El aroma suavizaba el ambiente como lo hacían las flautas y las gaitas que sonaban suavemente por los altavoces.

Los libros estaban colocados en unas estanterías de color azul brillante. Al pasar ante ellos, pensó que la selección de títulos era impresionante y tan ecléctica como su dueña. Nadie podría acusar a Mia de tener una mente limitada.

Hizo una mueca al ver que en otros estantes había velas rituales, cartas de tarot, runas y figuras de hadas, magos o dragones. Se dijo que era una forma atractiva de presentar otra de las cosas que le interesaban a Mia. Tampoco esto le sorprendió.

Tomó una piedra de cuarzo rosa de un cuenco y la frotó entre los dedos para que le diera suerte. Aunque sabía que no servía de nada. Antes de volver a dejarla, notó una ráfaga de aire helado. Sonrió con tranquilidad y se volvió para encontrarse con Lulú.

—Sabía que volverías. Como la falsa moneda.

Era el primer obstáculo que tenía que superar: el dragón de la puerta.

—Hola, Lu.

—No me llames Lu, Sam Logan —resopló, le echó una rápida ojeada y volvió a resoplar—. ¿Vas a comprar eso o llamo al sheriff para que te encierre por robar en las tiendas?

—¿Qué tal está Zack? —preguntó mientras dejaba la piedra.

—Pregúntaselo tú mismo. No puedo perder el tiempo contigo.

Si bien Sam le sacaba más de treinta centímetros, Lulú se le acercó, le golpeó con un dedo en el pecho e hizo que se sintiera como si tuviese doce años.

—¿Qué demonios quieres?

—Ver mi casa. Ver a Mia.

—¿Por qué no nos haces un favor a todos y vuelves a donde has estado perdido todos estos años? Nueva York, París. Oh la la… Nos ha ido muy bien sin tenerte rondando por aquí.

—Eso parece —volvió a echar una ojeada a la tienda. No estaba ofendido. Siempre había pensado que un dragón se debía a su princesa y, que él recordara, Lulú siempre había hecho bien su trabajo—. Un sitio muy bonito. Tengo entendido que el café es especialmente bueno y que lo lleva la mujer de Zack.

—Tienes buen oído, así que escúchame y vete.

No se ofendió, pero los ojos se le crisparon y el verde se hizo más profundo.

—He venido para ver a Mia.

—Está ocupada; le diré que has pasado por aquí.

—No lo harás —replicó Sam tranquilamente—, pero lo sabrá en cualquier caso.

Mientras hablaba, oyó las pisadas de unos tacones. Podía haber sido una mujer cualquiera la que bajaba la escalera de caracol, pero él la reconoció. Le dio un vuelco el corazón, rodeó la estantería y la vio cuando descendía los últimos escalones.

Reventó en mil pedazos sólo de verla.

La princesa se había convertido en reina.

Siempre había sido una criatura maravillosa, pero el paso de niña a mujer había pulido su belleza. El cabello era como lo recordaba: una mata de rizos como llamas que rodeaba un rostro rosa pálido. Recordaba que la piel era suave como el rocío. La nariz recta y corta y la boca amplia y carnosa. Recordaba perfectamente su textura y sabor. Los ojos, grises como el humo y de forma almendrada, lo observaban con una indiferencia premeditada.

Le sonrió, con frialdad también, y se acercó a él.

El vestido color oro viejo y ceñido al cuerpo, resaltaba unas piernas muy, muy largas. Los zapatos de tacón eran del mismo tono y parecía como si toda ella desprendiera un calor resplandeciente, pero Sam no sintió calidez alguna cuando ella lo miró con una ceja arqueada.

—Vaya, si es Sam Logan. Bienvenido.

La voz era más grave, un par de tonos más grave, que la que tenía antes. Más sensual, más aterciopelada; como musgo. Parecía como si se abriera camino directamente hasta su vientre mientras seguía perplejo por la sonrisa educada y el recibimiento distante.

—Gracias —empleó el mismo tono que ella—. Me alegro de haber vuelto. Estás impresionante.

—Se hace lo que se puede.

Mia se retiró el pelo de la cara. Llevaba unos pendientes de topacio amarillo verdoso. Tenía grabados en su mente todos los detalles de ella, desde los anillos hasta el sutil aroma que la rodeaba. Intentó descifrar su mente, pero le pareció que se expresaba en un idioma desconocido y desalentador.

—Me gusta tu librería —comentó con mucho cuidado de que el tono pareciera despreocupado—. Por lo menos, lo que he visto.

—Bueno…, habrá que enseñártelo todo. Lulú, tienes clientes.

—Sé lo que tengo —farfulló Lulú—. Es un día laborable, ¿no? No tienes tiempo para ir con éste por ahí.

—Lulú —Mia se limitó a ladear la cabeza como advertencia—. Siempre dispongo de algún minuto para los viejos amigos. Sube, Sam, te enseñaré el café —volvió a subir la escalera agarrada a la barandilla—. Es posible que sepas que un amigo común, Zack Todd, se casó el invierno pasado. Nell, además de ser muy amiga mía, es una cocinera excepcional.

Sam se detuvo en lo alto de la escalera. Le molestaba sentirse desorientado, que le hubiera pillado tan desprevenido. El olor de Mia estaba volviéndole loco.

El segundo piso era tan acogedor como el primero. Con el atractivo añadido de tener un bullicioso café en un extremo que desprendía aromas a especias, café y chocolate.

Sobre la barra había una magnífica variedad de bollería y ensaladas. Un vapor fragante salía de una cazuela enorme y una mujer rubia muy guapa servía sopa a un cliente.

Por las ventanas del extremo más alejado se podía ver el mar.

—Es impresionante —eso podía decirlo sin reservas—. Sencillamente impresionante, Mia. Tienes que estar muy orgullosa.

—¿Por qué no iba a estarlo?

Lo dijo con un tono tan mordaz que se volvió para mirarla, pero ella se limitó a sonreír y a hacer un elegante gesto con la mano cargada de anillos.

—¿Tienes hambre?

—Más de la que me imaginaba.

Vio un afilado destello en los ojos grises de Mia antes de que se diera la vuelta para dirigirse a la barra.

—Nell, estoy con un hombre hambriento.

—Entonces, ha venido al sitio adecuado —Nell sonrió, provocando que aparecieran unos hoyuelos en su cara, y lo miró con sus ojos azules y amigables—. La sopa del día es de pollo con curry. La ensalada especial de gambas picantes y el emparedado es de cerdo asado con tomate y aceitunas. Además de nuestra oferta habitual de platos vegetarianos —añadió dando unos golpecitos en el menú.

Sam dedujo que era la mujer de Zack. Una cosa era saber que su más viejo amigo había dado aquel paso y otra ver el motivo. Notó una sacudida.

—Una buena variedad.

—Eso creemos nosotras.

—No puedes equivocarte en la elección si lo ha preparado Nell —le aseguró Mia—. Te dejo en sus manos. Tengo trabajo. Ah, Nell, no os he presentado. Es Sam Logan, un viejo amigo de Zack. Que disfrutes con la comida.

Sam notó que la preciosa cara de Nell se contraía por la sorpresa y que acto seguido desaparecía de ella todo rastro de calidez.

—¿Qué va a tomar?

—De momento, sólo café. Solo, sin leche. ¿Qué tal está Zack?

—Está muy bien, gracias.

Sam tamborileó con los dedos sobre su muslo. Otro guardián, y no menos imponente que el dragón, por muy delicada que pareciera.

—¿Y Ripley? Creo que se casó el mes pasado.

—Está muy bien y muy feliz —los labios de Nell dibujaron una línea firme de fastidio mientras servía el café en uno de los vasos para llevar—. Es gratis. Estoy segura de que Mia ni quiere ni necesita su dinero. Dan muy bien de comer en La Posada Mágica, seguro que la conoce.

—Sí, la conozco —Sam pensó que era una gatita muy hermosa y con uñas muy afiladas—. Señora Todd, ¿cree que Mia necesita su protección?

—Creo que Mia puede manejar cualquier situación —esbozó una sonrisa fina como una cuchilla—. Absolutamente cualquiera.

Sam cogió el café.

—Opino lo mismo —concedió antes de marcharse en la misma dirección que Mia.

* * *

—Menudo cabrón —una vez en su despacho, Mia dio rienda suelta a la rabia que sentía.

Hizo que los libros y los objetos que había en los estantes temblaran y saltaran. Era increíble que tuviera el descaro, la insensibilidad y el poco juicio de entrar en su librería como si tal cosa, se dijo; de sonreírle como si esperara que se arrojara en sus brazos y gritara de alegría y de quedarse asombrado cuando no lo hizo.

Cabrón.

Cerró los puños y el cristal de la ventana se agrietó ligeramente.

Lo había notado cuando entró. Como había notado el preciso instante en el que puso un pie en la isla. Mientras preparaba un pedido le invadió un dolor, una impresión, un júbilo y una ira tan intensos que se había mareado. Una emoción se había superpuesto a la otra hasta dejarla agotada y temblorosa.

Así supo que había regresado.

Once años. La había abandonado dejándola herida, impotente y sin esperanza. Todavía le avergonzaba recordar la pálida sombra temblorosa de pena y confusión que había sido durante semanas.

Sin embargo, reconstruyó su vida desde las cenizas de los sueños que Sam había encendido en ella. Se había centrado y logrado encontrar una especie de satisfacción serena.

Y ahora, él había vuelto.

Sólo podía dar gracias a los hados porque su presciencia le hubiese dado tiempo para prepararse. Hubiera sido humillante encontrárselo sin estar prevenida y, en cambio, resultó muy gratificante ver la sombra de sorpresa y desconcierto en su rostro ante el recibimiento frío y displicente.

Se recordó que ya era más fuerte. Ya no era la muchacha que había arrojado su corazón sangrante y destrozado a sus pies. Además, en su vida existían otras cosas, otras muchas cosas, más importantes que un hombre.

El amor, se dijo, puede ser muy mentiroso, y ella no admitía las mentiras. Tenía su casa, su negocio y sus amigos. Volvía a tener su círculo y ese círculo tenía un propósito.

Todo eso era suficiente.

Oyó una llamada en la puerta, anuló los sentimientos y los pensamientos, y se sentó en la butaca que había detrás de la mesa.

—Adelante.

Estaba repasando los datos en la pantalla del ordenador cuando Sam entró. Levantó la mirada distraídamente y con el ceño levemente fruncido.

—¿No te ha tentado nada del menú?

—Me he conformado con esto —quitó la tapa del vaso y lo dejó sobre la mesa—. Nell es muy fiel.

—En mi opinión, la fidelidad es una virtud imprescindible en un amigo.

Sam hizo un sonido de conformidad y dio un sorbo.

—También hace un café excelente.

—Una virtud imprescindible para la cocinera de un café —tamborileó con los dedos sobre la mesa en un gesto de impaciencia contenida—. Sam, lo siento. No quiero ser brusca. Eres muy bien recibido en el café o en la tienda, pero tengo trabajo.

Él se quedó mirándola fijamente un instante, pero no consiguió que alterara el gesto de ligera incomodidad.

—Entonces, no te entretengo. ¿Por qué no me das las llaves y me instalo?

Mia, atónita, sacudió la cabeza.

—¿Las llaves?

—De la casa amarilla. Tu casa amarilla.

—¿Mi casa amarilla? ¿Por qué demonios iba a darte las llaves de la casita amarilla?

—Porque la he alquilado —encantado de haber roto la máscara de educación, sacó unos papeles del bolsillo que dejó sobre la mesa. Se apartó un poco cuando ella los cogió con furia—. Celtic Circle es una de mis empresas —explicó mientras ella fruncía el ceño— y Henry Downing uno de mis abogados. Él alquiló la casa en mi nombre.

Mia notaba que la mano quería ponerse a temblar; más aún: quería dar un puñetazo. Intencionadamente, la puso sobre la mesa con la palma hacia abajo.

—¿Por qué?

—Tengo abogados que me hacen todo tipo de cosas —le explicó Sam mientras se encogía de hombros—. Además, supuse que no me la alquilarías, pero también supuse, más bien estoy seguro de ello, que una vez cerrado el trato, lo cumplirías hasta el final.

—Me refería —aclaró Mia después de resoplar— a por qué quieres la casa amarilla si tienes un hotel entero.

—No me gusta vivir en un hotel ni en mi lugar de trabajo. Quiero intimidad y poder descansar. Si me quedara en el hotel, no tendría ninguna de las dos cosas. ¿Me la habrías alquilado si no hubiera sido a través de un abogado?

—Naturalmente —respondió con una sonrisa forzada—, pero habría subido considerablemente la renta.

Sam se rió y más tranquilo que la primera vez que la vio, bebió un poco más de café.

—Un trato es un trato y quizá estuviera destinado a que fuera así. Desde que mis padres le vendieron la casa al marido de Ripley, yo ya no tengo donde alojarme aquí. Las cosas suelen suceder como se espera que sucedan.

—Las cosas pasan —fue todo lo que dijo Mia. Abrió un cajón y sacó unas llaves—. Es pequeña y más bien rústica, pero estoy segura de que te servirá mientras te quedes en la isla.

Dejó las llaves sobre la copia del contrato.

—Estoy seguro de ello. ¿Por qué no cenas conmigo esta noche? Podemos ponernos al día.

—No, gracias.

Sam no quería habérselo propuesto tan pronto. Le fastidiaba que se le hubieran escapado las palabras.

—Otra vez será —se levantó y cogió las llaves y el contrato—. Me alegro de volver a verte, Mia.

Antes de que ella pudiera evitarlo, Sam le puso la mano sobre la que tenía en la mesa. Saltó una chispa y sonó un chisporroteo.

—¡Ah! —fue todo lo que exclamó Sam mientras tomaba la mano con más fuerza.

—Aparta la mano —dijo Mia lentamente y en voz baja, con la mirada clavada en él—. Nadie te ha permitido que me toques.

—Nunca han hecho falta permisos entre nosotros, se trataba de pura necesidad.

La mano de Mia estuvo a punto de temblarle, pero la mantuvo firme por mera voluntad.

—Ya no hay nosotros y ya no te necesito.

Le dolió. Sintió un dolor intenso y fugaz en el corazón.

—Me necesitas y yo te necesito. Hay que tener en cuenta otras cosas aparte de las viejas heridas.

—Viejas heridas —Mia repitió las palabras como si fueran de un idioma desconocido—. Entiendo. Sea como sea, no me tocarás sin mi permiso, y no lo tienes.

—Vamos a tener que hablar.

—Eso supone que tenemos algo que decirnos —le brotó una rabia que disimuló con desdén—. En este preciso momento no tengo nada que decirte. Quiero que te vayas. Tienes el contrato, las llaves y la casa. Fuiste muy listo, Sam. Siempre has sido muy listo, desde niño, pero éste es mi despacho, mi tienda —estuvo a punto de decir mi isla, pero se mordió la lengua—, y no tengo tiempo. Sam soltó la mano y ella la apartó. La atmósfera se despejó un tanto—. No estropeemos tu visita con una escena. Espero que te guste la casa. Si tienes algún problema, dímelo.

—Lo haré. Me gustará y también te lo diré —fue hacia la puerta y la abrió—. Ah, Mia, esto no es una visita, he venido para quedarme.

Vio con un placer morboso que las mejillas de ella palidecían antes de que volviera a cerrar la puerta.

Se maldijo a sí mismo por haber dicho eso y por haber estropeado el primer encuentro. Descendió la escalera de mal humor y salió de la tienda bajo la mirada gélida de Lulú.

Fue en dirección contraria al muelle donde había aparcado y a la casa donde viviría una temporada, y se dirigió hacia la comisaría.

Esperaba encontrar allí a Zack Todd, el sheriff Todd. Pensó que le gustaría que alguien, aunque sólo fuera una persona, le diera la bienvenida sinceramente.

Si no podía contar con Zack para eso, la situación sería realmente penosa. Se encogió de hombros para protegerse de la brisa, aunque ya no la notaba.

Mia se lo había quitado de encima como a una mosca. Como a un mosquito. No con un arrebato de genio, sino con irritación. El chispazo del contacto entre sus manos había significado algo. Tenía que creer en eso. Sin embargo, si había alguien que podía mantenerse firme frente al destino e imponerle su voluntad, ésa era Mia.

Bruja terca y orgullosa…, se dijo con un suspiro. Sin embargo, eso mismo siempre le había atraído de ella. Era difícil resistirse al orgullo y al poder, y, salvo que se hubiera equivocado, la joven tenía más de las dos cosas que a los diecinueve años.

Eso significaba que la tarea que le esperaba le iba como anillo al dedo en muchos aspectos.

Resopló y abrió la puerta de la comisaría.

El hombre que apoyaba los pies sobre la mesa mientras hablaba por teléfono no había cambiado mucho. Había engordado un poco por unos lados y adelgazado por otros. El pelo seguía siendo rebelde y castaño con mechones quemados por el sol. Los ojos siempre penetrantes y completamente verdes.

Los abrió como platos mientras observaba a Sam.

—Bueno…, volveré a llamarte…, te mandaré los documentos por fax. Sí…, de acuerdo. Tengo que colgar.

Zack colgó el auricular y bajó los pies de la mesa. Se estiró y miró a Sam con una sonrisa.

—Vaya…, el señorito neoyorquino.

—Mira quién habló, el guardián de la ley y el orden.

Zack cruzó el despacho en tres zancadas con sus botas gastadas y abrazó con fuerza a Sam.

Sintió algo más que alivio por ser tan bien recibido y por el cariño sencillo y arraigado que fluía entre los dos y que se remontaba a la infancia.

Se disiparon los años entre el niño y el hombre.

—Me alegro de verte —consiguió decir.

—Lo mismo te digo —Zack se apartó un poco para mirarlo y sonrió de puro placer—. Bueno, no has engordado ni te has quedado calvo por estar detrás de una mesa.

Sam desvió la mirada a la repleta mesa de su amigo.

—Tú tampoco, sheriff.

—Efectivamente, así que recuerda quien manda y no te metas en líos en mi isla. ¿Qué demonios haces aquí? ¿Quieres café?

—Si te refieres a eso que hay en la cafetera… creo que no, gracias. Tengo asuntos en la isla. Asuntos a largo plazo.

Zack frunció los labios y se sirvió una taza de café que parecía más bien barro.

—¿El hotel?

—Por ejemplo. Se lo compré a mis padres. Ahora es mío.

—Se lo has comprado… —Zack se encogió de hombros y se apoyó en la esquina de la mesa.

—Mi familia no funciona como la tuya —explicó secamente Sam—. Es un negocio y mi padre perdió el interés, pero yo no. ¿Qué tal están tus padres?

—De maravilla. Ya se han ido. Vinieron para la boda de Ripley y se quedaron un mes. Pensé por un momento que iban a quedarse para siempre, pero hicieron las maletas y se fueron a Nueva Escocia.

—Siento no haberlos visto. Creo que Ripley no ha sido la única en casarse.

—Ajá —Zack levantó la mano con el anillo resplandeciente—. Esperaba que hubieses venido para la boda.

—Ojalá hubiera podido —lo lamentaba sinceramente, como otras cosas—. Me alegro por ti, de verdad.

—Gracias. Te gustará conocerla.

—Ya la conozco —la sonrisa de Sam se debilitó—. A juzgar por el olor del brebaje que estás bebiendo, ella hace mejor café que tú.

—Lo hizo Ripley.

—Quien fuera. Sólo me alegro de que tu mujer no me vaciara la cafetera en la cabeza.

—¿Por qué iba...? Ah... —Zack resopló—. Ya, Mia... —se pasó la mano por la barbilla—. Nell, Mia y Ripley. El asunto es que...

Se calló al abrirse la puerta de golpe. Ripley Todd Booke, que temblaba desde la gorra hasta la punta de las botas, miró con furia a Sam. Sus ojos, verdes como los de su hermano, lanzaban dardos cargados de rencor.

—Más vale tarde que nunca —afirmó la joven mientras avanzaba—. Llevo once años esperando este momento.

Zack la agarró de la cintura. Sabía que su hermana tenía un gancho de derecha demoledor.

—Espera —le ordenó—. Tranquila.

—Veo que no se ha apaciguado, ¿eh? —comentó Sam.

Se metió las manos en los bolsillos. Si ella le daba un puñetazo, él lo haría acto seguido.

—Ni lo más mínimo —Zack la levantó en vilo mientras ella lo maldecía. Se le cayó la gorra y la melena oscura y larga se le derramó como una cascada sobre la furiosa cara—. Sam, perdona un minuto. ¡Ripley, basta! —le ordenó—. Llevas una placa, ¿lo recuerdas?

—Entonces me la quitaré antes de tumbarlo —se apartó la melena de un soplido y clavó los ojos en Sam—. Se lo merece.

—Quizá me lo merezca —concedió Sam—, pero no de ti.

—Mia es demasiado señora como para hacerte picadillo, pero yo no.

—Eso es algo que siempre me ha gustado de ti —dijo Sam con una sonrisa—. He alquilado la casa amarilla —le comunicó a Zack. Ripley se quedó boquiabierta—. Acércate cuando tengas tiempo y nos tomaremos una cerveza.

Sam comprendió que la impresión causada por sus palabras había sido definitiva: ella no intentó darle una patada al pasar a su lado camino de la puerta. Salió y se quedó mirando el pueblo.

Un amigo le había recibido con los brazos abiertos, aunque tres mujeres habían formado un círculo de resentimiento contra él.

Para bien o para mal, estaba en casa, se dijo.

Dos

Sam decidió que el infierno estaba lleno de propósitos y que no tenían por qué ser buenos.

Había intentado volver a entrar en la vida de Mia y hacer frente a su furia, sus lágrimas y su amargura. Ella tenía derecho a todo eso y él no lo negaba.

Aceptaba su rabia, sus insultos y sus acusaciones. Le hubiera dado la oportunidad de dar rienda suelta a cada gota de rencor y, naturalmente, confiaba en borrarlas todas y recuperarla.

Según sus cálculos, le habría costado unas horas en el mejor de los casos y unos días en el peor.

Desde niños estaban muy unidos. ¿Qué eran once años si se comparaban con un vínculo de sangre, de corazón y de poderes? Sin embargo, no estaba preparado para hacer frente a su fría indiferencia. Ella, evidentemente, estaba muy enfadada con él, pensó mientras aparcaba delante de la casita amarilla, pero su enfado estaba recubierto de una gruesa capa de hielo. Atravesarla le iba a costar algo más que sonrisas, explicaciones, promesas y disculpas.

Lulú lo había fulminado, Nell lo había despreciado y Ripley le había sacado las uñas. Mia no hizo nada de eso, pero su reacción le afectó más que cualquiera de las otras.

Le dolió que lo mirara con ese desdén premeditado, sobre todo porque al verla se le despertaron todos los recuerdos asaltándole con punzadas de deseo y anhelo de amor.

La había amado obsesivamente, de una manera desproporcionada, y ésa fue la raíz, o una de las raíces, del problema.

Tamborileó con los dedos en el volante. Se negaba a creer que ya no le importara. Hubo demasiadas cosas entre ellos, se entregaron demasiado como para que no quedara nada.

Si no hubiera nada, no se habría producido la chispa, el instante de conexión cuando se tocaron las manos. Iba a aferrarse a eso, pensó Sam mientras cogía y soltaba el volante. Se aferraría a la chispa pasara lo que pasara.

Un hombre decidido podía crear un infierno de una buena chispa.

Sería una prueba que tendría que superar. Se ganaría su confianza, se enfrentaría a lo que tuviera que enfrentarse, haría lo que tuviera que hacer. Hizo una mueca. Siempre le gustaron los desafíos.

Tendría que hacer algo más que picar el hielo de Mia. Tendría que vencer al dragón, y Lulú no era fácil de persuadir; tendría que tratar con las mujeres que escoltaban a Mia: Nell Todd con su desprecio sereno y Ripley con su genio de mil demonios.

Si un hombre debía plantar batalla a cuatro mujeres, sería mejor que tuviera un plan y una piel muy dura, o mordería el polvo en un abrir y cerrar de ojos.

Tendría que trazar ese plan. Se bajó del coche y lo rodeó para ir al maletero. Tenía tiempo. No tanto como

35

hubiera querido dadas las circunstancias, pero tenía tiempo.

Sacó dos maletas y emprendió el camino hacia la entrada. Se detuvo y miró por primera vez la que sería su casa durante las próximas semanas.

Era preciosa. Ni las fotografías ni los recuerdos que tenía le habían hecho justicia. Recordaba que en una época fue blanca y estuvo un poco destartalada. El color amarillo le otorgaba calidez y los macizos de flores que brotaban con la primavera le proporcionaban colorido. Supuso que habría sido iniciativa de Mia. Siempre tuvo un gusto exquisito y buenas ideas.

Siempre había sabido con exactitud lo que quería.

Ése era otro nudo que tendría que desmarañar.

La casa era singular, pequeña e íntima. Estaba en un rincón encantador de un pequeño bosque y lo suficientemente cerca del mar como para oír el murmullo de las olas colándose entre los árboles. Tenía la ventaja de la soledad y de estar a un paso del pueblo.

Pensó que había sido una gran inversión. Mia también lo habría tenido en cuenta.

La chica inteligente, se dijo mientras seguía hacia la casa, se había convertido en una mujer inteligente. Dejó las maletas en el peldaño de entrada y sacó las llaves del bolsillo.

Cuando entró, lo primero que le llamó la atención fue la calidez del recibimiento, como una mano extendida con franqueza. La casa parecía invitarle a convertirla en su hogar. No quedaban sensaciones ni restos de energía de los anteriores inquilinos.

Estaba seguro de que eso también sería obra de Mia, una bruja minuciosa.

Dejó las maletas en la entrada y recorrió la casa. La sala tenía pocos muebles, pero muy bonitos, y la chimenea estaba llena de troncos. El suelo estaba encerado y unas cortinas de fino encaje cubrían las ventanas. Era un ambiente femenino, pero podría adaptarse.

Había dos dormitorios, uno era acogedor, el otro…, bueno, en realidad sólo necesitaba uno. El baño, inmaculado y de color cereza, era como una caja de cerillas pensada para que un hombre alto y con extremidades largas sufriera todo lo posible.

La cocina resultaba más que suficiente para sus necesidades. No cocinaba y no pensaba hacerlo. Abrió la puerta trasera y se encontró con más macizos de flores, un jardín de hierbas aromáticas en pleno esplendor y un trozo de césped muy bien cuidado que se adentraba en el bosque.

Podía oír el mar, el viento y, si escuchaba con atención, el motor de un coche que se dirigía al pueblo. También oía el trinar de los pájaros y el ladrido juguetón de un perro.

Sam se dio cuenta de que estaba solo. Ello hizo que se le relajara algo la tensión que había acumulado en los hombros. Hasta entonces no se había percatado de lo mucho que anhelaba la soledad. Era un privilegio del que no disfrutó mucho durante los últimos dos años.

Tampoco era algo que hubiera buscado día a día. Había tenido metas que alcanzar y argumentos que defender, y esas ambiciones no le permitieron el lujo de la soledad.

No había comprendido que necesitaba volver a encontrar la serenidad de estar solo tanto como necesitaba encontrar a Mia. Hubo un tiempo en que tenía ambas cosas siempre que las quería y también hubo un momento en que renunció a las dos. La isla de la que huyó precipitadamente cuando era joven iba a devolvérselas.

Podía disfrutar de un paseo por el bosque o la playa. Podía ir en coche a su antigua casa para ver los acantilados, la ensenada, la cueva donde él y Mia… Se sacudió de encima los recuerdos. No era el momento apropiado para sentimentalismos. Tenía asuntos prácticos de los que ocuparse. Teléfonos, faxes, ordenadores… El dormitorio pequeño serviría como despacho suplementario, aunque pensaba tener la oficina principal en el hotel. Necesitaba provisiones y sabía que en cuanto apareciera por el pueblo para comprarlas, la noticia de su regreso se extendería como el fuego sobre las astillas secas.

Se enfrentaría con lo que le saliera al paso.

Volvió a entrar para deshacer las maletas e instalarse en su casa.

*   *   *

Mia pensó que las amigas con buenas intenciones eran a la vez una bendición y una maldición. En ese momento, dos de ellas irrumpieron en su despacho.

—Creo que tendrías que darle una patada en el culo —aseguró Ripley—. Naturalmente, es algo que ya pensé hace diez años.

«Once», corrigió Mia para sus adentros. Eran once años, pero ¿a quién le importaba cuántos fueran?

38

—Eso sería darle demasiada importancia —Nell levantó la barbilla—. Hace mejor en ignorarlo.

—No se ignora a una sanguijuela —Ripley enseñó los dientes—. Te la arrancas y la aplastas hasta hacerla papilla.

—Una imagen preciosa —Mia se reclinó en la butaca detrás de la mesa y observó a sus dos amigas—. No tengo la intención de darle una patada en el culo ni de ignorarlo. Me ha alquilado la casa amarilla durante seis meses y eso lo convierte en mi inquilino.

—Podías cortarle el agua caliente —propuso Ripley.

Mia hizo una mueca con la boca.

—Qué infantil, aunque sería un gustazo. Tampoco tengo la intención de hacer tonterías. Si lo hiciera, le cortaría el agua de golpe. ¿Por qué iba a conformarme sólo con la caliente? Pero —continuó mientras Ripley soltaba una carcajada— es mi inquilino y tiene derecho a recibir todo lo que se especifica en el contrato. Es un acuerdo mercantil, nada más.

—¿Por qué demonios habrá alquilado una casa en la isla durante seis meses? —preguntó Ripley.

—Evidentemente, ha venido para ocuparse personalmente de La Posada Mágica —siempre la adoró, se dijo Mia. Al menos, eso había creído. Aunque la abandonó, como a ella—. Los dos somos adultos, los dos tenemos negocios y los dos somos de la isla. Aunque sea un mundo muy reducido, supongo que los dos podemos ocuparnos de nuestras empresas, vivir nuestras vidas y convivir sin crearnos muchos problemas.

—Si crees eso, es que estás alucinando —gruñó Ripley.

—No permitiré que vuelva a entrar en mi vida —afirmó Mia en un tono cortante— y no permitiré que mi vida se altere porque él esté aquí. Siempre supe que volvería.

Nell lanzó una mirada de advertencia a Ripley antes de decidirse a intervenir.

—Tienes razón, desde luego. Además, se acerca la temporada alta y los dos estaréis muy ocupados como para interferir en el camino del otro. ¿Por qué no vienes a cenar esta noche? Estoy preparando una receta nueva y tu opinión me vendría bien.

—Tienes a Zack para eso. No hace falta que me mimes ni que me alivies, hermanita.

—¿Por qué no salimos las tres, nos emborrachamos y ponemos a parir a los hombres? Siempre es divertido —las animó Ripley.

—Aunque suene apetecible, yo no me apunto. Tengo muchas cosas que hacer en casa…, si consigo terminar el trabajo que tengo aquí.

—Quiere que nos larguemos —le dijo Ripley a Nell.

—Lo he captado —Nell suspiró. Era penoso querer ayudar y no saber cómo—. De acuerdo, pero si necesitas algo…

—Lo sé. Estoy bien y voy a seguir así.

Las echó y se sentó con las manos sobre el regazo. Se engañaba al decirse que trabajaría o al fingir que pasaría aquel día como si fuera uno cualquiera.

Tenía derecho a estar rabiosa y a lamentarse, a escupir al destino y golpearlo en el rostro con sus puños.

Sin embargo, no haría nada de eso, porque además de inútil, era una muestra de debilidad. No obstante, se iría a casa. Se levantó y cogió el bolso y la chaqueta ligera que había llevado. Lo vio al pasar por delante de la ventana.

Salió de un Ferrari negro con el abrigo oscuro arremolinado a su alrededor. Recordó que siempre le habían gustado los juguetes ostentosos. Se había quitado los vaqueros y llevaba puesto un traje oscuro. También se había peinado, pero el viento ya jugaba con su cabello. Como lo hizo ella tiempo atrás.

Cogió un maletín y se dirigió a grandes zancadas hacia La Posada Mágica, como un hombre que sabía perfectamente dónde iba y lo que tenía que hacer.

De repente, se volvió y levantó la mirada con precisión milimétrica hacia donde estaba ella. Cuando clavó los ojos en los suyos, sintió la sacudida, el golpe abrasador que antes le habría derretido hasta la médula.

Esa vez, sin embargo, se mantuvo firme. Cuando consideró que había demostrado su orgullo, se alejó de la ventana y de su vista.

* * *

En su casa encontró alivio. Siempre había sido así. Desde un punto de vista práctico, la enorme y laberíntica mansión del acantilado era excesiva para una mujer sola. Sin embargo, sabía que era perfecta para ella. Incluso de niña, la casa había sido más suya que de sus padres. Nunca le importaron los ecos, las corrientes, ni la cantidad de tiempo que llevaba ocuparse de una casa de ese tamaño y antigüedad.

La construyeron sus antepasados y en ese momento era suya.

41

Había cambiado poco del interior desde que estaba a cargo de ella. Algún mueble que otro, algunos colores, la modernización esencial de la cocina y los baños, pero el espíritu de la casa seguía siendo el mismo que siempre para ella: acogedor, cálido, expectante.

Hubo un tiempo en que se imaginó a sí misma criando una familia allí. Cuánto deseó tener hijos..., los hijos de Sam. Pero con los años aceptó lo que tenía y lo que no y levantó un refugio de conformidad.

A veces se imaginaba que los jardines eran sus hijos. Los había creado, había dedicado tiempo a plantarlos, nutrirlos y a disciplinarlos. Y ellos le habían dado la felicidad.

Cuando necesitaba algo que no fuera un placer tan delicado, tenía a su disposición la pasión y la intensidad de los acantilados o los secretos y las sombras del bosque.

Tenía todo lo que necesitaba, se dijo Mia.

Sin embargo, esa noche no salió a rodearse con las plantas ni a asomarse a los acantilados. Tampoco paseó por el bosque. Subió las escaleras hasta su habitación de la torre.

Había sido un refugio y un lugar propicio para los descubrimientos cuando era niña. Allí nunca se sintió sola salvo que buscara la soledad. Allí había aprendido y había disciplinado sus poderes.

La habitación era circular y tenía unas ventanas altas, estrechas, rematadas en un arco. El sol del atardecer se filtraba por ellas y bañaba con tonos dorados la madera oscura y antigua del suelo. Los estantes rodeaban la habitación y en ellos se guardaban muchas de las herramientas que empleaba: frascos con hierbas, vasijas con cristales, los libros de sortilegios que pertenecieron a otros y los que había escrito ella misma.

Un antiguo armario guardaba una varita que se fabricó ella misma con arce cortado en Halloween, la víspera de Todos Los Santos, cuando ya había cumplido dieciséis años. También una escoba, su mejor copa, su athamé más antiguo, una bola de un cristal azul claro, velas, aceites, incienso y un espejo mágico.

Todo ello, y muchas cosas más, perfectamente ordenados.

Reunió todo lo que necesitaba y se quitó el vestido. Cuando era posible, prefería trabajar al natural.

Trazó el círculo e invocó a su elemento, el fuego, para que le diera energía. Las velas que había encendido con un soplido eran azules para que le proporcionaran serenidad, sabiduría y protección.

Había realizado aquel ritual varias veces durante los últimos diez años. Lo hacía siempre que le flaqueaba el corazón o le vacilaba la voluntad. Reconocía que si no lo hubiera hecho, habría sabido que Sam iba a volver a la isla antes de que llegara. Así que los años de relativa paz tuvieron su precio.

Volvería a cerrarle el paso; cerraría el paso de sus pensamientos y de los sentimientos que tenían el uno por el otro.

No se tocarían en ningún nivel.

—Conservaré mi mente y mi corazón —empezó a invocar mientras quemaba incienso y esparcía hierbas sobre agua inmóvil—. Despierta y dormida. Que se me devuelva lo que una vez entregué con amor y deseo y mantenga la serenidad. Fuimos enamorados y ahora somos desconocidos sin un destino en común. Que se haga mi voluntad.

43

Levantó las manos y esperó a sentir el soplo de paz y confianza que indicaba que había completado el ritual. El agua con hierbas de la copa empezó a estremecerse y a formar olas que rebosaban el borde.

Cerró los puños y contuvo la rabia. Concentró la energía y respondió con magia a la magia.

—Mi círculo está cerrado para los demás. Tus trucos son ridículos y me aburren. No vuelvas a entrar en lo que es mío sin haber sido invitado.

Chasqueó los dedos y las llamas de las velas se elevaron hacia el techo. El humo cubrió la superficie del agua.

Ni siquiera así consiguió serenarse ni dominar su rabia. ¿Se atrevía a poner a prueba sus poderes en su propia casa?

Seguía siendo el mismo, se dijo. Samuel Logan fue siempre un brujo arrogante. Además, pensó a la vez que se detestaba por dejar escapar una lágrima, su elemento era el agua.

Mia, dentro de su círculo y envuelta en humo, se tumbó y lloró amargamente.

* * *

El rumor se difundió rápidamente por la isla. A la mañana siguiente, el asunto candente del regreso de Sam Logan hizo olvidar cualquier otro cotilleo.

Las informaciones contradictorias decían que había vendido La Posada Mágica a unos especuladores de fuera de la isla o que iba convertirla en un hotel de lujo; que había despedido a todos los empleados o que les había subido el sueldo.

Sin embargo, todo el mundo coincidía en que era muy, muy interesante que hubiera alquilado la casa amarilla de Mia Devlin. Las interpretaciones eran variadas, pero todos aseguraban que era desconcertante.

Los isleños se dejaban caer por el café de Mia o pasaban por el vestíbulo del hotel con la esperanza de encontrar pistas. Nadie se atrevió a preguntárselo directamente a Mia o a Sam, pero había muchas idas y venidas y ganas de sentir alguna emoción.

Había sido un invierno largo y pesado.

—Sigue siendo guapo de muerte y el doble de peligroso que antes —le confió Hester Birmingham a Gladys Macey mientras le llenaba la bolsa con la compra semanal en el ultramarinos de la isla—. Entró aquí con su imponente figura y toda su osadía y me saludó como si nos hubiéramos visto la semana pasada.

—¿Qué compró? —preguntó Gladys.

—Café, leche y cereales. Pan integral, mantequilla y algo de fruta. Teníamos plátanos de oferta, pero él prefirió pagar por unas fresas frescas. También compró un queso especial, unas galletas saladas y agua embotellada. Ah, y zumo de naranja.

—Por lo que dices, no piensa cocinar ni limpiar la casa —Gladys se acercó más a Hester—. Me encontré con Hank, el de la tienda de licores. Me dijo que Sam Logan se gastó quinientos dólares en vino, cerveza y una botella de whisky de malta.

—¡Quinientos! —Hester bajó la voz hasta ser un susurro—. ¿Crees que en Nueva York se ha aficionado a la bebida?

—No es la cantidad de botellas, sino el dinero —le contestó Gladys también en un susurro—. Dos botellas de champaña francés y dos botellas de ese vino tinto que le gusta tanto a quien tú ya sabes.

—¿Quién? —Gladys puso los ojos en blanco.

—Mia Devlin. ¡Por el amor de Dios, Hester! ¿Quién si no?

—Me han dicho que lo echó de la librería.

—De eso nada. Volvió a entrar y salir como Pedro por su casa. Lo sé de buena tinta porque Lisa Bigelow estaba allí comiendo con su prima de Portland cuando él entró. Lisa se encontró con mi nuera en el Pump' N Go y le contó toda la historia.

—Bueno… —Hester prefería la primera versión—. ¿Crees que Mia le echará un mal de ojo?

—Hester Birmingham, sabes perfectamente que Mia no echa males de ojo. Qué cosas se te ocurren —se rió—, pero será interesante ver qué hace. Creo que voy a dejar la compra en casa y que luego me compraré una novela y me tomaré un café.

—Llámame si hay novedades.

Gladys le guiñó el ojo mientras se alejaba con el carrito.

—Cuenta con ello.

* * *

Sam sabía perfectamente que todo el mundo hablaba de él. Le habría decepcionado que no lo hicieran. Del mismo modo que esperaba ver caras de nerviosismo, miedo y perplejidad cuando convocó una reunión por la mañana con todos los encargados del hotel.

El nerviosismo disminuyó cuando quedó claro que · no había ningún plan de despidos masivos y el miedo aumentó cuando se supo que Sam no sólo pensaba participar activamente en la dirección del hotel sino que también haría algunos cambios.

—En temporada alta la ocupación es casi completa, pero fuera de ella, cae drásticamente, a veces por debajo del treinta por ciento.

El jefe de ventas se agitó en el asiento.

—La actividad disminuye mucho en la isla durante el invierno, ha pasado siempre.

—Lo que haya pasado siempre no vale —replicó Sam fríamente—. De momento, el objetivo será alcanzar una media del sesenta por ciento de ocupación fuera de la temporada alta. Lo conseguiremos con ofertas atractivas para convenciones y para fines de semana. A finales de semana les pasaré un memorando con mis ideas al respecto. Siguiente asunto —continuó repasando las notas—: Algunas habitaciones necesitan un lavado de cara. Empezaremos la semana que viene por el tercer piso —miró al jefe de reservas—. Hará los ajustes que sean necesarios —pasó a otra página sin esperar respuesta—. Durante los últimos diez meses, han bajado los ingresos por desayunos y comidas. Los datos indican que el café de Mia nos está arrebatando clientes en esos terrenos.

—Señor —una morena se aclaró la garganta y se colocó bien unas gafas con montura oscura.

—¿Sí? Perdón, ¿cómo se llama?

—Stella Farley. Soy la encargada del restaurante. Si puedo hablar con franqueza, le diré que nunca podremos competir con el café y Nell Todd. Si pudiera…

Se calló al ver que Sam había levantado un dedo.

—No acepto la palabra nunca.

Ella respiró hondo.

—Lo siento, pero yo he estado aquí los últimos diez meses y usted no.

Se hizo un silencio sepulcral, como si todos contuvieran el aliento. Sam asintió con la cabeza.

—Captado. ¿Qué ha aprendido usted durante esos diez meses, señorita Farley?

—Que si queremos recuperar terreno en los desayunos y las comidas, deberíamos cambiar de estrategia. La oferta del café es informal y de calidad. Un ambiente relajado y… bueno, una comida fabulosa. Nosotros tenemos que ofrecer una alternativa a eso. Elegancia, sofisticación, romanticismo…, un ambiente apropiado para una comida de negocios o una fecha especial. Le envíe un informe a su padre el otoño pasado, pero…

—Ya no trata con mi padre —lo dijo con suavidad y sin mostrar resentimiento—. Deme una copia de ese informe esta tarde.

—Sí, señor.

Sam hizo una pausa.

—Si alguien más le ha presentado una idea o una propuesta a mi padre a lo largo de los últimos años, que me la haga llegar antes del fin de semana. Quiero que quede claro que yo soy el propietario del hotel y que voy a dirigirlo. Si bien mi decisión será la definitiva, espero que los encargados hagan propuestas y sugerencias. Durante los próximos días, les enviaré una serie de memorandos y espero que me respondan antes de las cuarenta y ocho horas tras haberlos recibido. Gracias.

Los observó salir uno a uno y oyó los murmullos antes de que se cerrara la puerta.

Una mujer se quedó sentada. Era otra morena que llevaba un sencillo traje azul marino y unos cómodos zapatos bajos. Rondaba los sesenta años y había trabajado allí durante cuarenta. Se quitó las gafas, bajó el cuaderno de notas y se cruzó de brazos.

—¿Eso va a ser todo, señor Logan?

Sam enarcó una ceja.

—Solías llamarme Sam.

—No era mi jefe.

—Señora Farley… —le brillaron los ojos—. ¿Era su hija Stella? Dios mío…

—No blasfeme en la oficina —le reprendió ella remilgadamente.

—Perdón. No la había asociado con usted. Enhorabuena. Ha sido la única con agallas o cerebro para decir algo que mereciera la pena escuchar.

—La he educado para que sepa defenderse. Todos le temen —decidió que aunque fuera su jefe, lo había conocido desde que era un bebé y que si su hija era capaz de decir lo que pensaba ella también podía hacerlo—. La mayoría de las personas que estaban aquí no habían visto nunca a un Logan. Para bien o para mal, este hotel se ha dirigido a través de representantes durante diez años —lo dijo con suficiente amargura como para que él supiera que había sido para mal—. Ahora, aparece usted de la nada y empieza a revolver las cosas. Siempre se le dio bien eso de revolver.

—Es mi hotel y necesita que las cosas se muevan.

—No voy a decir que no. Los Logan no se han tomado mucho interés por este sitio.

—Mi padre...

—Usted no es su padre —le recordó—. No tiene sentido escudarse en él cuando acaba de dejar claro que no lo es.

La regañina hizo que asintiera con la cabeza.

—De acuerdo. Pienso tomarme mucho interés... y no poner excusas.

—Perfecto —volvió a abrir el cuaderno de notas—. Bienvenido.

—Gracias —se levantó y fue a la ventana—. Manos a la obra. Los arreglos florales...

* * *

Trabajó catorce horas seguidas y comió algo en la oficina. Quería que todo quedara en la isla, así que se reunió con un contratista local y le comentó lo que quería hacer para renovar el hotel. Dio instrucciones a su ayudante para pedir equipamiento moderno para su despacho y luego se reunió con el director de Island Tours.

Repasó las cifras, estudió propuestas, pulió y dio consistencia a diferentes ideas. Sabía cuánto costaría, en capital y en horas de trabajo, poner en práctica sus planes, pero también, que se había embarcado en una aventura a largo plazo.

No todo el mundo pensaría lo mismo, se dijo cuando dejó de trabajar y se acarició el cuello para aliviar el entumecimiento. Mia no lo haría.

Se alegraba de haber estado tan ocupado, por lo menos no había pensado en ella.

Sin embargo, sí lo hacía en ese momento y recordaba haber sentido su poder rondándole el día anterior. Había resistido y conseguido ver a través de él un instante. La vio claramente; arrodillada en la habitación de la torre con el cuerpo bañado por una delicada luz dorada y la melena suelta sobre los hombros.

Vio su marca de nacimiento: un pequeño pentagrama en la parte superior del muslo. Se había estremecido y estaba seguro de que ese estremecimiento, esa sacudida de deseo, hizo que ella consiguiera romper fácilmente la conexión entre ellos.

Daba igual. No actuó bien al entrometerse de la forma en que lo hizo. Fue un error y una falta de delicadeza de la que se arrepintió en el mismo momento en que lo hizo.

Naturalmente, tendría que pedir perdón. Existían normas de comportamiento que no se podían quebrar por ningún motivo.

No había nada como el presente, se dijo. Recogió los documentos más urgentes y los guardó en el maletín. Hablaría con Mia y se llevaría algo de comida a casa para terminar de trabajar mientras cenaba.

Salvo que la convenciera para que cenara con él; en ese caso, el trabajo tendría que esperar.

Salió del hotel en el preciso instante en que Mia salía de la librería, que estaba enfrente. Se quedaron detenidos un instante, evidentemente, no esperaban encontrarse en esa situación. Ella se dio la vuelta y se dirigió a un pequeño descapotable muy bonito.

Sam tuvo que cruzar la calle apresuradamente para alcanzarla antes de que se montara en el coche.

—Mia, espera un segundo.

—Vete al infierno.

—Puedes mandarme ahí después de que te haya pedido perdón —cerró la puerta que ella había abierto—. He metido la pata. No tengo excusa por mi falta de delicadeza.

—No recuerdo que nunca te dieras tanta prisa en pedir disculpas —se encogió de hombros. Que la sorprendiera no quería decir que la apaciguara—. De acuerdo, las acepto. Lárgate.

—Dame cinco minutos.

—No.

—Cinco minutos, Mia. He estado trabajando todo el día y me vendría bien un paseo y un poco de aire puro.

No iba a pelearse en la puerta del coche. Sería indigno; no había más que ver a toda la gente que intentaba fingir que no estaba mirando.

—Nadie te lo impide. Hay mucho aire puro por aquí.

—Déjame que te lo explique. Vamos a dar un paseo por la playa —propuso tranquilamente—. Si me das esquinazo, sólo les darás más motivos para cuchichear y a mí me darás que pensar. Una conversación amistosa en público no nos perjudicará.

—De acuerdo —guardó las llaves en el bolsillo del vestido gris—. Cinco minutos.

Mia se apartó de Sam, se metió las manos en los bolsillos y jugueteó con las llaves mientras bajaban por la calle principal hacia la playa.

—¿Ha sido productivo el primer día?

—Ha sido un buen comienzo. ¿Te acuerdas de Stella Farley?

—Claro. La veo a menudo. Pertenece al club literario que tenemos en la tienda.

—Mmm —otra forma de recordarle que ella había estado allí mientras las cosas cambiaban y él no—. Tiene algunas ideas para recuperar algo de la actividad de nuestro restaurante que nos habéis quitado.

—¿De verdad? —Mia parecía divertida—. Buena suerte.

Notaba que la gente los miraba mientras iban hacia el malecón. Se detuvo allí y se quitó los zapatos antes de bajar a la playa.

—Yo te los llevo.

—No, gracias.

El mar era de un azul profundo, más profundo cuanto más se acercaba al horizonte. La orilla estaba repleta de conchas que había dejado la última marea alta. Las gaviotas los sobrevolaban en círculos y entre graznidos.

—Te sentí —empezó a decir Sam—. Ayer. Te sentí y reaccioné. No es una excusa, es el motivo.

—Ya he aceptado tus disculpas.

—Mia —alargó el brazo, pero ella se apartó y sólo consiguió rozarle la manga.

—No quiero que me toques. Eso es elemental.

—Fuimos amigos una vez.

Mia se paró y lo miró con unos ojos grises y gélidos.

—¿Lo fuimos?

—Sabes que lo fuimos. Fuimos algo más que amantes, más que… —estuvo a punto de decir compañeros—.

No fue sólo pasión. Nos queríamos. Compartimos muchas cosas.

—Ahora mis cosas son mías y no necesito más amigos.

—¿Y amantes? No te has casado.

Lo miró con una expresión de orgullo femenino.

—Si hubiera querido un amante o un marido, lo habría tenido.

—No lo dudo —murmuró Sam—. Eres extraordinaria. He pensado en ti.

—No sigas —le advirtió.

—Maldita sea, diré lo que tengo que decir. He pensado en ti —dejó caer el maletín y la cogió de los brazos—. He pensado en nosotros. Lo que haya pasado entretanto no borra lo que fuimos el uno para el otro.

—Tú lo borraste. Tendrás que vivir con ello, como he vivido yo.

—No se trata sólo de nosotros —la cogió con más fuerza. Notaba que ella temblaba y sabía que podía contraatacar, como mujer o bruja, en cualquier momento—. Lo sabes tan bien como yo.

—Ya no somos nosotros. ¿Crees que después de todo este tiempo, después de lo que he hecho y aprendido, voy a dejar que el destino me manipule otra vez? No me vas a utilizar. Ni tú ni una maldición de siglos.

Un rayo rasgó el cielo y cayó en la arena entre los pies de Sam. Él no se inmutó, pero estuvo a punto de dar un respingo.

Tenía la garganta seca y asintió con la cabeza.

—Siempre tuviste un control extraordinario.

—Recuérdalo. Y recuerda también otra cosa: he terminado contigo.

—No por mucho tiempo. Me necesitas para romper el sortilegio. ¿Realmente estás dispuesta a poner en peligro todo y a todos por orgullo?

—¿Orgullo? —Mia palideció y se quedó inmóvil—. Arrogante gilipollas... ¿Crees que es orgullo? Me rompiste el corazón —las palabras y el temblor de su voz hicieron que él le soltara los brazos—. Más que romperlo, me lo hiciste papilla. Yo te amaba. Habría ido a cualquier sitio y habría hecho cualquier cosa por ti. Lloré por ti hasta que llegué a pensar que me moriría.

—Mia —impresionado, alargó la mano para acariciarle el pelo, pero ella se la apartó con un golpe.

—Pero no morí, Sam. Te superé y seguí con mi vida. Me gusta quien soy ahora y no voy a dar marcha atrás. Si has venido con otra idea, estás perdiendo el tiempo. No vas a recuperarme y lo que perdiste, lo que dejaste a un lado, habría sido lo mejor que te hubiera pasado en la vida.

Mia se dio la vuelta y se alejó con grandes y tranquilas zancadas. Sam se quedó solo mirando al mar; sabía que tenía razón.

Tres

—¿Qué has hecho?

Zack metió la cabeza en la nevera y buscó una cerveza. Conocía ese tono. Su mujer no lo empleaba mucho y por eso era tan efectivo.

Buscó la cerveza con calma y se cercioró de que tenía la cara relajada y serena antes de volver a mirarla.

Nell estaba ante los fogones cocinando algo maravilloso. Plantada en jarras con una cuchara de madera en la mano. Le pareció que estaba furiosa y muy seductora, pero no le resultó prudente decírselo en ese momento.

—He invitado a Sam a cenar —sonrió al decirlo y abrió la cerveza—. Ya sabes cuánto me gusta presumir de la increíble cocina de mi maravillosa mujer —Nell entrecerró los ojos y Zack bebió un sorbo de cerveza—. ¿Hay algún problema? Nunca te ha importado que venga gente.

—No me importa que venga gente, me importa que venga un capullo.

—Nell, es posible que Sam fuera un poco desconsiderado de joven, pero no es un capullo. Además, es mi amigo más antiguo.

—Y le rompió el corazón a una de mis amigas; que también lo es tuya. La dejó plantada y se fue a Nueva

York a hacer no se sabe qué durante más de diez años. Y ahora…, ahora —continuó con rabia—, vuelve a aparecer en la isla y espera que todo el mundo lo reciba con los brazos abiertos —golpeó la encimera con la cuchara de madera—. Yo, desde luego, no voy a ponerle una alfombra roja.

—¿Y un felpudo?

—¿Crees que estoy de broma? —se dio la vuelta y fue hacia la puerta trasera.

Zack consiguió alcanzarla antes de que saliera.

—No. Perdona, Nell —le acarició la cabeza—. Mira, siento mucho lo que pasó entre Sam y Mia. Lo sentí en su momento y lo siento ahora. El hecho es que crecí con Sam y éramos amigos. Buenos amigos.

—Tú lo has dicho: erais.

—Para mí, no —para Zack resultaba así de sencillo—. Mia me importa y él también. No quiero que se me ponga en la tesitura de tener que tomar partido, y menos en mi casa. Sobre todo, sobre cualquier otra cosa, no quiero que tú y yo discutamos por eso, pero no debería haberlo invitado sin consultarte. Iré a anular la invitación.

—Lo haces para que me sienta mezquina y rastrera.

Sam esperó un segundo.

—¿Ha funcionado?

—Sí, maldita sea —le dio un pequeño empujón—. Quítate de en medio. Si va a venir a cenar, será mejor que no se queme el guiso.

Zack no se apartó. La agarró con fuerza de las manos.

—Gracias.

—No me des las gracias hasta que haya pasado la velada sin que le haya dado un par de cortes.

—Captado. ¿Pongo la mesa?

—Por ejemplo.

—¿Quieres poner velas?

—Sí, negras —sonrió veladamente mientras iba a comprobar el punto del arroz salvaje—. Para ahuyentar la energía negativa.

Zack resopló.

—Tenía que ser alguna vez.

* * *

Sam llevó un buen vino y unos preciosos narcisos amarillos. Pero eso no la apaciguó. Estuvo educada, exageradamente educada, y sirvió el vino en el porche delantero con unos canapés que había hecho en el último momento.

Sam no sabía bien si ella pretendía ser simpática o dejar patente que lo recibiría en su casa por fases.

—Espero que no hayas hecho nada excepcional —le dijo Sam—. No hay nada más molesto que un invitado inesperado.

—Es verdad, tienes razón —replicó ella con suavidad—, pero estoy segura de que no estás acostumbrado a tomar cualquier cosa, así que nos apañaremos.

Nell volvió a entrar en la casa y Sam dejó escapar un silbido. Ya estaba seguro. Iba a ser admitido, pero por fases muy costosas.

—Esto marcha.

—Mia significa mucho para ella por muchos motivos.

Sam se limitó a asentir con la cabeza y fue a la barandilla del porche. *Lucy*, la perra labrador de Zack, se tumbó boca arriba para que le acariciara la tripa. Sam se agachó y le dio ese placer.

Conocía los motivos de la fidelidad de Nell hacia Mia. Se había ocupado de enterarse de todo lo que había pasado durante su ausencia. Sabía que Nell había llegado a la isla escapando de un marido que la maltrataba. Había fingido su propia muerte (tenía que admirar sus agallas por hacerlo); cambió de nombre y aspecto y había ido de un sitio a otro por todo el país trabajando de camarera o cocinera.

Conoció las noticias sobre Evan Remington, quien estaba encerrado en el pabellón de enfermos mentales de una prisión.

También sabía que Mia le había dado trabajo como encargada del café y que le había dejado una casa. Además, sospechaba que le enseñó a perfeccionar sus dones.

Intuyó que Nell era una de las tres en cuanto la vio.

—Nell lo ha pasado mal.

—Muy mal. Se jugó la vida para salvarse. Cuando llegó aquí, Mia le dio la oportunidad de echar raíces. Yo también tengo que agradecérselo. Además —esperó a que Sam se diera la vuelta—, habrás oído hablar de Remington.

—El mandamás de Hollywood, el maltratador de esposas, el psicópata —se irguió—. También sé que te arrancó una tajada cuando intentaba llegar hasta Nell.

—Ajá —Zack se pasó distraídamente la mano por el hombro donde le había apuñalado—. La siguió hasta aquí y la derribó antes de que yo pudiera llegar, cuando lo hice, me dejó fuera de juego durante un rato. Ella corrió hacia el bosque con la certeza de que él la seguiría y no tendría tiempo para rematarme —se le puso una expresión sombría al recordarlo—. Cuando me levanté para seguirlos, Mia y Ripley ya habían llegado. Sabían que Nell tenía problemas.

—Claro, Mia tenía que saberlo.

—El hijo de puta la tenía con un cuchillo en la garganta —incluso entonces la rabia le dominaba—. La habría matado. Quizá yo hubiera podido disparar, pero él la habría matado de todas formas. Ella se lo quitó de encima. Reunió todo lo que lleva dentro y con la ayuda de Mia y Ripley hicieron que él volviera a ser lo que era. Lo vi con mis propios ojos —murmuró Zack—. Sucedió allí, en el pequeño bosque que hay junto a la casa donde estás ahora. Un círculo de luz surgió de la nada y Remington cayó al suelo entre aullidos.

—Es valiente y tiene fe.

—Efectivamente. Ella lo es todo para mí.

—Eres un hombre afortunado —se distrajo un segundo con la idea de que una mujer, una mujer cualquiera, pudiera serlo todo para un hombre—. Su amor por ti es algo evidente, incluso cuando está de uñas —Sam sonrió levemente—, como lo está ahora porque has invitado a Judas a su mesa.

—¿Por qué lo hiciste? ¿Por qué te marchaste?

Sam sacudió la cabeza.

—Por muchos motivos, y sigo dándole vueltas a algunos de ellos. Cuando los sepa todos, se lo diré a Mia.

—Esperas demasiado de ella.

Sam miró al vaso de vino.

—Quizá, siempre lo hice.

Zack hizo un esfuerzo enorme para que durante la cena la conversación fuera ligera y fluida. Calculó que durante la hora que estuvieron sentados a la mesa había charlado más de lo que hablaba normalmente en una semana, pero cada vez que miraba a Nell suplicándole ayuda, ella no le hizo ningún caso.

—Ya entiendo por qué el café nos arrebató parte de las comidas del restaurante —comentó Sam—. Es una artista en la cocina, señora Todd. Sólo siento que no entrara en el hotel cuando llegó a la isla en vez de hacerlo en el café de Mia.

—Entré donde tenía que entrar.

—¿Cree en el destino?

—Completamente.

—Yo, también. Completamente.

Se levantó, cogió su plato y, cuando Nell se dio la vuelta, hizo una seña con la cabeza a Zack para que se esfumara. Éste puso en la balanza la ira de su mujer y el agotamiento por hacer de parachoques y se levantó.

—Tengo que dar una vuelta a *Lucy* —masculló como excusa mientras salía a toda prisa.

Nell lanzó una mirada fulminante a la espalda que se alejaba.

—¿Por qué no acompañas a Zack? Mientras, haré una cafetera.

Sam, distraídamente, se agachó y acarició al gato gris que había salido de debajo de la mesa para estirarse. El felino le enseñó las uñas.

—Te echaré una mano —dijo después de haberse salvado por poco de un zarpazo. Vio que Nell hacía un gesto de aprobación al gato que había llamado *Diego*.

—No quiero ninguna mano.

—No quieres mi mano —le corrigió Sam—. Zack es el mejor amigo que he tenido.

Nell, sin molestarse en mirarlo, abrió el lavaplatos y empezó a llenarlo.

—Tienes una forma extraña de definir la amistad.

—La defina como la defina, es la verdad. Él es importante para los dos, así que por su bien, espero que podamos alcanzar una tregua.

—No estoy en guerra contigo.

Sam volvió a mirar al gato, que se había tumbado junto a su dueña para asearse y mirarlo con ojos recelosos.

—Te gustaría estarlo.

—Perfecto —Nell cerró de golpe la puerta del lavaplatos y se dio la vuelta—. Me gustaría colgarte de los pulgares por lo que le hiciste a Mia y luego encender una hoguera debajo para que te achicharraras vivo. Además, mientras te achicharras, me gustaría…

—Vale, vale. Me hago una idea.

—Entonces, sabrás lo inútil que es que intentes conquistarme.

—¿Cuando tenías veinte años hiciste siempre lo que tenías que hacer? ¿Nunca te equivocaste en alguna decisión?

Nell abrió el agua caliente con un golpe y echó un chorro de jabón.

—Nunca hice daño a nadie intencionadamente.

—¿Si lo hubieras hecho, intencionadamente o no, durante cuánto tiempo crees que habrías tenido que pagarlo? ¡Maldita sea!

Soltó la maldición al ver que ella no le respondía y cerró el grifo.

Ella soltó otra maldición y volvió a abrir el grifo.

Sam, furioso, le tomó las manos entre las suyas.

Una chispa azul, tenue y vacilante brotó entre los dedos.

Nell se quedó petrificada y la rabia se disipó por la impresión. No apartó las manos y fue dándose la vuelta lentamente hasta que quedó frente a Sam y pudo mirarlo a los ojos.

—¿Por qué no me lo ha dicho nadie?

—No lo sé hermana —Sam sonrió hasta que la luz se transformó en un ligero resplandor. Nell, atónita, sacudió la cabeza—. El círculo lo forman tres. Tres que proceden de tres, pero los elementos son cuatro. El tuyo es el aire y la que te precedió no tuvo tu valor. El mío es el agua. Tú crees en el destino, en la Hermandad. Estamos conectados y no puedes cambiarlo.

—No. —Tendría que meditarlo con calma. Fue retirando las manos lentamente—. Pero tampoco tiene por qué gustarme. Ni eso ni tú.

—Crees en el destino y en la Hermandad, pero no en el perdón.

—Creo en el perdón cuando se merece.

Sam se alejó con las manos en los bolsillos.

—Esta noche vine con la intención de conquistarte. Con la intención de eliminar alguna capa de tu resentimiento y animadversión. En parte fue por orgullo. Duele mucho que la mujer de tu mejor amigo te deteste —cogió la botella de vino y sirvió un poco en el vaso que ella no había fregado todavía—. En parte, también fue una estrategia —dio un sorbo—. Sé perfectamente que Ripley y tú vais a proteger a Mia.

—No voy a consentir que vuelvan a hacerle daño.

—Y estás segura de que yo voy a hacérselo —dejó el vaso en la encimera—. Entonces, vine a tu casa y noté lo que Zack y tú compartís. Lo que habéis construido entre los dos. Me senté a vuestra mesa y me diste de comer, aunque hubieras preferido colgarme de los pulgares. Así que en vez de conquistarte, tú me has conquistado a mí —Sam echó una ojeada a la cocina. Siempre había sido una habitación acogedora. Hubo un tiempo en que era bien recibido allí—. Te admiro por lo que has hecho de tu vida y te envidio por tu claridad de ideas y la felicidad de tu casa. Zack es importante para mí —ella lo miró sin decir nada—. Me imagino que te resultará difícil asimilarlo, pero es así. No pretendo hacer nada que le complique su relación contigo. Me iré por la puerta trasera mientras está entretenido con *Lucy*.

Nell se secó las manos.

—Todavía no he hecho el café.

Sam se dio la vuelta desde la puerta y la miró.

Nell comprendió por qué Mia se había enamorado de él. No había sido sólo por lo increíblemente guapo que era. En sus ojos vio mucho poder y mucho sufrimiento.

—No te perdono —dijo enérgicamente—, pero si Zack te considera su amigo, será porque tienes alguna virtud que te redima. Aunque esté oculta. Siéntate. De postre tenemos bizcocho borracho.

* * *

Nell le había bajado los humos, pensó Sam mientras volvía a su casa dando un paseo. La rubia de ojos azules le había dado un repaso; primero con su escrupulosa educación, luego con su franqueza brutal y, para terminar, con su prudente comprensión, y todo en una velada.

Era raro que quisiera ganarse el respeto de alguien, pero quería el de Nell Todd a toda costa.

Recorrió la playa como lo hacía de niño: con impaciencia. También giró para dirigirse a su casa como lo hacía de niño: sin ganas.

¿Cómo podía explicar que, si bien adoraba la casa del acantilado, nunca la había considerado suya? No lamentó que su padre la vendiera.

La ensenada y la cueva significaron mucho para él en otro momento de su vida, pero la casa en sí sólo había sido madera y cristal. No encontró cariño dentro; exigencias, sí, muchas: ser un Logan, triunfar, llegar a lo más alto.

Había conseguido las tres cosas, pero se preguntaba qué precio había pagado por ello.

Volvió a acordarse del espíritu de la casa de los Todd. Siempre había pensado que las casas tenían un espíritu y el de aquélla era cálido y afectuoso. Se dijo que el matrimonio funcionaba para algunos. El compromiso, la unidad…, no sólo por conveniencia o posición social, sino de corazón.

Eso, para él, era un don muy, muy escaso.

En su casa había habido poco afecto, no abandono, malos tratos, ni mezquindad. Que recordara, sus padres habían sido socios, pero nunca una pareja. Su matrimonio era tan efectivo y frío como una fusión de empresas.

Todavía podía recordar cuánto le fascinaban, y abochornaban ligeramente, las muestras de cariño entre los padres de Zack.

Se los imaginaba viajando por todos lados en su casa rodante y, al parecer, pasándoselo como nunca. A sus padres les habría espantado la idea.

Se preguntó cuánto de nosotros mismos debemos a nuestros padres. ¿La infancia asombrosamente feliz de Zack le habría predispuesto para crear una familia que se llevara bien?

¿Era una lotería o era, en definitiva, lo que nosotros íbamos forjando? Quizá fuera una decisión que llevaba a otra decisión.

Se detuvo para observar el haz de luz blanca que barría el mar. El faro de Mia en el acantilado de Mia. ¿Cuántas veces se habría parado allí mismo para observar ese resplandor de esperanza y pensar en ella?

Y desearla.

Ya no podía recordar cuándo había empezado todo. Hubo veces en que llegó a pensar que nació deseándola y le aterró la sensación de verse arrastrado por una marea que se había formado antes de su existencia.

¿Cuántas noches la había anhelado? La anhelaba incluso cuando la tenía, cuando estaba dentro de ella. Para él, el amor fue tormentoso y repleto de un placer ilimitado y de un terror del que no podía escapar.

Para ella, tan sólo había sido, sin más.

De pie al borde de la playa, dejó volar sus pensamientos sobre el negro mar. Hacia el resplandor. Hacia los acantilados y la casa de piedra. Hacia ella.

El muro que Mia se había construido alrededor los repelió y se los devolvió.

—Tienes que dejarme entrar —murmuró Sam—. Antes o después lo harás.

De momento, no insistió y siguió el paseo hacia su casa. La tranquilidad que tanto había agradecido el primer día empezó a pesarle y se convirtió en soledad. Se quitó la idea de la cabeza y en lugar de ir a su casa, se dirigió al bosque.

Hasta que Mia le hablara, se enteraría por otros medios de lo que tenía que enterarse y vería por otros medios lo que tenía que ver.

La oscuridad era profunda. En el cielo brillaban algunas estrellas dispersas y un fino gajo de luna. Sin embargo, tenía otras formas para ver. Se adaptó a la noche. Se oía el leve murmullo de un riachuelo y sabía que las flores silvestres dormían en sus orillas. Oyó también a un animalillo que huía entre los arbustos y el lastimero ulular de un búho. Uno sería presa y alimento del otro.

Olía a tierra y humedad y supo que llovería antes del amanecer.

Sintió el poder.

Avanzó en medio de la oscuridad y entre los árboles con la misma tranquilidad con que otro hombre caminaría por la calle principal una tarde soleada. Sentía las palpitaciones del poder en la piel, la emoción de la magia que despertaba.

Vio, en el suelo tapizado de hojas caídas, el lugar donde se había trazado el círculo.

Las tres eran fuertes cuando se unían, se dijo. Había sentido la misma energía en la playa y supo que allí se había trazado un círculo de poder. Sin embargo, el del bosque lo habían trazado antes, así que investigaría primero allí.

—Sería más fácil que me lo dijeran ellas —comentó en voz alta—, pero seguramente no sería tan gratificante. Así que... —levantó las manos con las palmas hacia arriba como copas prestas a ser llenadas.

—Que se me muestre. Invoco a las tres que una vez y para siempre fuisteis parte de mí. Que la noche refleje lo que se me debe revelar. Que se me muestre cómo y por qué se trazó este círculo para que pueda empezar a realizar mi tarea. Que se me conceda esa visión. Que se haga mi voluntad.

La noche se rasgó como una cortina henchida por el viento. Vio el miedo, como un conejo en una trampa; el odio, afilado como unos colmillos insaciables; el amor, arropado por la calidez del valor.

Vio lo que le había contado su amigo; vio a Nell que corría por el bosque y vio con claridad lo que pensaba: tenía miedo y sufría por Zack, sentía desesperación no sólo por escapar de su perseguidor sino por salvar al hombre que amaba.

Sam cerró los puños al ver como Remington la alcanzaba y le ponía un cuchillo en el cuello.

Le dominaron las emociones. Vio a Mia con un vestido negro salpicado de estrellas plateadas y a Ripley que sujetaba una pistola. Zack, ensangrentado, apuntaba con su arma.

La noche vibraba de locura y terror.

La magia empezó a hervir.

Brotó en Nell, que resplandeció al vencer sus miedos. Brilló alrededor de Mia, cuyos ojos eran plateados como las estrellas de su vestido y lentamente, casi a regañadientes, surgió de Ripley como una chispa cuando bajó la pistola y agarró la mano de Mia.

Entonces, el círculo ardió como un fuego azul.

El impacto lo cogió desprevenido y retrocedió dos pasos antes de recomponerse, pero había perdido la visión que se desvaneció vacilante.

—El círculo no se ha roto —levantó la cara y vio unas nubes que tapaban las estrellas—. Tienes que dejarme entrar, Mia, o todo habrá sido en vano.

* * *

Avanzada la noche, sin planearlo ni proponérselo, la buscó en sueños. Voló al pasado, a los tiempos cuando el amor estaba vivo y era dulce, cuando lo era todo.

Mia tenía diecisiete años, unas piernas muy largas, una melena de fuego y unos ojos cálidos como la niebla en verano. Su belleza le impresionó, como siempre. Se reía mientras entraba en el agua en la ensenada. Llevaba unos pantalones cortos color caqui y una liviana camisa azul chillón que dejaba al aire los brazos y un trozo del vientre. Podía olerla por encima de la sal y el mar, podía oler esa fragancia embriagadora y provocativa de Mia.

—¿No quieres bañarte? —se volvía a reír y chapoteaba en el agua—. Sam de ojos tristes, ¿qué problema te abruma hoy?

—No me abruma ningún problema.

Sí le había abrumado uno. Sus padres le hacían el vacío porque ese verano había preferido quedarse a trabajar en el hotel en vez de ir a Nueva York. Se preguntaba si no habría cometido un error, un tremendo error, al insistir tanto en quedarse en la isla por Mia. La idea de estar lejos de ella unos meses seguidos le parecía seductora e inimaginable a la vez.

Había empezado a pensar en ello. Se lo planteaba cada vez más cuando dejaba la isla para volver a la Universidad. Había comenzado a pensar la posibilidad de ponerse a prueba y buscar una excusa para no volver a la isla, a ella, durante algún fin de semana.

Cada vez que se montaba en el transbordador para dejar Tres Hermanas, ellas, Mia y la isla, tiraban de él. Y en ese momento, había renunciado a aprovechar la escapatoria que le habían ofrecido en bandeja. Tenía que volver a pensarlo. Tenía que replanteárselo.

Sin embargo, cuando Mia llegó a su playa, su anhelo era tal que no podía pensar en nada que no fuera estar con ella.

—Si no te abruma ningún problema, demuéstralo —Mia caminaba de espaldas al agua que le golpeaba en los esbeltos muslos—. Ven a jugar.

—Soy demasiado mayor para jugar.

—Yo, no —se metió en el agua y se deslizó como una sirena. Cuando volvió a salir, el pelo le chorreaba y la camisa se le ceñía irresistiblemente a los pechos. Sam creyó que iba a volverse loco—. Me había olvidado, tienes casi diecinueve años. Ya no puedes rebajarte a chapotear.

70

Mia volvió a zambullirse y buceó a través del agua azul oscuro de la ensenada. Cuando él le agarró el tobillo, ella pegó una patada y salió entre risas.

Siempre le había hechizado su risa.

—Ya te enseñaré yo lo que es rebajarse —dijo Sam antes de hacerle una aguadilla.

Todo era inocente: el sol, el mar, el resplandeciente principio del verano, el resbaladizo límite entre la juventud y el futuro.

La inocencia no podía perdurar.

Chapotearon, se pelearon y nadaron como delfines.

Se juntaron como lo hacían siempre, primero unían los labios debajo del agua y se abrazaban cuando salían a tomar aire. La necesidad los acuciaba y ella tembló entre sus brazos. Mia separó los labios, húmedos y cálidos, con una confianza y aceptación que hizo que Sam se estremeciera hasta las entrañas.

—Mia —sabía que la desearía hasta la muerte y apoyó la cara en sus mechones empapados—. Tenemos que parar. Vamos a dar un paseo —no podía dejar de acariciarla mientras hablaba.

—Anoche soñé contigo —dijo Mia con delicadeza—. Siempre sueño contigo. Cuando desperté, supe que pasaría hoy —echó la cabeza hacia atrás y él creyó precipitarse en esos ojos grises—. Quiero estar contigo y con nadie más. Quiero entregarme a ti y a nadie más.

A Sam le hirvió la sangre. Intentó pensar en lo que estaba bien y lo que estaba mal, en el mañana, pero sólo podía pensar en ese momento.

—Tienes que estar segura.

—Sam —le cubrió el rostro de besos—. Siempre he estado segura.

Se apartó de él, pero sólo para tomarlo de las manos. Fue ella quien lo sacó del agua y lo llevó a la cueva que se abría al pie del acantilado.

Era fresca y seca, y lo suficientemente alta en el centro como para que Sam cupiera de pie. Vio una manta extendida junto a la pared del fondo y velas diseminadas por el suelo. Miró a Mia.

—Te dije que lo sabía. Éste es nuestro sitio —mientras lo miraba, alzó los dedos temblorosos a los botones de la camisa.

—Tienes frío.

—Un poco.

Sam se acercó a Mia.

—Y miedo.

—Un poco —ella sonrió levemente—, pero no me durarán mucho.

—Tendré cuidado.

Mia dejó que las manos le cayeran a los costados y que él terminara de desabotonarle la camisa.

—Lo sé. Te quiero, Sam.

Sam le rozó los labios con los suyos.

—Yo te quiero a ti.

A ella se le disipó cualquier rastro de temor.

—Lo sé.

Él ya la había acariciado y ella lo había acariciado. Habían sido caricias maravillosas, insatisfactorias y, normalmente, apresuradas. Entonces, mientras se desvestían el uno al otro, las velas cobraron vida. Se tumbaron sobre la manta y pareció como si un velo cubriera la entrada de la cueva para proteger su intimidad.

Juntaron las bocas dulces y ardientes. Mia notaba cada vez más placer, pero también que Sam se contenía. La rozaba con dedos vacilantes como si temiera que fuese a desvanecerse.

—No te dejaré —murmuró Mia antes de que se le escapara un jadeo cuando la boca de Sam, con un anhelo repentino, se deleitó con uno de sus pechos.

Mia se arqueó debajo de él y lo acarició. Sentía el cuerpo ingrávido como si siguiera sumergida en la profundidad del mar. Sam la miró y sintió un escalofrío de poder al verla con el pelo empapado contra la manta y los ojos nublados por las sensaciones que le proporcionaba.

La hizo volar. Mia gritó, fue un sonido largo y profundo que lo atravesó e hizo que se sintiera invencible. Cuando ella le entregó su inocencia, Sam tembló.

El joven intentó ser delicado pese al apremio de la sangre y lo acuciante del anhelo. A pesar de todo, notó el parpadeo de la vacilación.

—Aunque sea por un minuto —en pleno delirio le besó el rostro sin freno—. Lo prometo. Sólo un minuto —se dejó llevar y la tomó.

Mia se aferró a la manta y reprimió el primer grito, pero el dolor inicial dio paso al cariño.

—Ah… —se le escapó el aliento en un suspiro—. Claro —lo besó en el cuello—. Claro.

Empezó a moverse debajo de él. Se irguió y lo atrajo hacia sí hasta volver a caer de espaldas. La calidez se tornó en ardor y los cuerpos adquirieron destreza. Se tomaron el uno al otro sin dejar resquicio.

Las velas proyectaban reflejos dorados cuando Mia, como si estuviera soñando, quedó rendida entre los brazos de Sam.

—Así lo encontró ella.

Sam le recorrió los hombros con los dedos. No podía dejar de tocarla. Notaba que tenía la mente cegada por el resplandor sexual y que había olvidado todo lo que pensó en la playa.

—¿Mmm?

—La que fue Fuego. La que me pertenece. Así lo encontró ella y así se enamoró de su *silkie** hecho hombre mientras él dormía.

—¿Cómo lo sabes?

Quiso decirle que lo había sabido siempre, pero en vez de eso sacudió la cabeza.

—Le arrancó la piel y la escondió para retenerlo. Lo hizo por amor y si era por amor no podía haber mal en ello.

Sam le besó el cuello mientras se deleitaba al sol del atardecer. Quería estar con ella, quería que ese momento fuera eterno. No quería nada más ni a nadie más. Nunca querría otra cosa ni podría quererla. Darse cuenta de ello le serenó en lugar de alterarlo.

—No hay mal en nada si es por amor.

—Pero ella no pudo retenerlo —continuó Mia sin cambiar de tono—. Al cabo de los años, cuando tuvieron hijos, cuando ella hubo perdido a sus hermanas y el círculo

* Silkie es un personaje de la mitología celta, hijo de una mujer y una foca macho. (N. del T.)

74

se deshizo, él encontró la piel y no pudo contenerse. Su naturaleza era así. Una vez encontrada la piel, nada podía retenerlo, ni el amor. Él la abandonó, volvió al mar y se olvidó de que ella existía. Se olvidó de su hogar y de sus hijos.

—Te entristece pensar en eso —la abrazó con fuerza—. No te pongas triste ahora.

—No me abandones —escondió la cara en el hombro de Sam—. No me abandones jamás. Creo que me moriría, como murió ella: sola y con el corazón destrozado.

—No lo haré —pero notó que algo se congelaba en su interior—. Estoy aquí. Mírame.

Sam se giró hasta que los dos estuvieron de cara a la pared de la cueva. Levantó un dedo y señaló a la piedra. Una luz surgió de la yema del dedo y grabó unas palabras en la roca.

—Mi corazón te pertenece y te pertenecerá por siempre jamás —leyó Mia en gaélico con los ojos velados por las lágrimas.

Ella también levantó un dedo y trazó un nudo celta debajo de las palabras. Era una promesa de unidad.

Lo miró con ojos soñadores.

—El mío también te pertenece.

* * *

Mia, sola en su casa del acantilado, se dio la vuelta, escondió la cara en la almohada y susurró el nombre de Sam en sueños.

Cuatro

El golpeteo regular de la lluvia empezó antes del amanecer. Soplaban unas ráfagas de brisa que hacían tremolar las hojas de los árboles y levantaban espuma de las olas. El viento siguió soplando todo el día hasta que el aire se cargó de humedad y el mar se tornó gris como el cielo. Al caer la tarde no había signos de mejoría.

Las flores lo agradecerán, se dijo Mia que observaba desde la ventana la impenetrable monotonía de la penumbra. La tierra necesitaba un buen chaparrón y no había riesgo de helada que pudiera dañar los capullos.

El primer día que amaneciera despejado, se lo tomaría libre y lo dedicaría al jardín. Sería un día maravilloso sin otra compañía ni tarea que sus flores.

Ése era el privilegio de ser la dueña de su propia empresa. Un privilegio ocasional que le permitía compensar el peso de la responsabilidad. Tanto de la empresa como de la magia.

Sin embargo, ese día tuvo muchas cosas que hacer en la tienda. Daba igual que hubiera dormido mal, que se hubiera agitado en sueños o que estuviera tan baja de ánimo que sólo quisiera quedarse en la cama. El mero hecho de planteárselo, aunque hubiera sido durante un segundo, hizo que se levantara como impulsada por un resorte.

Se había olvidado, cuando ella nunca se olvidaba de nada, de que Nell y Ripley iban a pasar por su casa. Por lo menos serían una distracción, algo que la mantendría alejada de los recuerdos y los sueños, unas intrusas en la disciplina de su vida.

El muy cabrón se había colado en sus sueños.

—¿Quieres repetirlo otra vez, Mia?

—¿Qué? —levantó la cara con el ceño fruncido y parpadeó. Era espantoso, ni siquiera prestaba atención a sus propias distracciones—. No, no. Perdona. La lluvia está poniéndome nerviosa.

—Ya —Ripley se repantingó y pasó la pierna por encima del brazo de la butaca. Tenía un cuenco lleno de palomitas en el regazo y se las metía en la boca a toda velocidad—. Ahora resulta que el tiempo te pone nerviosa.

Mia no dijo nada, fue al sofá, se acurrucó con los pies tapados por la falda y señaló con un dedo a la chimenea de piedra que había al fondo de la habitación. Los troncos ardieron con unas llamas vivas y acogedoras.

—Eso está mejor —ahuecó un almohadón de terciopelo como si sólo le importara su comodidad—. Dime, Nell, ¿de qué querías hablar antes de comentar los planes para el solsticio?

—Mírala —Ripley hizo un gesto con la copa de vino y se metió otro puñado de palomitas en la boca—. Parece la presidenta de un club social para mujeres.

—No hay mucha diferencia. Un club o un aquelarre…, pero si quieres hacerte cargo de los preparativos, ayudante…

—Alto —Nell levantó una mano en señal de paz. Siempre tenía que interceder cuando Mia y Ripley pasaban más de diez minutos juntas. A veces pensaba que sería más fácil amordazarlas—. ¿Por qué no pasamos por alto el preámbulo de insultos? Yo sólo quería decir que me pareció que la primera reunión del club de cocina salió bien.

Mia, más calmada, asintió con la cabeza. Se inclinó hacia delante y contempló las relucientes uvas moradas que había colocado en un plato verde claro. Eligió una.

—Es verdad. Fue una idea fantástica. Creo que acabará siendo una buena idea tanto para la librería como para el café. Esa noche vendimos una docena de libros de cocina y luego hemos vendido otra. Estaba pensando que después de darle un par de meses para ver si acaba calando, podíamos pensar en organizar algún acontecimiento conjunto con el club de literatura. Quizá alrededor de Navidad. Ya sé que falta mucho, pero… Pero hacer planes no hace daño a nadie —terminó Mia mientras cogía otra uva y sonreía intencionadamente a Ripley—. Hay bastantes novelas en las que la cocina tiene un papel importante, e, incluso, tienen recetas. Podríamos proponer una de ellas al club de literatura y el club de cocina podía hacer las recetas. Así, todo el mundo se divierte.

—Y tú venderás más libros —puntualizó Ripley.

—Lo cual, aunque te parezca mentira, es el objetivo principal de una librería. Ahora…

—Otra cosa.

Mia se detuvo y miró a Nell con la ceja arqueada.

—Tú dirás.

Nell, nerviosa, apretó los labios.

—Ya sé que el objetivo principal es vender libros, pero, bueno…, tuve esta idea hace un año. He estado dándole vueltas para saber si funcionaría o si merecería la pena. Quizá te parezca fuera de lugar, pero...

—Por el amor de Dios. —Ripley, sin poder contenerse se agitó en la butaca y dejó a un lado el cuenco con palomitas—. Nell, cree que deberías ampliar el café.

—¡Ripley! ¿Te importaría dejarme decirlo a mi manera?

—No me importaría si pudiera quedarme aquí una semana antes de tener que volver a casa.

—¿Ampliar el café? —le interrumpió Mia—. Ya ocupa casi la mitad del espacio de la segunda planta.

—Sí, tal y como están las cosas ahora —Nell se volvió hacia Mia después de lanzar una mirada asesina a Ripley—, pero si quitaras las ventanas del lado este y añadieras una terraza con puertas correderas de unos dos metros por cuatro, tendrías más sitio para mesas y la posibilidad de estar al aire libre cuando haga buen tiempo —Mia no dijo nada, se limitó a coger la copa de la mesa—. Yo podría ampliar el menú con algunos platos principales para quien quiera una cena agradable en verano. Naturalmente, tendrías que contratar a alguien y... yo debería ocuparme de mis propios asuntos.

—No he dicho eso —Mia se dejó caer en el sofá—, pero es una idea complicada. Hay normas urbanísticas. Además, está el coste, la rentabilidad y la posible pérdida de ingresos durante las obras.

—Ya, mmm, lo he estudiado... un poco. —Nell, con una suave sonrisa dócil, sacó unos papeles del bolso.

Mia la miró fijamente y soltó una carcajada.

—Has estado muy ocupada, hermanita. De acuerdo, les echaré una ojeada y pensaré en ello. Es tentador

—murmuró—. Más mesas, más platos principales... Supongo que si funcionara, le quitaría clientes al restaurante del hotel, al menos durante la temporada de verano.

Nell sintió una punzada de remordimiento al ver la sonrisa satisfecha de Mia.

—Hay otra cosa. Sam Logan vino a cenar —confesó bruscamente.

La sonrisa de Mia se desvaneció.

—¿Cómo has dicho?

—¡Que esa rata inmunda se ha sentado a tu mesa! —Ripley saltó de la butaca—. ¿Le has dado de cenar? Por lo menos, le habrás envenenado...

—No, no lo envenené. Maldita sea, yo no lo invité. Lo hizo Zack. Son amigos —Nell miró a Mia con tristeza y remordimiento—. No puedo decirle a Zack a quién puede invitar a casa y a quién no.

—Que a Booke se le ocurra invitar a un traidor hijo de puta... —Ripley mostró los dientes como si estuviera dispuesta a morder a su marido, aunque no hubiera pensado en invitar a nadie—. Zack ha sido siempre un majadero.

—Espera un segundo...

—Ha sido mi hermano más tiempo que tu marido —la interrumpió Ripley—. Puedo llamarlo majadero, sobre todo si lo es.

—Esta discusión no tiene sentido —intervino Mia captando la atención de Nell y Ripley—. No tiene sentido culpar a nadie ni recriminarle nada. Zack tiene derecho a elegir a sus amigos y a invitarlos a su casa. Nell no tiene por qué sentir remordimientos. Lo que haya entre Sam y yo sólo nos incumbe a nosotros.

—¿Sí...? —Nell sacudió la cabeza—. ¿Y por qué no me ha dicho nadie que es como nosotras?

—Porque no lo es —fue como si Ripley explotara—. Sam Logan no es como nosotras.

—No creo que Nell se refiera a que es una mujer —aclaró Mia secamente—. Ni siquiera a que es de la isla. Aunque siempre se le considerará un isleño ya que se ha criado aquí —agitó una mano como si quisiera dejar eso a un lado—. El hecho de que tenga el mismo don no tiene nada que ver con nosotras.

—¿Estás segura? —preguntó Nell.

—Somos las tres —las llamas crecieron en la chimenea—. Formamos el círculo. Nos corresponde a nosotras hacer lo que tenemos que hacer. Porque una..., ¿cómo dijo Ripley? ¡Ah, sí! Porque una rata inmunda tenga poderes, eso no quiere decir nada —alargó la mano con una tranquilidad forzada y cogió otra uva—. Ahora, hablemos del solsticio.

* * *

No permitiría que cambiara nada. Haría lo que tuviera que hacer, sola o con sus hermanas, pero no permitiría que nadie entrara en el círculo ni en su corazón.

Se quedó en el acantilado mientras la isla dormía. Llovía y el mar embestía contra las rocas como si quisiera hacerlas añicos en una sola noche. El viento se arremolinaba enfurecido alrededor de ella y le levantaba la capa como si tuviera alas.

La oscuridad era completa, tan sólo la rompía el haz de luz procedente de la torre blanca que tenía detrás.

Pasaba por encima de ella y del acantilado y volvía a sumirse en la oscuridad.

«Vuela», le susurró una vocecilla. «Vuela y déjate llevar. Todo terminará. ¿Qué sentido tiene que luches contra lo inevitable? ¿Por qué vas a vivir con esta soledad?»

¿Cuántas veces habría oído esa vocecilla?, se preguntó. ¿Cuántas veces habría ido allí para ponerse a prueba? Había ido incluso cuando tenía el corazón destrozado, y había ganado. No se daría por vencida.

—No me vencerás —notó que la niebla se deslizaba por el suelo y que le envolvía los tobillos como si fueran unos dedos gélidos que tiraban de ella—. No me rendiré jamás —levantó los brazos y los separó. Un torbellino de viento la libró de la niebla—. Sirvo, protejo y conservo lo que es mío. Despierta o dormida, seré fiel a lo que soy y mantendré mi palabra —se sintió dominada por la magia que le palpitaba como un corazón—. Afrontaré mi destino, lo prometo y lo haré. Que se haga mi voluntad.

Cerró los ojos y apretó los puños como si pudiera golpear a la noche. Como si pudiera usarlos para rasgar el velo que no le permitía ver lo que le esperaba.

—¿Por qué no sé? ¿Por qué no siento? ¿Por qué no puedo hacer otra cosa que sentir?

Algo se estremeció en el aire, como unas manos cálidas que le acariciaban las mejillas. No buscaba consuelo ni que le aconsejaran paciencia. Las desdeñó, dio la espalda al acantilado y al mar, y corrió hacia su casa con la capa al viento.

* * *

Mientras Mia se aislaba en la casa del acantilado, Lulú se había metido en la cama con su tercera copa de vino, el último libro basado en crímenes reales, *Diario de un caníbal americano*, y una bolsa de patatas fritas con sabor a queso y ajo. Al otro extremo de la habitación, la televisión era un estruendo con los disparos de Mel Gibson y Danny Glover en *Arma letal*.

Para Lulú, ése era su ritual de los sábados por la noche.

Su indumentaria nocturna consistía en unos pantalones cortos andrajosos, una camiseta en la que se podía leer que era preferible ser rico a ser estúpido y una lamparita para leer en la cama atada a una gorra de béisbol.

Comía patatas, bebía vino, atendía al vídeo o al libro y así se encontraba en su paraíso personal.

La lluvia golpeaba en las ventanas de su colorista casita de madera y el viento agitaba las cuentas de paz y amor que hacían de cortinas. Contenta y ligeramente achispada, se estiró debajo del edredón que había hecho con retales de los más variados colores y estampados.

Ella solía decirse que se podía apartar a la chica de los años sesenta, pero no a los años sesenta de la chica que llevaba dentro.

Las palabras del libro empezaron a nublarse, se colocó bien las gafas y se irguió un poco en la cama. Sólo quería terminar otro capítulo y saber si la joven prostituta iba a ser tan estúpida como para dejar que le cortaran el cuello y la destriparan.

Lulú contaba con ello, pero se le cayó la cabeza. La levantó con un respingo y parpadeó. Habría jurado que oyó a alguien susurrar su nombre.

Lo que le faltaba era oír voces, se dijo con fastidio. Envejecer era el gran timo de Dios.

Vació la copa de vino y miró la televisión.

La hermosa cara de Mel Gibson llenaba la pantalla. Le brillaron los ojos y sonrió a Lulú.

—Hola, Lulú. ¿Qué tal estás? —Lulú se frotó los ojos y parpadeó, pero la imagen seguía allí.

—¿Qué demonios…?

—¡Eso es lo que digo yo! ¡Qué demonios! —la imagen se alejó lo suficiente como para que pudiera ver la pistola. Tenía un cañón gigantesco—. Nadie quiere vivir eternamente, ¿verdad?

Una explosión llenó la pantalla y tiñó de rojo la habitación. Lulú sintió un dolor penetrante que le hizo gritar mientras se apretaba con fuerza entre los pechos. Se levantó de un salto para ver si había sangre y las patatas fritas volaron por el aire.

Lo único que notó fue que el corazón le latía desbocado.

En la pantalla, Mel y Danny discutían sobre algún trámite policial.

Lulú, alterada y con la sensación de ser una vieja estúpida, se dirigió hacia la ventana. Pensó que le vendría bien un poco de aire puro. Le aclararía las ideas. Se dormiría en menos de un minuto, se dijo mientras apartaba las cuentas colgantes y abría la ventana de par en par.

Tembló. Hacía un frío invernal, más intenso de lo normal en esa época del año, y la niebla que reptaba por el suelo tenía un color muy extraño: como si fueran moratones flotantes, una mezcla de morado y amarillo verdoso.

Podía ver los macizos de flores y la luna llena que ascendía tras ellos. También podía ver la pequeña gárgola que sacaba la lengua de una boca sonriente a todo el que pasaba por allí. Cuando sacó la mano, sintió que la lluvia se le clavaba como alfileres fríos y afilados.

Volvió a meter la mano precipitadamente y se le resbalaron las gafas. Al colocárselas, habría jurado que la gárgola estaba más cerca y que se había girado hasta casi mirarla de frente.

Sintió un dolor en el pecho por los acelerados latidos del corazón.

Pensó que necesitaba unas gafas nuevas; que estaba perdiendo vista.

Mientras seguía paralizada sin poder apartar la vista de la gárgola, ésta se giró del todo y le enseñó los grandes y perversos dientes.

—¡Por los clavos de Cristo!

Podía oírlos, podía oír el chasquido de los dientes al chocar mientras se abría paso entre la niebla para acercarse a la casa. Detrás de ella, avanzaba también la rana que tocaba una flauta, comprada la semana anterior, pero la flauta se había convertido en un cuchillo largo y puntiagudo.

—Nadie se dará cuenta.

Se tambaleó y miró hacia la televisión. En la pantalla, un dibujo animado de una serpiente enorme con la cara de Mel Gibson la miraba de soslayo.

—A nadie le importará un carajo que estés muerta. No tienes a nadie, ¿verdad, Lulú? Ni un hombre, ni un hijo, ni familia. Nadie cuenta contigo.

—¡Eso es una patraña! —gritó aterrada mientras comprobaba que la gárgola y su compañera estaban a un palmo de la casa. Los dientes seguían chasqueando con voracidad y la rana portaba el cuchillo como un metrónomo mortal—. ¡Es una gilipollez! —palpó a tientas la ventana e intentó agarrase al marco con la respiración entrecortada. La cerró de golpe y se cayó de espaldas.

Se quedó tumbada mientras intentaba recuperar el aliento y calmarse. Cuando consiguió arrodillarse, fue entre sollozos hasta la cesta de costura y cogió dos agujas de punto como armas.

Sin embargo, al reunir el valor suficiente como para volver a la ventana, comprobó que la lluvia caía cálida y mansamente, que la niebla se había disipado y que la gárgola, fea e inofensiva, estaba en su sitio dispuesta a insultar al primero que se acercara.

Lulú se quedó de pie en medio de la habitación; en la televisión hubo otro intercambio de disparos. Se pasó la mano por la cara y notó que la tenía húmeda y pegajosa.

—¡Caray con la botella de Chardonnay! —exclamó en voz alta.

Sin embargo, por primera vez desde que se había mudado a la casita, la recorrió, armada con las agujas, y cerró con pestillo todas las puertas y ventanas.

* * *

Un hombre, por muy ocupado que estuviera, tenía derecho a un poco de tiempo libre, se dijo Sam mientras salía del pueblo en coche. Había pasado horas en su despacho, en reuniones, haciendo inspecciones y leyendo informes. Si no se despejaba la cabeza, iba a estallarle.

Además, era domingo. La lluvia se había adentrado en el mar y la isla había quedado resplandeciente como una piedra preciosa. Salir para ver lo que había cambiado y lo que seguía igual en aquel pedazo de tierra era tan importante para su negocio como los libros de cuentas y los proyectos. Sabía que una generación de Logan no había tenido esa sensibilidad. Siempre supo que sus padres consideraban los veinte años pasados en la isla como una especie de exilio. Por eso encontraron tan frecuentemente excusas para ausentarse durante ese periodo y para romper amarras definitivamente cuando murió su abuelo.

Nunca fue un hogar para ellos.

Al regresar, se había dado cuenta de eso, como también de que sí era un hogar para él. Ya había encontrado una de las respuestas que había ido a buscar. Tres Hermanas era suya.

Los barcos de recreo surcaban el agua, con el zumbido de los motores o con las velas henchidas. Al verlos, sintió una especie de placer sereno. Las boyas rojas, blancas o naranjas se balanceaban contra el azul oscuro. La tierra entraba en el agua, la abrazaba o caía en picado sobre ella.

Vio a una familia que cogía almejas y a un niño que perseguía a las gaviotas.

Había casas que no estaban allí cuando se marchó y fue consciente del tiempo pasado cuando observó el color plateado de los cedros y la espesura de la vegetación. Todo había crecido, se dijo, los hombres y la naturaleza.

El tiempo no se había detenido; ni siquiera en Tres Hermanas.

Al acercarse al extremo norte de la isla, se metió por un camino con firme de pizarra y oyó el crujido debajo de las ruedas. La última vez que pasó por allí iba en un jeep sin capota y con la música a todo volumen.

Sonrió al darse cuenta de que aunque en ese momento fuera en un Ferrari, también había bajado la capota y subido el volumen de la música.

—Podéis alejar al chico de la isla... —murmuró al aparcar en la cuneta del camino que le separaba de los acantilados y de la mansión que se elevaba en ellos.

La casa no había cambiado y se preguntó cuánto tiempo tardarían los isleños en dejar de llamarla la casa de los Logan. Tenía dos pisos, se extendía sobre el acantilado y sobresalía como si hubiera crecido a su antojo. Alguien había pintado hacía poco las contraventanas de color azul oscuro para que contrastaran con la madera gris clara.

El porche con celosías tenía una vista impresionante de la ensenada y el océano. Las ventanas eran muy amplias y las puertas de cristal. Recordaba que su habitación daba al mar y que había pasado mucho tiempo mirándolo.

Muy a menudo, su humor cambiante e impredecible había sido un reflejo del mar.

El mar le había hablado siempre.

Sin embargo, la casa no le producía ningún sentimiento o resto de añoranza. Los isleños podían seguir llamándola la casa de los Logan durante otros diez años, pero nunca había sido su casa. En su opinión era una buena posesión en un lugar privilegiado que sus propietarios, aun ausentes de la isla, habían conservado bien.

Esperaba que el dueño del Land Rover que había aparcado en la puerta creyera que había gastado bien su dinero.

El doctor MacAllister Booke, se dijo Sam, de los Booke de Nueva York. Un hombre de inteligencia brillante, especializado en algo bastante poco habitual: la ciencia paranormal. Fascinante. Se preguntó si Booke habría sentido que no encajaba en su familia, como le había pasado a él.

Sam salió del coche y se dirigió hacia el acantilado. No se sentía atraído por la casa sino por la ensenada y la cueva.

Se llevó una sorpresa muy agradable al ver un barco de vela amarillo amarrado al muelle. Es una preciosidad, se dijo mientras lo contemplaba. Él también había tenido un barco amarrado allí. Por eso sí sintió cierta añoranza.

El interés por la navegación fue lo único que había compartido con su padre.

Los mejores momentos que pasó con Thaddeus Logan, los únicos momentos en los que había sentido cierta afinidad entre ellos, habían sido navegando.

Durante esas horas sobre el agua se comunicaban de verdad, conectaban, no sólo como dos personas que, debido a las circunstancias, pertenecían a la misma familia y vivían en la misma casa, sino como padre e hijo que tenían un interés común. Le gustaba recordarlo.

—Es bonito, ¿verdad? Lo compré el mes pasado.

Sam se dio la vuelta y a través de los cristales ahumados de las gafas de sol vio al hombre que se le acercaba. Llevaba pantalones vaqueros y una camiseta gris deshilachada en el borde. Era alto y tenía un rostro fuerte y delgado con una sombra de barba de un día. El viento agitaba un pelo rubio oscuro y unos ojos marrones y amistosos se entrecerraban por el sol. Tenía un cuerpo fuerte y en forma, algo que Sam no se esperaba en un especialista en espectros.

Se había imaginado a un ratón de biblioteca pálido y desgarbado y, en vez de eso, se encontraba con una especie de Indiana Jones.

—¿Qué tal se porta con mar de fondo? —le preguntó Sam.

—Como la seda.

Pasaron unos minutos con los dedos pulgares metidos en los bolsillos del pantalón y hablando del barco.

—Me llamo Mac Booke —Mac extendió la mano.

—Sam Logan.

—Me lo había imaginado. Gracias por la casa.

—No era mía, pero me alegro de que te guste.

—Pasa a tomar una cerveza.

No se había propuesto trabar relaciones con nadie, pero la oferta resultó tan natural y espontánea que Sam se encontró dirigiéndose hacia la casa con Mac.

—¿Está Ripley?

—No. Esta tarde está de turno. ¿Querías verla por algo?

—No, en absoluto.

Mac se rió y abrió la puerta.

—Supongo que ese sentimiento será recíproco durante una temporada. Hasta que las cosas se asienten.

Entraron en la sala. Sam la recordaba inmaculada y llena de acuarelas. El tiempo tampoco se había detenido allí, se dijo. Los colores eran brillantes y puros y los muebles estaban pensados para resultar cómodos. Había pilas de libros y revistas y un cachorro mordisqueaba unos zapatos tirados en un rincón.

—¡Maldita sea! —Mac dio una zancada para agarrar los zapatos, pero el cachorro fue más rápido y se escondió con uno de ellos en la boca—. ¡*Mulder*, dámelo!

Sam ladeó la cabeza mientras el hombre y el perro se enzarzaban en un tira y afloja. Perdió el animal, pero no pareció muy afectado por ello.

—¿*Mulder*? —le preguntó Sam.

—Sí, ya sabes, el tipo de *Expediente X*. Ripley dice que le puso el nombre por mí. Es una broma suya —resopló—. No creo que se lo tome como una broma cuando vea el zapato.

Sam se agachó y el cachorro, ante la perspectiva de unas caricias, se le acercó y le lamió la mano.

—Un perro precioso. ¿Es un golden retriever?

—Sí, lo tenemos desde hace tres semanas. Es listo y está bastante adiestrado, pero si no lo vigilas, se comería las piedras —Mac suspiró y levantó el cachorro hasta ponerlo a la altura de su cara—. Sabes quién se va a llevar la bronca por esto, ¿verdad?

El perro dejó escapar un gruñido de placer y le lamió la barbilla. Su dueño dio por terminada la regañina y se lo puso debajo del brazo.

—La cerveza está en la cocina.

Fueron hacia allí y Mac sacó dos cervezas de la nevera. Sobre la mesa había una serie de aparatos electrónicos y uno de ellos parecía destripado.

Sam, distraídamente, fue a levantar uno de los aparatos y se dispararon unas luces rojas y unos pitidos.

—Lo siento.

—No pasa nada —Mac entrecerró los ojos con una mirada inquisitiva—. ¿Por qué no salimos al porche? A no ser que quieras echar una ojeada. Ya sabes, la vieja casa familiar y esas cosas.

—No, gracias —sin embargo, mientras salían, miró hacia las escaleras y se imaginó su cuarto y a sí mismo mirando por la ventana, buscando a Mia.

Otro pitido sonó en el segundo piso.

—Mis instrumentos —aclaró Mac mientras hacía un esfuerzo por no salir corriendo a comprobar la información recogida—. He instalado mi laboratorio en uno de los dormitorios que nos sobran.

—Mmm.

Una vez fuera, Mac dejó a *Mulder* en el suelo y el perro bajó los escalones y empezó a seguir un rastro invisible por todo el jardín.

—En cualquier caso… —bebió un sorbo de cerveza y se apoyó en la barandilla—. Ripley no me había comentado que fueras brujo.

Sam abrió la boca, volvió a cerrarla y sacudió la cabeza.

—¿Tengo una marca?

—Las indicaciones de energía —Mac hizo un gesto hacia la casa—, yo ya me lo había planteado. He investigado mucho sobre la isla; las familias, las líneas de sangre y todo eso. ¿Practicaste en Nueva York?

—Depende de lo que llames practicar —Sam no estaba acostumbrado a que lo analizaran como a un experimento científico, pero había algo en Mac que lo atraía—. Nunca he desdeñado a la Hermandad, pero tampoco la he promocionado.

—Parece lógico. ¿Qué opinas de la leyenda?

—Nunca la he considerado una leyenda. Es historia y realidad.

—Exactamente —Mac, encantado, levantó la botella en una especie de brindis—. He hecho un calendario mediante la deriva, por decirlo de alguna forma, del ciclo. Según mis cálculos…

—Nos queda hasta septiembre —le interrumpió Sam—. Antes del equinoccio.

Su anfitrión asintió lentamente con la cabeza.

—Bingo. Bienvenido a casa, Sam.

—Gracias —bebió de la cerveza—. Me alegro de haber vuelto.

—¿Estarás dispuesto a trabajar conmigo?

—Sería una tontería despreciar los conocimientos de un especialista. He leído tus libros.

—¿En serio?

—Tienes una mente abierta y flexible.

—Ya me lo habían dicho antes —Mac pensó en Mia, pero tuvo la delicadeza de no mencionarla—. ¿Puedo hacerte una pregunta personal?

—Sí, siempre que pueda responderte que te ocupes de tus asuntos.

—Trato hecho. Si sabías que septiembre es una especie de fecha límite, ¿por qué has esperado tanto para volver?

Sam volvió la cabeza y miró la ensenada.

—No había llegado mi momento. Ahora te haré yo una pregunta. Según tu opinión, tus investigaciones y tus cálculos, ¿soy necesario en Tres Hermanas?

—Sigo trabajando en eso. Sé que eres esencial para Mia en… el tercer paso.

—Que ella me acepte —Sam notó una punzada de inquietud cuando Mac frunció el ceño—. No estás de acuerdo.

—Cuando ella tenga que tomar una decisión, tendrá que hacerlo según sus sentimientos. Asumiéndolos, eligiendo lo que le conviene. Eso puede significar que te acepte o que aclare sus sentimientos rechazándote, sin maldad —Mac se aclaró la garganta—. El tercer paso tiene que ver con el amor.

—Lo sé perfectamente.

—Ello no implica que…; en mi opinión, no significa que esté obligada a amarte ahora, sino que acepte lo que sintió una vez y que no fue intencionado. En fin, que te deje marchar sin rencor y se alegre de lo que sucedió una vez. En cualquier caso, es una teoría.

Una ráfaga de viento agitó el borde del abrigo de Sam.

—No me gusta tu teoría.

—A mí tampoco me gustaría si estuviera en tu pellejo. La tercera hermana se mató para no tener que soportar el abandono de su amado. Su círculo se había roto y estaba sola.

—Conozco la maldita historia.

—Escúchame. Aun así, ella protegió como pudo a la isla, a su descendencia y a la de sus hermanas, pero no pudo o no quiso salvarse ella; no pudo o no quiso vivir sin el amor de un hombre. Ésa fue su debilidad y también fue su error.

Todo era muy claro; muy lógico; enloquecedor.

—Y Mia ha vivido perfectamente sin mí…

—En un sentido. En otro, me parece a mí, que no ha aclarado sus sentimientos. Nunca te ha perdonado ni aceptado. Tendrá que hacerlo de una forma u otra y de todo corazón. Si no lo hace, será vulnerable y perderá si se debilita el sortilegio protector.

—¿Qué habría pasado si yo no hubiera regresado?

—La conclusión lógica es que estabas destinado a volver, y la presencia de más poderes en la isla…, bueno, no puede hacer daño.

* * *

Sam nunca había pensado que sus poderes pudieran hacer algún mal, pero la conversación con Mac le había creado dudas. Regresó a la isla seguro de lo que había que hacer y de lo que se iba a hacer.

Volvería a conquistar a Mia y entonces, una vez que todo volviera a ser como había sido entre ellos, la maldición se rompería. Fin de la historia.

Fin de la historia, pensaba mientras caminaba por la playa de la ensenada, porque no había visto más allá. Quería a Mia y estaba preparado para ella, eso era todo.

Jamás se había planteado la posibilidad de que ella no lo quisiera, de que no lo amara.

Miró hacia la entrada de la cueva. Quizá fuera el momento de tantear esa posibilidad, de enfrentarse a sus fantasmas. El corazón le latía más deprisa a medida que se acercaba. Se paró hasta que recuperó el ritmo normal y luego se sumergió en las sombras de la cueva.

Por un momento, todo se llenó de sonidos. Sus voces; la risa de Mia; los suspiros de los amantes; el llanto…

Mia había ido allí para llorar por él. Saberlo, sentirlo, era como puñaladas de remordimiento.

Quiso librarse de ellas y permaneció en silencio, con el único sonido de las olas al golpear contra la costa.

De niño, aquélla había sido la cueva de Aladino o el refugio de los bandidos o lo que se le ocurriera a Zack y a otros amigos.

Hasta que dejó de ser un niño, y fue la cueva de Mia.

Le flaqueaban las piernas mientras avanzaba hacia la pared del fondo, se arrodilló y vio las palabras que había grabado en la pared para ella. No las había borrado. Hasta ese momento, hasta que no sintió esa opresión en el corazón, no se dio cuenta de lo mucho que temía que hubiera podido borrarlas y que la hubiera perdido para siempre.

Extendió la mano y la luz iluminó las palabras, derramándose sobre ellas como lágrimas de oro. Esa luz le hizo sentir lo mismo que cuando siendo un muchacho las grabó con una magia y una fe absoluta.

Se tambaleó, se quedó aturdido al comprobar la fuerza que rebosaba de aquel muchacho y que aun habiéndose convertido en hombre, le llegaba.

La energía seguía allí. ¿Por qué iba a hacerlo si no significaba nada? ¿Sería sólo su voluntad o su deseo lo que hacía revivir el pasado?

Se habían amado allí, tan ensimismados el uno en el otro que el mundo habría podido terminarse sin que ellos se dieran cuenta. Se habían entregado los cuerpos y los corazones. Habían compartido la magia.

Podía verla sobre él con el pelo como una llamarada y la piel como el oro. Mia había levantado los brazos mientras se dejaban llevar más allá de la razón.

Se acurrucó junto a él con una sonrisa de satisfacción.

Sentada a su lado para hablar del futuro con el rostro resplandeciente por la emoción. Era tan joven...

¿Estaba destinado a dejarla marchar antes de volver a tenerla? ¿Estaba destinado a que le perdonara para luego olvidarlo?

La mera idea fue como una puñalada que lo dejó malherido mientras se levantaba. Incapaz de seguir soportando los recuerdos, se dio la vuelta y salió de la cueva.

El sol le cegó, justo donde ella estaba de espaldas al mar.

Cinco

Durante un instante sólo pudo verla a la luz de los viejos anhelos mezclados con los nuevos. El tiempo no se había detenido para ellos. Ya no era la chica atrevida que se zambullía sin miedo de cabeza en el agua. La mujer que lo miraba con ojos fríos y comedidos tenía un refinamiento y sofisticación que no había tenido la muchacha.

La brisa le agitaba el pelo en espirales llameantes; por lo menos, eso no había cambiado.

Lo esperaba con una calma aparente mientras él se acercaba, pero no pudo ver ni sentir ninguna calidez en su recibimiento.

—Me preguntaba cuánto tardarías en venir aquí —el tono era bajo y comedido, como la mirada—. No estaba segura de que tuvieras el temple necesario.

Era terriblemente difícil hablar de forma racional cuando las sensaciones y las imágenes de la cueva seguían bullendo en su interior.

—¿Sueles volver por aquí?

—¿Por qué iba a hacerlo? Si quiero mirar el mar, tengo mi propio acantilado. Si quiero ir a la playa, la tengo muy cerca de la tienda. Aquí no hay nada que justifique el paseo.

—Pero has venido.

—Por curiosidad —ladeó la cabeza. El sol se reflejó en sus pendientes de piedra azul oscuro—. ¿Has satisfecho la tuya?

—Te he sentido ahí dentro. Nos he sentido a los dos.

Sam se sorprendió cuando ella sonrió casi afectuosamente.

—Las relaciones sexuales desprenden mucha energía cuando se practican correctamente. Nunca tuvimos ningún problema en ese aspecto. Por lo que se refiere a mí..., bueno, las mujeres tenemos una visión algo sentimental de la primera vez que nos entregamos a un hombre. Puedo recordar ese momento con cariño, aunque me equivocara al elegir la pareja.

—Nunca quise... —se calló y dejó escapar un juramento.

—¿Hacerme daño? —terminó ella—. Mentiroso.

—Tienes toda la razón —estaba condenado a perderla y sería sincero sobre ese asunto—. Sí quise hacerte daño y puedo añadir que lo conseguí.

—Vaya, por fin me sorprendes.

Mia miró hacia otro lado porque le dolía verlo de espaldas a la entrada oscura de la cueva que les había pertenecido. Le dolía sentir los ecos de aquel amor ilimitado que había sentido por él y la había consumido.

—Una verdad sin tapujos después de todos estos años.

—Que quisiera hacer algo a los veinte años no quiere decir que no pueda lamentarlo ahora.

—No quiero tus lamentaciones.

—¿Qué demonios quieres, Mia?

Observó el coqueteo infinito del mar y las rocas. Sintió la crispación en la voz de Sam y supo que indicaba impaciencia. Le gustó. Cuanto más intranquilo estuviera, más dominaría ella la situación.

—De acuerdo, una verdad por otra —respondió Mia—. Quiero que sufras, que lo pagues y que vuelvas a Nueva York o al infierno, o donde quieras, siempre que no sea aquí —lo miró por encima del hombro con una sonrisa gélida—. En realidad, no es mucho pedir.

—Pienso quedarme en Tres Hermanas.

Mia se dio la vuelta. Tenía un aspecto dramático, se dijo ella. Romántico, melancólico, sombrío, lleno de ira y angustia. Por todo ello, se dio el placer de torturarlo un poco más.

—¿Para qué? ¿Para llevar un hotel? Tu padre lo dirigió durante años sin siquiera pisar la isla.

—No soy mi padre.

La forma de decirlo, la ligera explosión verbal, le despertó más recuerdos. Siempre había tenido que demostrarse las cosas a sí mismo, se dijo Mia. Era la guerra constante que Sam Logan libraba en su interior. Se encogió de hombros.

—Bueno, en cualquier caso, me imagino que te aburrirás pronto de la vida en la isla y saldrás corriendo. Como hiciste en su momento. Creo que tu expresión fue «atrapado». Te sentías atrapado aquí. Así que es cuestión de esperar a que te vayas.

—Tendrás que esperar sentada —le advirtió Sam mientras se metía las manos en los bolsillos—. Vamos a dejar una cosa clara para no seguir dando vueltas a lo mismo. Tengo raíces aquí, como tú las tienes. Que tú vi-

vieras aquí entre los veinte y los treinta años y yo no, no cambia nada. Los dos tenemos negocios en Tres Hermanas y, por encima de todo, tenemos un objetivo que se remonta a varios siglos. Lo que pueda pasar en la isla y a la isla me importa tanto como a ti.

—Un discurso muy interesante. Sobre todo si viene de alguien que se marchó con una despreocupación absoluta.

—No hubo ninguna despreocupación… —empezó a replicar Sam, pero ella se había dado la vuelta y caminaba hacia el acantilado.

Déjala marchar, se dijo. Que se vaya. Si ése es el destino, no se puede hacer nada contra él. Por el bien de todos, no había que oponerse.

—Al cuerno —dejó escapar las palabras entre dientes y salió tras ella. La cogió del brazo y la obligó a darse la vuelta con tal fuerza que los cuerpos chocaron—. No hubo ninguna despreocupación —repitió—. No fue un impulso ni algo irreflexivo.

—¿Así lo justificas? —replicó Mia—. ¿Con eso te quedas contento? Te fuiste porque te convenía y has vuelto porque te conviene, y ya que estás aquí, ¿por qué no avivar algunos rescoldos?

—En ese sentido, me he contenido bastante —se quitó las gafas de sol de un manotazo y las tiró al suelo. La mirada echaba chispas. Los ojos eran como dos esmeraldas candentes—. Hasta ahora.

La besó en los labios, se dejó arrastrar, dejó que la tormenta de emociones que lo había abrumado desde que había salido de la cueva descargara sobre ellos. Si iban a condenarlo, lo harían por tomar lo que quería, no por dejarlo escapar.

El sabor singular de Mia lo abrasó, le cauterizó las sensaciones, le nubló los sentidos. La estrechó contra sí hasta que los cuerpos se adaptaron formando uno y los corazones latieron, galoparon, más bien, al mismo ritmo.

El aroma, algo más profundo e imponente que el que recordaba, caló en él hasta tenerlo completamente atado. El recuerdo de la chica y la realidad de la mujer se confundieron hasta ser sólo uno. Hasta ser Mia.

Sam la nombró una vez con los labios sobre los de ella y la joven se soltó.

Tenía la respiración tan alterada como la de él. Los ojos eran enormes, oscuros e impenetrables. Esperó que lo maldijera y le pareció que habría sido un precio aceptable por ese contacto con el paraíso.

Sin embargo, Mia dio una zancada y le rodeó el cuello con los brazos, lo estrechó contra sí y le arrebató lo que él le había arrebatado.

Su boca era un volcán y todo su cuerpo vibraba. Era el único hombre que le había hecho daño y el único que le había dado un placer verdadero. Los dos filos de la espada estaban afilados, pero no la apartó.

Lo había hostigado, lo había arrastrado hasta el límite de su control con un propósito: ése. Sencillamente, ése. Tenía que saber, fuera cual fuese el precio y el riesgo.

Recordaba su sabor, su textura, lo que sintió cuando él le recorrió el cuerpo con las manos hasta agarrarla del pelo. Se libraría de todo eso para dar paso a las sensaciones nuevas.

Sam le mordió el labio inferior, un mordisco leve y fugaz antes de pasarle la lengua por el mismo sitio para aliviarla y seducirla. Mia cambió la postura para animarlo a que siguiera, a que saboreara todo el borde deslizante de aquel pozo de anhelo.

Uno de los dos se estremeció. Mia no supo quién había sido, pero fue suficiente para recordarle que un paso en falso podía significar una caída muy profunda.

Se apartó y sintió una sacudida por la palpitación en los labios.

Lo había comprobado. Seguía siendo el único hombre que podía estar a la altura de su pasión.

—Esto demuestra algo —la voz de Sam era ronca y titubeante.

Saber que estaba tan alterado como ella era una pequeña ayuda.

—¿Qué demuestra, Sam? Que todavía hay pasión entre nosotros... —agitó una mano y un par de llamas azules bailaron sobre la palma—. El fuego se enciende fácilmente —cerró los puños y al abrirlos otra vez, las llamas habían desaparecido—, y se sofoca fácilmente.

—No tan fácilmente —la tomó de la mano y sintió un impulso de energía—. No tan fácilmente, Mia.

—Que te desee con mi cuerpo significa muy poco —retiró la mano y miró hacia la cueva—. Me entristece estar aquí y recordar cuánto esperábamos el uno del otro.

—¿No crees en las segundas oportunidades? —le acarició el pelo—. Los dos hemos cambiado. ¿Por qué no nos damos la oportunidad de volver a conocernos?

—Sólo quieres acostarte conmigo.

—Claro. Eso no hace falta ni decirlo.

Mia se rió y los dos se sorprendieron.

—Cuánta sinceridad. Pronto me quedaré sin habla.

—Acabaría seduciéndote, pero…

—Se da demasiada importancia a la seducción —le interrumpió ella—. No soy una virgen inexperta. Si quiero acostarme contigo, lo haré.

—Muy bien —Sam resopló—. Si te animas, tengo un hotel entero a mi disposición.

—«Si», ésa es la palabra clave —apostilló suavemente Mia—. Cuando la hipótesis se convierta en realidad, te lo diré.

—Estaré esperando —se agachó para recoger las gafas y darse un respiro—, pero iba a decirte que, hasta que te seduzca, me gustaría invitarte a una cena amistosa.

—No me interesa salir contigo —Mia se dio la vuelta para dirigirse hacia el acantilado y la carretera y Sam la siguió.

—Una cena civilizada, conversación inteligente y la oportunidad de contarnos la vida. No lo llames salir conmigo, puede ser una reunión entre dos empresarios importantes de la isla.

—La semántica no cambia la realidad —Mia se detuvo junto a su coche—. Lo pensaré.

—Muy bien —le abrió la puerta pero se interpuso en su camino—. Mia…

Quiso decirle que se quedara con él, que la había echado de menos.

—¿Qué?

Sacudió la cabeza y se apartó.

—Conduce con cuidado.

* * *

Fue directamente a su casa e hizo todo lo posible por no pensar en nada mientras se cambiaba de ropa para trabajar en el jardín. Salió fuera con *Isis*, su enorme gata negra, pegada a las piernas. En el invernadero, centró toda su atención en los semilleros. Eligió algunas bandejas para sacarlas fuera y que se curtieran antes de plantarlas avanzado el mes.

Cogió algunos utensilios y se puso a preparar la tierra.

Los narcisos ya habían crecido y oscilaban con el viento, los jacintos perfumaban el aire. El buen tiempo empezaba a hacer que los tulipanes se abrieran y ya podía imaginárselos como un batallón de colores vistosos.

Lo había manejado a su antojo para que la besara, se reconoció Mia mientras removía la tierra. Una vez que una mujer conoce los resortes de un hombre, no se olvida de dónde tenía que apretar un poco.

Había querido sentir su cuerpo y deleitarse con el sabor de su boca.

No era un delito ni un pecado, ni siquiera era un error, se dijo. Quería estar segura y ya lo estaba.

Seguía habiendo energía entre ellos. No podía decir que le sorprendiera. Entre el último beso que se habían dado y ése, ningún hombre la había alterado de verdad. Hubo un tiempo en que se preguntó si habría muerto aquella parte de ella, pero los años cicatrizaron la herida y apreció su propia sexualidad. Incluso la disfrutó.

Habían existido otros hombres. Hombres interesantes, divertidos y atractivos, pero ninguno que tocara esa tecla de su interior que hacía que tuviera esas desbordantes sensaciones.

Había aprendido a darse por satisfecha.

Hasta aquel momento.

¿Qué pasaría en adelante? Se preguntó mientras observaba la glicinia que empezaba a reverdecer alrededor de un árbol. Sentía el deseo y había comprobado y creído, necesitaba creerlo, que podía conseguir el placer con sus propias condiciones para proteger su corazón.

Era humana. ¿Acaso no tenía derecho a sentir las necesidades humanas más elementales?

Esa vez tendría cuidado, se dominaría y no daría un paso en falso. Siempre era preferible afrontar un dilema que dar la espalda a algo que no se podía pasar por alto.

Sonaron las campanillas agitadas por el viento y le dio la sensación de que el sonido era ligeramente burlón. Miró a *Isis* que estaba tumbada al sol observándola.

—¿Qué pasaría si le dejara conducir este tren? —le preguntó Mia—. No sabría cuál es el destino, ¿verdad? Pero yo he elegido la vía y las estaciones.

La gata dejó escapar algo entre un gruñido y un ronroneo.

—Eso crees tú —farfulló Mia—. Sé perfectamente lo que hago y creo que cenaré con él. Aquí, en mi terreno —clavó la pala en el suelo—. Cuando me apetezca y esté preparada.

Isis se levantó, movió significativamente el rabo y fue a ver los peces de colores que nadaban como dardos dorados en el estanque de los nenúfares.

* * *

Durante los días siguientes, pensó mucho en las gatas insolentes, en cenar con Sam y en la posibilidad de acostarse con él. Lulú estaba distraída e irritable. Más irritable que de costumbre. Se pelearon dos veces por asuntos de la tienda que no tenían ninguna importancia.

Mia tuvo que reconocerse que también estaba algo tensa. En cualquier caso, la ampliación que le había propuesto Nell le servía para dar salida a toda la energía que había acumulado desde que estuvo con Sam en el acantilado.

Se reunió con un arquitecto, con un contratista, con el director de su banco y pasó muchas horas haciendo cuentas.

No le hizo gracia que el contratista que ella quería ya se hubiera comprometido durante los próximos meses con Sam para la renovación de las habitaciones de La Posada Mágica, pero intentó tomárselo con deportividad. Aunque le fastidiara, Sam había llegado antes.

Tanto la renovación del hotel como su ampliación, se dijo, eran buenas para la isla.

Como el tiempo seguía siendo bueno, dedicaba los ratos libres a los jardines de su casa y a los macizos de flores que había plantado detrás de la librería.

—Hola —Ripley entró en el jardín de la tienda desde el camino—. Está muy bonito —comentó mientras echaba una ojeada.

—Sí, es verdad —Mia siguió plantando—. La luna ha estado cálida y amarilla toda la semana. Ya no habrá más heladas.

—¿Cuentas con esas cosas? —Ripley hizo una mueca.

—Estoy organizando mi cosmos, ¿no?

—Lo que tú digas. Mac se ha empeñado en plantar algo alrededor de la casa. Ha estado estudiando el suelo, la flora local y todas esas cosas. Yo le he dicho que sólo tiene que preguntarte a ti.

—Estaré encantada de ayudarle.

—Va a venir pronto al pueblo para hablar con Lulú de sus libros y no sé qué. Puede aprovechar el viaje.

—Perfecto.

—La otra noche tuve un sueño espantoso con Lulú, Mel Gibson y unas ranas.

Mia dejó de hacer lo que estaba haciendo y levantó la mirada.

—¿Ranas?

—No como las que tú tienes de patas blancas. Una rana enorme y tétrica —Ripley frunció el ceño, pero tenía un recuerdo difuso e inconexo del sueño—. También salía esa estúpida gárgola que tiene. Espantoso —repitió.

—A Lulú le gustaría, si Mel Gibson estaba desnudo.

—Sí, claro. Pasando a otro tema —Ripley se metió las manos en los bolsillos y removió la tierra con los pies—. Supongo que ya sabes que Logan estuvo en casa hace unos días.

—Sí —Mia hizo un encantamiento mental mientras colocaba la planta—. Es normal que quisiera ver su casa otra vez.

—Es posible, pero eso no significa que Mac le dejara entrar y le invitara a una asquerosa cerveza. Te aseguro que lo puse verde.

—Ripley... No hay motivo para que Mac sea grosero y, además, su forma de ser no se lo permitiría.

—Ya, ya —justo ahí, creía recordar, había terminado la discusión—, pero no tiene por qué gustarme. Se ha montado todo un galimatías sobre el lugar de Sam en el asunto del destino y tu insistencia en mantener el círculo intacto.

A Mia se le encogió el estómago, pero no se alteró mientras elegía otra planta.

—Nunca me ha parecido que las teorías u opiniones de Mac sean galimatías.

—Tú no vives con él —Ripley suspiró y se agachó junto a Mia.

Hubo uno tiempo no muy lejano en el que ese gesto le habría resultado casi imposible. Tardó un momento en encontrar las palabras que quería decir.

—De acuerdo: Mac es muy listo, meticuloso y nueve de cada diez veces tiene razón, lo cual es exasperante para la vida cotidiana.

—Estás loca por él —murmuró Mia.

—Desde luego. Es el empollón más sexy del mundo y lo tengo entero para mí, pero hasta el increíble doctor Booke tiene que equivocarse alguna vez. Sólo quiero decir que no creo que Sam Logan tenga nada que ver con nada.

—Conciso y emotivo.

—¿Por qué iba a ser de otra forma? —Ripley levantó las manos y las dejó caer con un gesto de impotencia—. Tuvisteis un asunto cuando erais casi unos niños y te machacó cuando se largó. Lo has llevado bien cuando ha vuelto, has atendido tu negocio y has mantenido las distancias. Lo has apartado de tu vida y no ha caído ningún rayo.

—Voy a acostarme con él.

—Así que creo que no tiene ninguna posibilidad en tu… ¿Qué? ¡Repite eso! —Ripley se quedó boquiabierta—. Por Dios bendito.

Mia torció los labios y su amiga se levantó de un salto.

—¿En qué estás pensado? —vociferó Ripley—. ¿Te has vuelto loca? ¿Vas a acostarte con él? ¿Vas a premiarle por haberte hecho polvo?

Mia se levantó lentamente, con el semblante serio, y se quitó los guantes con cuidado.

—Creo que soy lo bastante mayor como para ser capaz de tomar mis decisiones. Creo también que soy una mujer soltera y sana de treinta años que es libre de tener una relación física con un hombre soltero y sano.

—¡No es un hombre! ¡Es Logan!

—Puedes gritar un poco más alto, me parece que la señora Bigelow no te oye con toda claridad desde el otro lado de la calle.

Ripley apretó los dientes y giró sobre sus talones.

—Ya veo que me he equivocado contigo. Me había imaginado que le darías una patada en el culo y que te marcharías tan tranquila. No sé por qué creía que eras así, si nunca lo has sido.

—¿Qué quieres decir?

—Lo que he dicho. Si quieres pasártelo bien con Sam, adelante. No cuentes conmigo para recoger los pedazos de tu corazón cuando vuelva a destrozártelo.

Mia se agachó para dejar el rastrillo en el suelo. Hasta una mujer civilizada y con dominio de sí misma debía tener cuidado si tenía un arma en la mano.

—No te preocupes. Ya tengo experiencia en ese terreno. Te alejaste de mí con la misma frialdad y tan completamente como lo hizo él. Durante diez años, te alejaste del don que compartimos y de todas sus responsabilidades y goces. A pesar de todo, sigo pudiendo unir las manos contigo cuando es necesario.

—No tuve elección.

—Fue conveniencia, ¿verdad? Como cuando alguien destroza a otro, siempre es porque no tuvo elección.

—Yo no pude ayudarte.

—Podías haber estado ahí. Yo te necesitaba —le reprochó Mia con tranquilidad antes de darse la vuelta para marcharse.

—No pude —Ripley la agarró del brazo y apretó con fuerza—. Todo es culpa suya. Cuando te dejó, tú sólo sufrías y yo...

—¿Qué?

—Yo no quiero meterme en todo esto —Ripley dejó caer la mano.

—Diste un portazo, ayudante del sheriff. Ten las agallas de abrir la puerta otra vez.

—Muy bien, de acuerdo —dio un paso atrás. Tenía las mejillas encendidas por la rabia, pero la desolación se reflejaba en sus ojos—. Fuiste como un zombi durante semanas, casi no podías hacer nada; como alguien que no se había recuperado de una enfermedad grave y no quería hacerlo.

—Seguramente se debía a que me habían arrancado el corazón.

—Lo sé porque yo también lo sentí —Ripley cerró un puño y se golpeó el pecho—. Yo sentí lo mismo que tú. No podía dormir, no podía comer, la mayoría de los días casi no podía levantarme de la cama. Era como si me estuviera consumiendo.

—Si hablas de una empatía absoluta, yo nunca… —tartamudeó Mia.

—No sé cómo se llama. Yo sentía físicamente lo mismo que tú y no podía soportarlo. Quería hacer algo, quería que tú hicieras algo. Que le pagaras con la misma moneda, que le hicieras daño. Cuanto más duraba, más me enfurecía. Si me hubiera vuelto loca, no me habría dolido tanto. La furia no me dejaba pensar —tomó aliento—. Estaba fuera, detrás de la casa. Zack acababa de llegar de navegar y me brotó toda la rabia. Pensé en lo que quería hacer, en lo que podía hacer. Dependía de mí. Provoqué un rayo. Un rayo negro. Un rayo que cayó en el barco que acababa de amarrar Zack. Si llego a hacerlo un minuto antes podría haberlo matado. No pude controlarlo.

—Ripley —Mia, impresionada y espantada, le tocó el brazo—. Debió aterrorizarte.

—Fue mucho más que terror.

—Ojalá me lo hubieras dicho. Habría podido ayudarte.

—Mia, ni siquiera podías ayudarte a ti misma —suspiró al sentir que se quitaba un peso de encima— y yo no podía correr el riesgo de hacer daño a alguien. No podía dominar…, no sé…, la intimidad de mi vínculo contigo. Sabía que si hablaba contigo me disuadirías de que abandonara la Hermandad. Sólo vi una solución: alejarme de ti. Alejarme de todo antes de que hiciera algo irreversible.

—Yo estaba furiosa contigo —confesó Mia.

—Ya —Ripley se sorbió unas lágrimas, pero no estaba muy avergonzada—. Yo también me enfurecí y me resultó más fácil, o más cómodo, estar a malas contigo que ser tu amiga.

—Quizá también fuera más fácil para mí —era difícil reconocer después de tantos años que culpar a alguien la había ayudado a aliviar el dolor—. Sam se había ido, pero tú seguías aquí y pincharte cada vez que podía era una pequeña satisfacción.

—Lo hacías muy bien.

—Bueno... —Mia se apartó el pelo con una ligera risa—. Es uno de mis dones. Siempre te he querido, hasta cuando te llamaba las cosas más horribles.

Las lágrimas acechaban. La piedra que había tenido tanto tiempo en el corazón se había disuelto en un instante. Dio los dos pasos que las separaban y cogió a Ripley con fuerza de la cintura.

—Vale —Mia no decía nada y Ripley le dio unas palmadas en la espalda—. Vale.

—Te he echado mucho de menos. Mucho.

—Lo sé. Yo también —respiró entrecortadamente y parpadeó al ver a Nell que estaba llorando en silencio en el quicio de la puerta.

—Lo siento. Salí justo en medio de todo y mientras pensaba si debía intervenir o volver dentro, me quedé atrapada —dijo, y repartió pañuelos de papel para todo el mundo—. Tendría que disculparme por escuchar a hurtadillas, pero la verdad es que me alegro.

—Vaya tres —Ripley se sorbió más lágrimas—. Ahora tendré que terminar la ronda con los ojos irritados. Es bochornoso.

—Por el amor de Dios, haz un encantamiento y solucciónalo —Mia terminó de limpiarse las lágrimas, cerró los ojos y murmuró unas palabras. Cuando volvió a abrirlos, estaban transparentes y radiantes.

—Siempre alardeando —farfulló Ripley.

—Yo no puedo hacerlo tan rápidamente —empezó a decir Nell—. Crees que si yo...

—Ahora no vamos a organizar un aquelarre —Ripley sacudió la mano—. Ya que estás aquí, Nell, necesito un poco de apoyo. Prepárate: Mia va a tirarse a Sam.

—Tienes un vocabulario... —se quejó Mia—. Nunca dejarás de impresionarme.

—La cuestión es que lo llames como lo llames, es un error —Ripley dio un pequeño codazo a Nell—. Díselo.

—No es asunto mío.

—Cobarde.

—Para ahorrarte los insultos y que te muerdas la lengua, te pediré tu opinión —Mia enarcó las cejas—. Si es que la tienes sobre este asunto.

—Mi opinión es que es una decisión tuya y si —continuó Nell a pesar del gruñido de Ripley— estás pensando en acostarte con Sam, es porque todavía sientes la suficiente atracción como para planteártelo. No haces las cosas a la ligera. Creo que hasta que no te lo quites de la cabeza o aclares tus sentimientos, estarás intranquila y tendrás un conflicto.

—Gracias. Ahora...

—No he terminado —Nell se aclaró la garganta—. El contacto físico sólo solucionará una parte del conflicto; seguramente, la más fácil de solucionar. Lo que ocurra después dependerá de que te abras o te encierres en ti misma. Eso también será decisión tuya.

—Estoy pensando en dejar zanjado un asunto muy viejo. Hasta que no lo haga, no podré saber con claridad cuál será el paso siguiente.

—Entonces, míralo —dijo Ripley con impaciencia—. Siempre se te han dado muy bien las visiones.

—¿Crees que no lo he intentado? —dejó escapar algo de la sensación de impotencia acumulada—. No puedo verme a mí misma. La veo a ella en el borde del acantilado, en medio de una tormenta y con la niebla deslizándose a sus pies. Noto su fuerza y su desesperación. En ese instante, justo antes de saltar, ella me extiende la mano, pero no sé si es para pasarme el último vínculo o para arrastrarme con ella —se le nublaron los ojos y el aire se espesó—. Luego, me quedo sola y siento que la oscuridad me aprisiona con fuerza y es tan fría que parece que fuera a quebrarse. Sé que si pudiera llegar al claro del bosque y al centro de la isla, podríamos trazar el círculo y acabar con la oscuridad para siempre, pero no sé llegar hasta allí.

—Lo sabrás —Nell le tomó de la mano—. Ella estaba sola. Tú no lo estás ni lo estarás nunca.

—No hemos llegado tan lejos para perder ahora —Ripley le tomó la otra mano.

—No —Mia cogió fuerza del círculo. La necesitaba, ya que se sentía sola en la oscuridad incluso allí, a la luz del día y con sus hermanas junto a ella.

Seis

La isla estaba cubierta por una neblina ligera y luminosa como la superficie de una perla. Los árboles y las rocas asomaban sobre ella como jorobas y torres sobre un mar lechoso.

Mia salió temprano de su casa. Se quedó un momento en la pendiente del jardín absorbiendo la quietud y serenidad de Tres Hermanas en una mañana de primavera. La extensión de forsitias era como un abanico de colores matizados por la neblina matinal y los narcisos como una banda de alegres trompetas. Sentía el aroma de los narcisos, húmedo y algo empalagoso. Parecía como si la tierra estuviera esperando para despertarse, para desprenderse de los recuerdos del invierno y volver a la vida.

Mia apreciaba tanto el aparente aletargamiento como la belleza que se avecinaba.

Abrió el coche, dejó el maletín en el asiento del copiloto y empezó a bajar la larga y sinuosa carretera que llevaba hasta el pueblo.

Tenía que hacer algunas tareas rutinarias antes de abrir la librería. Le gustaba hacerlo. Le gustaba la relativa calma, la repetición, la renovación de existencias, le gustaba tanto como las horas de trabajo cuando los clientes entraban y salían, o se quedaban dando vueltas y ojeando libros y, naturalmente, cuando compraban.

Adoraba estar rodeada de libros. Desembalarlos, ponerlos en los estantes y preparar los escaparates. Le entusiasmaba su olor, su textura y su aspecto externo. Le emocionaba coger uno y abrirlo al azar para encontrarse con la sorpresa que le deparaban las palabras sobre el papel.

Para ella, la librería era algo más que un negocio. Era un amor firme y profundo, pero tampoco se olvidaba de que *era* un negocio y la dirigía eficientemente haciendo que fuera rentable.

Había heredado dinero y nunca había tenido que trabajar para vivir. Lo hacía por placer y por un sentido ético personal. Su situación económica le había permitió elegir su profesión y crear un negocio que reflejaba sus inquietudes. Esos principios y sus conocimientos, esfuerzo y perspicacia habían hecho que la librería prosperara.

Estaba muy agradecida, y lo estaría siempre, a la herencia de los Devlin, pero ganar su propio dinero y arriesgarlo le parecía mucho más apasionante y gratificante.

Eso era exactamente lo que haría si llevaba a cabo la idea de Nell. La ampliación del café cambiaría muchas cosas. Si bien confiaba y respetaba la tradición, también era proclive al cambio. Siempre que fuera un cambio inteligente, y ése, se dijo mientras se abría camino entre la niebla, podría serlo.

Si ampliaba el café tendría una zona más atractiva y espaciosa para organizar actividades. Su club literario mensual tenía bastantes seguidores en la isla y el nuevo club de cocina apuntaba posibilidades. El truco estaría en aprovechar lo mejor posible el espacio sin perder la sensación de intimidad que había hecho famosa a la librería.

Sin embargo, desde que Nell plantó la semilla en su cabeza, la idea iba echando raíces. Podía ver exactamente lo que quería y cómo sería. Cuando se trataba de Café & Libros siempre estaba segura de lo que hacía.

Era una pena que no tuviera la misma confianza en el resto de su vida.

Parecía como si una cortina le impidiera observar el centro de la visión. Podía ver por los costados, pero justo el centro lo tenía obstruido. Le preocupaba más de lo que estaba dispuesta a reconocer.

Sabía que había alternativas al otro lado de la cortina, pero ¿cómo podía elegir la correcta si no sabía cuáles eran?

Sam Logan era una de ellas, sin embargo, ¿hasta qué punto podía hacer caso de sus instintos si los ponía en la balanza enfrentados a la lógica y a su pasado? Contrastándolos con una atracción sexual primitiva que le nublaba la lógica.

Un traspiés con él podría destrozarla otra vez. Podría salir muy malparada. Lo que era peor, una decisión equivocada podría significar la perdición de la isla que amaba y que había jurado proteger.

Una vez, una mujer prefirió morir a soportar el dolor de la soledad y el desamor. Se arrojó al mar cuando su amado la abandonó. Ella tejió los últimos hilos de la red sobre Tres Hermanas.

¿Acaso Mia no había compensado aquel acto al elegir vivir, buscar la satisfacción e, incluso, prosperar?

Nell había elegido el valor y Ripley la verdadera justicia. Ella había elegido la vida y el círculo se mantenía.

Quizá ya se hubiera roto la maldición y la oscuridad que acechaba a la isla se hubiera disipado.

La niebla se estremeció al borde de la carretera tan inesperadamente como se le habían pasado esos pensamientos por la cabeza. Un rayo cayó junto a su coche con una explosión de luz roja y sucia y una peste a ozono.

Un enorme lobo negro le gruñó en medio de la carretera.

Instintivamente, pisó los frenos a fondo y giró el volante. El coche derrapó y se quedó cruzado en la carretera. Tuvo una visión borrosa de las rocas, la niebla y el resplandor apagado del quitamiedos que separaba la estrecha carretera del borde del acantilado que se precipitaba al mar.

Se repuso del pánico que le atenazaba la garganta y volvió a coger el volante. Los ojos del lobo brillaban como el ámbar y mostraba unos colmillos imponentes. En el hocico mostraba un pentagrama grabado sobre el fondo negro como una cicatriz blanca.

Era la misma marca que tenía ella. Al verla, el corazón quiso salírsele del pecho.

Por encima de la sangre que se le agolpó en la cabeza, por encima, incluso, del chirrido de las ruedas, notó su frío aliento en la nuca y escuchó la sigilosa y zalamera voz que le susurraba.

«Adelante. Sígueme y ya no estarás sola. Es muy penoso estar sola.»

Las lágrimas le nublaron la visión. Por un instante, perdió la fuerza en los brazos y le temblaron mientras la voluntad se le debilitaba ante lo acuciante de la invitación. En ese momento, se vio con toda claridad volando sobre el borde del acantilado.

Recuperó algo de decisión e intentó dominar el coche sacando fuerzas de flaqueza.

—Vuelve al infierno, hijo de puta.

El lobo levantó la cabeza para aullar, Mia pisó el acelerador a fondo y lo atravesó.

Notó el impacto, no del cuerpo, sino de la explosión de maldad que resonó en el aire cuando embistió contra la imagen.

La neblina volvió a brillar, fina y perlada, sobre Tres Hermanas.

Mia se detuvo en el costado de la carretera, apoyó la frente en el volante y se echó a temblar de pies a cabeza. Su respiración sonaba demasiado fuerte dentro del coche cerrado y tanteó para encontrar el control de la ventanilla. Revivió con el aire fresco y húmedo y con el rumor constante del mar.

Aun así, cerró los ojos y se dejó caer sobre el respaldo del asiento hasta que volvió a calmarse.

—Bueno, supongo que eso responde a mi pregunta sobre si todo había acabado.

Tomó aire y lo soltó lentamente hasta que el pecho no le oprimía al respirar. Luego, abrió los ojos y miró por el retrovisor.

Los neumáticos habían dejado unas marcas sinuosas sobre el asfalto; unas marcas que, como observó con un escalofrío, habían pasado muy cerca del precipicio.

El lobo había desaparecido y la neblina ya era transparente como la gasa.

—Un truco muy evidente —dijo en voz alta para sí misma y para quien quisiera escucharla—. Un lobo negro con ojos rojos… Evidente y manido.

Y muy, muy efectivo, añadió para sus adentros.

Sin embargo, llevaba su marca, la marca que le había puesto ella cuando no tenía forma de lobo. No había podido ocultarla y eso la consolaba. Un consuelo que le hacía mucha falta, tuvo que reconocer, porque la emboscada había estado a punto de tener éxito.

Volvió a entrar en la carretera y las manos casi habían dejado de temblarle cuando aparcó delante de la librería.

* * *

Sam había estado esperándola. Le había resultado fácil programar su llegada al hotel para coincidir con la de ella a la tienda. No era puntual como un reloj, se dijo mientras paseaba por la calle, pero en algún momento entre las nueve menos cuarto y las nueve y cuarto, Mia aparcó su precioso cochecito y quitó el cerrojo de la tienda.

Ese día llevaba uno de esos vestidos finos y largos que hacían que un hombre diera gracias a los dioses por la llegada de la primavera. Era azul pálido como un estanque en calma y le caía a lo largo del cuerpo con la fluidez del agua.

Calzaba unas sandalias muy seductoras de tacón alto que eran poco más que una serie de tiras de colores atadas a una punta larga y afilada.

No tenía ni idea de que unos zapatos pudieran hacerle la boca agua.

Llevaba el pelo recogido en la nuca y ésa era la única objeción que podía ponerle a su aspecto esa mañana. Lo prefería suelto y desordenado, pero el moño dejaba suelto un intrigante mechón rojo en el centro de la espalda.

Le habría gustado posar sus labios allí: debajo del mechón rojo, debajo del delicado vestido, sobre la suave piel del centro de la espalda.

—Buenos días, preciosa.

Mia dio un respingo y se apartó de la puerta. La sonrisa franca de Sam se desvaneció al instante y se le ensombrecieron los ojos al ver el miedo reflejado en los de ella.

—¿Qué te pasa? ¿Qué ha pasado?

—No sé de qué me hablas —las manos volvían a temblarle—. Me has asustado —se giró lo suficiente como para ocultar el temblor mientras abría la puerta—. Perdona, Sam, pero no tengo tiempo para charlas. Tengo trabajo.

—No me vengas con ésas —entró con ella antes de que le cerrara la puerta en las narices—. Te conozco.

—No, no me conoces —quiso gritar, pero se contuvo. Dejó el maletín en el mostrador lo más despreocupadamente que pudo—. No me conoces.

—Sé cuando estás molesta. Por Dios, Mia, estás temblando y tienes las manos heladas —replicó Sam mientras le tomaba una mano entre las suyas—. Cuéntame qué te ha pasado.

—No me pasa nada —creía que estaba tranquila, pero le temblaban las piernas. Se mantuvo firme por orgullo—. Maldita sea, déjame.

Sam estuvo a punto de hacerlo.

—No —decidió mientras se acercaba—. Ya lo hice una vez. Permíteme que intente algo nuevo —la levantó del suelo.

—¿Qué demonios estás haciendo?

—Estás helada y temblorosa. Tienes que sentarte. Has engordado un poco, ¿no?

Mia lo miró con incredulidad.

—¿No me digas?

—Te sienta bien —la llevó al sofá y la tumbó—. Ahora. Cuéntamelo.

—No te sientes en… —dejó escapar un suspiro cuando Sam se sentó en la mesa baja que había enfrente del sofá—. Compruebo que no has llegado a comprender la diferencia entre una mesa y una butaca.

—Las dos son de la familia del mobiliario. Por lo menos has recuperado algo de color. Deberías agradecerme que haya venido a incordiarte.

—Sí, es mi día de suerte.

—¿Qué te ha asustado, cariño? —le tomó las manos otra vez.

—No me llames así —recordaba que sólo usaba esa palabra cuando estaba especialmente cariñoso. Apoyó la cabeza en los almohadones—. Sólo ha sido… He estado a punto de tener un accidente cuando venía. Un perro se ha cruzado en la carretera. El asfalto estaba húmedo por la niebla y he derrapado.

—No lo creo —Sam apretó las manos.

—¿Por qué iba a mentir?

—No lo sé —siguió apretando las manos con fuerza hasta que ella dejó de forcejear—, pero te callas algo.

123

Supongo que podría adivinarlo si subo por la carretera de la costa.

—No lo hagas —el miedo le atenazó la garganta y sólo le salió un hilo de voz apremiante—. No lo hagas —repitió más tranquilamente—. No va contra ti, pero en este momento no puedo estar segura de que no exija todo lo que se ponga a su alcance. Suéltame y te lo contaré.

—Cuéntamelo —contraatacó Sam que sabía la importancia del vínculo— y te soltaré.

—De acuerdo —concedió ella después de una encarnizada lucha interna—. Lo haremos como tú dices; por esta vez.

Se lo contó sin omitir ningún detalle, pero con un tono tranquilo, casi coloquial. Aun así, vio que le cambiaba la expresión.

—¿Por qué no llevas alguna protección? —preguntó Sam.

—La llevo —le enseñó tres piedras engarzadas en un colgante con forma de estrella—. No ha sido suficiente. Es fuerte. Ha tenido tres siglos para reunir fuerzas y cultivar sus poderes. Sin embargo, no puede hacerme verdadero daño. Sólo puede probar algunos trucos.

—Este truco podía haberte costado muy caro. Seguramente conducías muy deprisa.

—Mira quién habló.

—Yo no he estado a punto de caerme por un acantilado —se levantó bruscamente y fue de un lado a otro para apartar de su cabeza la espantosa imagen de Mia en semejante situación.

No había previsto esa especie de ataque frontal y creía que ella tampoco lo había hecho. Se dio cuenta de que la confianza en sus propios poderes los había cegado.

—Has tomado precauciones especiales con tu casa.

—Protejo lo que es mío.

—Te has descuidado con el coche —la miró por encima del hombro y tuvo la satisfacción de ver cómo se sonrojaba.

—No lo he descuidado. He tomado las medidas normales.

—Como habrás comprobado, las normales no son suficientes.

—Entendido —gruñó Mia con los dientes apretados porque le molestaba que le dijeran cómo tenía que hacer las cosas.

—Entretanto, me gustaría devolverle algún golpe en vez de estar siempre a la defensiva.

Mia se levantó.

—No es asunto tuyo, no va contigo.

—No tiene sentido perder el tiempo discutiendo eso, los dos sabemos que soy parte de ello.

—No eres uno de las tres.

—No, no lo soy —se acercó a Mia—, pero soy como las tres. Mi sangre y tu sangre, Mia, brotan de la misma fuente. Mi poder y el tuyo se nutren de la misma energía. Eso nos une, por mucho que tú prefieras otra cosa. Me necesitas para terminar esto.

—Todavía no está claro lo que yo necesito.

Sam levantó la mano y le pasó un nudillo por la mandíbula, era un viejo gesto de cariño.

—¿Y qué deseas?

—Que te desee sexualmente no es cuestión de vida o muerte, Sam. Es como rascarme un picor algo molesto.

—¿Algo molesto? —hizo un gesto burlón y le tomó la nuca con la mano.

—Algo… —repitió ella antes de permitir que le rozara seductoramente los labios con los suyos—. Ligero.

—Yo pensaba más bien… —le acarició la espalda con la otra mano—. Que era constante, crónico.

Le mordisqueó los labios y la atrajo hacia sí.

Mia no apartó la mirada de él y permaneció con los brazos caídos.

—El deseo sólo es apetito.

—Tienes razón. Saciémoslo.

Le devoró la boca y pasó de la calidez cariñosa a la pasión abrasadora. Ella no pudo evitar dejarse arrastrar.

Lo agarró de las caderas y apretó. Luego subió las manos por la espalda hasta que se aferraron a los hombros como garras. Si él quería llevarla al límite, se dijo Mia, ella lo llevaría más lejos y con más fuerza.

Mia dejó caer la cabeza hacia atrás, no como un gesto de sumisión, sino de exigencia. Como si le retara a tomar más si se atrevía. Cuando Sam aceptó el desafío, Mia ronroneó de placer.

Sam se sintió embriagado por el aroma y la cabeza le dio vueltas. La estrechó con un movimiento desesperado, y se preparó para tumbarla en el sofá.

La puerta de la tienda se abrió y las campanillas sonaron como si fueran la sirena de una alarma.

—Alquilad una habitación —gruñó Lulú mientras cerraba de un portazo. Sintió un placer perverso al ver que los dos se separaban como impulsados por un resorte—. O por lo menos achuchaos en el asiento trasero de un coche si vais a comportaros como unos adolescentes en celo —tiró el bolso enorme en el mostrador—. Yo tengo cosas que hacer aquí.

—Buena idea —Sam rodeó posesivamente la cintura de Mia con su brazo—. Cruzaremos la calle.

Otro viejo gesto, se dijo ella. Antes, también le habría pasado el brazo alrededor de la cintura y habría apoyado la cabeza en su hombro. Esa vez, se limitó a apartarse.

—Es una oferta muy tentadora, sinceramente, pero creo que la pospondré para mejor ocasión. Las cosas que tan amablemente ha dicho Lulú que hay que hacer, me corresponden a mí. Además, no falta ni una hora para abrir —añadió después de mirar su reloj de pulsera.

—Entonces, nos daremos prisa.

—Otra oferta irresistible. Es encantador, ¿verdad, Lulú? Una mujer no recibe todos los días una invitación para un revolcón rápido antes de empezar a trabajar…

—Adorable —dijo Lulú con acidez.

Se sentía amargada y prefería achacárselo a Sam que a no poder dormir bien desde la alucinación del sábado por la noche.

—Pero lamentablemente… —Mia dio una palmadita descuidada en la mejilla de Sam e iba a darse la vuelta cuando él la agarró con fuerza de la barbilla.

—Estás jugando conmigo —dijo con tranquilidad—. Si quieres jugar a esto, te haré una advertencia: ya no sigo siempre las reglas del juego.

—Yo tampoco —Mia oyó que se abría y cerraba la puerta trasera—. Ha llegado Nell. Tendrás que disculparme, Sam, pero tengo trabajo. Estoy segura de que tú también lo tienes.

Le quitó la mano de la barbilla y fue al encuentro de Nell.

—Dame eso —Mia le cogió una caja—. Huele maravillosamente —subió las escaleras dejando un aroma a bollos de canela a su paso.

—Mmm —Nell se aclaró la garganta. Entrar en medio de tanta tensión había sido como atravesar un muro—. Hola, Sam.

—Hola, Nell.

—Bueno, tengo... más —farfulló mientras iba hacia la puerta trasera otra vez.

—No sé si te habrás dado cuenta, pero no hemos abierto todavía —le espetó Lulú—. Así que largo.

Sam todavía sentía el sabor de Mia. Rabioso y dispuesto a buscar pelea, se acercó al mostrador y se inclinó sobre el rostro ceñudo de Lulú.

—Me da igual que lo apruebes o no, pero no vas a apartarme de ella.

—Ya te has ocupado tú solito de hacerlo durante unos años.

—He vuelto y todos vamos a tener que acostumbrarnos —se dirigió hacia la puerta y la abrió de golpe—. Si quieres hacer de perro guardián, hay algo mucho más peligroso que yo de lo que deberías preocuparte.

Lulú lo miró mientras cruzaba la calle. No creía que hubiera nada más peligroso para Mia que Sam Logan.

Pensó que la alucinación provocada por el vino y la comida basura se había equivocado al pretender hacerle pensar que no tenía familia. Tenía una hija. Lulú miró hacia las escaleras por las que había subido Mia.

Tenía una hija, se dijo otra vez.

* * *

Canceló la primera reunión. Un hombre tenía sus prioridades. Fue en coche por la carretera de la costa. Hizo un esfuerzo para contener la rabia y la velocidad, pero no pudo evitar una sensación de espanto cuando vio las marcas en el asfalto. Salió del coche con las piernas temblorosas y comprobó que sólo habían faltado unos centímetros para que chocara contra el quitamiedos. Si la velocidad y el ángulo hubieran sido los adecuados, el precioso cochecito habría pasado por encima y habría caído al mar.

Siguió las huellas, escudriñó la carretera e intentó captar algún olor que quedara en el aire. Sabía que a Mia le gustaba conducir deprisa, pero nunca había sido imprudente y para dejar aquellas marcas tenía que haber ido a unos ciento cuarenta kilómetros por hora.

A no ser que la hubieran ayudado.

Sintió un escalofrío en toda la espina dorsal al comprender que eso era lo que había pasado. Algo había hecho que derrapara empujándola hacia el borde.

Si Mia no hubiera sido fuerte, inteligente y rápida de reflejos, quizá no lo hubiera contado.

Observó una mancha negra en el borde de la carretera. Era como un resto quemado que rezumaba una especie de sangre aceitosa. Mientras lo observaba, notó la energía oscura que emanaba de allí.

Comprendió que para que Mia dejara aquello había tenido que pasarlo peor de lo que pensó.

Volvió al coche, abrió el maletero y cogió lo que necesitaba. Con las herramientas en la mano, miró hacia los dos lados de la carretera. Estaba desierta. Pensó que eso le convenía porque lo que iba a hacer le llevaría algún tiempo.

Rodeó la mancha con tres círculos de sal marina y humeó donde ambos elementos entraron en contacto. Sintió un poder frío y diáfano en su interior y utilizó una vara de abedul para purificarla. La mancha burbujeó y chisporroteó cuando le echó laurel y dientes de ajo como protección y, lentamente, empezó a encogerse.

—Nadie que vuelva a pasar tiene nada que temer. Ya no podrás ejercer tu maldad aquí. Que la oscuridad vuelva a la oscuridad y la luz lo ilumine todo. Que este sitio sea seguro de noche y de día —se agachó mientras la mancha se consumía—. Protegeré aquello que quiero —susurró—. Que se haga mi voluntad.

Volvió al coche y pasó por encima de la mancha camino de la casa de Mia.

Tenía que verla. Se había contenido pero ya no podía esperar a que ella lo invitara.

Seguía igual, se dijo mientras veía el maravilloso camino de entrada y las agujas de piedra. Mejor que igual, era más como Mia, comprendió al bajarse del coche.

Las flores, los arbustos con brotes y los árboles enormes. Las gárgolas y las hadas. La música constante de las campanillas de viento. La torre blanca del faro se erguía como un centinela de otra época que guardaba la isla y la casa, y ella había plantado pensamientos morados a sus pies.

Siguió el sendero de piedra que rodeaba la casa. El mar batía contra las rocas e hizo que sus pensamientos y su corazón se dirigieran al acantilado y que recordara las veces que había estado allí con ella o que había ido a su encuentro cuando estaba allí sola.

Sin embargo, siguió avanzando y mirando a su alrededor hasta que se detuvo en seco.

Los jardines eran un mundo. Arcos y espalderas, laderas y torrentes. Caminos de piedra alfombrados de musgo serpenteaban entre riachuelos y mares de flores. Algunas empezaban a brotar y otras estaban en todo su esplendor.

Se dio cuenta de que no sólo eran las flores, sino también el verde de la hierba. Tenía tantos tonos y texturas que cada pincelada blanca o rosa, azul o amarilla le añadía un matiz maravilloso.

Había estanques, el destello de un reloj de sol de cobre, un hada encantadora que daba vueltas entre los arbustos; bancos por todos lados, unos al sol y otros a la sombra, invitaban a sentarse y disfrutar.

No se podía imaginar cómo sería todo aquello en verano cuando las jóvenes plantas florecieran y las parras terminaran de formar los emparrados. No podía hacerse una idea de los colores, las formas y el perfume.

No pudo resistir la tentación de caminar por algunos de los caminos de piedra intentando imaginarse cómo lo habría hecho. Cómo habría convertido un jardín bonito, aunque bastante corriente, una extensión de césped perfectamente cuidado y el sencillo bancal que él recordaba en una explosión de colores y formas.

También deseó, ingenuamente, poder sentarse y observarla mientras trabajaba en uno de los arriates.

La casa siempre había sido muy hermosa y ella siempre la había amado, pero la recordaba un poco seria e imponente. Mia la convirtió en un sitio para disfrutar de la belleza, cálido y acogedor.

Allí, de pie en medio del edén personal de Mia, rodeado de aromas delicados, trinos de pájaros y el rumor del mar, comprendió lo que ella había creado y lo que él no había tenido jamás: un hogar.

Había tenido lujos, cosas hermosas o eficientes. Había buscado su sitio y no lo había encontrado, hasta ese momento.

—Parece una señal, ¿no? —murmuró—. Ella tiene su sitio y el mío a la vez.

Como no sabía qué hacer al respecto, fue al coche para terminar lo que le había llevado hasta allí. Añadiría sus propios encantamientos de protección a los de Mia para aumentar la seguridad.

Acababa de terminar cuando se dio cuenta de que un coche patrulla subía por la carretera. Al verlo, se guardó la bolsa con cristales en el bolsillo del abrigo. Su ilusión inicial por encontrarse con Zack dio paso a la irritación cuando Ripley se bajó del coche.

—Vaya, vaya. Qué interesante —encantada por el hervor que sentía por dentro, se metió las manos en los bolsillos traseros del pantalón y avanzó pavoneándose hacia él. La visera de la gorra casi le tapaba las gafas de sol.

Sam no necesitó verle toda la cara para saber que la expresión era pétrea.

—Estoy de patrulla rutinaria y me encuentro con un ser infame que ronda por una propiedad privada —soltó las esposas del cinturón con una sonrisa pérfida.

Sam las miró y la miró a ella.

—No te negaré que me gustan los juegos sadomasoquistas de vez en cuando, Ripley, pero eres una mujer casada —la ayudante del sheriff le enseñó los dientes y Sam se encogió de hombros—. De acuerdo, ha sido un chiste muy malo, pero las esposas también lo son.

—La ley no es un chiste, listillo. Estás en una propiedad ajena y creo que podría acusarte de intento de allanamiento —agitó las esposas—. En cualquier caso, probarlo me alegraría el día.

—No he entrado en la maldita casa —sólo lo había pensado— y si crees que vas a detenerme y esposarme por allanamiento...

—Estupendo, puedo añadir resistencia a la autoridad.

—No seas tan rígida.

—¿Por qué no iba a serlo?

—No he venido a hurgar —se defendió, aunque sí hubiera hurgado un poco—. Sólo estoy preocupado por Mia como lo estás tú.

—Es una pena que ser un mentiroso de mierda no sea ilegal.

—¿Quieres que te diga una verdad? —se inclinó sobre ella hasta casi rozarla con la nariz—. Me importa un carajo lo que opines de mí. Voy a asegurarme de que esta casa y la mujer que vive en ella están a salvo, sobre todo después de lo que ha estado a punto de pasarle esta mañana, y si crees que vas a ponerme esas jodidas esposas, cariño, será mejor que te lo pienses otra vez.

—Tu trabajo no es proteger esta casa y si yo quiero ponerte estas esposas, pijito de ciudad, te tumbarás en el suelo a comer barro mientras lo hago. ¿Qué coño quieres decir con eso de «lo que ha pasado esta mañana»?

Sam estaba a punto de contestarle una impertinencia cuando entrecerró los ojos con un gesto de curiosidad.

—¿No te lo ha contado Mia? Ella te lo cuenta todo. Siempre lo hacía.

—No la he visto hoy —Ripley se sonrojó levemente—. ¿Qué ha pasado? —lo agarró de la muñeca—. ¿Esta herida?

—No. No —se tranquilizó y la ira dio paso a cierta contrariedad—, pero ha podido estarlo. Estuvo a punto —se pasó los dedos por el pelo.

Le contó la historia y se alegró de ver que Ripley se ponía a jurar como una condenada y a ir de un lado a otro como si buscara algo que poder patear.

Le recordaba a la Ripley que siempre le había gustado.

—No he visto marcas de neumáticos.

—Las borré al purificar el lugar. Supuse que no le gustaría volver a verlas. Quién sabe, a mí me preocupó.

—Ya, claro —refunfuñó—. Tienes razón.

—¿Cómo has dicho? Creo que no he entendido bien.

—He dicho que tienes razón y no cargues la mano. ¿Te has ocupado del jardín y la casa?

—Sí. Sólo he añadido algo a lo que ella había hecho. Mia es más fuerte que antes y muy meticulosa —dijo en parte para sí mismo.

—Evidentemente no lo suficiente. Lo comentaré con Mac; siempre tiene todo tipo de ideas.

—Sí, le sobran —ironizó Sam, luego se encogió de hombros al ver que Ripley fruncía el ceño—. Me cayó muy bien. Enhorabuena y mis mejores deseos para tu matrimonio y todas esas cosas.

—Caray, gracias, ha sido conmovedor.

—Quizá sea que me cuesta imaginarme a Ripley la rebelde presa de la felicidad conyugal.

—Cierra la boca. Eso fue en el instituto.

—Me gustabas en el instituto —era verdad y por eso volvió a intentarlo—. Me alegro de que Mac y tú hayáis comprado la casa. Está en buenas manos.

—Sí, estamos muy contentos. ¿No estás resentido porque tu padre la vendiera sin decirte nada?

—Nunca fue mía.

La policía abrió la boca y volvió a cerrarla. Por un momento había sido el muchacho perdido y descontento que recordaba, y por el que se había preocupado.

—La machacaste, Sam. La machacaste completamente.

Sam miró los acantilados que caían a plomo sobre el mar.

—Lo sé.

—Luego la machaqué yo.

Atónito, se volvió para mirar a Ripley.

—No te entiendo.

—No me ha contado lo de esta mañana porque todavía estamos volviendo a recuperar el terreno perdido después de mucho tiempo. Yo le hice tanto daño como tú, así que estoy pensando… —resopló—. Estoy pensando que no tengo derecho a tomarla contigo, cuando, en parte, lo hago para tranquilizar mi conciencia. Tú le qui-

135

taste el suelo sobre el que se apoyaba, pero yo no estuve para amortiguar su caída.

—¿Quieres contarme por qué no estuviste?

Ripley lo miró con unos ojos duros aunque inexpresivos.

—¿Quieres contarme tú por qué no te quedaste?

—No —Sam sacudió la cabeza—. ¿Por qué no nos ocupamos del presente? Yo formo parte de todo esto y esta vez voy a quedarme.

—Me parece bien. Creo que conviene aprovechar toda la ayuda que tengamos a mano, venga de donde venga.

—Voy a hacer todo lo que pueda para convencer a Mia de que me deje volver a su vida.

—Te deseo suerte —Ripley sonrió burlonamente al ver la mirada de sorpresa de Sam—, pero hasta que me forme una opinión sobre ti, no te diré si la suerte es buena o mala.

—Me parece normal —extendió una mano y ella la estrechó después de una ligera duda.

Saltaron unas chispas.

—Imaginaciones —dijo Ripley obstinadamente.

—Contactos —le dio un apretón amistoso antes de soltar la mano—. ¿Qué puedes hacer?

—Te lo diré cuando lo sepa. Tengo que terminar la patrulla —esperó un segundo con la cabeza inclinada—. Después de ti —señaló el coche de Sam con el dedo—. Y no superes el límite de velocidad con ese símbolo fálico sobre ruedas.

—Naturalmente, estimada agente —se acercó lentamente a su coche—. Una cosa más… Será mejor que no le digamos nada a Mia sobre mi visita a su casa. Le fastidia mucho que cuestione sus habilidades.

Ripley gruñó y se montó en el coche. Tenía que reconocer una cosa de Sam: seguía conociendo bien a su chica.

Siete

No se lo diría a Mia, pero no creía que su promesa de discreción incluyera a Mac. Estaba casi segura de que había algún vacío en la ley de confidencialidad que se aplicaba a los cónyuges.

En su opinión, si amabas a alguien lo suficiente como para comprometerte toda la vida, tenías que contarle todo y escuchar lo que él te contara. Era una ventaja secundaria que compensaba tener que compartir el armario.

Aunque vivían juntos, dormían juntos y se despertaban juntos, quedaban varias veces a la semana para comer en el café de Mia. Las pocas veces que Mac no estaba tan embebido en el trabajo que se acordaba de la hora que era. Comprendió que la cita para comer era todo lo que podía esperar para contarle las noticias.

Ardía en deseos de contárselo también a Nell, pero tras un arduo debate interno, decidió que ésta era demasiado íntima de Mia y que no se le podía aplicar la dispensa.

Tendría que conformarse con Mac.

—Así que —continuó mientras atacaba un atún a la parrilla y una ensalada de aguacate— allí estaba él; guapo y meditabundo. Todavía hacía fresco y había un poco de niebla, de modo que llevaba ese abrigo largo y oscuro

138

que ondulaba a su alrededor. La imagen perfecta del héroe torturado. Allí se quedó, con la enorme casa vieja detrás y la niebla levantándose, hasta que hice que se marchara.

—¿Borró las marcas de la carretera? —no era fácil meter baza cuando Ripley estaba lanzada, pero Mac consiguió aferrarse a ese clavo ardiendo.

—Sí, unas pruebas. Puede que hiciera falta un sortilegio bastante fuerte. Depende, claro, de la calidad y complejidad del mal y todo eso —encogió un hombro y dio un sorbo de café—, pero no vi ni rastro, y eso que me paré y eché una buena ojeada cuando volvía por si se había olvidado de algo.

—¿Lo hizo?

—No. No quedaba ni una mísera vibración, lo que quiere decir que se empleó a conciencia.

—Me habría gustado que me lo hubiera dicho antes —se quejó Mac—. Podría haber tomado datos sobre el terreno y alguna muestra para analizar en el laboratorio.

—Claro… —Ripley sacudió la cabeza—. Lo que me faltaba era que mi marido fuera por ahí metiendo las manos en una marranada demoníaca.

—Me dedico a eso —estuvo de morros un rato y luego decidió que se pasaría por allí a ver si podía captar algo con su instrumental—. Vamos a rebobinar un momento —continuó—. Te dijo que Mia le había contado que había visto un lobo negro con la marca del pentagrama en el hocico.

—Exactamente. Un lobo negro con ojos rojos y grandes colmillos que tenía su marca. Debió ser una imagen aterradora para asustar a la reina de las brujas.

—Eso es, una imagen. No un lobo real. Esta vez no poseyó a una criatura viviente. Puede tener algo que ver con la marca que se hizo el invierno pasado, pero era lo suficientemente fuerte como para hacerla derrapar. Es interesante.

—Y, a juzgar por lo impresionado que estaba Sam, muy malo. Te diré otra cosa que es interesante —Ripley se inclinó hacia delante por encima de los platos y bajó la voz—: que el propio Sam fuera a completar la protección de ella y que estuviera mirando su casa como una versión moderna de Heathcliff buscando a Catherine en los páramos…

—¡Muy buena!

—Eh…, yo también leo de vez en cuando. En cualquier caso, verlo allí abrumado por los sentimientos mientras intentaba comportarse de forma natural y despreocupada; eso es interesante.

—Según lo que me has contado, tuvieron una relación muy intensa.

—Tuvieron —confirmó Ripley—. Podría imaginármelo melancólico si ella le hubiera dado la espalda, pero fue él quien se largó.

—Eso no quiere decir que la haya olvidado.

—Los hombres no mantienen la pasión durante toda una década.

Mac sonrió y puso la mano sobre la de Ripley.

—Yo sí la mantendré.

—Aparta —dijo, entrelazó su mano con la de Mac—. Además, no quiere que Mia sepa que estuvo allí. Dice que se pondría furiosa si se entera de que ha intervenido en sus encantamientos. Y es verdad, pero yo creo que hay algo más. No quiere que sepa que está colgado de ella. Tendría gracia si no fuera tan complicado y hubiera tantas cosas en juego.

—Sea lo que sea lo que haya entre ellos, o lo que no haya, favorece lo que pueda suceder después. Tengo una teoría.

—Siempre tienes alguna teoría.

—Tenemos que reunirnos todas las partes —sonrió y se inclinó un poco hacia delante.

—Me lo imaginaba —Ripley también hablaba en un susurro. A un desconocido le podría parecer que estaban coqueteando o conspirando—. Podemos reunirnos en casa de Zack. Nell cocina. En casa sólo quedan sobras.

—Buena idea. ¿Cómo explicamos que sabemos lo que alguien no quiere que sepamos y que sabemos más de lo que deberíamos saber?

—Caray, lo he entendido —Ripley sonrió—. Debe de ser el amor.

—Vaya par de tortolitos —Mia se acercó a la mesa y pasó la mano por el hombro de Mac—. Es conmovedor.

—Ya, estamos pensando en presentarnos a un concurso —Ripley se irguió y miró a Mia. Tenía que reconocer que la admiraba, estaba tan hermosa como siempre—. ¿Tú que te cuentas?

—Poca cosa —dejó la mano en el hombro de Mac. Aquel gesto tenía algo que la confortaba—. En realidad, hay algo de lo que me gustaría hablar contigo… y con Nell —una sombra de preocupación le oscureció el rostro al mirar hacia la barra del café—. Pero tendrá que esperar un poco. En este momento está muy ocupada con los clientes.

141

Ripley pensó un segundo qué hacer y decidió dejarse llevar por el instinto.

—Si se refiere a tu baile con lobos, ya me he enterado.

No habría sabido decir quién se quedó más atónito, si Mia o Mac, pero por lo menos Mia no le había dado una patada por debajo de la mesa. Se volvió, lo que le dio la oportunidad de devolverle la patada a Mac, y cogió una silla de la mesa de al lado.

—Siéntate un minuto.

—Creo que me sentaré —Mia, que intentaba reponerse de la sorpresa, se sentó en la silla y cruzó las manos—. No sabía que Sam y tú os llevarais tan bien.

—Olvídate —Ripley apartó los platos—. Me lo encontré en la carretera de la costa —lo cual era verdad, porque la casa de Mia estaba en la dichosa carretera de la costa—. Había limpiado los restos que dejaste tirados.

—El muy… —palideció y se calló.

¡Cómo había podido ser tan descuidada!, se dijo. No había tenido en cuenta el resto de energía que podía haber contaminado esa parte de la isla.

—Tranquila —dijo Mac amablemente—. Tuvo que ser muy impresionante.

—No importa. Era responsabilidad mía.

—No lo entiendes, profesor —Ripley partió despreocupadamente un trozo del pastel que Mac había elegido de postre—. Doña Perfecta no puede cometer los errores que cometemos el resto de los mortales.

—Tenía que haber limpiado la zona —insistió Mia. Ripley se preocupó al ver que Mia no le devolvía la ironía.

—Bueno, pues no lo hiciste. Lo hizo él y ya está. En cualquier caso, él me puso al tanto mientras le incordiaba y le amenazaba con encerrarlo por algún motivo inventado y sólo para alegrarme la mañana. Yo ya he informado a Mac, así que sólo tienes que conseguir que Nell se dé prisa cuando termine el turno.

—Sí, de acuerdo —Mia se acarició las sienes. No recordaba la última vez que había tenido dolor de cabeza. Además, tenía el estómago revuelto. Tendría que relajarse para poder pensar con claridad—. Me gustaría comentarlo más detenidamente contigo, Mac. Creo que sólo pretendió asustarme, pero no me gustaría pasar por alto algo importante.

—Tienes razón, y da la casualidad de que Ripley y yo estábamos comentando que deberíamos tener una reunión. Podíamos ir a casa de Nell y Zack esta noche.

—¡A cenar! —exclamó Ripley provocando la sonrisa de Mia.

—Sí, ¿por qué íbamos a perder el tiempo y la oportunidad de cenar de gorra? Hablaré con Nell —Mia se levantó y miró a Ripley desde arriba—. Pensaba habértelo contado. Sólo quería tener las ideas claras. No quiero que pienses que te oculto cosas. Eso ya es agua pasada entre nosotras.

Ripley sintió una punzada de remordimiento al acordarse de su conversación con Sam, pero se lo tragó. Un trato era un trato.

—No te preocupes. Además, me ha dado la oportunidad de jorobar al guaperas.

—Algo es algo. Hasta luego.

Mac se inclinó hacia su mujer cuando Mia ya se había alejado para ir donde estaba Nell.

—Eres muy lista, ayudante del sheriff. Muy lista.

—¿Lo habías dudado? Ahora tengo que encontrar a Sam para decirle lo que le he contado a Mia antes de que se lo encuentre ella y la fastidiemos.

—Yo lo haré —Mac le pasó el pastel mientras se levantaba—. Quiero hablar con él. Tengo que documentar todo esto.

—Me parece un buen trato —cogió el pastel.

—Pero tú pagas la comida.

—Siempre hay un pero —farfulló con la boca llena.

* * *

Mac sólo había conseguido, mediante todo tipo de halagos, que Lulú le concediera una hora, pero pensó que por el momento sería suficiente. Todavía tenía que volver a su casa, recoger a Ripley e ir a la reunión en casa de los Todd.

Tenía la grabadora, el cuaderno de notas y había premiado a Lulú con una caja de bombones.

—Te lo agradezco de verdad, Lulú.

—Ya, ya —dio un sorbo de café solo y se tomó un bombón. Había decidido dejar el vino una temporada—. Ya te he dicho que no me gusta esta mierda de interrogatorios. Me recuerda a cuando los polis me enchironaban por protestar.

—¿Por qué protestabas?

—Vamos… —lo miró con expresión de lástima—. Eran los sesenta. ¿Por qué iba a protestar?

Mac pensó que era un buen principio.

—Vivías en una comuna, ¿no?

—Durante un tiempo —se encogió de hombros—. Iba de aquí para allá. Dormía en los parques, en las pla-

144

yas…, donde resultara más fácil. Vi una parte del país que no ves si viajas en la furgoneta de la familia y duermes en los Holiday Inn.

—Estoy seguro. ¿Cómo acabaste aquí?

—Poniendo rumbo al este.

—Lulú… —le suplicó.

—De acuerdo, no me mires con ojos de cordero degollado —se puso cómoda en el sofá—. Me eché a la carretera cuando tenía dieciséis años. No me llevaba bien con mi familia —se inclinó para coger otro bombón.

—¿Por algún motivo concreto?

—Imagínatelo. Mi padre tenía una mente muy estrecha y una mano muy larga y mi madre hacía lo que él decía. No podía soportarlo. Me largué en cuanto pude, y yo era tal incordio para ellos que no se molestaron mucho en buscarme.

A Mac le pareció triste y significativa la naturalidad con que hablaba del desinterés de sus padres, pero, conociendo a Lulú, el más leve indicio de compasión le habría sentado como una patada en la boca.

—¿Adónde ibas a ir?

—A cualquier sitio lejos de donde vivía. Acabé una temporada en San Francisco y entregué mi virginidad, ciega por la marihuana, a un chico con cara de ángel que se llamaba Bobby —sonrió. A pesar de los años y las circunstancias, era un recuerdo agradable—. Hacía amuletos del amor y los vendía para comer, escuché mucha música y resolví todos los problemas del mundo. Fumé muchos porros y tomé algún ácido. Deambulé por Nuevo México y Nevada con un tipo que se llamaba Spike en su Harley Davidson.

—¿A los dieciséis años?

—Quizá ya tuviera diecisiete. Sólo tienes dieciséis durante un año. Me gustaba ser una gitana y era un culo inquieto. De vez en cuando sentaba mis reales. Por ejemplo, en la comuna de Colorado. Aprendí a cultivar un huerto y a cocinar lo que había plantado. También aprendí a tejer, pero… —aguzó la mirada detrás de las gafas—. Quieres oír la parte extraordinaria, ¿verdad? No los recuerdos de mi vida hippiosa.

—Me conformo con lo que me cuentes.

—Tenía sueños. No como presagios —añadió—. Por entonces no tenía tantas ambiciones, pero soñé con la isla, con Tres Hermanas, con la casa del acantilado y una mujer de melena pelirroja.

Mac había estado esbozando un retrato de Lulú en el cuaderno, pero se detuvo y levantó la mirada.

—Mia.

—No —Lulú encendió una varilla de incienso en recuerdo de los viejos tiempos—. Ella lloraba en mis sueños y me decía que tenía que cuidar de su hija.

Mac hizo una anotación. Había habido una niñera, y la llamada Fuego le había dejado a su hija antes de tirarse por el acantilado. «¿Reencarnación?» garabateó. «¿Un vínculo con el círculo?»

—Me volvía a poner en marcha cada vez que tenía un sueño. Para resumir, acabé en Boston sin un céntimo, pero en aquel momento no me importaba estar arruinada. Siempre había alguien que conocía a alguien que tenía un sitio donde dormir. Un día, una chica que se hacía llamar Botón de Oro, madre mía, dijo que teníamos que coger el transbordador que iba a la isla de las Tres Hermanas. Le gustaba pensar que era una bruja, pero creo recordar que era la hija de un abogado rico que se estaba puliendo su dinero en la Universidad. Podía pagarnos a todos el billete de ida y vuelta a la isla. Yo me apunté por aprovechar un viaje gratis. Ellos hicieron el recorrido turístico y yo me quedé.

—¿Por qué? —le preguntó Mac.

Lulú tardó en responder. A pesar de su relación con Mia, Ripley y Nell y con la propia isla, no hablaba mucho de sus contactos con la magia.

Siempre había hecho que se sintiera un poco ridícula.

Sin embargo, él la miraba de esa forma silenciosa tan característica suya y a ella Mac le gustaba mucho.

—Supe que había encontrado mi sitio en cuanto la vi surgir del mar. Yo estaba colocada —continuó Lulú—, todos lo estábamos. Botón de Oro era una subnormal, pero siempre tenía la mejor hierba. Vi la isla tal y como es pero de cristal, toda ella transparente y nítida. Quizá fuera por el porro, pero era la cosa más hermosa que había visto en mi vida. Miré a lo alto y vi la casa en el acantilado y pensé que ya la había encontrado; que allí era donde tenía que estar. En cuanto llegamos al muelle, me separé de Botón de Oro y de los demás y nunca volví a acordarme de ellos. Me pregunto qué harán ahora.

—Fuiste a trabajar con la abuela de Mia.

—No inmediatamente. Yo no buscaba un trabajo fijo. Era demasiado convencional para mí —se quitó las gafas para limpiar los cristales—. Acampé en el bosque un tiempo, comía frutos silvestres o lo que cogía de los huertos. Creo que pasaba por una fase vegetariana —meditó con el ceño fruncido por la concentración. Era interesante volver la vista atrás y verse joven, despreocupada y tranquila—. No duró mucho. Nací carnívora y moriré carnívora. Así que un día estaba caminando cuando se me acercó una mujer en un coche precioso y se detuvo. Se asomó por la ventanilla y me miró de arriba a abajo. Pensé que rondaba los sesenta, pero cuando crees que los treinta es el fin, sesenta eran muchísimos años —se detuvo, se rió y se puso las gafas—. ¡Qué demonios! Voy a tomarme un vaso de vino, ¿quieres uno?

—No, gracias. Tengo que conducir.

—Eres un tipo recto, ¿verdad, Mac? —fue a la cocina sin dejar de hablar a gritos—. Nunca he sido como para llamar la atención y después de un par de semanas de acampada estaba dispuesta a cualquier cosa. En esa época tenía el pelo largo cogido en trenzas. La mujer era vieja para mí, pero guapa. Tenía un pelo rojo oscuro muy bien peinado y vestía un traje de chaqueta, como si volviera de tomar el té. Sus ojos eran muy, muy oscuros y juro que cuando se clavaron en mí yo oí el batir de las olas contra las rocas, una tormenta, y sentí el viento que me azotaba aunque el día era caluroso y estaba en calma. También oí el llanto de un bebé —Lulú volvió a entrar con el vaso de vino en la mano y se dejó caer en el colorido sofá—. Me dijo que me montara, sin más. Y yo, sin más, me monté. No me lo pensé dos veces. La señora Devlin tenía poder, como lo tiene su nieta. Entonces no sabía de qué se trataba, sencillamente lo percibía. Me llevó a la casa del acantilado. La adoré —a Lulú se le hizo un nudo en la garganta a la vez que daba un sorbo de vino—. La respeté y la admiré. Era más familia mía que los de mi propia sangre. Ellos jamás se habían preocupado lo más mínimo por mí y yo me había acostumbrado, pero ella me enseñó. Me transmitió la afición por la lectura y confió en mí. Me hizo trabajar para ganarme el sustento; ¡maldita sea, era muy exigente! Limpié tantas veces esa casa monstruosa que podría haberlo hecho dormida.

—¿No sabías que era una bruja?

Lulú pensó la respuesta. Lo había pensado muchas veces.

—Fue algo que sucedió poco a poco. Creo que ella consideraba que era algo que yo aceptaría de forma natural. Quizá fuera más fácil de aceptar si estabas metida, como yo estaba, en todo ese rollo *hippy*, metafísico y naturista.

—¿Cuándo te enteraste de la leyenda?

—También fue poco a poco. Formaba parte de Tres Hermanas, así que oía unas cosas y leía otras. Al trabajar para la señora Devlin, yo también formé parte de la isla antes de darme cuenta.

—Entonces, para cuando apareció Mia, estimaste natural aceptar el poder que tenía.

—Si tengo que analizarlo, diría que la señora Devlin lo tenía previsto. Sabía cómo sucederían las cosas antes de que ocurrieran. Cuando Mia nació, su hijo y la mujer de éste fueron a vivir a la casa. Enseguida comprendí que lo habían hecho para tener un par de niñeras. Eran unos egoístas —se detuvo y dio otro sorbo de vino—. La noche que la trajeron se fueron a cenar al hotel y la señora Devlin me llevó al cuarto de la niña. Mia era un bebé precioso: pelirroja, con unos ojos radiantes y unos brazos y piernas muy largos. La señora Devlin la sacó de la cuna, la sostuvo en brazos un rato y me la pasó. Me dio un miedo atroz. No era que yo no hubiera tenido un bebé en brazos antes, o que aquél pareciera hecho de un cristal precioso; lo que pasó fue que comprendí, que me lo entregaba y que nada volvería a ser igual para mí. ¿No te ha pasado nunca que quieres probar algo con todas tus ganas pero que la idea de dar el primer sorbo te revuelve el estómago?

—Sí —dejó el cuaderno a un lado y se limitó a escuchar—. Sí, me ha pasado.

—Pues aquello fue lo mismo. Ella me ofrecía a Mia y yo estaba de brazos cruzados y con el corazón a punto de salírseme del pecho. Estalló una tormenta de la nada. El viento sacudía las ventanas y caían rayos. Fue la primera y última vez que la vi llorar. «Tómala», me dijo la señora Devlin. «Necesita amor, cariño y una mano firme. Ellos no se lo darán, no pueden, y cuando yo me vaya, ella sólo te tendrá a ti.» Le dije que no sabía cuidar de un bebé y ella me sonrió sin dejar de ofrecerme a Mia. Empezó a retorcerse y a patalear y antes de darme cuenta la tenía en brazos. «Ahora, ella es tuya y tú eres suya.» Nunca olvidaré aquellas palabras —Lulú sorbió las lágrimas—. El vino me está poniendo sensiblera.

Mac, emocionado, se inclinó hacia delante y le tomó las manos.

—A mí también.

* * *

El sheriff Zachariah Todd vació el lavaplatos; una de las pocas tareas que tenía permitido hacer en su nueva cocina.

—De acuerdo, a ver si lo he comprendido bien. Mia le contó a Sam lo que le había pasado en la carretera de la costa esta mañana. Ripley, que no sabía nada, se encontró a Sam en casa de Mia y él se lo contó, pero ella, Ripley, le prometió a Sam que no le contaría a Mia que lo había visto allí, así que le contó a Mia, cuando Mia iba a contárselo a ella, que se había encontrado con Sam en la carretera mientras estaba purificando la zona. ¡Caray!

—Muy bien, eres un chico muy listo —le animó Nell que estaba comprobando la lasaña.

—No me distraigas. Entonces Mac le contó a Sam lo que Ripley le había contado a Mia mientras Mia te contaba a ti lo que había pasado. Luego, Ripley te contó el resto y tú me lo has contado a mí por algún motivo que se me escapa.

—Porque te quiero, Zack.

—Perfecto —se puso la yema del dedo en el centro de le frente—. Creo que no abriré el pico, así no meteré la pata.

—No es una mala idea —oyó el repentino y alegre ladrido de *Lucy*—. Ha llegado alguien. Ve tú y lleva la fuente que hay en la tercera balda. Estoy experimentando unos canapés para la boda de los Rodger que voy a servir el mes que viene. ¡Ponlos donde *Lucy* no pueda llegar! —le gritó mientras Zack salía y miró a *Diego*—. A los hombres y a los perros —dijo con un chasquido de la lengua— no puedes perderlos de vista ni un minuto.

Sin embargo, lo había hecho y tuvo que poner en su sitio todos los utensilios que Zack había sacado. Luego cogió una botella de vino y fue a saludar a sus invitados.

Mac y Ripley habían llevado a su cachorro, lo que hizo que *Lucy* saltara de alegría y horror y que el ofendido *Diego* subiera al piso de arriba con cara de pocos amigos.

Mia llegó con un ramo de narcisos recién cortados y se sentó en el suelo para jugar con *Mulder*.

—De vez en cuando pienso en tener un perro —se rió cuando el perrito se soltó repentinamente de la cuerda que tiraba y salió dando vueltas por el suelo—, pero enseguida me acuerdo del jardín —agarró el cachorro y lo levantó en el aire—. Te encantaría arrancar todas las flores, ¿verdad?

—Por no decir nada de morder tus zapatos —comentó Ripley con amargura—. Aunque a ti te sobra un centenar.

—Los zapatos son una forma de expresarse.

—Los zapatos son para andar.

Mia bajó el cachorro y se frotó la nariz contra él.

—Qué sabrá ella...

Así se la encontró Sam cuando apareció en la puerta: sentada en el suelo, riéndose y con un cachorro peludo que le lamía la mejilla. Sintió una punzada en el estómago y un nudo en la garganta.

Parecía feliz y despreocupada. Tenía la falda extendida por la alfombra, el pelo le caía suelto por la espalda y los ojos le brillaban de placer.

Aquella mujer impresionantemente hermosa conservaba el resplandor de la chica que él había abandonado.

Lucy ladró, *Mulder* saltó y Mia dejó de reírse para mirar hacia la puerta.

—¡*Lucy*! —Zack llamó a la perra y la agarró del collar mientras recibía a Sam—. Nada de saltar —le ordenó mientras los músculos de la perra se ponían en tensión—. Ninguno de los dos —añadió entre dientes.

Hasta un ciego habría visto la mirada anhelante de Sam.

—Es muy buena —Sam acarició la cabeza de *Lucy* y ella se tumbó de espaldas.

Le dio la botella de vino a Zack y se agachó para acariciar el vientre de la perra. El cachorro se unió a ellos para recibir su parte.

—¿Qué haces aquí? —le preguntó Mia.

Sam enarcó las cejas ante aquel tono, pero Mac intervino antes de que pudiera contestar.

—Yo le he pedido que viniera —la mirada directa y acusadora de Mia hizo que Mac estuviera a punto de arrugarse—. Todos estamos metidos en esto y todos podemos contribuir con algo. Tenemos que colaborar, Mia.

—Tienes razón, naturalmente —la mujer despreocupada se había desvanecido y en su lugar había aparecido otra con una voz fría y una sonrisa de compromiso—. Perdóname, Sam. Éste ha sido nuestro club durante un tiempo y no esperaba un socio nuevo.

—No te preocupes —Sam cogió la cuerda que *Mulder* le había dejado a los pies.

—La cena estará dentro de unos minutos —Nell irrumpió con naturalidad en medio de la tensión—. ¿Quieres un vaso de vino, Sam?

—Me encantaría, gracias. ¿Vuestro club tiene algún rito de iniciación que deba conocer?

—Sólo ese pequeño detalle de afeitar el cuerpo y la cabeza a los recién llegados —Mia dio un sorbo de vino—, pero creo que puede esperar hasta después de la cena. Voy a lavarme las manos.

Antes de que pudiera levantarse, Sam le ofreció la mano.

Fuera una prueba o un gesto conciliador, Mia se controló para que cuando la tomara no fueran más que dos manos que se encontraban.

—Gracias.

Conocía la casa como si fuera la suya propia, pero fue al piso de arriba en vez de utilizar el aseo de abajo.

Cuanta mayor fuera la distancia, se dijo, mayor sería la soledad.

Entró, cerró la puerta y apoyó la espalda en ella. Era ridículo. Era absurdo que ese hombre la alterara de esa forma. No pasaba nada, o casi nada, cuando estaba preparada, pero cuando lo veía en esos momentos especiales, esos momentos en los que estaba abierta, la abrumaba.

Quería culparlo por ello, pero seguir hurgando en una vieja herida era estúpido y temerario. Lo hecho, hecho estaba.

Se acercó al lavabo y se miró en el espejo. Parecía cansada, un poco pálida y arrugada. Había sido un día complicado, pero el caparazón era fácil de arreglar.

Se lavó las manos y dejó correr el agua fría. Se inclinó y se mojó la cara. En circunstancias normales, le gustaban los cosméticos, encontraba que le daban cierta confianza femenina, pero en ese momento, tendría que conformarse con eso.

Se secó la cara mientras hacía un conjuro para la belleza. Mirándose atentamente en el espejo comprobó que estaba mucho mejor. Parecía descansada y las mejillas tenían un sutil color sonrosado. Los labios también tenían mucho más color y menos sutil.

Luego, con un suspiro de vanidad, se pasó la yema del dedo por el párpado, como haría cualquier mujer para aplicarse sombra de ojos, y el contorno quedó más definido.

Satisfecha, se dio un instante para asimilar las emociones y bajó con los demás.

* * *

Mientras comía la maravillosa lasaña de Nell, Sam pensó que formaban un grupo muy unido. El lenguaje corporal, las miradas, los pensamientos que alguien dejaba a medias para que otro los terminara, todo le indicaba claramente que esas cinco personas estaban unidas como con pegamento.

Para entonces, Nell llevaba en la isla poco menos de un año y Mac desde el invierno pasado. Sin embargo, los habían incorporado hasta formar una unidad muy sólida.

En parte se debía al enemigo común, pero percibía algo más que la intimidad propia de los tiempos de guerra.

Había algo en la forma en que Mia hablaba o escuchaba a Mac: la cara expresaba cariño y diversión. Podía ver el amor, no el que brota de la pasión, pero sí algo profundo y sincero.

También notaba algo parecido en todos los demás comensales.

Nell le pasó la fuente a Mac para que repitiera antes de que él se la pidiera. Zack cortó un trozo de pan y se lo dio a Mia mientras seguía discutiendo acaloradamente con su hermana de béisbol. Nell y Mia se miraron y se rieron por alguna broma particular que no tuvieron que decirse.

Toda esa comunión, hizo comprender a Sam que necesitaría algo más que tiempo y proximidad para construir el puente que lo acercara desde los años de ausencia.

—Creo que mi padre y el tuyo jugaron un torneo de golf con algún fin caritativo —comentó Mac—. Fue el mes pasado en Palm Springs o Palm Beach o Palm no sé qué.

—¿De verdad? —a Sam nunca le habían interesado las actividades pseudocaritativas de su padre y ya había pasado mucho tiempo desde que tenía que plegarse a sus deseos de que él también participara—. Me encontré con tus padres en varias veladas en Nueva York.

—Ya, los mismos círculos.

—Más o menos —reconoció Sam—. No recuerdo verte en ninguna de esas fiestas.

—Bueno, eso lo dice todo —Mac sonrió—. Entonces… ¿juegas al golf?

—No. ¿Y tú? —Sam también sonrió.

—Mac es un patoso —intervino Ripley—. Si intentara jugar al golf, seguramente acabaría arrancándose un dedo del pie.

—Es triste, pero es verdad —reconoció Mac.

—La semana pasada tropezó al bajar las escaleras del muelle y tuvieron que darle seis puntos.

—Un perro se puso en medio —se defendió Mac—, y sólo fueron cuatro puntos.

—Que te podrías haber ahorrado si hubieras acudido a mí en vez de ir al hospital.

—Se mete conmigo cada vez que me hago un moratón o me doy un golpe.

—Lo cual ocurre a diario. En nuestra luna de miel...

—No vamos a hablar de eso —Mac estaba rojo como un tomate.

—Cuando estábamos duchándonos como excusa para pasar un buen rato cálido y humeante...

—Corta el rollo —Mac puso la mano en la boca de Ripley y le dio un codazo—. Además, el toallero estaba mal puesto.

—Lo arrancó de la pared con las ansias —lo miró con arrobo—. Mi héroe.

—En cualquier caso —concluyó Mac con un suspiro profundo—. Ya que estás en el negocio de los hoteles, Sam, deberías cerciorarte de que tus toalleros están bien puestos.

—Tomaré nota. Sobre todo si vosotros dos pensáis pasar un fin de semana en La Posada Mágica.

—Bueno, si la reserva la hacen Nell y Zack —continuó Ripley—, será mejor que refuerces los lavabos. Se cargaron el de arriba cuando...

—¡Ripley! —exclamó Nell con espanto.

—¿Tienes que contarlo todo? —preguntó Zack.

—Ya está bien —Nell se levantó sin hacer caso de las risas de Ripley—. Iré a traer el postre.

—No sabía que los cuartos de baño se habían convertido en sitios cargados de erotismo —comentó Mia mientras se levantaba también para retirar su plato.

—Me encantará enseñarte el mío —dijo Sam que recibió un empujón cuando Mia iba hacia la cocina—. No ha comido nada; sólo ha fingido —continuó Sam en voz baja.

—Está tensa —le aclaró Mac.

—No tiene sentido que yo esté aquí si eso la bloquea.

—El mundo no gira a tu alrededor —Ripley cogió su vaso y bebió un sorbo.

—Ripley —el tono de Zack era de advertencia—. Veamos cómo van las cosas en adelante.

Sam asintió con la cabeza y recogió su plato.

—Ella confía en ti —le dijo a Mac.

—Sí, es verdad.

—Quizá eso equilibre las cosas.

* * *

Cuando volvieron a la sala Sam estaba nervioso. Nunca se había preocupado por ser lo que era. Lo era sin darle más vueltas y tampoco hablaba de su don. No había participado en aquelarres y, aunque sólo cuatro de los presentes eran brujos de nacimiento, aquello era muy parecido a un aquelarre.

—Todos conocemos la leyenda —empezó Mac—. Durante los juicios a las brujas de Salem, tres de ellas a las que llamaban Fuego, Tierra y Aire hicieron un conjuro para convertir a la isla de las Tres Hermanas en un refugio contra la persecución.

El historiador, se dijo Sam; el científico; el hombre inteligente que entra en los detalles.

—Mientras perseguían y mataban a las inocentes —añadió Ripley.

La soldado. Sam acarició distraídamente al gato que se había subido al sofá. Una mujer valiente. La Tierra.

—No pudieron detenerlo —intervino Zack—. Si lo hubieran intentado, otras podrían haber muerto.

La autoridad y la razón, se dijo Sam

—Cuando se cambia una perspectiva del destino, se cambia todo —Mac asintió con la cabeza y continuó—. La llamada Aire se enamoró y se casó con un comerciante que la sacó de la isla. Tuvo hijos y cuidó su hogar, pero él nunca la aceptó como era. La maltrató y acabó matándola.

—Ella se culpó por no ser lo que él quería, por no permanecer fiel a sí misma y por elegir mal.

Nell, la que da vida, pensó Sam al oírla hablar. El gato se estiró como si mostrara su conformidad. Ella era el Aire.

—Salvó a sus hijos y se los envió a sus hermanas, pero el círculo había menguado, se había debilitado, y el espanto y la furia —continuó Mac— hicieron presa a la llamada Tierra hasta que se dejó llevar por la rabia y el deseo de venganza.

—Estaba equivocada —participó Ripley—. Entiendo lo que sentía y por qué lo sentía, pero estaba equivocada. Y pagó por ello. Usó sus poderes para matar al hombre que había matado a su hermana y eso acabó con ella. Perdió a su marido, un hombre al que amaba, y nunca volvió a ver a sus hijos. Además, destrozó lo que quedaba del círculo.

159

—Sólo quedó una —la voz de Mia era diáfana y la mirada tranquila—. Quedó una para conservarlo.

El intelecto, el orgullo y la pasión. No le extrañaba que lo hubiera vuelto loco, se dijo Sam. Era el Fuego.

—La desesperación puede acabar hasta con el más fuerte —Nell posó la mano sobre la de Mia—, pero sola y con el corazón destrozado, tejió una red de protección que ha durado trescientos años.

—Se ocupó de que alguien cuidara de sus hijos —Mac pensó en Lulú—. Lo que nos trae al presente —miró el café con el ceño fruncido—. Un círculo íntegro.

—Te preocupa que fracase cuando me llegue el turno. Nell y Ripley hicieron frente a sus demonios —Mia acarició a *Mulder* con el costado del pie—. Yo soy la que tiene un conocimiento y una práctica más amplios de la Hermandad.

—De acuerdo, pero…

Mia enarcó una ceja mirando a Mac.

—¿Pero?

—Me pregunto si tú tendrás que enfrentarte con algo más… perverso. A Nell le tocó Evan Remington, un hombre.

—Un montón de mierda —corrigió Ripley.

—Fuera lo que fuese, era humano. Nell tuvo el valor de hacerle frente, de derrotarlo y de aceptar su don. No digo que fuera un paseo por la playa, pero era algo tangible. ¿Me seguís?

—Un hombre con un cuchillo —Sam habló por primera vez y captó la atención de todos—. Un psicópata o como se llame, en la oscuridad del bosque. No, no fue un paseo por la playa. Para hacer lo que hizo Nell se necesita mucho valor, mucha fe y un poder enorme, pero era un mal con cara conocida.

—Exactamente —Mac sonrió como si Sam fuera un alumno aplicado—. En cuanto a Ripley...

—En cuanto a Ripley —anunció la propia Ripley—, tuve que aceptar unos poderes que rechazaba y seguir el camino cuando parte de mí quería abandonarlo.

—Una confusión emocional —concedió Sam—. Puede afectar a la forma de usar los poderes como puede afectar al tono de voz o a la forma de actuar. El don no nos protege de las flaquezas o de los errores. Ese tipo de confusión se adaptó a ti como un guante y el de Nell se volvió contra ella como un arma potente. Con...

Se detuvo y miró a Mac.

—No, sigue —Mac agitó una mano—. Está bien oírlo desde otro punto de vista.

—De acuerdo. La fuerza que se liberó hace siglos usó a Remington de conductor y se introdujo en el periodista que siguió a Nell por todo el país hasta llegar a Tres Hermanas.

—Te has mantenido al tanto —comentó Mia tranquilamente.

—Sí. Me he mantenido al tanto. No es fácil seguir el camino sin apartarse de él y luchar de poder a poder. Exige convicción, compasión y fuerza. Aun así, Ripley, como Nell, se enfrentó a un hombre de carne y hueso, aunque estuviera poseído.

—Parece que Sam y yo hemos dado vueltas para llegar a la misma teoría.

—Entonces, ¿por qué no dejáis de dar vueltas y lleváis al meollo del asunto? —se quejó Ripley.

—De acuerdo —Mac siguió después de que Sam le hiciera un gesto—. Lo que se ha encontrado Mia esta mañana no era de carne y hueso, no era un ser vivo sino una representación. Lo cual me indica un par de cosas. Es posible, sólo posible, que su poder haya disminuido al permanecer el círculo íntegro, al haber sido derrotado dos veces. Ya no puede poseer, sólo puede engañar.

—O está reservando las fuerzas hasta que llegue su momento y su lugar.

—Efectivamente —Mac hizo un gesto con la cabeza a Sam—. Es posible que esté esperando la circunstancia más propicia. Al otro lado no le queda mucho tiempo, si se compara con tres siglos. Va a seguir presionando a Mia más concretamente para intentar debilitar el círculo. Intentará socavar los cimientos de vuestro poder. Se aprovechará de vuestros temores, de vuestras dudas y de cualquier debilidad que se filtre por las rendijas. Se ajusta perfectamente a ti —señaló con la cabeza a Sam—. Es así. Intentará consumirte como hace tres siglos la consumió a ella la soledad y la desesperación por no poder vivir con quien más amaba y necesitaba.

—Lo sé perfectamente —reconoció Mia—, pero no estoy sola y no he perdido nada. Mi círculo se mantiene.

—Sí, pero... no creo que se pueda decir que el círculo esté completo hasta que hayas dado el paso —Mac se detuvo un instante al comprender que era un terreno resbaladizo—. Hasta entonces, va a existir cierta vulnerabilidad y es ahí donde ejercerá la mayor presión. No lo consiguió con Nell y Ripley. A ti...

—Tiene que matarme —Mia terminó la frase sin parpadear—. Lo sé. Lo he sabido siempre.

* * *

Nell se acercó a Mia cuando iba a marcharse.

—No te preocupes, hermanita —Mia apoyó la cara en el pelo de Nell—. Se cuidar de mí misma.

—Lo sé. Sólo quería que te quedaras. Ya sé que parece estúpido, pero me gustaría que te quedaras con alguno de nosotros hasta que todo haya terminado definitivamente.

—Necesito mi acantilado. Estaré bien, te lo prometo —abrazó a Nell—. Bendita seas.

Se había quedado un rato para evitar más conversaciones, pero cuando salió se encontró a Sam apoyado en su coche.

—He venido andando. ¿Me llevarías?

—Hace una noche maravillosa para dar un paseo.

—Llévame, Mia —la cogió de la muñeca cuando pasó junto a él—. Quiero hablar un minuto contigo. Solos.

—Supongo que te debo un favor.

—¿Por qué?

Mia dio la vuelta al coche y se sentó delante del volante. No contestó hasta que el motor estuvo en marcha.

—Por limpiar lo que dejé en la carretera de la costa —dijo mientras cambiaba de dirección—. Ripley me ha contado que se encontró contigo. Gracias.

—De nada.

—Bueno, no me ha resultado tan difícil. ¿De qué querías hablar conmigo?

—Me preguntaba por Mac y tú. Hay algo entre vosotros.

—¿De verdad? —apartó la mirada de la carretera el tiempo suficiente como para parpadear varias veces—. ¿Crees que estoy intentando tentar al marido de mi hermana para que tenga una aventura ilícita y tempestuosa conmigo?

—Si lo hicieras, él caería.

—Qué halago tan encantador —Mia se rió—, aunque te equivocas. Está completamente enamorado de su mujer, pero tienes razón en que hay algo entre nosotros. Siempre se te ha dado bien captar los sentimientos.

—¿Qué hay entre vosotros?

—Somos primos.

—¿Sois primos…?

—Da la casualidad de que la nieta de la primera hermana se casó con un MacAllister; la rama materna de la familia de Mac.

—Ya —Sam intentó estirar las piernas dentro del pequeño coche—. Así que tenéis la misma sangre. Eso explica una serie de cosas. Sentí una conexión en cuanto lo conocí, pero no sabía por qué. Como me sucedió con Nell, aunque quisiera lanzarme a los perros. Me gustan tus amigos.

—Vaya, es un alivio.

—No te burles, Mia. Lo digo en serio.

Mia suspiró porque sabía que era verdad.

—Estoy cansada y eso me pone de mal humor.

—Están preocupados por ti y por cómo te saldrán las cosas.

—Lo sé y lo lamento.

—Yo no estoy preocupado —se detuvo un instante cuando Mia se detuvo delante de la casita amarilla—.

Nunca he conocido a nadie, bruja o mujer, con más energía que tú. No te darás por vencida.

—No, no lo haré, pero tengo que reconocer que agradezco la confianza, sobre todo después de un día largo y difícil. Buenas noches, Sam.

—Entra un rato.

—No.

—Entra un rato, Mia —le pasó la mano por el pelo para acariciarle la nuca—, y quédate conmigo.

—Me gustaría estar con alguien esta noche. Alguien que me aliviara y confortara. Alguien que me acariciara y me tomara. Así que no entraré.

—¿Por qué?

—Porque no me haría feliz. Buenas noches, Sam.

Sam podría haber insistido. Los dos lo sabían, pero había perdido algo de la sofisticación y el cansancio se abría paso para atormentar el rostro de Mia.

—Buenas noches.

Se bajó del coche y la vio alejarse. La siguió mentalmente hasta que supo que estaba a salvo en su casa del acantilado.

Ocho

Todo era cuestión de estrategia, pensó Sam. En los negocios; en las relaciones; a veces, incluso, en superar el día. Había comprobado la marcha de la renovación del hotel y se alegraba de que todo fuera según lo previsto.

Sabía algo de construcción y proyectos. Hubo un tiempo, hacía años, en que se planteó romper con las empresas Logan y construir su propio hotel. Había hecho algunos cursos universitarios sobre arquitectura y proyectos e incluso pasó un verano trabajando con una cuadrilla de construcción.

Consiguió algunos conocimientos prácticos, un oficio elemental y un gran respeto por el trabajo manual.

Sin embargo, los planes para construir su hotel se desvanecieron cuando cada proyecto que se imaginaba era un reflejo de La Posada Mágica.

¿Por qué iba a construir lo que ya existía?

Una vez que se dio cuenta de que quería el hotel, el resto fue cuestión de paciencia, astucia y seguir una estrategia bien pensada. Resultó importante no demostrar a su padre que La Posada Mágica era el único bien familiar que codiciaba.

Lo heredaría en cualquier caso, pero si su padre hubiera sabido que era una especie de Santo Grial para su hijo y heredero, se habría sentido obligado a ponérselo difícil para que pusiera más interés en los demás aspectos del imperio familiar.

La zanahoria se habría quedado colgando de un palo muy largo y espinoso durante la vida de su padre. Sabía que él actuaba así. No era un hombre que recompensara; era un hombre que exigía. Un principio que le daba resultados y que no tenía nada que ver con el afecto.

A pesar de eso, Sam no quería sentirse como un buitre en la rama de un árbol a la espera de que su padre muriera.

Durante seis años no manifestó su interés por el hotel. Había trabajado, había aprendido y cuando consiguió hacerse un sitio, llevó a la práctica algunas ideas propias para crear filiales muy rentables para Logan Enterprises.

En definitiva, había desviado la atención de su padre, esperó para presentar la propuesta en el momento adecuado y cubrió el coste.

Los Logan siempre habían creído firmemente en que nada era gratis; salvo los fondos del fidecomiso, se dijo Sam. De modo que tuvo que pagar el precio de mercado por la participación de su padre en el hotel.

A Sam no le importó hacerlo por tener lo que deseaba.

Iba a intentar que tampoco le importara el precio que tendría que pagar por Mia.

Se proponía ser paciente; dentro de lo prudente. También sería astuto, naturalmente, aunque tuvo que reconocer que todavía no tenía trazada una estrategia bien definida.

Su planteamiento inicial de presentarse como si nada hubiese ocurrido no había funcionado; en ese momento no podía comprender cómo había sido tan tonto como para pensar que resultaría. El beso para reconciliarse no sirvió de mucho más. Ella le daba un corte cada vez que tenía ocasión, y no parecía haberse ablandado en lo más mínimo.

La quería a salvo; quería la isla a salvo y quería recuperarla.

La idea de no conseguir ninguna de las tres cosas le desasosegaba, pero no podía pasar por alto que tenía la responsabilidad de subsanar un desastre cometido hacía trescientos años.

Mac no comentó su teoría la noche que estuvieron en casa de los Todd, pero se imaginaba que la habría comentado con Mia en privado, o que lo haría. En definitiva, rechazarlo podía ser su respuesta. Podía ser «la» respuesta.

Sin embargo, darse por vencido sin luchar iba contra su naturaleza.

Así que… una estrategia, se dijo mientras echaba una ojeada a la sala de la suite que había entelado con seda verde y al suelo de madera que había lijado hasta sacar su color natural de roble.

Ensimismado, recorrió el dormitorio, fue al cuarto de baño y al vestidor que ocupaban el espacio que antes se dedicaba al segundo dormitorio. Todavía no se habían instalado los aparatos, pero había elegido personalmente la enorme bañera con hidromasaje, la ducha con varios chorros y las encimeras curvas.

Empleó colores cálidos, mucho granito pulido y cobre. Además, había todo tipo de complementos lujosos en antiguos frascos de boticario.

Una mezcla de tradición, comodidad y eficiencia.

Sonrió al sacar el teléfono móvil del bolsillo, pero volvió a guardarlo inmediatamente. Una llamada personal no era la mejor manera de tratar un asunto de trabajo.

Bajó a su despacho y le pidió a su secretaria que le pusiera en contacto con la señorita Devlin.

* * *

La desconcertó. El niño que creía conocer perfectamente se había convertido en un hombre lleno de giros inesperados y aspectos desconocidos. ¿Una cena de negocios?, se preguntó Mia mientras colgaba el teléfono. Cuando a ella le viniera bien... Miró el auricular con el ceño fruncido. Además, parecía decirlo en serio. Fue una conversación muy formal y profesional.

Una reunión de negocios mientras cenaban en el hotel para comentar algunas propuestas que esperaba que fueran beneficiosas para los dos establecimientos.

¿Qué carta estaría escondiendo en la manga?

Su curiosidad insaciable la había llevado a aceptar, aunque había sido lo suficientemente astuta como para no quedar esa misma noche. Accedió generosamente a organizar sus compromisos de forma que pudieran reunirse la noche siguiente.

Le vendría bien comprobar si tenía que prepararse para algo. Cogió la bola de cristal y la puso en medio de la mesa.

La rodeó con las manos, se concentró y reunió toda su energía. El cristal empezó a calentarse. El interior se nubló y resplandeció con una luz que parecía surgir de lo más profundo del globo.

Las visiones fueron apareciendo entre la neblina.

Se vio joven y desnuda en la cueva entre los brazos de Sam.

—No quiero el ayer —susurró—, quiero el mañana. Separa el pasado del futuro para que lo pueda ver.

Su jardín, exuberante con la llegada del verano, a la luz de la luna. Mientras miraba, el despacho se llenó con el aroma a vainilla del heliotropo. Iba vestida de blanco, como si imitara a la luna.

Él estaba con ella en medio de aquel océano de flores y extendió una mano. En la palma había una estrella que palpitaba con una luz de color. Sonrió cuando la arrojó a lo alto y una lluvia de luz y color se derramó sobre ellos. Mientras caía, sintió la emoción, la alegría absoluta de la mujer que había dentro de la bola de cristal.

Le llenó el corazón como una canción.

Repentinamente, se quedó sola en el acantilado en medio de una tormenta estremecedora. Los rayos caían a su alrededor y la isla aparecía sumida en una niebla fétida. El espanto la alcanzó en su despacho y le heló la sangre.

El lobo negro surgió de la oscuridad. Su mandíbula le atenazaba la garganta mientras caían hacia el mar embravecido.

—Basta —pasó la mano sobre la bola.

La dejó en la balda y se sentó. Las manos no le temblaban y respiraba con calma. Siempre había sabido que si miraba su futuro podía encontrarse con su propia muerte. O, peor aún, con la muerte de alguien a quien amaba.

Era el precio que exigían sus poderes. La Hermandad no pedía sangre, pero a veces le exprimía el corazón hasta vaciárselo.

Se preguntó qué le esperaba, si el amor o la muerte. O si al aceptar el primero se aseguraba lo segundo.

Ya lo vería. Había aprendido mucho durante treinta años de bruja, se dijo Mia mientras volvía al ordenador, al trabajo del día. Una cosa sabía con certeza: uno hacía lo posible para protegerse, para respetar, aceptaba las dichas y las penas, por lo tanto, en definitiva, uno aceptaba su destino.

* * *

—Creía que habías dicho que no era una cita.

—No es una cita —aseguró Mia mientras se ponía el pendiente—. Es una cena de negocios.

—Si es una cena de negocios, ¿por qué llevas ese vestido? —Lulú resopló sonoramente.

Mia cogió el otro pendiente y lo sostuvo entre los dedos un momento.

—Porque me gusta este vestido.

Sabía que fue un error llevar la ropa para cambiarse en el trabajo, pero le ahorraba tiempo y energía. Además, ese vestido negro y corto, muy corto, no tenía nada de malo.

—Una mujer se pone ese vestido para que el hombre piense en lo que hay debajo.

—Suéltalo todo —Mia se limitó a parpadear.

—Y no te hagas la lista conmigo porque todavía puedo darte un azote cuando te lo mereces.

—Lulú, ya no tengo diez años.

—A mí me parece que demuestras menos sentido común que cuando los tenías.

Un suspiro de paciencia no serviría de nada y recordarle que no le había preguntado su opinión sólo serviría para discutir un rato más. Ya que era imposible ignorar a la mujer que la miraba con el ceño fruncido desde el quicio de la puerta del cuarto de baño, Mia intentó otra estrategia.

—Ya he terminado los deberes y he ordenado el cuarto, ¿puedo salir a jugar?

Lulú hizo una mueca con los labios, pero volvieron rápidamente a formar dos líneas finas y severas.

—Nunca he tenido que regañarte porque no ordenaras tu cuarto. Me preocupaba que fueras una niña tan pulcra y ordenada.

—Tampoco tienes que regañarme por esto; sé cómo tratar a Sam Logan.

—¿Crees que embutirte en ese vestido y enseñar las tetas es saber tratarlo?

Mia miró hacia abajo y le pareció que el escote era muy bonito y elegante.

—Sí, claro.

—¿Llevas ropa interior?

—Por el amor de Dios... —Mia cogió la chaqueta negra de la percha.

—Te he hecho una pregunta.

Se puso la chaqueta. Le llegaba un par de centímetros por encima del borde de la falda, lo que convertía al vestido sexy en un sexy traje de chaqueta.

—Me parece que es una pregunta muy rara para que me la haga una ex *hippie*. Seguro que tú no llevaste ropa interior desde 1963 hasta 1972.

—Claro que sí. Tenía un par de bragas estampadas para las ocasiones especiales.

Mia, desarmada, se apoyó en la pared y se rió.

—Vaya, Lulú. Qué imágenes inspiras a mi enfermiza mente. ¿Qué tipo de ocasiones especiales exigen unas bragas estampadas?

—No cambies de tema y contesta la pregunta.

—Bueno, yo no tengo nada tan colorista, pero sí llevo ropa interior. Así que no tengo nada que temer si me ocurre un accidente.

—No me preocupan los accidentes; me preocupa la intención.

Mia se irguió y tomó entre las manos la feucha cara de Lulú. Se dio cuenta de que después de todo no le hacía falta la paciencia. Sólo tenía que tener en cuenta el amor.

—No tienes que preocuparte lo más mínimo. Te lo prometo.

—Mi trabajo consiste en preocuparme.

—Entonces, tómate un descanso. Voy a ir a una cena deliciosa, voy a enterarme de lo que trama Sam y, además, voy a disfrutar mucho volviéndolo loco.

—Todavía sientes algo por él.

—Nunca sentí algo por él. Lo amé.

—Cariño... —los hombros de Lulú se hundieron y levantó una mano enredada en la melena de Mia—. Ojalá se hubiera quedado en el maldito Nueva York.

—Pues no lo ha hecho. No sé si lo que siento ahora son los restos de lo que sentí entonces, si es algo nuevo o si es por todos los años pasados. ¿No crees que debería averiguarlo?

—Conociéndote, sí, pero me gustaría que le hubieras dado una patada en el culo antes.

Mia se dio la vuelta y se puso una cadena de oro de la que colgaban unas perlas que se introducían entre sus pechos.

—Si este vestido no es una patada en el culo, entonces no sé qué lo será.

—Quizá no seas tan estúpida —Lulú hizo una mueca y ladeó la cabeza.

—He tenido la mejor maestra —Mia se pintó los labios de un rojo mujer fatal, se sacudió la mata de pelo y se volvió—. ¿Qué te parece?

—Una devoradora de hombres.

—Perfecto.

* * *

Mia pensó que también había calculado el tiempo a la perfección. A las siete en punto entraba en el vestíbulo de La Posada Mágica. El joven recepcionista la miró, balbuceó y dejó caer los papeles que tenía en la mano. Encantada, le dirigió una sonrisa demoledora y pasó a Brujería, el comedor principal del hotel.

Se quedó sorprendida un instante al ver los cambios en la habitación. Sam no ha perdido el tiempo, se dijo, con una inesperada punzada de orgullo.

Había cambiado los manteles blancos convencionales por otros de un azul como la noche sobre los que contrastaba la porcelana blanca como la luna. Los viejos floreros de cristal dejaron su sitio a recipientes de cobre o latón que rebosaban de fragantes azucenas

174

blancas. La cristalería tenía un aire sólido, casi medieval.

En cada mesa había un pequeño caldero de cobre. Las velas resplandecían a través de orificios con forma de estrellas o medias lunas.

Por primera vez, la habitación reflejaba y hacía honor a su nombre. Impresionada, entró y sintió un súbito y profundo estremecimiento.

En la pared había un cuadro de tamaño natural de tres mujeres. Las tres hermanas, con el fondo de un bosque y el cielo oscuro, la miraban desde dentro de un marco antiguo, dorado y muy trabajado. Llevaban túnicas blancas cuyos pliegues, como los mechones del pelo, parecían agitarse por un viento invisible.

Vio los ojos azules de Nell, los verdes de Ripley y su propia cara.

—¿Te gusta? —le preguntó Sam a su espalda.

Mia tragó saliva para que la voz le saliera con claridad.

—Es sorprendente.

—Lo encargué hace casi un año. Me ha llegado hoy.

—Es precioso. Las modelos...

—No hubo modelos. La artista trabajó según mis descripciones. Según mis sueños.

—Entiendo —se volvió para mirarlo—. Tiene mucho talento.

—Es una artista bruja que vive en el Soho. Creo que ha captado... —se detuvo al dejar de contemplar el cuadro para mirar a Mia. Todos los pensamientos se redujeron a la más pura lujuria—. Tú estás impresionante.

—Gracias. Me gusta mucho lo que has hecho con el restaurante.

—Es el principio —iba a tomarla del brazo cuando se dio cuenta de que tenía húmedas las palmas de las manos—. Me están haciendo la iluminación. Algo con latón, como si fueran faroles. También quiero…, bueno, ¿por qué no nos sentamos antes de que te aburra con mis planes?

—Al contrario… —empezó a decir Mia, pero dejó que la llevara a una mesa en un reservado donde había una botella de champaña enfriándose.

Se quitó intencionadamente la chaqueta y observó que a Sam se le nublaban los ojos, aunque tuvo que reconocer en su honor que no alteró la mirada.

—Muy acogedor —dijo Mia antes de hacer un gesto con la cabeza al camarero que le servía el champaña—. ¿Qué celebramos?

Sam se sentó y tomó su copa.

—Una pregunta antes. ¿Quieres matarme?

—No. Sólo quiero darte una patada en el culo.

—Lo has conseguido. Ninguna mujer había hecho que me sudaran las manos desde…, bueno, desde ti. Ahora, si consigo que la sangre me vuelva a la cabeza… —Mia se rió y él chocó su copa con la de ella—. Por los negocios en común.

—¿Tenemos alguno?

—De eso se trata. Primero, en cuanto a la cena; ya he pedido. Creo que todavía me acuerdo de tus gustos. Si no te apetece, te pediré un menú.

Delicado, se dijo Mia. Muy delicado. Había aprendido a pulir los filos peligrosos, cuando le convenía.

—Me parece bien una sorpresa de vez en cuando —Mia se apoyó en el respaldo y echó una ojeada a la habitación—. El negocio funciona.

—Así es, y espero que funcione mejor. La renovación del primer piso debería estar terminada dentro de dos semanas. La nueva suite presidencial es increíble.

—Eso dicen. Tu contratista también trabaja para mí.

—Lo he oído. ¿Cuándo piensas empezar la ampliación?

—Pronto —observó la variedad de aperitivos que dejó en la mesa un silencioso camarero. Probó un poco de paté de langosta—. Espero molestar lo menos posible a los clientes, pero me imagino que durante la parte principal de las obras te llevarás algunos —se detuvo un instante—. Temporalmente.

—Las mejoras en tu negocio sólo me benefician, y viceversa.

—Estoy de acuerdo.

—¿Por qué no aprovecharlo? Quiero poner libros sobre asuntos locales en las suites de lujo, quizá también algunos éxitos de ventas. Una tarjeta discreta o un señalador podría anunciar tu librería.

—¿Y? —esperó la contrapartida.

—Por tu tienda pasan muchos visitantes de un día. Por seguir con los asuntos locales, tú puedes elegir un libro sobre la historia de la isla, o de lo que sea, y el que lo compre rellenaría un impreso para participar en el sorteo de un fin de semana en mi hotel durante la temporada alta.

—Y así tendremos todos esos nombres en nuestras listas de clientes.

Sam vació la botella de champaña.

—Sabía que me entenderías. Tú vendes libros, yo consigo algunos turistas para el hotel y los dos ampliamos nuestra lista de clientes potenciales. Las vacaciones —continuó mientras elegía un delicado buñuelo de cangrejo—, los hoteles, la lectura en la playa... Luego están los viajes de negocios. El mismo trato. Estoy trabajando para atraer más convenciones. Yo las consigo y en el lote de bienvenida entrego un cupón de descuento para tu librería, que está al otro lado de la calle.

—Y si rellenan el impreso pueden ganar un fin de semana en tu hotel.

—No se te escapa una.

Mia lo meditó mientras les servían unas ensaladas con diversas lechugas frescas.

—El coste para los dos es insignificante. No es más que un poco de papeleo. Es muy sencillo. En realidad, demasiado sencillo como para organizar una cena de negocios para comentarlo.

—Hay algo más. Me he dado cuenta de que no traes escritores.

—Uno o dos al año, y siempre por asuntos locales, una vez más —se encogió de hombros—. Tres Hermanas y mi librería están fuera de los circuitos literarios y de las firmas de libros convencionales. Los editores no mandan a los escritores a islas remotas en la costa de Nueva Inglaterra y la mayoría de los escritores no pagan por venir aquí a trabajar.

—Podemos cambiar eso.

Sam había captado su atención. Aceptó el trozo de pan untado con mantequilla al que le convidó sin darse cuenta de que le había estado dando de comer desde que se habían sentado.

—¿De verdad?

—Hice algunos contactos en Nueva York. Todavía tengo que tirar de algunos hilos, pero estoy intentando convencer a varias personas clave de que una gira de escritores por Tres Hermanas sería rentable en tiempo y dinero. Sobre todo teniendo en cuenta que La Posada Mágica les ofrecería una tarifa muy ventajosa y un alojamiento de primera calidad. Además, no nos podemos olvidar de que hay una librería muy distinguida e independiente al otro lado de la calle. Lo que tienes que hacer es redactar una propuesta sobre cómo se acogería al escritor en tu librería y cómo atraerías a los clientes para vender los libros. Si lo conseguimos una vez, una sola vez, habrá cola de escritores para subir al transbordador.

Mia sintió un cosquilleo de entusiasmo ante la idea, pero lo estudió desde todos los puntos de vista.

—Tú no ganas nada con ofrecer una habitación con una tarifa especial algunas veces al año.

—Quizá sea que quiero ayudar a una vecina. Por decirlo de alguna forma.

—Entonces, deberías saber que tu vecina no se chupa el dedo.

—No, es la mujer más hermosa que he conocido.

—Gracias, pero ¿qué gana el hotel con todo esto?

—De acuerdo, se acabó el coqueteo —se inclinó hacia ella—. Por un lado, hay montones de editores con montones de escritores con montones de libros para promocionar. Por otro lado, los editores hacen convenciones de ventas. Si me gano el interés de un editor gracias a la visita de un escritor, será un punto a mi favor en el intento de hacerme con una convención importante. Si lo consigo, ganaré mucho con una actividad periódica —levantó el vaso de agua—. Y tú también si sabes organizar la visita de un escritor.

—Sé organizar una firma de libros —Mia comió sin darse cuenta de lo que se llevaba a la boca porque tenía la cabeza ocupada con los detalles—. Si puedes tirar de esos hilos digamos que para julio o agosto, incluso septiembre para empezar, yo conseguiré muchos clientes. Dame una novela de misterio, amor o intriga y venderé un mínimo de cien ejemplares el día de la firma y la mitad durante la semana siguiente.

—Escribe la propuesta.

—La tendrás mañana antes de que termine la jornada laboral.

—Muy bien —comió un poco de ensalada—. ¿Qué te parece John Grisham?

Mia tomó la copa. Estaba disfrutando de ella misma y de él.

—No me tomes el pelo, listillo. Él no hace giras de promoción. Saca los libros en febrero, no en verano. Además, no eres tan bueno.

—De acuerdo, era una prueba. ¿Qué me dices de Caroline Trump?

—Es muy buena —Mia frunció los labios—. He leído sus tres primeras novelas. Unos libros de amor con misterio bien estructurados. Su editor la ha llevado muy bien y este verano pasan a publicarla en tapa dura. Una publicación en julio… —pensó Mia mientras no apartaba la mirada de la cara de Sam—. ¿Puedes conseguirme a Caroline Trump?

—Dame la propuesta.

—Te juzgué mal. Había supuesto que utilizabas los negocios como una excusa para atraerme hasta aquí. Me imaginaba que tendrías algo que proponerme para intentar seducirme, pero nada digno de tener en cuenta.

—Si no hubiera tenido nada digno de tener en cuenta, me habría inventado cualquier cosa para atraerte hasta aquí —le pasó los dedos por el dorso de la mano—. Aunque sólo fuera para mirarte durante una hora.

—También pensé —continuó Mia— que en algún momento de la conversación me recordarías que tienes unas habitaciones que podíamos utilizar.

—Lo pensé —Sam recordó lo que ella le había dicho cuando estaban en el coche delante de la casita amarilla—, pero me pareció que no te haría feliz.

Ella se quedó sin respiración un instante.

—Me gustaría saber si eso ha sido sincero o sólo una ocurrencia de mierda.

—Mia...

—No. No sé lo que hay entre nosotros. No puedo verlo y lo he intentado. ¿Por qué será que, aunque lo sepamos perfectamente, podemos engañarnos al creer que nos sentiremos mejor si sabemos lo que va a pasar?

—No lo sé. Yo tampoco he podido verlo —estuvo a punto de suspirar cuando ella lo miró—. Nunca se me ha dado tan bien como a ti apartar el presente para ver lo que podría ocurrir, pero tenía que intentarlo.

Mia miró el retrato de las hermanas.

—Lo único inamovible es el pasado. Puedo prometerte que no pienso permitir que se destruya lo que ellas empezaron. Éste es mi hogar. Todo lo que me importa está en la isla. Sólo sé que soy más de lo que era cuando te fuiste y menos de lo que seré cuando muera.

—¿Crees que estar conmigo resta algo a eso?

—Si lo creyera, no estaría aquí sentada —sonrió cuando sirvieron el plato principal—. Iba a acostarme contigo.

—Dios mío —se llevó una mano al corazón—. Un médico.

Mia se rió con una risa suave e íntima.

—Me imagino que lo haré antes de que nos muramos, pero ya que todo es tan amistoso, te diré algo sinceramente: antes quiero que sufras.

—En serio —lo dijo con franqueza mientras cogía el vaso de agua—. Volvamos a los negocios antes de que me ponga a lloriquear y pierda el respeto del personal del restaurante.

—De acuerdo, cuéntame los planes para el hotel.

—Quiero que se recuerde. Quiero que la gente que pase por aquí tenga la sensación de haber vivido una experiencia especial. Hace unos años, pasé seis meses por Europa viendo y analizando los hoteles pequeños. El servicio es muy importante, pero sobre todo lo que importa son los detalles. Los colores, la tela de las sábanas. ¿Se puede descolgar el teléfono sin levantarse de la cama? ¿Se puede conseguir un maldito bocadillo a las dos de la madrugada o que me limpien la corbata antes de la reunión de la tarde?

—Lo mullidas que sean las toallas o la dureza del colchón —añadió Mia.

—Todo eso. Faxes en las habitaciones y acceso a Internet para los clientes que vengan por asuntos de trabajo. Champaña y rosas para las parejas en luna de miel. Un personal atento que saluda a los huéspedes por su nombre. Flores frescas, fruta fresca y ropa blanca recién planchada. Voy a contratar a un *sumiller* para que se ocupe de la bodega de las suites de lujo.

—Muy bien, muy bien.

—Y cada huésped, cuando llegue, tendrá alguna atención. Desde fruta y agua con gas a champaña y caviar según la categoría de la habitación. Se van a reformar todas las habitaciones y cada una será exclusiva y estará personalizada. Voy a darles nombres; la Habitación Rosa, la Suite Trinity, etcétera.

—Es un detalle muy bonito —lo halagó Mia—. Es más personal.

—Efectivamente. Ya tenemos un banco de datos, pero tenemos que mejorarlo para los clientes habituales. De esa forma podremos intentar darles su habitación favorita. Iremos aumentando la categoría de las atenciones a medida que vengan al hotel y tendremos un archivo con sus preferencias. También habrá un gimnasio con actividades... —se calló de golpe—. ¿Qué pasa?

—Nada —pero no podía dejar de sonreír—. Sigue.

—No —Sam sonrió levemente—. Me has cortado.

—Sabes lo que quieres y cómo llevarlo a cabo. Es muy atractivo.

—Me ha costado mucho llegar hasta aquí. Tú lo has sabido siempre.

—Quizá lo supiera, pero los deseos y las intenciones cambian.

—Y a veces vuelven a aparecer.

Sam puso la mano sobre la de ella, que la retiró delicadamente.

—Y a veces sencillamente cambian.

* * *

Sam volvió a trabajar cuando ella se hubo ido, pero no logró concentrarse. Se fue a casa, pero no pudo sosegarse.

Estar con ella era un placer y una tortura a la vez. Era fascinante ver las expresiones de su rostro cuando mostraba suficiente interés como para no distanciarse.

Desearla era como una droga inyectada en vena.

Acabó cambiándose para dar un paseo por el bosque. Fue directamente al círculo donde podía sentir las vibraciones de su magia mezcladas con las de Nell y Ripley.

Se preparó y se colocó en el centro para que los poderes se derramaran sobre él como si fueran agua.

—A lo tuyo añado lo mío. Cuando se comparte el poder el vínculo perdura —el resplandor se hizo más intenso y se extendió alrededor del círculo como la luz del sol—. Para ganar tu corazón, me enfrentaré con el fuego y todo lo que el destino tenga preparado. Mediante la tierra y el aire, mediante el fuego y el agua, permaneceré junto a las hijas de las Hermanas. Sigo esperando que acuda a mí para cumplir nuestro destino —tomó aire y extendió los brazos—. Esta noche a la luz de la luna, ella está a salvo y sueña en paz. Que los males que alimentan el dolor y la desesperación salgan de su noche. Ya que sabes que estoy con las tres, osa mostrarte ante mí.

La tierra tembló y se levantó el viento, pero el fuego que rodeaba el círculo se elevaba firme hacia el firmamento estrellado.

Fuera del círculo, el suelo fue cubriéndose de una niebla oscura que se confundió con un lobo con un pentagrama en el hocico.

Muy bien, se dijo Sam, a ver si nos entendemos.

—Prometo solemnemente que la liberaré de tus garras con todo el poder depositado en mí. Te haré morder el polvo por cualquier medio, sea justo o ilícito, noble o rastrero.

Sam observó al lobo que caminaba alrededor del círculo entre gruñidos.

—¿Crees que te temo? No eres más que humo y fetidez.

Sam agitó una mano y la luz que lo rodeaba bajó de altura. Salió con actitud desafiante.

—De poder a poder —murmuró mientras el aire fuera del círculo se hacía irrespirable.

Sam observó al lobo agazaparse con los músculos en tensión. Saltó directo al cuello. Le impresionó el peso, como lo hizo el dolor fugaz y agudo en el hombro al recibir un zarpazo.

Gracias a la magia y a la fuerza, se lo quitó de encima y sacó el cuchillo ritual del cinturón.

—Acabemos con esto —farfulló entre dientes.

Cuando el lobo volvió a atacar, se giró y le rasgó el costado con el cuchillo.

Hubo un sonido más parecido a un grito que a un aullido. Derramó una sangre negra como petróleo caliente y el lobo y la niebla se desvanecieron en el aire.

Sam miró con detenimiento la marca en el suelo y el filo ennegrecido de su cuchillo. Distraídamente, se pasó la mano por el hombro desgarrado.

Los dos sangraban, pero sólo uno había gritado y desaparecido.

—Me apunto el primer asalto —murmuró mientras se preparaba para purificar el terreno.

Nueve

La mañana siguiente, alrededor de las diez, Mia ya estaba terminando de pulir su propuesta para la posible visita de un escritor para combatir una insatisfacción sexual muy considerable. La noche anterior se había inmerso en el proyecto y no lo había abandonado hasta después de medianoche.

También había esparcido jengibre y caléndula por encima del borrador para conseguir el triunfo en la empresa. El romero debajo de la almohada la ayudó a descansar y a apartar el anhelo punzante.

Siempre había sabido canalizar sus energías y centrarlas en la actividad que exigiera su atención. Después de un periodo de duelo por Sam, esa fuerza de voluntad le había servido de mucho en la universidad, en su negocio y en la vida.

Durante años consiguió seguir adelante con asuntos tanto prácticos como placenteros, aun cuando sabía muy bien que la red que protegía su hogar iba debilitándose.

Sin embargo, a pesar de esa voluntad, había soñado con Sam; con estar con él, tanto en el pasado como en el presente. El anhelo físico hizo que no parara de dar vueltas en la cama hasta acabar hecha una maraña con las sábanas.

Soñó con el lobo que acechaba en los bosques y aullaba desde su atalaya en los acantilados. También lo oyó gritar de dolor y rabia mientras ella, en sueños, pronunciaba el nombre de Sam como si fuera una letanía.

A pesar de todo, había dormido y se despertó con un amanecer resplandeciente que presagiaba un día perfecto.

Atendió las flores mientras el cielo se teñía con los rojos y dorados del alba. Presentó sus respetos a los elementos que le concedían la belleza de su jardín y el don de sus poderes.

Hizo una infusión de té de menta, para el dinero y la suerte, y se la bebió en el acantilado sobre el mar que batía contra las rocas.

Allí se sentía más cerca de sus antepasados y podía percibir tanto la fortaleza más firme como la soledad más amarga y desgarradora.

A veces, cuando era muy joven, se quedaba allí mirando el mar con la esperanza de ver la esbelta cabeza de un *silkie* surgir entre las olas. Hubo un tiempo que creyó en la felicidad eterna y se imaginó la historia de cómo el amado de Fuego había vuelto para buscarla, y de cómo los espíritus de cada uno se habían encontrado y se habían amado para siempre.

Ya no creía en esas cosas y lo lamentaba, pero había aprendido, y lo había hecho bien, que algunas pérdidas te destrozaban en mil pedazos y te robaban el alma. Sin embargo, siguió adelante, se rehízo y recuperó el ánimo. Vivió. Si bien no había alcanzado la felicidad eterna, su vida sí fue bastante satisfactoria.

Fue en aquellos acantilados donde juró proteger todo lo que se le había confiado. Tenía ocho años y estaba muy orgullosa de ser lo que era. A partir de entonces, todos los años, en las noches de los solsticios de invierno y verano, iba al acantilado y renovaba el juramento.

Sin embargo, aquella mañana, Mia fue al acantilado y, sencillamente, dio gracias por la belleza del día, luego volvió a su casa para vestirse e ir a trabajar.

No vaciló cuando tomó las curvas de la carretera de la costa, pero tampoco se distrajo.

Una vez en su mesa, releyó la propuesta para ver si había algún error o se había olvidado de algo. Frunció el ceño al oír los golpecitos en la puerta. Aunque no les hizo caso intencionadamente, Ripley entró.

—Estoy ocupada. Vuelve más tarde.

—Ocurre algo —a Ripley no le importaban las formalidades ni le impresionaba un recibimiento más bien frío y se dejó caer en una butaca.

Eso le molestó tanto a Mia que levantó la vista y vio a Nell en el umbral de la puerta.

—¿No es tu día libre, Nell?

—¿Crees que la habría arrastrado hasta aquí en su día libre si no fuera por algo importante? —replicó Ripley antes de que Nell pudiera contestar.

—De acuerdo —Mia apartó el trabajo de mala gana—. Entra y cierra la puerta. ¿Has tenido una visión?

—Intento no tenerlas —Ripley hizo una mueca—. Y no, esto no tiene nada que ver con esas cosas. Al menos, no directamente. Esta mañana he oído a Mac hablar por teléfono aunque él hacía todo lo posible para que no le escuchara.

—Ripley, no puedo mediar en tus disputas familiares cuando tengo tanto trabajo.

—Estaba hablando con Sam. Bueno, eso te ha espabilado —comentó ella.

—No es tan raro que tuvieran una conversación —Mia levantó la propuesta, frunció el ceño y volvió a dejarla donde estaba—. De acuerdo. ¿De qué estaban hablando?

—No lo sé exactamente, pero Mac estaba muy interesado. Incluso salió fuera con el teléfono como si no pasara nada, pero yo sé que lo hizo porque no quería que le oyera.

—¿Cómo sabes que era Sam?

—Porque le oí decir que pasaría por la casita amarilla esta mañana.

—Muy bien, ¿te importaría ir al grano de una vez?

—A eso voy. Me despidió e intentó que no se notara que estaba dándome esquinazo. Un besito por aquí, una palmadita por allá, un abrazo… Yo me fui con la idea de pasar por la casa de Sam en cuanto estuviera de patrulla, pero nada más entrar en la comisaría veo a Zack hablando por teléfono. Se detiene en medio de una frase y me saluda por mi nombre con un tono muy delator —al recordarlo frunció más el ceño—. Entonces comprendo que estaba hablando con Sam o con Mac y empieza a asignarme toda una serie de tareas que me tendrían ocupada en la oficina durante dos o tres horas. Me dijo que tenía cosas que hacer. Yo he esperado hasta estar segura de que se había marchado y luego fui en coche hasta la casa amarilla. ¿Qué crees que he visto?

—Espero que me lo digas y que acabes con toda esta historia tan intrincada.

—El coche patrulla y el Rover de Mac. He ido a buscar a Nell y hemos venido aquí, porque te aseguro que no están jugando al póquer ni viendo películas guarras.

—No, están tramando algo a nuestras espaldas —tuvo que reconocer Mia—. Algo demasiado varonil para las mujercitas.

—Si están haciéndolo —intervino Nell—, Zack va a lamentarlo.

—Vamos a comprobarlo —Mia sacó las llaves del coche de un cajón—. Le diré a Lulú que tengo que salir.

* * *

Mac, de cuclillas, manejaba su escáner portátil.

—Energía positiva por todos lados —confirmó—. No queda ni rastro de energía negativa. La próxima vez, llámame antes, podría tomar una muestra.

—Era un poco tarde para hacer experimentos científicos —se justificó Sam.

—Nunca es tarde para la ciencia. ¿Puedes dibujármelo?

—Sólo puedo hacerte un dibujo con palotes. Era la misma imagen que describió Mia. Un lobo negro gigantesco con la señal del pentagrama.

—Fue una buena idea marcarlo cuando lo redujeron en la playa el invierno pasado —Mac se sentó en los talones—. Facilita la identificación y disminuye su poder.

—Lo que te puedo asegurar es que lo de anoche no era un gatito —Sam se llevó la mano al hombro.

—Seguro que absorbió la fuerza extra de algún lado, probablemente de ti. Estabas cabreado, ¿verdad?

—¿Tú que crees? El muy cabrón intentó tirar a Mia por el acantilado.

—Creo que la confusión emocional que comentamos la otra noche es un elemento esencial de la ecuación. Si tú…

—Creo —interrumpió Zack— que habría que llevar a Sam al médico para que le vieran el hombro. Luego, habría que dejarse de teorías e ir a buscar a ese cabrón. Si ha herido a Sam, puede herir a cualquiera. No voy a permitir que ande suelto por la isla.

—No vas a poder seguirle el rastro y abatirlo como si fuera un perro rabioso —le dijo Mac.

—Sí puedo intentarlo.

—No irá detrás de nadie que no esté conectado —Sam miró el terreno impoluto con el ceño fruncido. Había pasado casi toda la noche dándole vueltas—. El caso es que no creo que pueda hacerlo.

—Exactamente —Mac se levantó—. Este ente se nutre de la energía y las emociones de quienes tienen vínculos con el círculo original.

—Muchos isleños tienen vínculos con el círculo original, aunque estén más o menos difusos —señaló Zack.

—Sí, pero no los quiere a ellos. Ni los necesita.

—Tiene razón —le dijo Sam a Zack—. Ahora sólo tiene un objetivo y no puede perder tiempo o energía con otras cosas. No tiene mucha magia, pero es astuto. Ya se nutrió con las emociones de Ripley y ahora lo ha hecho con las mías. No volverá a pasar.

—Ya, siempre has sido un tipo con sangre fría —le replicó Zack—. Querías que fuera por ti.

—Funcionó —afirmó Sam—. La cuestión es que no le hice suficiente daño. Si llega a atacarme otra vez lo habría metido en el círculo y podría haberlo retenido ahí.

—No es un asunto para ti —dijo sencillamente Mac.

—A la mierda. No voy a quedarme de brazos cruzados mientras espera una oportunidad para abalanzarse al cuello de Mia. Es lo que quiere; es lo que noté. Primero tendrá que pasar por encima de mi cadáver y eso no sucederá. Mia puede hacer lo que quiera, pero, entretanto, yo voy a arrancarle el corazón.

—Lo dicho —insistió Zack al instante—. Todo él sangre fría.

—Que te den.

—Vale, vale —Mac se interpuso y palmeó los hombros de los dos hombres—. No perdamos la cabeza.

—¿No os parece enternecedor? —la voz de Mia era puro empalago—. Los chicos han salido a jugar al bosque.

—Mierda —farfulló Zack después de ver los ojos furiosos de su mujer—. La he jodido.

Ripley se metió los pulgares en el cinturón y avanzó hasta que su cara rozó la de Mac.

—¿Éstas eran las cosas que tenías que hacer?

—No la toméis con ellos. Yo les pedí que vinieran.

—Ya te tocará a ti también —le aseguró Ripley a Sam—, pero hay que respetar un orden.

Mia se adelantó y notó las vibraciones de energía.

—¿Qué ha pasado aquí?

—Es mejor que se lo cuentes —le recomendó Zack a Sam—. Créeme, he lidiado con estas tres mucho más que tú.

—Vamos dentro y…

Mia se limitó a poner una mano en el pecho de Sam antes de que pudiera moverse.

—¿Qué ha pasado aquí? —repitió.

—He dado un paseo por el bosque.

Mia desvió la mirada y la posó en el suelo.

—Has utilizado el círculo.

—Estaba ahí.

Una parte de Mia se sintió resentida porque hubiera podido utilizar lo que era suyo, lo que pertenecía a ellas tres. Eso estrechaba la conexión y hacía que el vínculo con ella, con Nell y Ripley, fuera innegable.

—Muy bien —aceptó Mia con calma—. ¿Qué ha pasado?

—Me las vi con el maldito lobo.

—Tú —Mia levantó la mano más para contenerse que para hacer callar a Sam. Su primera reacción fue de miedo espantoso, pero lo dejó a un lado para poder pensar y notó que la ira superaba al miedo—. Tú lo llamaste. Viniste aquí en medio de la noche y lo llamaste como un pistolero fanfarrón.

Sam no sabía que Mia todavía conservaba tanto genio ni que podía, como había hecho siempre, provocar el suyo.

—Yo prefiero pensar que fue más al estilo de Gary Cooper.

—Para ti es un chiste…, ¡un chiste! —la ira estaba a punto de dominarla—. ¿Te atreves a llamar a lo que me pertenece? ¿Crees que puedes interponerte entre lo que me pertenece y que yo me quede al margen tan tranquila?

—Haz lo que quieras.

—No eres mi protector ni mi salvador. No tengo nada que envidiar de ti —lo empujó un paso atrás—. No voy a tolerar que te entrometas. Lo haces sólo porque así te sientes como un héroe y...

—Tranquila, Mia —intervino Zack.

Mia lo atravesó con la mirada y el sheriff levantó las manos, se apartó al darse cuenta de que aquella mujer estaba dispuesta a arrancarle el corazón a un hombre. Decidió que Sam tendría que apañárselas solo.

—¿Crees que necesito tu ayuda? —se volvió otra vez a Sam y le golpeó con un dedo en el pecho.

—Deja de darme con el dedo.

—¿Crees que porque no tengo pene no puedo defenderme? ¿Tienes que venir con tu estúpido aire de gran hombre y luego llamar a tus estúpidos amigos para comentar cómo podéis proteger a unas mujeres inútiles?

—Nunca la había visto así —susurró Nell mientras miraba fascinada cómo Mia empujaba otra vez a Sam.

—No pasa muchas veces —le contestó Ripley entre dientes—, pero cuando ocurre no tiene desperdicio —miró al cielo y vio que se llenaba de nubes negras como la tinta del calamar—. Está muy cabreada.

—He dicho que dejes de darme golpecitos —Sam le agarró el puño que estaba a punto de descargar sobre su pecho—. Si has acabado de decir sandeces... Cuidado —le avisó mientras retumbaba un trueno.

—Arrogante, estúpido, insultante..., te voy a enseñar lo que es una sandez —volvió a empujarlo con la mano libre y entonces vio el gesto de dolor cuando le tocó el hombro—. ¿Qué has hecho?

195

—Acabamos de hablar de eso.

—Quítate la camisa.

Sam la miró con ojos maliciosos.

—Bueno, cariño, si quieres que la cosa termine así, yo no tengo inconveniente, pero hay espectadores.

Mia le rasgó la camisa de un tirón y zanjó el asunto.

Sam se había olvidado de lo rápida que podía ser.

La marca de la garra en el hombro estaba en carne viva e inflamada.

Nell hizo un gesto de preocupación e intentó avanzar, pero Ripley la sujetó del brazo.

—Ella se ocupará.

—Saliste del círculo —volvió a sentir el miedo mezclado con la ira—. Saliste intencionadamente para atacarlo.

—Era una prueba —Sam, con gesto de dignidad ofendida, volvió a colocarse la camisa rasgada—. Y funcionó.

Mia se dio la vuelta y Zack, que era quien estaba más cerca, se llevó el tortazo.

—¿Te has olvidado de que fue Nell quien doblegó la locura aunque tenía un cuchillo en el cuello?

—No —respondió sin alterarse—. Es algo que no olvidaré jamás.

—¿Y tú? —Mia se giró hacia Mac—. Viste a Ripley luchar contra la oscuridad y derrotarla.

—Lo sé —Mac se guardó en el bolsillo el sensor que la furia de Mia había chamuscado—. Ninguno de nosotros menosprecia lo que sois capaces de hacer.

—¿No? —los miró uno a uno antes de volver junto a Nell y Ripley—. Somos las Tres —elevó las manos y una luz cegadora brotó de las yemas de sus dedos— y nuestro poder no está a vuestro alcance.

Giró sobre sus talones y se fue.

—Vaya —Mac resopló—. Caray.

—Muy científico, campeón —Ripley se metió las manos en los bolsillos e hizo un gesto con la cabeza a Sam—. La has alterado, así que ya puedes encontrar la forma de calmarla. Si eres tan estúpido como para hacer lo que hiciste anoche, entonces también lo serás como para ir tras ella cuando está disparando balas.

—Supongo que tienes razón.

La alcanzó cuando estaba a punto de salir del bosque.

—Espera un segundo —la cogió del brazo y soltó un silbido al sentir una descarga eléctrica—. ¡Para ya!

—No me toques.

—Dentro de un minuto voy a hacer algo más que tocarte —pero no le puso las manos encima hasta que llegaron al coche.

Mia abrió la puerta y Sam la cerró de un portazo.

—No arreglas nada largándote.

—Tienes razón —se quitó el pelo de la cara—. Ésa es tu solución más habitual.

Sam notó como si le hubiera dado una patada en el estómago, pero asintió con la cabeza.

—Y tú acabas de demostrar que eres mucho más inteligente y madura. Terminemos este asunto lejos de espectadores que no tienen nada que ver con nuestros problemas. Vamos a dar una vuelta en coche.

—¿Quieres dar una vuelta en coche? Perfecto. Sube.

Volvió a abrir la puerta y montó en el asiento del conductor. Salió a la carretera en cuanto él estuvo junto a ella.

Fue despacio mientras cruzaban el pueblo, pero aceleró cuando llegaron a la carretera de la costa. Quería sentir la velocidad, el viento y el regusto punzante del peligro. Todo eso le ayudaría a sofocar parte de la ira y a volver a encontrar el equilibrio.

Los neumáticos chirriaban en las curvas y aceleró todavía más cuando se percató de que Sam estaba pasándolo mal.

Mia giró el volante y el coche se estremeció mientras se aferraba a la carretera a centímetros del precipicio.

Sam carraspeó y Mia le lanzó una mirada gélida.

—¿Algún problema?

—No —al menos, se dijo, si te parece divertido ir a ciento treinta kilómetros por hora por una carretera que da al vacío y con una bruja cabreada al volante.

La carretera ascendía y Sam mantenía los ojos clavados en la casa de piedra del acantilado. Por el momento era su nirvana. Sólo tenía que sobrevivir hasta llegar allí.

Cuando entraron en el camino, tuvo que tomar aire varias veces para que los pulmones le volvieran a funcionar.

—Objetivo alcanzado —dijo con alivio Sam aunque se reprimió el gesto de secarse las palmas de las manos en los vaqueros—. Sabes dominarte aunque casi no puedas controlarte.

—Muchas gracias —le rebosaba sarcasmo mientras salía del coche—. Entra —dijo secamente—. Hay que curar esa herida.

Aunque no estaba seguro de que fuera muy sensato ponerse en sus manos en ese momento, la siguió por el camino.

—La casa está preciosa.

—No me interesa la charla.

—Entonces, no contestes —propuso él.

Entró con ella. Los colores eran vivos, la madera estaba encerada y el aire era acogedor y fragante.

Se dio cuenta de que había algunos cambios sutiles muy característicos de Mia. Mezclaba la elegancia con el encanto; el gusto exquisito con la sencillez. Aunque ella fue directamente a la cocina, él se demoró un poco.

Les daría tiempo para calmarse.

Había conservado los pesados muebles tallados que pasaron de una generación a otra, pero añadió texturas lujosas y mullidas. Había alfombras que no reconocía, pero por su antigüedad podía adivinar que permanecieron enrolladas en algún desván hasta que Mia las desenterró cuando se quedó con la casa.

Velas y flores adornaban todos los rincones. También había cuencos con piedras de colores, montones de cristales resplandecientes y las figuritas místicas que había coleccionado toda su vida, y libros. Libros en todas las habitaciones por las que pasó.

Cuando entró en la cocina, Mia ya estaba sacando cachivaches de un aparador. Eran cazos de cobre reluciente y ramilletes de flores secas con colores y aromas desvaídos. La escoba que había junto a la puerta era muy vieja y los electrodomésticos muy modernos.

—Has hecho algunos cambios —dio un golpecito sobre la encimera gris oscuro.

—Sí. Siéntate y quítate la camisa.

Sam no le hizo caso y fue a la ventana que daba al jardín.

—Parece sacado de un cuento de hadas.

—Me gustan las flores. Por favor, siéntate. Los dos tenemos que volver al trabajo y me gustaría echar una ojeada a eso.

—Ya hice lo que pude anoche. Sólo tiene que cicatrizarse.

Ella permaneció de pie mirándolo con un frasco colorado en la mano.

—De acuerdo, de acuerdo. A lo mejor me haces un vendaje con un trozo de tus enaguas.

Sam, de mala gana, se sacó el hombro de la camisa rasgada y se sentó en una silla junto a la mesa de la cocina.

Mia notó un nudo en el estómago al ver las heridas en carne viva. No soportaba ver a nadie sufriendo.

—¿Qué le has puesto? —se inclinó y olió. Arrugó la nariz—. Ajo, evidentemente.

—Surtió efecto —se cortaría la lengua antes de reconocer que la herida le palpitaba como un dolor de muelas.

—Yo no diría lo mismo. No te muevas —le ordenó—. No tengo intención de hacerte daño hasta después de haberte curado.

Sam obedeció y notó la magia que se deslizaba en su interior a la vez que sentía los dedos de ella cubiertos de un ungüento balsámico sobre la carne desgarrada.

Pudo ver el resplandor rojo de su energía. Pudo paladearlo, dulce y penetrante, como el primer bocado de una ciruela suculenta. El aroma a amapolas de Mia le nubló los sentidos.

Se dejó llevar por la sucesión de palabras. Sin pensarlo, giró la cabeza y se frotó la mejilla en su antebrazo.

—Te veo en sueños y oigo tu voz en mi cabeza —acariciado por la delicada energía, habló en gaélico: la lengua de sus antepasados—. Te anhelo hasta cuando estoy contigo. Lo eres todo para mí.

Al notar que Mia se apartaba, tuvo que hacer un esfuerzo para mantener el equilibrio, pero ella quitó el brazo y Sam se quedó parpadeando y tambaleándose en la silla.

—Sshh... —Mia le acarició el pelo con suavidad—. Espera un poco.

Cuando se le aclararon las ideas, Sam cerró los puños sobre la mesa.

—Me has dormido. No tenías derecho...

—Si no, habría sido muy doloroso.

Nunca había podido distanciarse del dolor ajeno. Se dio la vuelta para guardar las cosas y serenarse. Al mitigarle el dolor se sintió recuperada, pero las palabras en gaélico le habían llegado al corazón.

—Además, no eres el más indicado para hablarme de derechos. No he podido borrar del todo las heridas. Eso está fuera de mi alcance, pero cicatrizarán rápidamente.

Sam ladeó la cabeza para mirarse el hombro. Casi no se veían las marcas y no notaba molestias. Le sorprendió tanto que la miró con curiosidad.

—Has mejorado mucho.

—He dedicado bastante tiempo a estudiar y perfeccionar mis dones —dejó los cazos y apoyó las manos en la encimera—. Estoy muy furiosa contigo; tanto, que necesito aire.

Salió por la puerta trasera.

Fue al estanque a ver los peces nadar entre los nenúfares. Al oírlo llegar, se cruzó de brazos.

—Entonces, enfurécete. Suelta lo que tengas que decir. Yo no voy a cambiar de opinión. Tengo un papel en todo esto, Mia. Yo soy parte de todo esto. Te guste o no.

—La irreflexión y el machismo no caben en todo esto. Te guste o no.

Si Mia pensaba que Sam iba a disculparse, tendría que esperar sentada.

—Vi una oportunidad, una posibilidad, y corrí un riesgo calculado.

Mia volvió a girarse.

—Es un riesgo que tengo que correr yo. No tú.

—Siempre tan condenadamente segura de todo. Siempre has sido igual. ¿Ni siquiera se te ocurre pensar que podría haber otro camino?

—No dudo de lo que siento aquí —apretó los puños contra el vientre—. Ni aquí —se los llevó al corazón—. No puedes hacer lo que me corresponde hacer a mí, y si pudieras…

—Si pudiera…

—No lo permitiría. Es un derecho que tengo de nacimiento.

—Yo también lo tengo —replicó Sam—. Si anoche hubiera podido rematar la faena, Mia, todo habría terminado.

Mia se sentía más cansada que enfadada.

—Lo sabes perfectamente. Lo sabes —se apartó el pelo y se dirigió a un sendero bordeado de varas de lirios que esperaban florecer—. Si se altera una cosa, se pueden alterar otras mil. Si se mueve irreflexivamente una pieza del conjunto, se puede destrozar todo. Hay normas, Sam, y tienen sus motivos.

—Siempre has observado las normas más que yo —había cierta amargura en las palabras y Mia pudo apreciarlo tanto como él—. ¿Cómo puedes esperar que me quede cruzado de brazos? ¿Crees que no me doy cuenta de que duermes y comes mal? Noto los esfuerzos que haces por vencer el miedo y me parte el corazón.

Mia se volvió al oírlo hablar. Recordaba perfectamente esa rabia contenida y la inquietud apasionada. Le habían atraído cuando Sam era un muchacho y, que Dios se apiadara de ella, le atraían también las del hombre.

—Si no tuviera miedo, sería estúpida. No soy estúpida. No puedes cubrirme la espalda de esta manera. No puedes volver a desafiar lo que me busca a mí. Quiero tu palabra.

—No puedo dártela.

—Intentemos ser sensatos.

—No —la tomó por los brazos y la atrajo hacia sí—. No, intentemos otra cosa.

La besó ardiente y casi brutalmente. Fue como si la estuviera marcando. Había despertado sus sentimientos y hurgado en ellos igual que había mitigado el dolor de la herida. Lo había abierto para confundirse con él y luego dejarlo vacío otra vez. Necesitaba algo, necesitaba una compensación.

La rodeó con los brazos sin que ella pudiera resistirse o aceptar. La atrapó en un beso que era puro anhelo y poco sentimiento. A Mia le impresionó y le avergonzó el estremecimiento que sintió, el placer que la dominó.

A pesar de todo, pudo haberlo detenido. Sólo necesitaba su mente para hacerlo, pero estaba rebosante de él, como su cuerpo estaba rebosante de deseo.

—No puedo soportarlo —Sam apartó los labios y le recorrió todo el rostro con ellos—. Acéptame o maldíceme, pero hazlo ahora.

Mia levantó la cabeza hasta que sus miradas se encontraron.

—¿Y si te digo que te marches? Que me quites las manos de encima y te marches…

Sam le acarició la espalda y le pasó los dedos por el pelo.

—No lo hagas.

Mia pensó que había querido que sufriera y cuando lo había conseguido, no podía soportarlo, por ninguno de los dos.

—Entonces, vamos dentro y estaremos juntos.

Diez

Pasaron a la cocina y se arrojaron el uno en brazos del otro. Apoyados en la puerta, Mia sintió que todo el cuerpo se le encrespaba bajo las caricias de Sam.

Era maravilloso que volvieran a tocarla, que la acariciaran unas manos firmes, desconocidas y familiares a la vez. Esa libertad desenfrenada y perversa la arrasó y se llevó consigo cualquier pregunta, preocupación o duda. Qué maravilla que volvieran a desearla de esa forma completamente desesperada. Qué maravilla que sus anhelos fueran correspondidos por otros igual de insaciables.

Mia le apartó la camisa hecha jirones y se llenó las manos de carne suave y ardiente. Lo mordisqueó con ansia de saborearlo. Susurró peticiones medio enloquecidas mientras salían a trompicones de la cocina.

Algo se cayó con un sonido de cristales rotos cuando chocaron con la mesa del vestíbulo. Los añicos de lo que habían sido las alas de un hada formaron unos restos resplandecientes a los pies de Sam.

Mia no podía respirar ni pensar. Le rozaba con los labios las heridas del hombro. Ninguno de los dos se percató cuando las señales desaparecieron.

—Tócame. No dejes de tocarme.

Sam habría estado encantado de morirse antes de dejar de hacerlo.

Se llenó las manos de ella; de sus formas; de su esbeltez. Notó un estremecimiento primitivo cuando ella también se estremeció contra él. La sangre le bulló con un pálpito irrefrenable cuando Mia se quedó sin aliento para luego dejarlo escapar con un gemido.

Le recorrió las piernas con las manos y gruñó de placer por su espléndida longitud, por el calor que emanaba de la marca de bruja que tenía en lo alto del muslo. Sin pensárselo dos veces y sin delicadeza alguna, tiró de la fina barrera de seda.

—Tengo que... —introdujo los dedos en ella—. Dios mío, Dios mío —ocultó la cara en su melena.

—Otra vez, otra vez —reclamaba Mia.

Le dominó la ferocidad y le mordió el cuello hasta ver que todo el cuerpo de Mia se sacudía sin control.

Ardiente como el sol, húmeda como el rocío y suave como el musgo. Volvió a besarla para acallar los jadeos implorantes.

Se arrastraron escaleras arriba mientras Sam le desabotonaba o arrancaba los diminutos botones que tenía en la espalda.

—Tengo que verte.

El vestido se deslizó al suelo y pasaron sobre él. En lo alto de las escaleras, Sam tiró de ella hacia la derecha.

—No, no —a punto de llorar por la desesperación, Mia peleaba con el botón de los vaqueros de Sam—. Por aquí.

Lo llevó a la izquierda y se estremeció cuando él le desabrochó el sujetador y tomó sus pechos entre sus manos. Pronto, la boca, ardiente y voraz, sustituyó a las manos.

—No puedo más, no puedo más —desbocado, le levantó los brazos por encima de la cabeza y se deleitó con ella.

Mia se abandonó y disfrutó ante la inevitable ansia de que la poseyera. Igual que su corazón se rebelaba contra su boca ansiosa, su cuerpo imploraba más.

Cuando Sam la agarró de las caderas, ella lo rodeó con los brazos como una anaconda. La cama estaba a unos pasos, pero podían haber sido varios kilómetros. Los ojos de Sam, verde esmeralda, ardieron en el humo de los de Mia. Por un instante, el mundo pareció pararse.

—Sí —musitó Mia—. Sí.

En ese momento, Sam entró en ella.

Se tomaron apresuradamente y sin contemplaciones. El placer daba paso a la felicidad plena y les impedía respirar y pensar mientras copulaban con una virulencia consentida. Mia tenía clavadas las uñas en la espalda de Sam quien le dejaba las marcas de los dedos sobre la piel; y, a pesar de todo, se embestían sin tregua.

Las bocas se encontraron con una fogosidad frenética y los cuerpos se reclamaban incesantemente.

El clímax la atenazó como las garras de un tigre; como un zarpazo que le vaciara las entrañas. Impotente, se sometió y notó que él se precipitaba tras ella.

Se sujetaron el uno al otro sudorosos, tambaleantes y obnubilados. Sam bajó la cabeza hasta apoyarla en la frente de su amante e intentó coger aire. Se notaba como si hubiera caído de lo alto de una montaña para acabar en un estanque de oro derretido y ardiente.

—Tengo un poco de vértigo —consiguió decir Mia.

—Yo también. A ver si podemos llegar hasta la cama.

Alcanzaron la cama de Mia a tientas y se derrumbaron juntos en ella. Tumbados de espaldas, se quedaron aturdidos y con la vista clavada en el techo.

Sam se dio cuenta de que no había sido el encuentro sexual que se había imaginado. No había tenido la seducción, la sofisticación y la delicadeza que había esperado de sí mismo.

—Estaba un poco ansioso —se justificó.

—No importa.

—¿Te acuerdas de cuando te dije que habías engordado un poco?

—Mmm… —el tono era de ligera advertencia.

—La verdad es que me encanta —movió la mano lo justo para rozarle el costado del pecho—. De verdad, me encanta.

—Tú también has engordado un poco.

Sam, ensimismado, observaba el mural del techo. Las estrellas brillaban y las hadas volaban en la noche.

—Has cambiado de sitio tu dormitorio.

—Sí.

—Menos mal que la otra noche no seguí el impulso de trepar por la espaldera.

Mia suspiró al recordar las noches en que lo había hecho.

Había pasado mucho, mucho tiempo desde que su cuerpo se sintiera receptivo, usado. Sintió deseos de acurrucarse como un gato y ronronear.

Hubo un tiempo en que lo habría hecho. Se habrían abrazado y habrían dormido como unos gatitos después de retozar.

Esos días habían pasado a la historia, se dijo, pero, por lo que se refería a retozar, no había estado nada mal.

—Tengo que volver al trabajo —dijo Mia.

—Yo también.

Se miraron y sonrieron.

—¿Sabes cuál es la ventaja de tener tu propio negocio? —le preguntó Mia.

—Sí —se acercó hasta que las bocas se rozaron—. Nadie nos puede bajar el sueldo.

* * *

Sin embargo, eso no quería decir que fueran a irse de rositas.

Cuando Mia volvió a entrar en la librería, Lulú la miró y no dudó.

—Lo has hecho con él.

—¡Lulú! —Mia, abochornada, miró a ver si había algún cliente.

—Si crees que no se nota y que la gente no va a darse cuenta, entonces es que el revolcón te ha afectado el cerebro.

—Sea como sea, no voy a quedarme para comentarlo en el mostrador —con la cabeza muy alta, fue hacia las escaleras y se topó con Gladys Macey.

—Hola, Mia. Te veo muy guapa.

—Hola, señora Macey —Mia ladeó la cabeza para leer los títulos de los libros que había elegido Gladys—.

Tiene que decirme qué le parece éste —señaló un éxito de ventas—. No lo he leído todavía.

—Lo haré. He oído que has cenado en el hotel —Gladys la miró con una sonrisa resplandeciente—. Creo que Sam Logan está haciendo algunos cambios. ¿La comida sigue siendo tan buena?

—Sí, me gustó —miró a Lulú por encima del hombro. Si tenía en cuenta la voz de Lulú y el oído de Gladys, podía estar segura de que ésta había oído el comentario—. ¿Quiere saber si me he acostado con Sam? —preguntó amablemente.

—No, cariño —Gladys le dio una palmadita maternal—. No saques las cosas de quicio. Además, es imposible mirarte sin notar que estás resplandeciente. Es un chico muy guapo.

—Un liante —farfulló Lulú entre dientes.

—Vamos, Lulú, ese chico no ha creado más problemas que muchos otros de por aquí y sí menos que algunos —replicó Galdys demostrando la finura de su oído.

—Los otros no han ido rondando a mi niña.

—¿Cómo que no? —Gladys sacudió la cabeza mientras se dirigía a Lulú como si Mia no existiera o fuera sorda—. No ha habido ni un solo chico en la isla que no haya rondado a Mia. La verdad es que Sam fue el único que obtuvo alguna respuesta. Siempre pensé que hacían una pareja maravillosa.

—Perdón… —Mia levantó un dedo—. Me gustaría recordaros que el chico y la chica que se rondaban son ya unos adultos hechos y derechos.

—Pero seguís haciendo una pareja maravillosa —insistió Galdys.

Mia se rindió y se inclinó para besarla en la mejilla.

—Tienes un gran corazón.

Y una lengua muy larga, se dijo mientras iba a su despacho. La noticia de que Sam Logan y Mia Devlin estaban juntos correría de boca en boca por toda la isla.

Como no sabía qué pensar de eso, ni podía hacer nada por evitarlo, Mia intentó olvidarse y volvió a trabajar en la propuesta.

Hacia las cuatro, sin hacer caso de las miradas, cruzó la calle y entró en el hotel, donde dejó un sobre en el mostrador de recepción y pidió que se lo entregaran al señor Logan lo antes posible. Luego, volvió a salir.

Se encerró en el almacén y se concentró en el trabajo para recuperar el tiempo que había perdido. Organizó y elaboró una lista de las existencias que debía reponer. El solsticio atraía a muchísimos turistas a la isla y convenía estar preparada.

Se levantó con la lista en la mano y volvió a sentarse inmediatamente con sensación de mareo. Era tonta, se regañó a sí misma, una imprudente. No había comido nada en todo el día salvo medio bollo. Volvió a ponerse de pie con la idea de tomar un cuenco de sopa en el café y entonces una imagen le pasó por la cabeza.

Evan Remington estaba junto a una ventana con barrotes y sonreía. Tenía la mirada inexpresiva como la de un muñeco y giró la cabeza lentamente, muy lentamente, mientras los ojos empezaban a resplandecer con un color rojo que no era humano.

Tuvo que hacer un esfuerzo para no echar a correr y esperó a que la calma la cubriera como un manto. La imagen se desvaneció y se olvidó del trabajo.

—Tengo que hacer un recado —le dijo a Lulú antes de salir disparada de la tienda—. Volveré cuando pueda.

—Todo el rato yendo y viniendo —masculló Lulú.

Mia fue directamente a la comisaría. Se paró un par de veces para saludar a algunos conocidos y se dio cuenta de que las calles ya estaban llenas de turistas que paseaban y compraban, que recorrerían la isla para encontrar el rincón perfecto para hacer una comida campestre, que por la noche abarrotarían los restaurantes o volverían a sus casas alquiladas para cocinar el pescado fresco que compraron en el muelle.

Las tiendas tenían las rebajas previas al verano y la pizzería ofrecía dos ingredientes gratis al comprar la segunda pizza. Vio pasar a Pete Stubens montado en su camioneta y Denis, el sobrino de Ripley, cruzó la calle como un rayo sobre su monopatín. La camiseta roja le flameaba como una bandera.

Todo era completamente normal, se dijo. La vida transcurría sin alteraciones y ella iba a hacer todo lo que estuviera en su mano para que siguiera así.

Zack estaba en su mesa y se levantó precipitadamente al verla entrar.

—Hola, Mia.

—No he venido para echarte la bronca.

—Es un alivio. Nell ya se ha encargado de eso. Sólo quiero decir que no hacíamos nada a vuestras espaldas. Estábamos investigando la situación. Mi trabajo consiste en ocuparme de los problemas que pueda haber en la isla.

—Ya discutiremos eso más tarde. ¿Puedes comprobar la situación de Evan Remington?

—¿Comprobar?

—Asegurarte de que está donde debe estar. Comprobar cómo ha evolucionado su tratamiento, el pronóstico, sus últimas pautas de conducta.

Zack iba a preguntarle el motivo, pero la expresión de Mia le dijo que sería mejor responder primero y luego hacer las preguntas.

—Lo primero que puedo decirte es que está encerrado y que va a seguir estándolo. Todas las semanas hablo por teléfono con unos contactos —Zack ladeó la cabeza—. Supongo que no te parecerá que también eso está fuera de mis atribuciones.

—No te pongas susceptible. ¿Puedes conseguir un informe de su evolución?

—No tengo acceso a su historial médico, si te refieres a eso. Necesito un mandamiento judicial y un motivo para pedirlo. ¿Qué pasa?

—Que sigue metido en todo esto; esté en una celda acolchada o no.

Zack rodeó la mesa de dos zancadas y agarró a Mia del brazo.

—¿Es una amenaza para Nell?

—No. —¿Cómo sería que te amaran tan profundamente? Se preguntó. Hubo un tiempo que creyó saberlo—. No directamente. No como antes, pero están utilizándolo. Me pregunto si él lo sabe.

Era fundamental descubrirlo.

—¿Dónde está Ripley?

—Fuera, patrullando —la agarró con más fuerza—. ¿Corre peligro?

—Zack, tanto Nell como Ripley han hecho lo que tenían que hacer, pero yo tengo que hablar con ellas.

¿Podrías decirles que se pasen por mi casa esta noche sobre las siete?

Zack le soltó el brazo y se lo acarició hasta llegar al hombro.

—Tú eres la que tiene problemas...

—No —la voz de Mia era clara y tranquila—. Lo tengo dominado.

* * *

Estaba convencida de ello. Como entendía la importancia de esa fe y de esa sensación de soledad. Las dudas, las preguntas y los miedos sólo disminuirían sus poderes cuando más los necesitaba.

La visión se había presentado espontáneamente y le había producido cierta angustia. No se lo tomaría a la ligera.

Lo dispuso todo con cuidado. No era el momento para ser temeraria ni para entretenerse en demostraciones espectaculares, aunque le gustara hacerlas de vez en cuando.

En ese momento le parecía que muchas de las cosas que habían pasado ese día tenían como objeto prepararla. Su arrebato de genio de esa mañana que la había desfogado, el ayuno y también el sexo. Eliminar cualquier insatisfacción y darle al cuerpo uno de sus mayores placeres sólo podía ayudarla para lo que se avecinaba.

Había elegido con premeditación las hierbas y los aceites del baño. La rosa para el poder físico y la adivinación; el clavel para que la protegiera; el lirio para permitirle entender lo que se le mostrara.

Se sumergió a la luz de las velas grabadas para ayudarle en su búsqueda, se lavó el cuerpo y el pelo y purificó la mente.

Se untó el cuerpo con cremas que había hecho ella misma y se puso una bata blanca, larga y amplia. Eligió con mucho cuidado los complementos: ágata para protegerse en el viaje, amatista para intensificar su tercer ojo y unos pendientes de malaquita para la visión.

Reunió sus herramientas y su vara para adivinaciones con la punta de piedra de luna. Cogió incienso, velas, unos cuencos y sal marina. También un tónico reconstituyente porque sabía que podría necesitarlo.

Luego salió al jardín para apaciguarse y esperar a sus hermanas.

Llegaron juntas y la encontraron sentada en un banco de piedra junto a un seto de aguileñas

—Necesito vuestra ayuda. Os lo contaré camino del claro del bosque.

* * *

Acababan de entrar en el bosque y la luz empezaba apagarse con el crepúsculo cuando Ripley se detuvo.

—Tú no deberías hacer esto. El vuelo te deja demasiado expuesta, demasiado vulnerable.

—Por eso necesito mi círculo —replicó Mia.

—Debería hacerlo yo —Nell la tomó del brazo—. Evan está más conectado conmigo.

—Precisamente por eso no deberías hacerlo —razonó Ripley—. La conexión es demasiado íntima. Yo ya lo he hecho una vez y debería volver a hacerlo.

—Hiciste el vuelo sin preparación, sin protección, y resultaste herida —Mia recordó que era preferible razonar y reemprendió el camino—. La visión me llegó a mí de forma espontánea. Me corresponde hacerlo y estoy completamente preparada. Tú todavía no tienes control suficiente —le dijo a Ripley— y a ti, hermanita, te falta experiencia. Además, aunque no tuviéramos en cuenta estos dos hechos, me corresponde a mí hacerlo y todas lo sabemos. Así que no perdamos más tiempo.

—No me gusta —insistió Ripley—, sobre todo, después de lo que le pasó a Sam ayer.

—Yo, al revés que algunos hombres, no tengo que demostrar mi heroísmo. No saldré del círculo.

Dejó la bolsa en el suelo y empezó a trazar el círculo.

Nell encendió las velas. Estaba tranquila porque la serenidad era necesaria.

—Dime qué tengo que hacer si algo va mal.

—Nada irá mal —la tranquilizó Mia.

—Por si acaso.

—Si algo va mal, me sacas —Mia miró hacia arriba y comprobó que las copas de los árboles resplandecían con la luz de la luna que comenzaba a elevarse—. Empecemos.

Se quitó la bata y levantó los brazos sin llevar otra cosa encima que los cristales. Extendió las manos a sus hermanas y empezó la invocación que le liberaría la mente del caparazón del cuerpo y le permitiría volar.

—Ábrete ventana, ábrete puerta. Quiero ver y quiero volar. Mi espíritu se eleva y mis sentidos flotan sobre el cielo y el mar. Tengo este poder y pido que lo que vea no dañe a ninguna de las tres. Que se haga mi voluntad.

Tuvo una sensación de ingravidez lenta y deliciosa, como si el espíritu se desprendiera de la coraza que lo mantenía pegado al suelo. Voló libremente, como un pájaro llevado por el viento y, sólo por un instante, se permitió gozar del momento.

Era un don precioso, pero sabía que los lazos que la mantenían atada a la tierra podían romperse por un descuido. Ni la emoción del vuelo podía apartarla de la realidad.

Sobrevoló el mar donde las estrellas se reflejaban como deslumbrantes cristales diseminados en un terciopelo negro. De las profundidades llegaba el canto de una ballena que la llevó mar adentro.

La vida continuaba y se agitaba debajo de ella; el bullicio del tráfico, las conversaciones dentro de las casas, el olor de los árboles y de las cenas que se preparaban.

Oyó el llanto desgarrador de un recién nacido y el último suspiro de un moribundo. Sintió el roce delicado y fugaz de las almas que pasaban junto a ella. Se mantuvo iluminada por ellas y buscó la oscuridad.

Estaba dominado por un odio infinito y muy profundo y ella, al acercarse, se dio cuenta de que no todo era suyo. En Evan Remington se mezclaban los componentes más hediondos, pero al observar a los enfermeros, a los guardas y a los médicos que iban y venían por el lugar donde estaba encerrado Remington, Mia se dio cuenta de que ninguno de ellos captaba la peste que había en su interior.

Dejó que se diluyeran los pensamientos y las voces de los demás y se centró en Remington.

Estaba en su habitación dispuesto a pasar la noche. Era una celda muy distinta de los lujos con los que había vivido. Comprobó que había cambiado mucho desde la noche que Nell lo derrotó en el bosque.

Tenía el pelo más fino, la cara más redonda y los carrillos empezaban a hundirse bajo profundas arrugas de abandono.

Ya no era guapo ni elegante y su rostro había empezado a reflejar lo que había ocultado en su interior durante tantos años.

Llevaba un amplio mono naranja e iba de un lado a otro como un centinela.

—No pueden retenerme aquí. No pueden retenerme aquí. Tengo trabajo. Voy a perder el avión. ¿Dónde está esa zorra? —se dio la vuelta y escudriñó el espacio vacío con sus ojos transparentes y un gesto de fastidio—. Vuelve a retrasarse. Tendré que castigarla. No me deja otra alternativa.

Desde fuera, alguien le dijo que se callara de una puta vez, pero él siguió con sus idas y venidas mientras hablaba en voz alta.

—¿No se da cuenta de que tengo asuntos que resolver? ¿No se da cuenta de que tengo responsabilidades? No se saldrá con la suya. ¿Quién coño se ha creído que es? ¡Putas, son todas unas putas!

De repente, como si fuera una marioneta, levantó la cabeza y Mia vio que la locura apenas ocultaba el odio en sus ojos. La locura empezó a adquirir un resplandor rojo.

—¿No sabes que puedo verte, puta zorra? Te mataré antes de que te enteres.

El estallido de energía la golpeó como un puñetazo en el estómago. Notó que vacilaba y se sobrepuso.

—Das lástima. Utilizas a un loco para acumular tu poder. Yo me basto conmigo misma.

—Tu muerte será lenta y dolorosa. Te mantendré viva el tiempo suficiente para que puedas ver la destrucción de todo.

—Ya te hemos derrotado dos veces —sintió otra descarga de energía y la desvió, pero tuvo que emplear toda su fuerza y notó que se debilitaba el vínculo mientras la cabeza de Remington tomaba la forma de la de un lobo que mostraba los colmillos— y la tercera es el encantamiento.

Volvió tambaleantemente a su cuerpo y se habría caído si Ripley y Nell no la hubieran sujetado.

—¿Estás herida? —Mia intentó restablecerse ante el apremio que había en la voz de Nell—. Mia…

—No, no estoy herida.

—Has estado mucho tiempo —le dijo Ripley.

—Lo justo.

—Como tú digas —Ripley hizo un gesto con la cabeza sin soltar la mano de Mia—. Tenemos compañía.

A medida que las visiones abandonaban su cabeza, Mia vio a Sam de pie fuera del círculo. Llevaba el abrigo negro que ondulaba al viento.

—Termina y cierra el círculo antes de que te derrumbes —lo dijo con un tono seco, como si hablara de negocios.

—Sé lo que tengo que hacer.

Agarró el tónico que Nell había servido y, con las dos manos, se lo llevó a la boca y lo bebió. Dejó de sentirse como si fuera un jirón de niebla que el viento pudiera arrastrar.

—Cierra el círculo —le exigió Sam—. O entraré aunque no quieras.

Mia, sin hacerle caso, dio gracias por haber tenido un viaje seguro y, con sus hermanas, cerró el círculo.

—Sigue utilizando a Remington —se puso la bata y el cinturón, aunque sentía la piel tan fina y frágil como la seda—. Más como recipiente que como origen. Lo llena de odio hacia las mujeres, hacia el poder femenino, y luego emplea la mezcla para nutrir su propia energía. Es muy fuerte, pero tiene puntos débiles.

Se agachó para coger la bolsa y al levantarse se tambaleó.

—Ya está bien —Sam la tomó en brazos—. Tiene que dormir. Yo sé lo que tengo hacer con ella.

—Tiene razón —Ripley apoyó la mano en el hombro de Nell mientras Sam se la llevaba fuera del claro del bosque—. Él sabe lo que ella necesita.

Mia giró la cabeza con un gesto exasperado.

—Sólo necesito recuperar el equilibrio y no puedo hacerlo si no estoy de pie.

—Antes no te molestaba tanto que te ayudaran.

—No me molestaría si necesitara ayuda y no necesito que tú... —se mordió la lengua—. Perdona, tienes razón.

—Caray, tienes que encontrarte fatal.

Mia apoyó la cabeza en su hombro.

—Me siento mareada.

—Lo sé, cariño. Vamos a solucionarlo. ¿Qué tal el dolor de cabeza?

—No está mal. De verdad. Habría vuelto con más fuerza, pero tuve que darme prisa. Maldita sea, Sam, este mareo es... —empezó a nublársele la vista—. No se me pasa. Estoy hundiéndome.

—No pasa nada. Tranquila.

Por una vez en su vida, Mia hizo exactamente lo que Sam le dijo y no discutió. Se abandonó en sus brazos y él la llevó hacia la casa. Ya le echaría la bronca más tarde, se dijo Sam, cuando ella pudiera defenderse. De momento, la llevó hasta su habitación.

Sam sabía que Mia tenía que dormir larga y profundamente, pero no se quedó tranquilo al verla tan pálida y quieta en la penumbra del dormitorio. Sabía lo que había que hacer y eso por lo menos le ayudaba a mantener la mente centrada en los aspectos prácticos.

Sabía los aceites y cremas que usaba como protección. Podía olerlos en su piel. La tumbó en la cama y reunió el incienso y las velas adecuadas para reforzar los que ella ya había usado.

Siempre fue una persona ordenada, se dijo mientras revisaba las baldas y los armarios que había en la habitación de la torre.

Hasta allí tenía flores, macetas de arcilla con violetas, y libros. Echó una ojeada a los títulos y eligió uno de sortilegios y encantamientos curativos por si tenía que refrescarse la memoria.

Encontró las hierbas que necesitaba en la cocina y aunque hacía bastante tiempo que no practicaba ese tipo de magia, hizo una infusión de ruda para ayudarla a purificar el espíritu.

Mia estaba profundamente dormida cuando regresó. Sam encendió las velas y el incienso, se sentó a su lado y se introdujo en su mente.

—Mia, tienes que beber, luego podrás descansar.

Le acarició las mejillas y le rozó los labios con los suyos. Mia abrió los ojos, pero el gris estaba nublado. La sintió completamente fláccida cuando le levantó la cabeza para llevarle la taza a los labios.

—Bebe y cúrate mientras duermes. El sueño será largo y profundo. De la noche pasarás al día —le apartó el pelo de la cara y volvió a dejar la cabeza sobre la almohada—. ¿Quieres que te acompañe?

—No. Aquí estoy sola.

—No lo estás —la besó en la mano y ella cerró los ojos—. Te esperaré.

Mia se alejó de Sam camino de los sueños.

Se vio de niña en la rosaleda que sus padres habían descuidado. Las mariposas revoloteaban sobre las palmas de sus manos como si los dedos fueran pétalos de una flor.

Sam y ella, jóvenes y ansiosos, encendían una hoguera en el claro del bosque y se tumbaban delante del fuego mientras Lulú hacía punto sentada en una silla.

Paseaba por la playa con Sam una calurosa noche antes del verano. El corazón le palpitaba machaconamente cuando él se acercaba y la atraía hacia sí. El mundo que se detenía y contenía la respiración en ese momento mágico antes de darse el primer beso.

La sensación de las lágrimas, la oleada ardiente que le rebosaba el corazón. Él se había alejado sin volver la cabeza y la había dejado destrozada y afligida junto a un estanque precioso con las primeras violetas de la primavera.

«No volveré.»

Esa declaración la había hecho añicos.

Los sueños la llevaban de un lado a otro. Se vio en el jardín de verano cuando enseñaba a Nell a agitar el aire. Sintió la dicha de unir sus manos, por fin, con las de sus dos hermanas para formar un círculo de unidad y poder.

Vio la delicadeza de los colores y la dulzura de la boda de Nell y la emocionante promesa de matrimonio de Ripley. Ella observaba mientras sus hermanas empezaban otro círculo en el que no tenía cabida, como debía ser.

Estaba sola.

—El destino nos pone en el camino y nosotros elegimos.

Estaba en el acantilado con alguien llamado Fuego. Mia se volvió y se encontró con una cara igual a la suya.

—No me arrepiento de la elección que he tomado —afirmó Mia.

—Yo tampoco; ni puedo hacerlo.

—Morir por amor es una mala elección.

La llamada Fuego arqueó las cejas con un gesto de arrogancia innata. El viento de la noche hacía que el pelo le pareciera una llamarada.

—Sin embargo, fue mi elección. De no haberla tomado, hija, quizá tú no estuvieras aquí ni fueras lo que eres. De modo que no me arrepiento. ¿Podrás decir lo mismo cuando llegues al final de tus días?

—Soy cuidadosa con mis dones y no hago mal a nadie. Vivo mi vida y me siento en paz.

—Yo también lo hice —extendió los brazos—. Mantenemos este lugar, pero cada vez queda menos tiempo —señaló a la niebla que se espesaba en el borde de las rocas—. Anhela más de lo que puede conseguir y, al final, lo que no puede conseguir lo derrotará.

—¿Qué puedo hacer que no haya hecho ya? —preguntó Mia—. ¿Qué me queda por hacer?

—Todo.

Se desvaneció y Mia se quedó sola.

* * *

Lulú estaba sola. Profundamente dormida y flotando en sueños tapada por el batiburrillo de colores de la colcha. No se daba cuenta de la niebla oscura que se formaba en el exterior de la casa y que se colaba por todas las rendijas.

Se agitó y tembló cuando la niebla heladora la cubrió y se deslizó entre las sábanas para pegarse a su piel. Se acurrucó más profundamente en la colcha con un leve quejido, pero no encontró más calor.

Oyó el llanto del bebé y los lamentos interminables. Se destapó con un gesto automático y maternal, se levantó en medio de la oscuridad y salió del dormitorio.

—Ya voy, ya voy.

En el sueño, caminaba adormecida por el largo pasillo de la casa del acantilado. Cuando dejó la casa y entró en la niebla espesa, notó la madera pulida debajo de los pies y no la áspera hierba de su pequeño jardín. Tenía los ojos abiertos, pero vio la puerta del dormitorio del bebé y no la calle flanqueada por casas silenciosas por la que caminaba.

Ni vio ni sintió al lobo negro que la acechaba por detrás.

Llegó al final y abrió la puerta inexistente en la esquina que daba a la playa.

La cuna estaba vacía y los lamentos del bebé se tornaron en gritos de terror.

—¡Mia! —echó a correr por la calle principal que para ella era un laberinto de pasillos—. ¿Dónde estás?

Corría con la respiración entrecortada y llamaba a puertas cerradas mientras intentaba dirigirse hacia el llanto del bebé.

Se cayó y los dedos se le hundieron en la arena de la playa. Entre lamentos se levantó y llamó a su bebé; se tambaleó y siguió corriendo. En el sueño, bajó la escalera a toda velocidad, salió a la oscuridad de la noche y se precipitó al mar.

Chocó contra el agua y quedó aturdida, pero la rabia por encontrar y proteger a su hija hizo que se recuperara y se abriera camino entre las olas.

El agua la cubría, pero mantenía los ojos abiertos y los gritos del bebé le retumbaban en los oídos.

* * *

Notaba una gran opresión en el pecho y el regusto ácido del vómito en la garganta. Sintió náuseas y volvió a vomitar.

—Respira. No pasa nada, Lulú, tranquila.

Le ardían los ojos y no podía enfocar. Vislumbró la cara borrosa de Zack. Gotas de agua le caían del cabello y se deslizaban por las mejillas.

—¿Qué ha pasado? —preguntó con una especie de gruñido que le irritó la garganta.

—Dios mío, Lulú —Nell se arrodilló junto a ella, le tomó la mano y se la llevó a la mejilla—. Gracias a Dios.

—Todavía está conmocionada —Ripley apartó a su hermano y se acercó para abrigar a Lulú con una manta.

—¿Conmocionada? Una mierda.

Lulú se sentó y tosió tan violentamente que pensó que se le iba a partir el pecho, pero se rehizo y miró a las caras que la rodeaban. Nell lloraba sin disimulo con Mac, empapado, de rodillas junto a ella. Ripley se sentó en la arena y le puso la manta sobre los hombros con la ayuda de su hermano.

—¿Dónde está Mia? —preguntó Lulú.

—Está en su casa, está con Sam —le contestó Nell—. Está a salvo.

—Muy bien —Lulú empezó a dar unas lentas bocanadas de aire—. ¿Qué coño hago aquí calada hasta los hueso en medio de la noche?

—Ésa es una buena pregunta —Zack se lo pensó un instante y decidió que lo mejor era decir la verdad—. Nell se despertó y supo que te pasaba algo.

—A mí me pasó lo mismo —añadió Ripley—. Acababa de quedarme dormida cuando te oí llamar a Mia. Luego, la visión me arrolló —miró a Nell—. Te vi salir de tu casa con la niebla que se cerraba sobre ti.

—Y el perro negro —murmuró Nell, que esperó a que Ripley asintiera con la cabeza—. Te acechaba. Temía que no pudiéramos encontrarte a tiempo.

Lulú levantó la mano como si quisiera aclararse las ideas.

—¿Me metí en el agua? Por amor de Dios.

—Te llevó hasta allí —intervino Mac—. ¿Sabes cómo lo hizo?

—Tuve un sueño, eso es todo. Una pesadilla. Fui sonámbula.

—Vamos a casa para que entres en calor —dijo Nell, pero Ripley sacudió la cabeza.

—Todavía no. Has estado a punto de ahogarte dormida —el tono se volvió cortante y enojado—, así que no me vengas con cabezonerías de mierda. Si Nell y yo no llegamos a conectar, mañana te habríamos encontrado muerta y arrojada por la puta marea —a Ripley se le quebró la voz y siguió hablando entre los dientes apretados—. Mi hermano y mi marido te sacaron y Zack te devolvió la vida. No te desentiendas de esto.

—Basta. Deja de gritar —Lulú, muy excitada, sacudió el brazo de Ripley—. Ha sido un mal rollo, eso es todo.

—Te llevó hasta allí —repitió Mac.

—Eso es una bobada —volvió a temblar por un frío que le congelaba las entrañas—. ¿Por qué iba a querer hacerme daño esa cosa? Yo no tengo poderes.

—Si te hace daño a ti —contestó Mac—, hace daño a Mia. Eres parte de ella, así que eres parte de todo esto. ¿Qué habría sido de la isla, de los hijos que dejaron las Hermanas, si no hubiera habido niñeras que los cuidaran? Tendríamos que haberlo tenido en cuenta antes. Ha sido una estupidez no hacerlo. Un descuido.

—No volveremos a descuidarnos —Nell pasó el brazo por los hombros de Lulú—. Tiene frío. Tenemos que llevarla a casa.

Permitió que la llevaran, permitió que la cuidaran e, incluso, permitió que la arroparan en la cama. Sintió el peso de la edad, pero no se sintió acabada.

—Quiero que Mia no sepa nada de esto.

—¿Qué? —Ripley se puso en jarras—. ¿Te has quedado idiota después de la experiencia?

—Piensa en lo que ha dicho tu marido. Si me hace daño, le hace daño a ella. Si se preocupa por mí, estará distraída —ya se había puesto las gafas y vio a Mac con toda claridad—. Va a necesitar toda su fuerza y todo su ingenio para terminar con esto.

—Tiene que ser fuerte, pero...

—Entonces, ¿por qué complicarle las cosas? —no había nada, nada, que fuera más importante que el bienestar de Mia—. ¿Cómo sabemos que esto no ha pasado esta noche para tenerla preocupada por mí y que así fuera más vulnerable? Lo que ha ocurrido ya ha ocurrido y decírselo no cambiará nada.

—Ella podría ayudar a protegerte —puntualizó Nell.

—Sé cuidar de mí misma —nada más decirlo vio que Zack la miraba con las cejas enarcadas y resopló—. Llevo haciéndolo desde antes que ninguno de vosotros hubiera nacido. Además, tengo un sheriff fuerte, un científico muy listo y un par de brujas que cuidan de mí.

—Quizá tenga razón —Ripley se acordó de lo pálida y débil que había vuelto Mia del vuelo—. Acordemos no decirle nada a Mia hasta que haya que hacerlo. Nell y yo podemos proteger la casa.

—Podéis ir empezando —les propuso Lulú.

—Yo puedo instalar un sensor —intervino Mac—. Así, si hay algún cambio de energía, te lo advertirá.

—Parece una buena idea —Lulú apretó la mandíbula—. Mia es el objetivo. Nada ni nadie va a utilizarme para hacerle daño. Eso, lo prometo.

Once

Cuando se despertó, las velas estaban casi consumidas y una luz suave inundaba la habitación llena de fragancias. Lo notó casi antes de notarse a sí misma. Sintió la calidez de la mano sobre la suya y el peso de su preocupación.

Por un instante, los años se desvanecieron y el corazón le irradiaba amor. Los sentimientos de antes y los de entonces chocaron y se disolvieron antes de que pudiera aprehenderlos.

—Toma, bébete esto —Sam le levantó la cabeza y le llevó la taza a los labios, como había hecho unas horas antes.

Mia, sin embargo, lo olió con curiosidad antes de probarlo.

—Hisopo. Una buena decisión.

—¿Qué tal estás?

—Bastante bien. Mejor, gracias. No hacía falta que te quedaras toda la noche —la gata que se había acurrucado junto a ella se deslizó debajo de su mano para que la acariciara—. ¿Qué hora es?

—Está amaneciendo —Sam se levantó y empezó a apagar las velas—. Sólo han pasado nueve horas. Seguramente podrías dormir algo más.

—No —Mia se sentó y se apartó el pelo de la cara—. Estoy despierta y muerta de hambre.

Sam la miró. Estaba sentada en la cama antigua con la cara congestionada por el sueño y la gata sobre el regazo.

Tuvo ganas de acostarse con ella. Sólo para sentirla y para descansar. Para estar allí.

—Te prepararé algo.

—¿Vas a hacer el desayuno?

—Puedo hacer huevos y tostadas —contestó Sam mientras salía de la habitación.

—Qué curioso —le dijo Mia a *Isis*. La gata movió la cola, saltó de la cama y fue detrás de Sam.

* * *

Hizo café sobre todo con la esperanza de que una buena dosis de cafeína le aclarase la cabeza y le mejorara el humor. No ocultaba el hecho de que los sentimientos afectuosos y la preocupación de la noche se habían tornado en fastidio en el preciso momento en que Mia se había despertado y lo había mirado.

Un hombre necesitaba defensas.

Abrió el grifo de agua fría del fregadero y metió la cabeza debajo del chorro mientras la gata se frotaba contra sus piernas.

Juraría que había visto estrellas, hasta que cerró el grifo y sacó la cabeza empapada.

Cuando Mia entró, lo encontró de pie mirando a la gata con gesto airado y con el agua corriéndole por toda la cara. Cogió un paño de cocina limpio y se secó con él.

—Puedes usar la ducha si quieres —después de intercambiar una mirada netamente femenina con la gata, Mia abrió la puerta para que saliera.

En vez de replicar, Sam abrió la nevera de par en par y sacó unos huevos. Mia se agachó, cogió una sartén del armario y extendió una mano.

—¿Por qué no dejas que me ocupe yo de esto?

—He dicho que haré unos malditos huevos y haré unos malditos huevos.

—De acuerdo —dejó la sartén sobre el fuego y fue a buscar dos tazas. Sirvió el café mientras intentaba disimular la risa al ver a Sam yendo de un lado a otro, pero dio un sorbo y se le saltaron las lágrimas—. Caray, está muy fuerte.

Sam cascó un huevo en el borde del cuenco.

—¿Alguna queja más?

—No —decidió ser compasiva y no decir nada del trozo de cáscara que había caído en el cuenco. Bebió otro sorbo de café y abrió la puerta trasera—. Va a llover.

Salió al jardín descalza con la bata al viento y dejó a Sam rumiando en la cocina. Las campanillas de viento tintineaban mientras ella avanzaba por los senderos; siempre se encontraba con alguna sorpresa en el jardín: un capullo que se había abierto o un brote que empezaba a tener color. La mezcla de continuidad y cambio era uno de los grandes atractivos que tenía para ella aquel pedazo de tierra.

Miró hacia la cocina. El chico que había amado era el hombre que estaba preparándole el desayuno. Ahí también había continuidad y cambio, se dijo con un suspiro. Supuso que, en el fondo, ése era uno de los atractivos que Sam Logan tenía para ella.

Recordó que le había estado cogiendo de la mano mientras ella dormía y cortó una peonía muy cerrada. La tomó entre las manos para hacer que se abriera y expusiera sus delicados pétalos rosas y fragantes.

Se acarició la mejilla con la flor y volvió a la casa.

Estaba ante los fogones completamente fuera de su elemento. Tenía las piernas separadas y manejaba la espumadera como si fuera un arma blanca. Los huevos se quemaban.

Estúpidamente conmovida, se acercó a él y apagó el fuego con delicadeza. Le dio un beso en la mejilla y le entregó la flor.

—Gracias por cuidar de mí.

—De nada —se dio la vuelta para coger unos platos, pero se quedó con la frente apoyada en la puerta de cristal del armario—. ¡Maldita sea, Mia, maldita sea! ¿Por qué no me dijiste lo que ibas a hacer? ¿Por qué no me llamaste?

—Ya no estoy acostumbrada a llamarte —Sam se irguió entre dolido y enfadado—. No lo digo para ofenderte —abrió los brazos—. Sencillamente, es así. Me he acostumbrado a hacer las cosas a mi manera y por mi cuenta.

—Muy bien; muy bien —no era lo que pensaba y golpeó los platos mientras los sacaba—. Si lo haces tú, se trata de ser como eres y de hacer lo que tienes que hacer, pero si lo hago yo me acusas de actuar a tu espalda.

Mia abrió la boca, pero volvió a cerrarla y se aclaró la garganta.

—Te doy la razón en eso —se acercó a él para sacar mermelada de la nevera—. Sin embargo, lo que hiciste por tu cuenta fue meterte en mi terreno, correr un riesgo físico, y luego llamaste a tu tropa.

—Tu terreno no es exclusivamente tuyo y también corriste un riesgo físico.

—Eso es discutible. No lo hice deliberadamente a tu espalda. A toro pasado, tengo que reconocer que tu presencia en el círculo me habría venido bien —dejó las tostadas en la mesa; estaban duras como peñas y quemadas por los bordes—. Eres mejor brujo que cocinero.

—Tú eres mucho más engreída que antes —se defendió Sam—, y eso que siempre lo fuiste.

—Segura de mí misma —corrigió Mia—. Tú eras engreído.

—Una distinción muy buena —se sentó junto a ella y le sirvió la mitad de los huevos. La peonía estaba, rosa y hermosa, entre ellos. Probó el desayuno—. Están espantosos.

—Efectivamente —Mia también probó los huevos quemados y los trozos de cáscara.

Sam le sonrió y Mia se rió y siguió comiendo.

* * *

Sam le tomó la palabra sobre la ducha y abrió el grifo del agua caliente para desentumecer los músculos después de la noche en vela. Pensó que habían alcanzado una tregua ante unos huevos repugnantes y unas tostadas frías. Quizá, se dijo, hubieran dado un primer paso vacilante para volver a ser amigos.

También echaba de menos eso: los silencios cómodos y las risas compartidas. Antes sabía cuándo estaba triste incluso antes de que ella misma lo supiera. Había sentido las punzadas de dolor cuando los padres de Mia la habían dejado a un lado alegre y despreocupadamente.

Ya eran parte el uno del otro cuando se hicieron amantes. ¿Cómo podría explicarle que fue ese vínculo, ese eslabón absoluto e indiscutible en la cadena de sus destinos, lo que le había llevado a romper la atadura?

Ella no preguntaba y él no lo decía. Pensó que de momento eso era lo mejor. Por lo menos hasta que volvieran a ser amigos.

Los músculos del vientre se le contrajeron cuando ella entró, lo rodeó con los brazos y estrechó su cuerpo mojado contra su espalda.

—He pensado que a lo mejor no te importaba compartir la ducha —juguetona le pellizcó el hombro.

Esa vez, el proceso iba a ser el inverso. Serían amantes primero.

Sam se volvió, la cogió de la melena y la metió debajo del chorro de agua con él.

—El agua está demasiado caliente —dijo Mia con la cabeza girada mientras Sam le recorría el costado del cuello con la boca.

—Necesito calor.

Mia cogió un frasco y echó un chorro de un líquido verde por las cabezas de ambos.

—¡Espera! ¿Qué es eso? Será algo de chicas.

Mia, divertida, le enjabonó el pelo. Siempre le había encantado ese pelo moreno, tupido e indomable. Le llegaba casi hasta los hombros y era como una cortina de lluvia negra y sedosa.

—Es una mezcla mía. El romero favorece el crecimiento, aunque a ti no te hace falta, y huele bien. Hasta para el hombre más varonil.

Sam se frotó el pelo y se olió las manos.

—No tiene sólo romero.

—No. Tiene algo de caléndula, algo de la flor del tilo y capuchina.

—De chicas —la espuma les resbalaba por los cuerpos—. Te servirá a ti.

—Y a ti —consiguió decir Mia antes de que la besara en la boca.

Se lavaron el uno al otro en una nube de vapor con olor a hierbas y flores. Se excitaron el uno al otro. Las manos resbaladizas sobre los cuerpos se deleitaban con cada momento, con cada contacto y con cada palpitación.

Las caricias largas e intensas les aceleraban el pulso y los leves gemidos se mezclaban con el sonido del agua al golpear en el suelo de la bañera.

La boca de Mia, húmeda y cálida, le daba pequeños mordiscos cada vez más anhelantes. Lo besó con ansia y se aferró al cuerpo de Sam. Le provocaba, le exigía, lo saboreaba. Cada aliento que tomaba Sam estaba repleto del olor de Mia.

El ambiente empezaba a ser sofocante y Sam le dio la vuelta para poder besarle toda la espalda y tomarle los pechos con las manos. Le acarició los pezones y Mia arqueó la espalda de placer.

Bajó las manos y ella le rodeó el cuello con los brazos para sujetarse mientras la hacía volar.

—Ahora —se volvió para mirarlo—. Lléname ahora.

Sam entró en ella con una lentitud exasperante. Mia se agarró a sus hombros y se acopló a su cuerpo mientras el agua caía incesantemente sobre ellos.

Las caricias eran largas y sedosas para que el placer fuera una palpitación leve y sostenida. Lo único que le importaba a Mia era prolongar y conservar ese momento como una joya resplandeciente y sin precio. El pulso era como una canción bajo la piel cuya belleza iba derramándose por sus venas.

Se encrespó como una ola cálida e interminable y lo besó mientras se dejaba arrastrar.

* * *

De nuevo terminaron tumbados de espaldas en la cama.

—Nunca conseguimos tener el primer asalto aquí —comentó Sam.

—Sea como sea, habrá que posponer el segundo asalto: tendremos que pensar en ganarnos la vida.

—Sí. Tengo una reunión a las once.

Mia miró para ver el reloj.

—Todavía tienes tiempo. ¿Por qué no te quedas y duermes un rato?

—Mmm.

Mia se levantó y se pasó los dedos por el pelo mojado.

—Te pondré el despertador a las diez.

Él volvió a gruñir y no movió ni un músculo.

Seguía sin haberse movido cuando, media hora después, Mia estaba vestida y arreglada. Con mucho cuidado, puso el despertador, y lo arropó con las sábanas.

Se quedó mirándolo.

—¿Qué ha pasado para que hayas vuelto a dormir en mi cama? —se preguntó en voz alta—. ¿Me he hecho más débil, más estúpida o más humana?

Lo dejó durmiendo sin recibir respuesta.

* * *

Nell se abalanzó sobre ella en cuanto entró por la puerta.

—¿Estás bien? Estaba preocupada.

—Estoy muy bien.

—No parece desmejorada —corroboró Lulú después de observarla con detenimiento y de que se relajara la tensión que atenazaba su estómago.

—Se lo he contado a Lulú —le explicó Nell con remordimiento de conciencia por no corresponder a Mia con la misma moneda—. He pensado… que debía hacerlo.

—Naturalmente. ¿Hay café hecho? Me muero de ganas por tomar una buena taza y, para ahorrarnos tiempo y esfuerzos, subiremos las tres y así no tendréis que sonsacarme lo que ha pasado.

—Estabas muy pálida —Nell subió la primera—. Ripley y yo estábamos a punto de tirar de ti cuando recuperaste la consciencia, pero estabas blanca como la leche —Nell se encontraba en su terreno y pasó detrás de la barra para servir los cafés—. Estuviste fuera cerca de una hora.

—¿Una hora? —Mia se sorprendió—. No me di cuenta. No me lo pareció… Es muy habilidoso —dijo con calma—. Me anuló la sensación del tiempo. Yo no

237

estaba preparada para pasar tanto rato, por eso volví tan débil —tomó el café que le ofreció Nell y dio un sorbo con aire pensativo—. Que no se me olvide la próxima vez. Pareces cansada, Lulú. ¿Te encuentras mal?

—Me quedé hasta tarde viendo un programa especial de Charles Bronson —mintió con soltura mientras Nell se ruborizaba detrás de la barra—. ¿Te ha cuidado bien ese Logan?

—Sí, Lulú, ese Logan me ha cuidado bien. Parece como si te hubieras enfriado.

Lulú sabía que la mejor manera de distraer a su niña era seguir pinchándola.

—Esta mañana no he visto su maravilloso coche en la puerta de la casita amarilla.

—Porque sigue aparcado en el camino de entrada a mi casa. Estuvo toda la noche junto a mi cama, esta mañana me ha preparado un desayuno casi vomitivo y luego lo he seducido en la ducha. Por lo tanto, estoy muy descansada, muy serena y un poco hambrienta. Nell, ¿me darías uno de esos bollos con manzana?

—Ha vendido su piso de Nueva York —anunció Lulú, que tuvo la satisfacción de ver parpadear a Mia.

—¿De verdad?

—Yo me entero de las cosas. Ayer firmó los documentos. Va a tener que almacenar un montón de trastos. No parece que tenga intención de volver por allí en una buena temporada.

—No, no la tiene —en ese momento no podía ni pensarlo, se dijo Mia—. Por muy fascinante que sea, tenemos asuntos más preocupantes que dónde guardará Sam los muebles de la sala.

—Los venderá para sacarse una pasta.

—Mmm. En cualquier caso —continuó Mia—, tenemos que decidir qué hacemos con Evan Remington, si es que vamos a hacer algo. No creo que las autoridades vayan a permitir que unas brujas intenten hacer un exorcismo a un interno —mordió el bollo mientras pensaba—. Además, para ser sincera, no creo que funcionara, al menos, no como funcionó con Harding el invierno pasado. Harding era un instrumento, no lo sabía y no quería serlo. Remington sí quiere y creo que lo sabe. No sólo lo acepta sino que disfruta con lo que le posee. Lo recibe con gusto.

—Yo podría ir a verlo —Nell esperó a que Mia se volviera para mirarla—. Él aceptaría y yo podría llegar hasta él.

—No podrías —Mia agarró la mano de Nell—. Tú provocas en parte su situación y, lo que es más importante, Zack me arrancaría la cabeza, con toda la razón del mundo, si yo te animara a que lo intentaras. Otro encuentro cara a cara con Remington sería peligroso en cualquier circunstancia, pero podría ser muy dañino para el bebé.

—Yo no intentaría… —Nell abrió los ojos como platos—. ¿Por qué sabes lo del bebé? Esta mañana me hice una prueba de embarazo en casa —se puso la mano en el vientre— y esta tarde voy al médico para que me lo confirme. Ni siquiera se lo he dicho a Zack. Primero quiero estar segura.

—Puedes estar segura. Lo noté cuando te tomé de la mano —el corazón de Mia se llenó de júbilo—. Una vida nueva. Es maravilloso, Nell.

—Lo supe la noche… que lo concebí. Noté una luz en mi interior —le rebosaron las lágrimas—. Tenía miedo de creérmelo; de hacerme ilusiones. ¡Vamos a tener un hijo! —se llevó las manos a las mejillas—. ¡Vamos a tener un hijo! Tengo que decírselo a Zack.

—Ve a decírselo ya. En este instante. Podemos apañarnos hasta que vuelvas. ¿Verdad, Lulú? ¿Lulú? —Mia se dio la vuelta y vio que Lulú sacaba un pañuelo del bolsillo.

—Tengo alergia —explicó Lulú con un nudo en la garganta—. Ve —le hizo un gesto con la mano a Nell—. Ve a decirle a tu marido que va a ser padre.

—¡Padre! —Nell dio unos pasos de baile detrás de la barra y se abrazó a Lulú y a Mia—. Estoy deseando ver su cara. ¡Y la de Ripley! No tardaré —salió corriendo hacia las escaleras, pero se detuvo y se dio la vuelta—. Voy a tener un hijo.

—Como si nadie se hubiera quedado embarazada antes —Lulú se sorbió las últimas lágrimas y se guardó el pañuelo otra vez—. Supongo que tendré que hacer unos patucos y una colcha —se encogió de hombros—. Alguien tendrá que hacer de abuela.

Mia le pasó el brazo por la cintura y apoyó la mejilla en la cabeza de la anciana.

—Vamos a sentarnos un minuto y a darnos una buena panzada de llorar.

—Vale —Lulú volvió a sacar el pañuelo—. Buena idea.

* * *

Mia estaba decidida a que nada empañara esa alegría. Ni una maldición de trescientos años, ni las molestias y la confusión de las primeras fases del embarazo, ni, desde luego, su hormigueo de envidia.

Nell disfrutaría como fuera de esos días apasionantes de felicidad y descubrimientos.

Debido a los martillazos y a que la vista estaba tapada donde antes estaban las ventanas, ya sólo iban a comer al café los muy osados y los incondicionales.

Para Mia, todo había sucedido en el momento adecuado. La escasez de gente le permitía a Nell tener más horas libres a la semana y el lujo de estar distraída.

Para el solsticio, ya se habría hecho el grueso de la obra y si bien el café no estaría terminado todavía, los clientes podrían comer al aire libre en la pequeña terraza.

Mia observó los avances desde la acera. Cuando todo estuviera rematado, el voladizo encajaría perfectamente con el resto del edificio. Pensaba colgar cestas con flores a ambos lados. Ya había encargado la barandilla de hierro y había elegido la pizarra para el suelo de la terraza.

Podía imaginárselo terminado y lleno de mesas, tiestos con flores y clientes.

—Marcha muy bien —Zack se paró a su lado.

—Mejor de lo que había esperado. Lo probaremos durante el solsticio y para el cuatro de julio estará al cien por cien —dejó escapar una bocanada de aire de satisfacción—. ¿Qué tal tú, papá sheriff?

—Mejor imposible. Ha sido el mejor año de mi vida.

—Serás un buen padre.

—Voy a intentarlo con toda mi alma.

—Lo harás y eso es lo esencial. ¿Te acuerdas de cuando éramos niños y yo iba a tu casa?

—Claro. Si tú no estabas en la nuestra, Ripley estaba en la tuya.

—Me encantaba ir a tu casa y ver a tu familia. A veces me imaginaba que era la mía —Zack le acarició el pelo y Mia se apoyó en él— y me preguntaba qué sentiría si yo tuviera esa atención de mis padres; ese interés; esa alegría y ese orgullo. Todas esas cosas que eran tan características de tu casa.

—Sí, me imagino que así era.

—Zack, había veces que yo veía a vuestra madre que os miraba y sonreía. Podía leerle el pensamiento y ella os consideraba maravillosos; estaba orgullosa de que fuerais suyos. Vuestros padres no sólo os cuidaban y os querían: disfrutaban de vosotros.

—Fuimos muy afortunados y también disfrutamos de ellos.

—Lo sé. Lulú me dio eso, mucho de eso. Como lo hizo mi abuela mientras vivió. De modo que pude saber lo que era y por eso el desinterés de mis padres me desconcertaba tanto y, de alguna manera, sigue desconcertándome.

—Bueno —Zack le dio un beso en la cabeza—, hubo algunos momentos cuando éramos algo mayores que pensaba que tenías suerte porque tenías más libertad que yo. Tú sólo tenías a Lulú para vigilarte y yo tenía a dos personas.

—Ella hacía el trabajo de dos personas —dijo Mia socarronamente—. Dos personas astutas. Siempre me dejaba apurar hasta el final de la correa y cuando creía que iba a salirme con la mía, ¡zas!, volvía a tirar.

—Sigue atándote corto.

—No lo creo. En cualquier caso, volvamos a lo que estábamos hablando antes de que la conversación girara sobre mí. Quería decir que vas a ser un padre maravilloso. Te sale de dentro.

—Haré todo lo que sea para proteger a Nell y al bebé. Quiero preguntarte claramente si hay algo de lo que penséis hacer las tres que pueda ser peligroso para el bebé.

—No —le tomó la cara entre las manos—. No, te lo prometo, y te doy mi palabra de honor de que protegeré a vuestro bebé como si fuera mío.

—De acuerdo. Voy a pedirte otra cosa. Confía en mí.

—Zack, ya confío en ti.

—No —la agarró de las muñecas con una intensidad que sorprendió a Mia—. Confía en que hago mi trabajo y que ese trabajo consiste en proteger a la gente de la isla. Confía en que cuidaré de ti como si fueras mi hermana. Confía en que te ayudaré cuando llegue el momento de terminar con todo esto. Confía en mí para todo eso.

—Para eso y para más. Te quiero.

Sam subió el bordillo justo a tiempo para oírlo y sintió una punzada en las entrañas. No de celos, sino de envidia porque otro hombre pudiera provocar esa confianza y cariño en ella; porque otro hombre pudiera oír esa declaración serena y sentida, aunque fuera como amigo.

Necesitó toda su fuerza de voluntad para esbozar una sonrisa burlona.

—Maldito avaricioso —Sam le dio un leve puñetazo a Zack en el hombro—. ¿No tienes ya una mujer?

—Eso parece —aun así, Zack se inclinó y le dio un beso en los labios a Mia—. Es más, creo que voy a ir a ver qué hace. Ha sido un placer besarle, señorita Devlin.

—Un placer besarle a usted, sheriff Todd.

—Me parece que voy a tener que esmerarme.

Para sofocar algo de su fastidio, Sam la giró y le dio un beso largo y ardiente que hizo que un grupo de tres mujeres rompiera en aplausos al otro lado de la calle.

—Vaya —Mia tomó aire e intentó estirar los dedos de los pies—. Creo que eso es algo más que esmerarse, pero la verdad es que siempre has sido muy competitivo.

—Tómate una hora libre conmigo y te enseñaré lo que es competir.

—Es una oferta muy tentadora, pero… —le puso la mano en el pecho y empujó—. La remodelación nos tiene un poco agobiadas y ya he aprovechado mi tiempo libre para besar al sheriff.

—¿Y me darías de comer? He pensado que así puedo curiosear vuestro menú.

—Serás un cliente muy bien recibido. La ensalada de violetas con hierbas está teniendo mucho éxito hoy —fue hasta la puerta y la abrió.

—No como flores.

—Seguro que Nell tiene algo muy varonil para ofrecerte, como un chuletón crudo con hueso.

—Te llaman al teléfono —le gritó Lulú cuando estaban llegando a la escalera.

—Lo cogeré en el despacho —se volvió para mirar a Sam—. Ya conoces el camino al café.

Lo conocía, efectivamente. Se conformó con el emparedado de pollo al estilo cajún y un café con hielo mientras observaba a los obreros.

Le interesaba, y a Mia también, dar unas semanas libres a la cuadrilla. Su temporada ya había empezado y las habitaciones remodeladas estaban ocupadas. Pensaba que después del cuatro de julio podrían trabajar sólo media jornada para no molestar a los clientes a primera hora de la mañana o de la tarde.

Eso les llevaría a septiembre y para septiembre, se dijo, ya sabría qué iba a hacer con el resto de su vida.

Mia no le dejaba avanzar. Lo había recibido en su cama, pero no quería dormir con él. Estaba dispuesta a hablar de trabajo, de la isla o de magia, pero había dejado muy claro que existía toda una década de sus vidas que no se podía ni mencionar.

Una vez o dos intentó comentar algo de Nueva York, pero ella se cerraba en banda o se daba la vuelta.

Aunque los dos eran conscientes de que toda la isla sabía que eran amantes, ella no quería salir con él. No habían cenado o comido juntos en un sitio público desde la primera cena de negocios. Le había propuesto ir al teatro o a cenar fuera de la isla, pero ella lo había rechazado.

El mensaje de fondo era muy claro: le decía que se acostaría con él, que gozaría de él, pero que no eran pareja.

Mientras se comía el emparedado, pensó en la cantidad de hombres que estarían encantados en su posición. Tenía una mujer extraordinariamente hermosa que quería disfrutar del sexo con él y que esperaba, permitía más bien, poco más. Nada de ataduras, esperanzas o promesas.

Él sí quería más. Reconoció que ésa había sido la raíz del problema desde el principio. Había querido más, pero era demasiado joven, estúpido y obstinado como para darse cuenta de que ella era todo.

Cuando Mia se sentó frente a él, se dio cuenta de que el corazón se le salía por la boca.

—Mia…

—Tengo a Caroline Trump —agarró el café con hielo de Sam y bebió un buen sorbo—. Acabo de hablar por teléfono con su editor. Vendrá el segundo sábado de julio. Deberías haberme oído hablar como una profesional que no se altera por nada. Ni se habrá imaginado que estaba dando volteretas.

—¿Con ese vestido?

—Ja, ja, muy gracioso —le cogió de las manos—. Sé que le debo mucho a tu influencia y te lo agradezco. Quiero que sepas que te estoy muy agradecida por hablar bien de la librería.

—Fue muy fácil. No jodas.

—No lo haré. Ya tengo diseñado el anuncio. Tengo que hablar con Nell de la comida —fue a levantarse, pero dudó—. Y… ¿tienes algún plan para el solsticio?

Sam le aguantó la mirada e intentó hablar con la misma naturalidad que ella. Los dos sabían que eso equivalía a dar otro paso. Un paso muy grande para ella.

—No, no tengo nada comprometido.

—Ya lo tienes.

Doce

Cuando salieron los últimos clientes, Mia cerró la puerta con llave. Se apoyó en ella y miró a Lulú.

—Un día agotador.

—Ya pensaba que este último grupo iba a quedarse a pasar la noche —Lulú cerró la caja registradora y guardó el dinero en una bolsa—. ¿Quieres llevarte la recaudación a casa o hago un depósito nocturno?

—¿Cuánto dinero hay?

A las dos les encantaba ese momento. Lulú sacó un fajo de billetes y pasó el pulgar por los bordes.

—Hoy han venido muchos clientes que pagaron en efectivo.

—Que Dios bendiga a cada uno de ellos. Yo haré el depósito. ¿Los recibos de las tarjetas de crédito?

—Ahí.

Mia se acercó a mirar el montón.

—Una buena caja.

—La semana del solsticio vienen como moscas. Han venido dos jovencitas que querían saber si podrían ver a la bruja para que les diera unas pociones de amor.

Mia, divertida, se apoyó en el mostrador.

—¿Qué les has dicho?

—Que naturalmente, que podían ver lo bien que me había ido a mí la poción de belleza. Se fueron como alma que lleva el diablo.

—Bueno, tienen que aprender que las soluciones de la vida no se guardan en frascos de pociones.

—Si durante la semana del solsticio pusieras unos frascos bonitos con agua de colores, los clientes se matarían por comprarlos. La Pócima Mágica de Mia, para el amor, la belleza y la prosperidad.

—Una idea aterradora —Mia ladeó la cabeza—. En todos estos años, Lulú, nunca me has pedido que te hiciera un conjuro o un encantamiento para la suerte, el amor o el dinero fácil. ¿Por qué?

—Me apaño con lo que tengo —Lulú cogió su enorme bolso de detrás del mostrador—. Además, sé perfectamente que tú cuidas de mí. Sería mejor que empezaras a cuidar de ti misma.

—Qué cosas dices. Siempre cuido de mí misma.

—Claro, tienes tu casa y vives bien. Vives como crees que tienes que vivir. Eres guapa y rica y tienes más zapatos que todas las coristas de Las Vegas juntas.

—Los zapatos nos diferencian de los mamíferos inferiores.

—Ya, ya. Lo que pasa es que te gusta que los hombres te miren las piernas.

Mia se pasó los dedos por el pelo.

—Bueno, faltaría más.

—En cualquier caso —Lulú se centró. Conocía a su niña y sabía cuándo intentaba distraerla—: Haces casi todo lo que quieres hacer. Tienes buenos amigos y has convertido este sitio en algo de lo que puedes estar orgullosa.

—Lo hemos convertido —le corrigió Mia.

—Bueno, yo no me he quedado cruzada de brazos, pero el sitio es tuyo y resplandece —Lulú hizo un gesto con la cabeza que abarcó toda la tienda.

—Lulú... —Mia, emocionada, le acarició el brazo al rodear el mostrador—. Para mí significa mucho que pienses eso, que digas eso.

—Es la verdad, pero hay otra verdad que me preocupa algunas noches. No eres feliz.

—Claro que lo soy.

—No, no lo eres. Lo que es peor, piensas que no lo serás nunca; que nunca serás completamente feliz. Quieres hacer un conjuro para mí, pero sería mejor que resolvieras eso. Es todo lo que tengo que decir. Ahora voy a tumbarme en el sofá a ver alguna película de Bruce Willis dando mamporros, me encanta.

Mia no replicó, sencillamente se quedó donde estaba mientras Lulú cruzaba la tienda para salir por la puerta trasera. Inquieta, cogió los billetes y los recibos y fue de un lado a otro. Realmente, resplandecía, se dijo. Había puesto mucha energía e imaginación. Como había puesto dinero, cabeza, muchas horas agotadoras y un gusto ecléctico.

Y casi siete años de su vida.

Le hacía feliz, insistió para sus adentros mientras subía las escaleras. Para ella era un estímulo que la satisfacía. Eso le resultaba suficiente. Había hecho que fuera suficiente. Quizá en algún momento del pasado hubiera dado por sentado que tendría una vida diferente; una vida con un marido que la amara y los hijos que hubieran tenido juntos, pero eso fueron sueños de juventud que había dejado a un lado.

Que no tuviera esas cosas no quería decir que las echara de menos, pensó cuando entró en el despacho para rellenar los impresos del depósito. Sólo quería decir que había tomado otro camino y había llegado a un destino distinto.

Completamente feliz…, se dijo con un suspiro. ¿Cuánta gente lo era? ¿Acaso no era igual de importante estar satisfecha, haber realizado sus ambiciones y que le fueran bien las cosas? ¿Acaso tener la sensación de que controlaba su vida no era esencial para cualquier grado de felicidad?

Oyó como si unas garras arañaran el cristal, la presión oscura contra las ventanas. Miró hacia fuera. El cielo brillaba todavía con la luz de un atardecer de verano, pero la oscuridad estaba allí e intentaba encontrar una rendija, una fisura en su voluntad.

—No vas a utilizarme para la destrucción —lo dijo con claridad y su voz se oyó en toda la tienda vacía—. Haga lo que haga en mi vida, no me vas a utilizar. No eres bien recibido aquí.

Allí mismo, junto a la mesa repleta de recibos y papeles minuciosamente ordenados, extendió los brazos con las palmas hacia arriba e invocó a la luz, que relució sobre sus manos como un estanque dorado para luego caer como una cascada cegadora. La oscuridad retrocedió.

Complacida, recogió todo lo que necesitaba para hacer el depósito.

Antes de marcharse, pasó para ver su nueva terraza. Esa tarde habían colocado las puertas correderas. Las abrió y salió fuera.

La barandilla de hierro era exactamente como la quería. Enrevesada y femenina. Se apoyó en ella, le dio un empujón de prueba y se quedó satisfecha de su solidez. La belleza, se dijo, nunca debe ser frágil.

Desde su privilegiado observatorio podía ver la curva de la playa y el oleaje del mar, y el primer haz de luz de su faro cuando el atardecer daba paso a la noche. Esa oscuridad era benigna y albergaba muchas esperanzas.

Debajo seguía el bullicio en la calle principal. Los turistas habían salido de paseo y entraban en la heladería para darse un capricho. El aire era tan nítido que podía oír retazos de conversaciones y los gritos de los jóvenes en la playa.

Cuando las primeras estrellas empezaron a brillar en el firmamento, sintió un nudo de anhelo en la garganta que se resistía a reconocer y que no podía resolver.

—Si tuvieras una espaldera, treparía por ella.

Miró abajo y lo vio. Moreno, guapo y un poco peligroso. ¿Acaso podía extrañarle que la chica que fue se enamorara tan apasionadamente de Sam Logan?

—En esta isla está prohibido trepar para entrar en los establecimientos cuando están cerrados.

—Tengo influencia con las autoridades locales, así que correría el riesgo, pero ¿por qué no bajas? Sal a distraerte, Mia. Hace una noche maravillosa.

En otra época habría bajado corriendo, pero recordaba lo fácilmente que había dejado a un lado cualquier cosa que no fuera él y se limitó a asomarse un poco por encima de la barandilla.

—Tengo que hacer un recado y mañana me espera un día muy largo. Iré al banco y luego a casa.

—¿Cómo es posible que una mujer tan hermosa sea tan sosa? ¡Eh! —agarró del brazo a un hombre que pasaba a su lado con otros dos y señaló hacia arriba—. ¿No le parece impresionante? Intento tirarle los tejos, pero no colabora.

—¿Por qué no le das una oportunidad? —le gritó el hombre antes de que uno de sus amigos lo apartara de un codazo.

—Al infierno con él. Dame una oportunidad a mí —se llevó la mano al corazón teatralmente—. Creo que estoy enamorado. Eh, pelirroja.

—¿Qué?

—Vamos a casarnos y nos iremos a vivir a Trinidad.

—¿Dónde está el anillo? —preguntó Mia—. Yo no me voy a Trinidad si no es con un diamante grande y gordo en el dedo.

—Tú —el hombre se dirigió a uno de sus amigos—. Déjame diez mil dólares para comprar un diamante grande y gordo y poder irme a Trinidad con la pelirroja.

—Si tuviera ese dinero me iría yo a Trinidad con ella.

—Ves lo que has conseguido —se rió Sam—. Estás destruyendo una amistad e incitando al desorden público. Será mejor que bajes y te vayas conmigo antes de que mis nuevos amigotes y yo tengamos que llegar a las manos.

Mia, divertida, entró y cerró las puertas.

Sam la esperó. Cuando la vio plantada en la terraza, vaciló. Estaba maravillosa y triste; desgarradora. Habría hecho cualquier cosa que estuviera a su alcance para disipar esa tristeza serena y cualquier cosa, o casi cualquier cosa, para atravesar esa fina coraza que ponía entre los dos. Quería saber lo que se ocultaba en su cabeza y en su corazón.

Quizá la clave fuera no complicar las cosas, al menos para pasar una tarde deliciosa.

Sam estaba en la acera cuando Mia salió y puso el candado a la puerta de la tienda. Llevaba un vestido muy ligero que le caía hasta los tobillos estampado con multitud de capullos de rosas amarillas. Los zapatos eran una serie se cintas sobre unas plataformas en cuña. Le pareció que la cadena de oro que llevaba en el tobillo izquierdo era ridículamente erótica.

Mia se giró, se puso el bolso al hombro y echó una ojeada a la acera.

—¿Dónde se han ido tus amigos?

—Los he sobornado con unas bebidas gratis en el bar del hotel.

—Vaya, me han cambiado por unas cervezas…

—¿Quieres ir a Trinidad?

—No.

La tomó de la mano.

—¿Quieres un helado?

Mia negó con la cabeza.

—Tengo que ir al banco para hacer el depósito. Lo cual, debo aclarar, no es ser sosa sino responsable.

—Vaya, vaya. Te acompañaré.

—¿Qué haces en el pueblo? —le preguntó Mia cuando se pusieron en marcha—. ¿Has tenido trabajo hasta tan tarde?

—No mucho. Me fui a casa hace una hora, pero estaba inquieto y he vuelto —se encogió de hombros.

«Y he calculado el tiempo perfectamente», se dijo para sus adentros.

Sam miró a un pequeño grupo de personas que había en el otro lado de la calle. Llevaban túnicas, cadenas de plata y colgantes de cristal.

—Aficionados —comentó Sam.

—Son inofensivos.

—Podíamos formar una tormenta y convertir la calle en un prado. Se llevarían un buen susto.

—Basta —Mia sacó la llave para el cajetín de los depósitos.

—Lo ves…, eres una sosa —dejó escapar un suspiro—. Es una pena que una perspectiva tan apetecible se convierta en un reglamento.

—Es verdad —hizo el depósito y se guardó el recibo—. No te recuerdo muy interesado en observar los reglamentos.

—Cuando se parecen a ti los observo con todo detenimiento.

Mia pensó que sus estados de ánimo eran distintos y muy variados. Esa noche parecía que tocaba el disparate.

Ella también podía disparatar un poco.

Cuando el grupo de aprendices de brujo se acercó a un escaparate lleno de dalias cerradas, Mia hizo un elegante movimiento con la mano. Las flores se abrieron con toda su plenitud y colorido.

—La multitud ha enloquecido… —comentó Sam al ver la reacción de la gente en la acera de enfrente—. Un buen detalle.

—Algo soso, no doy para más. Aceptaré ese helado.

Le invitó a un helado de naranja y nata y le propuso tomarlo mientras daban un paseo por la playa. La luna estaba casi llena. En el fin de semana, durante el solsticio, estaría completamente redonda y reluciente.

La luna llena del solsticio representaba generosidad y promesas y los ritos de fertilidad que llevaban a la cosecha.

—El año pasado fui a Irlanda durante el solsticio —le contó Sam—. Hay un pequeño festival en el condado de Cork. Es más íntimo que Stonehenge. Hay luz hasta casi las diez de la noche y cuando empieza a oscurecer, al final del día más largo, las piedras cantan.

Mia no dijo nada, pero se detuvo para mirar el mar. A miles de kilómetros, pensó, había otra isla con un círculo de piedras donde había estado él hacía un año.

Ella no se había movido de allí, donde había estado siempre. Era una bruja solitaria que lo celebraba sola.

—¿No has estado nunca en Irlanda?

—No.

—Aquello está lleno de magia, Mia. Hay magia en lo más profundo del suelo y flotando en el aire.

—Hay magia en todos lados —Mia siguió caminando.

—Encontré una ensenada en la costa occidental que tenía una cueva medio oculta por las rocas y supe que él había ido allí cuando la abandonó aquí —Sam esperó hasta que Mia se paró y se volvió para mirarlo—. A más de cuatro mil kilómetros a través del Atlántico. Le había arrastrado su propia sangre. Yo supe lo que era sentirse arrastrado de esa manera.

—¿Por eso fuiste a Irlanda? ¿Sentiste la llamada de tu sangre?

—Por eso fui y por eso he vuelto. Me gustaría llevarte cuando termines lo que tienes que hacer.

Mia lamió el helado con delicadeza.

—No necesito que me lleven a ninguna parte.

—Me gustaría ir contigo.

—Vaya, aprendes con rapidez... —dijo Mia—. Quizá vaya algún día —se encogió de hombros y fue hacia la orilla—. Ya veré si quiero compañía. Sin embargo, tengo que reconocer que tenías razón en una cosa. Hace una noche maravillosa —inclinó la cabeza hacia atrás como embriagada por las estrellas y la brisa del mar.

—Quítate el vestido.

—¿Cómo dices? —preguntó sin mover la cabeza.

—Vamos a darnos un baño.

Mia dio un mordisco al cucurucho de barquillo.

—Comprendo que a un urbanita sofisticado le parecerá soso, pero en nuestro reducido mundo hay leyes que prohíben bañarse desnudo en una playa pública.

—Leyes, es lo mismo que los reglamentos, ¿no? —Sam echó una ojeada a la playa. No estaban solos, pero había muy poca gente—. No me dirás que eres tímida.

—Discreta —le corrigió Mia.

—Muy bien, protegeremos tu dignidad —Sam extendió las manos y formó una burbuja alrededor de los dos—. Nosotros podemos ver, pero nadie puede vernos a nosotros. Estamos solos aquí dentro.

Se acercó a Mia y le bajó la cremallera del vestido. Notaba cómo meditaba mientras se acababa al cucurucho.

—Un baño a la luz de la luna es una buena manera de rematar la tarde —continuó Sam—. No te habrás olvidado de nadar, ¿verdad?

—Creo que no —Mia se quitó los zapatos y dejó que el vestido cayera el suelo. Sólo llevaba unas cuentas de ámbar y los anillos. Se dio la vuelta y se zambulló en el mar.

Nadó con fuerza, atravesaba limpiamente las olas y se deleitaba con la sensación de rasgar la superficie del mar como si fuera una sirena. Notó que bullía de gozo y se dio cuenta de cuánto había necesitado un momento así. Un momento de libertad, diversión y disparate.

Rodeó una boya y escuchó el sonido cavernoso del anclaje. Luego, se quedó flotando de espaldas bajo el cielo tachonado de estrellas. El agua chocaba delicadamente contra sus pechos y Sam llegó hasta ella.

—¿Has ganado alguna vez a Ripley en una carrera de natación?

—No. Aunque me fastidie —Mia pasó los dedos por el agua—. Ripley en el mar es como una bala en el aire.

—Yo os observaba en la ensenada de los Todd. Me quedaba dando vueltas con Zack y fingía no prestaros atención.

—¿De verdad? Yo nunca me fijé en ti.

A Mia no le extrañó que le hiciera una aguadilla; contaba con ella. Por eso, se giró en el agua como una anguila, lo agarró de los tobillos y lo hundió en el mar.

Mia salió a la superficie y se apartó el pelo de la cara.

—Siempre has sido un pardillo con las aguadillas.

—Ya, pero me has tocado, ¿quién es el pardillo? —Sam pataleaba en el agua y daba vueltas alrededor de Mia; parecía una foca con el pelo negro y resplandeciente—. Recuerdo la primera vez que me las apañé para que te pelearas conmigo en el agua. Tenías un traje de baño azul que subía tanto por los costados que parecía que las piernas te llegaban a las orejas. El pentagrama del muslo me parecía tan erótico que estaba volviéndome loco. Tenías quince años.

—Recuerdo el traje de baño, pero no recuerdo ninguna maniobra.

—Ripley y tú estabais refrescándoos en el agua y Zack estaba haciendo algo en el barco amarrado al muelle. Acababan de regalárselo.

Mia lo recordaba perfectamente. Recordaba el vuelco que le había dado el corazón cuando Sam, alto y bronceado, había aparecido en el muelle sin llevar nada más que unos vaqueros cortados y una displicente sonrisa de adolescente.

—Hubo muchas veces que yo me bañaba con Ripley mientras Zack enredaba en el barco y aparecías tú.

—Ese día en concreto —continuó Sam—, esperé el momento oportuno. Estuve un rato con Zack mientras preparaba la estrategia. Lo convencí para que se tomara un descanso y nos metimos en el agua. Eso significaba que os salpicaríamos y que Ripley y tú os pondríais echas unas furias y, así, acabaste entre mis astutas manos.

Mia empezó a moverse en círculo como Sam. Siempre le había encantado Sam cuando estaba de ese humor burlón. Habían sido unos jóvenes singulares y creía que seguían siéndolo.

—Me parece que tienes delirios de grandeza en esa memoria obtusa.

—Mi memoria es diáfana como un cristal de Bohemia. Incité a Zack para que echara una carrera a Ripley y nosotros nos quedamos tonteando. Lo que implicaba, naturalmente, que podía desafiarte a una carrera.

—Ah, sí. Me parece que recuerdo algo de eso.

Perfectamente. Recordaba perfectamente la emoción estremecedora de flotar junto a él y su mirada verde mar clavada en ella. También recordaba el anhelo que se apoderó de ella como una tormenta de verano.

—Naturalmente, me contuve para no sacarte mucha ventaja y ganarte sólo por una brazada.

—Que te contuviste... —Mia miró las estrellas—. Por favor...

—Desde luego, sabía lo que hacía. Tú dijiste que habíamos empatado y yo que te había dado una paliza. Te enfadaste y te hice una aguadilla.

—Cuando protesté por tu mal proceder, me hiciste una aguadilla —le corrigió ella.

—Tú te vengaste, como suponía, agarrándome de las rodillas y sumergiéndome. De esa manera, pude meterte en una especie de pelea que me permitió, por fin, poner las manos sobre tu soberbio y joven trasero. Fue un momento inolvidable para mí. Luego, dejaste escapar una risita.

Mia hizo un sonido despectivo.

—Jamás he dejado escapar risitas.

—Claro que lo hiciste. Te retorcías y te zafabas entre risitas hasta que me pusiste a cien.

Mia levantó los pies y se puso a flotar otra vez.

—Necio, muchachito necio. Cuando peleas desnudo con una chica, ella siempre acaba sabiendo lo que maquina tu cerebro.

—Tenías quince años. ¿Qué sabías?

Esa vez sí se retorció.

—Lo suficiente como para conseguir un resultado satisfactorio con jugueteos.

—¿Lo hiciste a propósito?

—Claro. Ripley y yo lo comentamos después con todo lujo de detalles.

—Será mejor que sea mentira —fue hasta ella y le agarró un mechón de pelo.

—Las dos estábamos fascinadas y muy divertidas. Además, para halagarte el ego y para terminar este repaso a la memoria te diré que me pasé una semana con los sueños más calientes, perturbadores y fantasiosos que te puedas imaginar.

Sam tiró del pelo hasta que los cuerpos se chocaron y le pasó la mano por la pendiente blanca y mojada de su pecho.

—Yo también —le bajó el dedo por el torso y lo volvió a subir—. Mia…

—Mmm.

—Te apuesto lo que quieras a que todavía puedo provocarte risitas.

Antes de que se escapara la cogió de la cintura y la puso boca abajo. Mia, tomada por sorpresa, se agitó un momento y se retorció cuando los diestros dedos de Sam subían por las costillas.

—Para —el pelo le tapaba la cara y tenía agua en los ojos.

—A ver como te retuerces y te zafas entre risitas —insistió él mientras le hacía cosquillas sin piedad.

—Idiota —Mia no podía ver ni coger aire.

A pesar de todos sus esfuerzos se le escapó una risa tonta. Le salió y retumbó sobre las olas mientras le daba manotazos para soltarse.

Consiguió tirarle del pelo a la vez que intentaba quitarse el suyo de la cara, pero él los arrastró entre las olas hasta que Mia estuvo mareada, desorientada y tremendamente excitada.

—Maldito pulpo —tenía sus manos por todos lados.

—Te has retorcido un rato, y sigue surtiendo efecto. Sólo que esta vez —la agarró de las caderas—, ¿por qué vamos a conformarnos con soñar?

Se abalanzó sobre ella.

*   *   *

La acompañó a su casa y comieron unos platos de pasta fría como si fueran unos chiquillos hambrientos. No saciaron el hambre, y se fueron a la cama para tomar otro alimento.

Mia, echa un lío, se sumergió en un sueño en el que flotaba apaciblemente sobre un mar oscuro como una luna en el firmamento. Se dejaba llevar por el placer, el agua fría y el aire templado. A lo lejos, las sombras y la silueta de su isla se elevaban sobre el mar. Dormía y sólo el destello del faro sobre el acantilado la protegía de la oscuridad.

Las olas la acunaban hasta que ella también se quedó dormida.

Entonces, las estrellas estallaron en centenares de rayos que se clavaban en las sombras de su isla. El mar se agitó y la quería arrastrar lejos de su hogar.

Luchó y nadó con toda su alma hacia la niebla que empezaba a formar un muro repugnante en la costa. Las olas la hundían, la arrollaban y la llevaban hacia aquella negritud irrespirable.

El estruendo dominó la noche y los gritos que lo siguieron se le clavaron en el corazón. Intentó alcanzar el fuego que tenía dentro con la poca fuerza que le quedaba, pero era demasiado tarde para vencer a la oscuridad.

Vio cómo la isla se hundía en el mar y la arrastraba con ella.

Se despertó hecha un ovillo, alejada de Sam y colgando del borde de la cama. Temblorosa, se levantó y fue a la ventana para serenarse con la visión de su jardín y del inalterable destello del faro.

¿Sería eso lo que pasaría? ¿Haría todo lo posible y aun así sería inútil?

A lo lejos, oyó el aullido triunfal y prolongado de un lobo. Sabía que sólo quería acobardarla y salió a la pequeña balconada.

—Soy fuego —dijo suavemente—, y un día lo que anida en mí acabará contigo.

—Mia.

Se volvió y vio a Sam sentado en la cama.

—Estoy aquí.

—¿Qué pasa?

—Nada —entró, pero dejó las puertas abiertas—. Estoy nerviosa.

—Vuelve a la cama —alargó una mano—. Te ayudaré a dormir.

—De acuerdo —se metió junto a él.

Sam la abrazó y le acarició el pelo.

—Cierra los ojos. Deja la mente en blanco. Olvídate por una noche.

—No voy…

—Olvídate —repitió Sam.

Le acaricio el pelo hasta que se quedó dormida sin que los sueños la alteraran.

Trece

—Esto es nuestro —dijo Mia mientras el sol asomaba por el este con un dardo de fuego—. El solsticio de verano, la celebración de la fertilidad de la tierra, la calidez del aire y el sol pleno de poder. Somos las tres.

—Ya, ya —Ripley bostezó ruidosamente—. Si salgo de ésta, podré ir a casa para dormir una hora más.

—Tu devoción resulta de lo más estimulante.

—Te recuerdo que yo voté en contra de estar levantada al amanecer. Es domingo y las dos podéis acostaros otra vez. Pero yo estoy de servicio todo el día.

—Ripley —Nell consiguió que le saliera un tono suave y paciente—, es el solsticio. La celebración del día más largo empieza con el alba.

—Estoy aquí, ¿no? —Ripley miró a Nell con el ceño fruncido—. Estás fresca como una lechuga para estar embarazada. ¿Por qué no estás alicaída y tienes náuseas como deberías tener por la mañana?

—Nunca me había encontrado mejor en toda mi vida.

—Ni habías parecido más feliz —añadió Mia—. Hoy celebraremos la fertilidad de la tierra y la tuya. La primera hoguera ha estado ardiendo desde la puesta del sol. La del amanecer la encenderás tú —levantó una corona que había hecho con lavanda y se la puso a Nell en la cabeza—. Eres la primera de nosotras en crear vida y en transmitir lo que somos a la siguiente generación. Bendita seas, hermanita.

Le dio un beso en la mejilla y se apartó.

—Vale, acabaré echándome a llorar —Ripley se levantó, dio un beso a Nell y tomó a Mia de la mano.

Nell levantó los brazos y dejó que la energía se apoderara de ella.

—Que el fuego que generamos resplandezca como el sol desde el alba hasta el ocaso. Que no toque piel, ni pluma, ni planta alguna. Que se haga mi voluntad.

El fuego brotó del suelo.

Mia tomó otra corona de un paño blanco que había dejado en el suelo y se la puso a Ripley.

Aunque puso los ojos en blanco por puro trámite, Ripley levantó los brazos y recibió con agrado la calidez de la energía.

—En la tierra plantamos la semilla que puede satisfacer nuestras necesidades. El alba nos trae la luz sobre su pecho y nos la cede hasta que llegue la noche más corta. Celebramos su fertilidad. Que se haga mi voluntad.

Las flores silvestres brotaron alrededor del círculo.

Ripley cogió la tercera corona antes de que pudiera hacerlo Mia y le dio un beso.

—Es simplemente por respetar el rito —dijo Ripley mientras se la ponía.

—Gracias —Mia levantó los brazos y sintió como si la energía le diera aliento—. Hoy el sol nos muestra todo su poder. Su fuerza y resplandor aumentan con las horas. Su fuego cegador calienta el aire y la tierra. Su ciclo nos concede la vida, la muerte y la vida otra vez. Celebro el fuego que hay en mí. Que se haga mi voluntad.

Las yemas de los dedos despidieron rayos de luz que el sol le devolvió. El círculo resplandeció con el nacimiento del día.

Bajó los brazos y juntó las manos con las de Nell y Ripley.

—Él nos observa —dijo Mia— y espera.

—¿Por qué no hacemos algo? —preguntó Ripley con cierta ansia—. Estamos las tres y, como no paráis de repetir, es el solsticio. Es bastante fuerza.

—No es el momento para… —Mia se calló cuando Nell le apretó la mano.

—Mia. Una demostración de fuerza, de solidaridad y de firmeza. ¿Por qué no apuntarnos un punto? El círculo está completo.

Una demostración, se dijo Mia. Quizá el círculo completo fuera la demostración. Por lo menos, de momento. A través de las manos podía notar la decisión de Nell y la pasión de Ripley.

—De acuerdo, no andemos con bobadas.

Aunó las fuerzas de las tres.

—Somos la tres y las tres somos de la misma sangre —dijo Ripley que se movía en círculo con sus hermanas dentro del círculo—. A las tres nos rebosa la luz y la fuerza.

—Con un poder que abruma a la oscuridad acechante —la voz de Nell se elevó y retumbó en el bosque—. Una flecha de luz dirigida a quien lleva nuestra marca.

—Aquí nos presentamos sin disimulo —Mia levantó los brazos— y cuídate de la ira que acumulo.

La luz surgió del centro del círculo entre remolinos y rugidos como impulsada por una turbina. Como la flecha que había mencionado Nell, abandonó el círculo y se perdió en la oscuridad del bosque.

Se oyó un aullido de rabia salir de esa oscuridad.

Luego, sólo la leve brisa entre las hojas de los árboles y el tintineo de los cristales que colgaban de las ramas.

—Se escabulle —afirmó Mia.

—Ha sido una gozada —Ripley estiró los brazos.

—Es verdad. Me he encontrado positiva —Nell resopló y miró alrededor del círculo—. Me he encontrado muy bien.

—Entonces, es que ha estado muy bien. Hoy no podrá hacernos nada a nosotras ni a los nuestros —pasase lo que pasase después, se dijo Mia, habían hecho una demostración—. Hace un día precioso —añadió mientras miraba al cielo.

* * *

Pensaba pasar aquel día en su jardín, lejos de las multitudes que abarrotarían el pueblo y del tráfico que atascaría las calles. Pensaba ocuparse de cosas sencillas, de las tareas que le resultaban placenteras.

Sería un día sin preocupaciones, se dijo. Un día claro y limpio, como si hubiera barrido las sombras de él.

Reunió las hierbas y flores que había cortado el día del solsticio con el cuchillo de mango blanco reservado para ese propósito. Los aromas, las formas y las texturas nunca dejaban de deleitarla y sus diversos usos nunca dejaban de satisfacerla.

Colgaría algunas en la cocina para que se secaran y otras las pondría en la habitación de la torre.

Con algunas haría encantamientos y con otras pociones. Haría jabones, cremas, bálsamos curativos y le ayudarían en las adivinaciones. Otras servirían para dar sabor a las ensaladas o para dar olor al ambiente.

Justo antes de las doce dejó lo que estaba haciendo para encender la hoguera de mediodía. La prendió en el acantilado, como una baliza, y se quedó un rato mirando los barcos de recreo que surcaban el mar.

De vez en cuando notaba el resplandor de los binoculares y sabía que la observaban como ella los observaba. ¡Allá!, dirían los veraneantes, en el acantilado, se dice que es una bruja.

Ese calificativo le habría costado la horca en otros tiempos; entonces, pensó Mia, la posibilidad de entrar en contacto con la magia atraía a la gente a la isla y a su tienda.

La rueda seguía dando vueltas; el círculo se cerraba.

Volvió al jardín, ató y colgó las hierbas y aprovechó el sol para hacer una infusión de camomila. La había refrescado con una pizca de menta fresca cuando Sam apareció en el sendero.

—El tráfico está insoportable —comentó Sam.

—En el solsticio de verano y en el equinoccio de otoño es cuando vienen más turistas —se sirvió la infusión en un vaso—. Turistas interesados en esas cosas —aclaró—. ¿Has encendido la hoguera?

—Esta mañana, cerca de tu círculo en mi bosque. En tu bosque, perdona —corrigió al ver que Mia enarcaba las cejas. Distraídamente se agachó para acariciar a

267

Isis que se frotaba contra sus piernas. Se dio cuenta del collar nuevo y del amuleto que le colgaba: en un lado tenía grabado un pentagrama y en el otro una rueda solar—. ¿Es nuevo?

—Por la bendición del solsticio —Mia cortó una rebanada de pan de una barra recién hecha, la untó de miel y se la ofreció a Sam—. He hecho más de los que necesitan las hadas.

Su amante dio un mordisco al pan, pero Mia se fijó en que no podía dejar de mirar el jardín. Estaba en plena explosión de verano, los altos tallos se mecían con la brisa y el suelo rebosaba de colores. Vio un colibrí que cruzó como una flecha para beber en la campanilla morada de una digital.

Las rosas, rojas como la pasión, trepaban por la espaldera hasta la ventana de su antigua habitación; como lo había hecho él para llegar hasta ella a riesgo de romperse algún hueso.

El olor de las rosas de verano todavía le llenaba el corazón de deseo.

Se sentó junto a ella en el jardín moteado de sol y sombra. Eran unos adultos con más peso en su corazón del que podían haber imaginado de jóvenes.

Mia llevaba un vestido sin mangas y verde como las exuberantes hojas que los rodeaban. Su rostro, hermoso y sereno, no le decía nada.

—¿Dónde estamos, Mia?

—En mi jardín del solsticio, tomando té con pan y miel. Es un día perfecto para eso —levantó la taza—, pero a juzgar por tu ánimo, quizá hubiera debido servir vino.

Sam se levantó y se alejó. Mia sabía que pronto le diría lo que le rondaba por la cabeza. Aunque ella no quisiera oírlo. Sólo unas noches antes había estado tan animado y contento que la había engatusado para darse un baño en el mar, pero ese día lo rodeaba una nube.

Siempre había tenido un temperamento muy cambiante.

—Esta mañana me llamó mi padre —le dijo Sam.

—Ah.

—Ah —repitió Sam con un tono irónico—. Me ha dicho, literalmente, que está descontento con mi rendimiento y que dedico demasiado tiempo y dinero al hotel.

—Es tu hotel.

—Eso mismo le dije yo. Mi hotel, mi tiempo y mi dinero —Sam se metió las manos en los bolsillos—. Podía haberme ahorrado el esfuerzo. Dice que estoy tomando unas decisiones profesionales arriesgadas e irreflexivas. Está furioso porque he vendido mi casa de Nueva York, porque he puesto mucho dinero en la rehabilitación del hotel y porque mandé a un representante al consejo de administración de junio en lugar de ir personalmente.

Mia lo lamentaba y se levantó para darle un masaje en los hombros.

—Lo siento. Es difícil luchar contra la censura de los padres. Da igual los años que tengamos, resulta doloroso que no nos entiendan.

—La Posada Mágica es nuestra posesión más antigua y cree que se la he arrebatado con artimañas. Ahora es como un hueso que quisiera quitarme otra vez.

—Y tú estás decidido a mantener los dientes clavados en él.

La miró por encima del hombro con unos ojos llenos de rabia.

—Exactamente. Hace unos años, él la habría vendido a unos desconocidos si yo no llego a tener la capacidad legal para conservarla en la familia. Me la vendió encantado, pero cuando se ha dado cuenta de que quiero sacarla adelante, se ha enfadado. Es una espina que tiene clavada. Y yo también.

—Sam —apoyó la mejilla en su espalda y por un momento volvió a tener dieciséis años y volvió a confortar a su amor insatisfecho y voluble—. A veces tienes que distanciarte un poco y aceptar las cosas como son.

—Cómo son —se volvió hacia Mia—. Ni él ni mi madre aceptaron nunca lo que soy. Era algo que no se comentaba jamás, como si yo tuviera algo de lo que se avergonzaban.

Furioso, tanto por sentirse arrastrado al pasado como por los hechos en sí, bajó por el sendero a través de un emparrado rebosante de sarmientos espléndidos a la luz de la mañana.

«Lo lleva en su sangre como lo llevo yo», se dijo Mia. Sam vio que ella iba a hablar pero que no lo hizo.

—¿Qué ibas a decir? Dilo.

—De acuerdo. Para él no es lo mismo. Tú respetas lo que tienes y lo recibes con alegría. Para él es…, bueno, una herencia indeseable, y no es el único. Por eso, tú tienes más, eres más de lo que él será o tendrá nunca.

—Él está avergonzado de eso y de mí.

—Sí —se le encogió el corazón de lástima—. Lo sé. Te duele; te ha dolido siempre. No puedes cambiar lo que piensa o siente. Sólo puedes cambiar lo que sientes tú.

270

—¿Así te tratabas con tu familia? —Mia tardó un instante en darse cuenta de que se refería a sus padres y no a Lulú, Ripley y Nell, y fue un sobresalto para ella.

—Yo te envidiaba en cierto sentido. Sólo porque tus padres ponían interés y energía en estimularte, aunque fuera en la dirección equivocada. Nosotros nunca discutimos —se volvió para observar la casa que tanto amaba—. Ellos nunca se dieron cuenta de si yo estaba enfadada. Mi rebeldía era una pérdida de tiempo con ellos. Llegó a un punto en el que tuve que aceptar que su desinterés no era algo personal.

—Por favor; por el amor de Dios.

Mia estuvo a punto de reírse por la explosión de impaciencia.

—Era mucho más sano, mucho más práctico y mucho más cómodo. ¿Qué sentido tenía que me machacara el corazón cuando ellos no se daban ni cuenta o, si lo hubieran hecho, simplemente se habrían sentido desconcertados? No eran malas personas, eran unos padres despreocupados. Yo soy lo que soy porque ellos fueron lo que fueron. Para mí basta con eso.

—Siempre fuiste sensata —replicó Sam—. Nunca supe si lo admiraba o lo encontraba irritante. Sigo sin saberlo.

—Tu siempre fuiste cambiante —Mia se sentó en un banco junto al emparrado—. Y sigues siéndolo, pero es una pena que la llamada te haya fastidiado la fiesta.

—Lo superaré —se metió la mano en el bolsillo y acarició las piedras que se había olvidado que llevaba—. Me espera en Nueva York antes de un mes para que vuelva a ocupar el puesto que me corresponde en la empresa.

A Mia se le tambaleó todo. Se agarró del borde del banco para mantener el equilibrio e hizo un esfuerzo para levantarse. También para cerrar ese trozo de su corazón que se había conmovido con el dolor de Sam.

—Entiendo. ¿Cuándo te vas?

—¿Cómo? No voy a volver. Mia, te dije que había venido para quedarme y lo decía en serio. Da igual lo que pienses —Mia se encogió de hombros con un gesto de indiferencia y se volvió para dirigirse a su casa—. Maldita sea, Mia —la agarró del brazo y tiró de ella.

—Cuidado con lo que haces —dijo Mia con frialdad.

—¿Esperas que haga la maleta y me vaya? —le preguntó Sam—. ¿En ésas estamos?

—No espero nada.

—¿Qué tengo que hacer para que superemos esto?

—Podías empezar por soltarme el brazo.

—Lo único que esperas es que te suelte —le cogió el otro brazo hasta que estuvieron cara a cara bajo las luces y sombras del sendero—. No me dejas que te toque cuando más me importa. Puedo acostarme en tu cama, pero tú no vienes a la mía. Ni siquiera te sientas a comer conmigo en un sitio público, salvo que sea con la excusa del trabajo. No me dejas que hable de los años que he pasado sin ti, ni compartes la magia conmigo cuando hacemos el amor. Todo porque no crees que vaya a quedarme.

—¿Y por qué debería hacerlo? Prefiero estar en mi cama. No soy yo la que insiste en que quedemos. No me interesa tu vida fuera de la isla. Y respecto a lo de compartir la magia cuando nos acostamos, es un acto demasiado íntimo que no estoy dispuesta a compartir contigo —Mia le apartó las manos y dio un paso atrás—.

He colaborado contigo en los negocios, te he dado compañía y me he acostado contigo. Eso es lo que yo quiero. Si no te resulta suficiente, búscate a otra para jugar con ella.

—Esto no es un maldito juego.

—Ah, ¿no lo es? —el tono era muy agudo. Sam se acercó y Mia levantó las manos. Una luz roja y brillante se interpuso entre ellos—. Ten mucho cuidado.

Sam se limitó a levantar sus manos y un agua azul cayó sobre la luz hasta que no quedó más que un vapor chisporroteante entre ellos.

—¿Acaso no lo he tenido siempre?

—No. Siempre has querido demasiado.

—Quizá. El problema fue que nunca supe lo que quería y tú sí. Tú siempre lo tenías todo muy claro; lo que querías y lo que necesitabas. Hubo veces en las que tu visión me asfixiaba.

Mia, atónita, dejó caer las manos a sus costados.

—¿Asfixiarte? ¿Cómo puedes decirme eso? Yo te amaba.

—No hacías preguntas ni tenías dudas. Era como si pudieras ver el resto de nuestras vidas encerradas en una cajita. Lo tenías todo previsto para mí; como mis padres.

—Eso que has dicho es muy cruel —Mia palideció—. Ya he tenido suficiente —salió corriendo sendero abajo.

Sam fue tras ella.

—No es suficiente porque no he terminado. Nada cambiará aunque huyas.

—Tú fuiste el que huyó —le replicó. Al hacerlo tiró por la borda todos sus esfuerzos de los años pasados y fue un golpe nuevo para ella—. Y lo cambió todo.

273

—Yo no podía ser lo que tú querías. No podía darte lo que tú estabas tan segura que había que tener. Tú te adelantabas en diez o veinte años y yo casi no podía ver lo que pasaría al día siguiente.

—Entonces, ¿te marchaste por mi culpa?

—No podía quedarme aquí. Por el amor de Dios, Mia, no éramos mucho más que unos niños y tú hablabas de matrimonio y de hijos. Te tumbabas a mi lado cuando tenía la cabeza rebosante de ti y hablabas de comprar una casita en el bosque y...

Se calló de golpe. Fue como si los dos hubieran tenido una revelación a la vez: la casita amarilla del bosque donde ella no había ido desde que Sam la había alquilado.

—Las chicas enamoradas —le temblaba la voz— sueñan con el matrimonio, los hijos y casitas en el bosque.

—Tú no soñabas —se acercó a ella otra vez y le pasó los dedos por el pelo—. Para ti era el destino. Cuando estaba contigo, me lo parecía y podía verlo, y me asfixió.

—Tú nunca dijiste que no quisieras eso.

—No sabía cómo hacerlo y cada vez que lo intentaba te veía plena de confianza, con una fe absoluta en que eso era lo que había que hacer. Luego llegaba a casa y al ver a mis padres me daba cuenta de lo que significaba el matrimonio; pensaba en los tuyos y en lo que significaba la familia. Era sofocante. La idea de que nosotros pudiéramos ir en esa dirección me parecía una locura. No podía decírtelo. No sabía cómo hacerlo.

—En vista de lo cual, te marchaste.

—Me marché. Cuando empecé la universidad fue como si me partieran en dos. Una parte quería estar allí y la otra aquí, contigo. Pensaba en ti constantemente

—la miró. Le diría a la mujer lo que no le dijo a la chica—. Cuando venía a casa los fines de semana o las vacaciones, me sentía enfermo hasta que te veía esperándome en el muelle. Ese primer año fue como una neblina.

—Luego dejaste de venir todos los fines de semana —le recordó Mia—. Buscabas alguna excusa para quedarte. Tenías que estudiar o ir a una conferencia..., lo que fuera.

—Era una prueba. Pude pasar sin verte un par de semanas y luego un mes. Pude dejar de pensar en ti una hora y luego un día. Fui convenciéndome de que la única forma de no quedar atrapado era estando lejos de ti y de la isla. Yo no quería casarme. Ni formar una familia. No quería estar enamorado de la misma chica toda la vida. Tampoco quería quedarme anclado en la isla cuando no conocía el mundo. La gente que conocí en la universidad y las cosas que aprendí me acercaron al mundo y yo quería más.

—Bueno, conseguiste más. Y la tapa de la caja ha estado abierta durante bastantes años. Ahora estamos en sitios distintos y con objetivos distintos.

Sam la miró a los ojos.

—He vuelto por ti.

—Ése ha sido tu error. Sigues queriendo más, Sam, pero yo no. Si me hubieras dicho todo esto hace once años, habría intentado entenderlo. Habría intentado darte el tiempo y el espacio que necesitabas. O habría intentado dejarte marchar sin amargura. No sé si lo hubiera conseguido, pero sí sé que te quería tanto que lo hubiera intentado. Sin embargo, ya no eres el centro de mi vida; llevas algún tiempo sin serlo.

—No voy a marcharme ni a darme por vencido.

—Eso lo decides tú —Mia, sin hacer caso del dolor de cabeza que empezaba a tener, recogió la infusión—. Me gusta tenerte de amante y lamentaría tener que terminar con eso, pero lo haré si sigues insistiendo en que cambiemos de relación. Creo que me tomaré ese vino después de todo.

Llevó los platos y las tazas dentro y las aclaró. El dolor de cabeza amenazaba con ser espantoso, así que se tomó un tónico antes de elegir una botella de vino y de sacar las copas apropiadas.

No se permitía pensar desde hacía mucho tiempo. No podía dejarse sentir. Ya que no podía retroceder ni zigzaguear por caminos cubiertos de maleza la única posibilidad era seguir hacia adelante.

Sin embargo, cuando salió, Sam se había ido.

Aunque sintió una punzada en el estómago, se sentó en la mesa del jardín del solsticio y brindó por su independencia.

El vino tenía un regusto amargo.

* * *

El día siguiente, Sam le mandó unas flores a la librería. Eran unas sencillas y alegres zinnias, que en el lenguaje de las flores querían decir que pensaba en ella. Mia dudaba que supiera el significado de un ramo de zinnias, pero aun así meditó sobre el asunto mientras elegía un jarrón.

No era propio de él mandarle flores, se dijo. Ni siquiera cuando estaban locamente enamorados había tenido un detalle tan romántico.

La tarjeta podía ser una explicación.

Perdona.
Sam

Se encontró sonriendo por las flores en lugar de trabajar y bajó el jarrón a la mesa que había junto a la chimenea.

—Que bonitas y alegres —Gladys Macey se acercó para alabar el ramo—. ¿Son de tu jardín?

—No. Son un regalo.

—Nada levanta tanto el ánimo de una mujer como recibir flores. Salvo que te regalen algo reluciente —añadió Gladys con un guiño. Miró discretamente la mano izquierda de Mia, pero no fue lo bastante discreta.

—He comprendido hace tiempo que una mujer que se regala cosas relucientes a sí misma tiene las cosas que le gustan.

—Pero no es lo mismo —Gladys le dio un apretón en el brazo—. Carl me regaló unos pendientes por mi cumpleaños. Son feos como un pecado mortal, pero me encuentro feliz cada vez que me los pongo. Iba al café a ver cómo le va a Nell.

—Le va de maravilla. Cuando le diga que cree que empieza a notársele, sígale la corriente. Le encanta.

—Lo haré. He pedido el último libro de Caroline Trump. Todos estamos muy nerviosos con su visita. Los del club literario me han encargado que te pregunte si estaría dispuesta a hacer un debate sobre el libro antes de que empiece con las firmas.

—Veré si puedo organizarlo.

—Dínoslo. Vamos a darle una verdadera bienvenida al estilo de Tres Hermanas.

—Cuento con ello.

Mia llamó a Nueva York. Una vez que todo empezó a rodar, comprobó los pedidos, habló con su distribuidor para quejarse por un retraso en la entrega de unas tarjetas y revisó la última remesa de pedidos por correo electrónico.

Como Lulú estaba atareada, se ocupó ella misma de dejarlos preparados e incluyó una nota en los paquetes en la que comunicaba que tendría libros de Trump firmados. Luego, los llevó a la oficina de correos.

Se topó con Mac cuando salía.

—Hola, tío bueno.

—Justo la mujer que estaba buscando.

Mia sonrió y lo tomó del brazo.

—Es lo que dice todo el mundo. ¿Vas al café para comer con Ripley?

—Iba a la librería para hablar contigo —miró hacia abajo y se dio cuenta de que llevaba tacones—. No parece apropiado pedirte que des un paseo por la playa conmigo.

—Puedo quitarme los zapatos.

—Te destrozarás las medias.

—No llevo medias.

—Ah —se sonrojó un poco, lo cual a Mia le encantó—. Bueno, pues demos un paseo, si tienes un par de minutos.

—Siempre tengo un par de minutos para los hombres atractivos. ¿Qué tal llevas tu libro?

—Estoy empezando.

—Espero que, cuando lo termines, lo firmes en mi librería.

—Los libros de ensayo con pretensiones académicas sobre ciencia paranormal no suelen atraer mucho público.

—En mi librería sí.

Cruzaron la calle y se abrieron paso entre los peatones. Las familias volvían de la playa, con la piel rosa y la mirada borrosa por el sol, y se arrastraban hasta el pueblo para comer algo o tomar una bebida fresca. Otras, cargadas con neveras, sombrillas y toallas, avanzaban hacia la arena y el mar.

Mia se quitó los zapatos.

—Para cuando el gentío del solsticio vaya desapareciendo, empezará a acudir el gentío del cuatro de julio. Vamos a tener un buen verano en la isla.

—El verano pasa rápidamente.

—Estás pensando en septiembre. Sé que estás preocupado, pero lo tengo controlado —Mac no dijo nada y Mia se bajó las gafas de sol para mirarlo por encima de la montura—. ¿Tú no lo crees?

Mac luchaba contra el remordimiento por no haberle contado el incidente de Lulú.

—Creo que puedes hacer frente a casi cualquier cosa.

—¿Pero?

—Pero —posó la mano sobre la que ella tenía agarrada de su brazo— te ajustas a las normas.

—Estamos en esta situación por no haber respetado las normas.

—De acuerdo. Me preocupas tú, Mia.

Mia apoyó la cabeza en el hombro de Mac. Tenía algo que le hacía sentir ganas de acurrucarse.

—Lo sé. Te sumaste a mi vida cuando entraste en ella. Lo que Ripley y tú compartís se suma también.

—Me gusta Sam.

Mia se apartó y levantó la cabeza.

—¿Por qué no iba a gustarte?

—Mira, no estoy fisgando. Bueno —corrigió—, estoy fisgando, pero sólo por motivos científicos.

—Y una mierda —exclamó Mia entre risas.

—De acuerdo, sobre todo por esos motivos. Si no sé dónde estáis los dos, no puedo contrastar mis teorías e hipótesis. No puedo calcular lo que podríamos hacer.

—Entonces, te diré que, en general, disfrutamos el uno del otro. Nuestra relación es esencialmente cómoda y superficial, y, en lo que a mí respecta, va a seguir así.

—De acuerdo.

—No lo apruebas.

—No me corresponde aprobarlo. Vosotros elegís.

—Exactamente. El amor obsesivo y corrosivo destruyó a la última hermana. Ella renunció a vivir sin él. Yo renuncio a vivir con él.

—Si eso fuera suficiente, todo habría acabado.

—Se acabará —le prometió Mia.

—Mira, Mia, hubo un tiempo en el que yo creía que podía ser así de sencillo.

—¿Ya no lo crees?

—No, ya no. He pasado por tu casa esta mañana. Tú me diste permiso para que tomara datos después del solsticio.

—¿Y bien?

280

—Llevé a *Mulder* para que hiciera algo de ejercicio. Para resumir, te diré que empecé a detectar obstáculos en el mismo borde de tu jardín delantero. Como un conflicto de fuerzas positivas y negativas. Como... —se golpeó los puños para ilustrárselo—. Como si unas embistieran contra las otras. Detecté lo mismo por todo el borde hasta el acantilado, al otro lado del faro, y entraba en el bosque.

—No he descuidado la protección.

—No, no lo has hecho y eso está muy bien. Seguimos las señales fuera del claro. El sensor empezó a volverse loco y *Mulder* también. Estuvo a punto de partir la correa. Hay todo un sendero de energía negativa. Pude seguirlo, como un animal que sigue los pasos de su presa.

—Sé que está ahí, Mac, no lo paso por alto.

—Mia, está ganando fuerza. Había sitios en ese sendero donde todo estaba muerto: los matorrales, los árboles, los pájaros. El cachorro dejó de tirar de la correa y se quedó hecho un ovillo entre gemidos. Tuve que llevarlo en brazos y no dejó de temblar hasta que salimos de allí. El extremo norte de tu acantilado.

—¿Os ha hecho Ripley algún conjuro de purificación? Si no se acuerda del ritual...

—Mia —Mac le agarró la mano con fuerza—. ¿No entiendes lo que te estoy diciendo? Te tiene rodeada.

Catorce

—¿Qué dijo ella?

Mac levantó las manos mientras Sam iba de un lado a otro de su despacho.

—Que la había rodeado toda su vida, pero que ahora es más evidente.

—Ya, me la puedo imaginar diciendo eso. Cuando éramos..., antes de que yo dejara la isla, hablamos de ello un par de veces. Había leído más que yo sobre ese asunto. Seguramente siga siendo así. Ella puede asimilar un libro antes de que la mayoría de nosotros haya pasado del segundo capítulo. Tenía mucha seguridad sobre todo eso. El bien vencería al mal siempre que el bien fuera fuerte y digno de confianza.

—Ella es las dos cosas. Lo que no le dije fue que había detectado distintas..., llamémosle huellas dactilares en su lado de la línea. Doy por sentado que son tuyas.

—Que ella no quiera mi protección no quiere decir que no vaya a dársela.

—Sea lo que sea lo que estás haciendo, sigue con ello.

Sam fue a la ventana y miró hacia la terraza nueva que se levantaba al otro lado de la calle. Había guardado las mesas que sacaba durante el fin de semana y los operarios estaban colocando la pizarra.

—¿Qué tal aspecto tenía?

—Espectacular.

—Deberías verla cuando utiliza el verdadero poder —se volvió para mirar a Mac—. Aunque supongo que la habrás visto.

—A finales del invierno pasado, durante una invocación a los cuatro elementos. Tardé bastante en recuperar los sentidos. Me pregunto si para todos los días utiliza en la cara el equivalente en brujería al regulador de voltaje.

—No. El poder la refuerza, como si no fuera suficiente con lo que tiene. Esa belleza ciega a los hombres y aturde sus cerebros. Me he preguntado si será eso lo que me atrae de ella.

—No puedo responderte.

—Yo sí puedo saberlo. La he amado toda mi vida. Antes de saber lo que significaba el amor y después de intentar redefinirlo. Es una faena acabar entendiéndolo ahora, cuando ella no me ama. Ni lo hará —apoyó la cadera en la esquina de la mesa—. De acuerdo, científicamente hablando, o teóricamente, o académicamente, o como quieras llamarlo: mi presencia aquí, mejor dicho... ¿que yo la ame la expone a un peligro mayor?

—Tus sentimientos no cuentan —Mac hizo una mueca nada más decirlo—. No lo digo en el sentido de como ha podido sonar.

—Lo he entendido. Sus sentimientos son los que inclinan la balanza en un sentido u otro. En ese caso, daré por supuesto que intentar reavivarlos o cambiarlos no la va a perjudicar. Si piensas de otra forma, me contendré hasta septiembre.

—No puedo decírtelo.

—Entonces, seguiré mis impulsos. Aunque sólo sea eso, quiero estar lo más cerca posible de ella cuando llegue el momento. Hasta el círculo puede tener un perro guardián.

* * *

La llamó esa noche a casa cuando ella estaba disfrutando de un libro y una copa de vino.

—Espero no haberte pillado en un mal momento.

—No —Mia frunció los labios mientras miraba el juego de la luz y la bebida en la copa—. Gracias por las flores. Son preciosas.

—Me alegro de que te hayan gustado. Siento que discutiéramos ayer; que descargara mi desánimo en ti.

—Aceptado.

—Perfecto. Entonces, espero que cenes conmigo. Podemos considerarlo un asunto de trabajo para comentar los detalles de la visita de Caroline Trump. ¿Te vendría bien mañana por la noche?

Era todo amabilidad y delicadeza, se dijo Mia; en esos momentos era cuando resultaba más peligroso.

—Sí, supongo.

—Te recogeré... a las siete y media.

—No hace falta. Sólo tengo que cruzar la calle.

—Tengo pensado otro sitio y los martes sueles tomarte libre la última hora de la tarde. No hace falta que cambies tus costumbres por esto. Te recogeré. Nada formal.

Mia estuvo a punto de pedirle más detalles, pero decidió que eso era lo que él quería.

—Muy bien, nada formal. Hasta mañana.

Colgó y volvió al libro, pero no podía concentrarse.

El día antes, se dijo, habían hurgado en las heridas y amarguras del pasado. ¿Lo había bloqueado al amarlo tan ciegamente, al estar tan segura de sus sentimientos y confiar tanto en los de él? ¿Podía haber sido tan egoísta y tan desapegado como para dejarla a un lado en vez de compartir su corazón y su mente con ella, en vez de darle una oportunidad de entenderlo?

Qué tontos y cortos de miras habían sido los dos, pensó en ese momento.

Sin embargo, las culpas, las excusas, las explicaciones, no cambiaban el pasado. Nada de eso modificaba lo que habían llegado a ser, ni ella pensaba cambiarlo. Lo mejor era volver a enterrarlo y seguir como eran: amigos cautos y amantes despreocupados, sin más aspiraciones.

A juzgar por su actitud, parecía estar de acuerdo con ella en ese punto.

Sin embargo...

Mia se quitó de encima a la gata y se dirigió a ella.

—Está tramando algo.

* * *

En el otro extremo del pueblo, Sam hizo una segunda llamada.

—¿Nell? Soy Sam Logan. Tengo una emergencia. Una emergencia confidencial.

* * *

Era una cuestión de pulir los detalles. Tenía que rematar algunos y esperó hasta que Mia dejó la tienda la tarde siguiente. Había llegado a la conclusión de que la única forma de tratar con Lulú era ser directo. Entró en la librería y señaló a un expositor con CDs.

—¿Cuál es su favorito?

Lulú se colocó las gafas.

—¿Por qué quieres saberlo?

—Porque me gustaría comprar su disco favorito.

Lulú, siempre dispuesta a hacer una venta, se pasó la lengua por los dientes.

—Si compras cinco, el sexto te sale a mitad de precio.

—No necesito media docena de discos... —se calló un instante y siseó—. De acuerdo, compraré seis. ¿Cuáles son sus favoritos?

—Le gustan todos, si no, no estarían aquí. Es su tienda, ¿no?

—De acuerdo —empezó a sacar unos al azar.

—No tengas tanta prisa —le apartó los dedos—. Cuando llega antes que yo suele poner alguno de estos tres.

—Entonces, me llevaré estos tres y estos.

—También vendemos libros.

—Ya sé que vendéis libros. Sólo... ¿Qué me recomiendas?

Lo estaba desplumando, pero decidió que era un dinero bien gastado. O suficientemente bien gastado. Tampoco le vendría mal un libro de arte renacentista para poner en la mesa de delante del sofá, ni los diez libros más vendidos esa semana, ni los seis CDs, ni todo lo demás.

Por lo menos, Lulú se había reído cuando le hizo la factura. Se había reído con ganas.

Abandonó la librería unos cientos de dólares más pobre y con muchas cosas que hacer en poco tiempo.

A pesar de todo, llegó a la puerta de Mia a las siete y media en punto.

Ella fue igual de puntual y salió con un maletín.

—Notas —explicó—. Y copias del tríptico informativo, del boletín de la tienda y del anuncio que circulará durante las próximas dos semanas.

—Estoy deseando verlo —señaló su coche—. ¿Quieres que ponga la capota?

—No, mejor la dejamos bajada.

Se fijó en lo que quería decir con «nada formal». Llevaba unos pantalones oscuros y una camiseta azul.

Una vez más tuvo que contenerse las ganas de preguntarle dónde iban a cenar.

—Por cierto —Sam le dio un ligero beso antes de abrirle la puerta del coche—, estás guapísima.

Perfecto, se dijo Mia. Amable y ligeramente seductor. Podía seguirle el juego.

—Estaba pensando lo mismo de ti —replicó mientras se montaba en el coche—. Es una tarde preciosa para dar una vuelta por la costa.

—Me has leído el pensamiento —rodeó el coche y se sentó al volante—. ¿Música?

—Sí.

Se puso cómoda. Estaba calculando cuánto tiempo le permitiría que coqueteara con ella cuando enarcó las cejas con un gesto de sorpresa al oír las flautas.

—Una elección muy curiosa viniendo de ti —comentó Mia—. Siempre te había gustado más el rock, sobre todo si sonaba tan alto que te rompía los tímpanos.

—No pasa nada por cambiar de vez en cuando. Hay que conocer cosas nuevas —tomó la mano de Mia y la besó—. Hay que ampliar los horizontes, pero si prefieres otra cosa...

—No, está bien. Qué complacientes estamos... —se movió un poco con el pelo al viento—. El coche se agarra bien.

—¿Quieres probarlo?

—Quizá a la vuelta.

Decidió dejar de intentar entenderlo y disfrutar del resto del paseo. Pero volvió a ponerse en tensión cuando él cruzó el pueblo sin parar.

Se quedó mirando a la casita amarilla cuando Sam paró enfrente de la puerta.

—Vaya, no sabía que la hubieras convertido en restaurante. Me temo que eso es una infracción del contrato de alquiler.

—Es algo ocasional —salió del coche y lo rodeó para abrirle la puerta—. No digas nada todavía —volvió a levantarle la mano y le dio un beso en los nudillos—. Si decides que prefieres ir a otro sitio, nos vamos a otro sitio, pero primero dame una oportunidad.

Con la mano cogida todavía, la llevó alrededor de la casa en lugar de entrar en ella.

Había extendido un mantel blanco sobre el césped recién cortado. Estaba rodeado de velas apagadas y de almohadones de todos los colores y telas. También había una cesta alargada repleta de lilas.

Sam la levantó.

—Es para ti.

Primero miró las lilas y luego la cara de Sam.

—No es temporada de lilas.

—A mí me lo vas a decir —replicó Sam mientras le entregaba la cesta—. Siempre te han gustado.

—Es verdad, siempre me han gustado. ¿Qué es todo esto, Sam?

—He pensado que podíamos hacer un *pic-nic*. Un termino medio entre trabajo y placer; entre público y privado.

—Un *pic-nic*.

—También te han gustado siempre —se inclinó para rozarle la mejilla con los labios—. ¿Por qué no tomamos una copa de vino mientras piensas qué te parece?

Rechazarlo habría sido descortés y altivo, además de cobarde, tuvo que reconocer. No era cuestión de darle un corte cuando intentaba ofrecerle una tarde agradable sólo porque ella se los hubiera imaginado felizmente casados y haciendo *pic-nics* en el jardín de su casa.

—Me encantaría tomar un poco de vino.

—Ahora mismo lo traigo.

Mia dejó escapar un suspiro cuando él ya no podía oírla y al ver que se cerraba la puerta trasera, levantó la cesta de lilas y sumergió la cara dentro.

Al cabo de un instante, oyó la música de arpas y gaitas que salía de la casa. Sacudió la cabeza, se sentó en uno de los almohadones, puso la cesta a su lado y esperó a que volviera.

No llevó solo vino, sino también caviar.

—Vaya *pic-nic*.

Sam se sentó y encendió las velas con un gesto casi despreocupado.

—Sentarse en la hierba no quiere decir que no se pueda comer bien —sirvió el vino y alzó las copas—. *Slainte*.

Mia asintió con la cabeza al reconocer el brindis irlandés.

—Has cuidado el pequeño jardín.

—He hecho lo que he podido.

—¿Lo has plantado tú?

—Yo he hecho parte y Nell el resto.

—Puedo sentirla en la casa —extendió caviar en una tostada—. Puedo notar su alegría.

—La alegría es uno de sus mayores dones. Cuando la miras no ves el espanto por el que ha pasado. Ha sido aleccionador ver cómo ha terminado por descubrirlo por sí misma.

—¿Qué quieres decir?

—Nosotros siempre tuvimos el conocimiento. En el caso de Nell fue como si abriera una puerta, la traspasara y se encontrara con una habitación llena de tesoros fascinantes. Lo primero que le enseñé fue a agitar el aire. Cuando lo consiguió… puso una cara maravillosa.

—Yo no he enseñado a nadie. Pero hace unos años asistí a un seminario de brujería.

—¿De verdad? —Mia se lamió el pulgar para retirar unas bolitas de caviar—. ¿Te gustó?

—Fue… serio. Fui por un impulso y me encontré con algunas personas interesantes. Una de las conferencias trató de los juicios de Salem y derivó hacia la isla de las Tres Hermanas —se sirvió un poco de caviar—. Tenía casi todos los datos, pero le faltaba el espíritu; el corazón. Este sitio… —echó una ojeada al bosque, escuchó el mar—… no se puede resumir en una conferencia de cincuenta minutos —se volvió para mirarla—. ¿Vas a quedarte?

—Nunca me he ido.

—No —le rozó la mano con la suya—. A cenar.

—Sí —Mia cogió otra tostada.

Sam se terminó la copa de vino y se levantó.

—Tardaré un minuto.

—Te echaré una mano.

—No. Todo está controlado.

Controlado gracias a Nell, pensó Sam mientras iba a la cocina. No sólo lo había preparado todo y se lo había llevado, sino que también le había dejado una minuciosa lista de instrucciones; una lista que podría seguir hasta un inútil en asuntos culinarios.

Bendijo a Nell y sirvió las rodajas de tomate con aceite y hierbas y la langosta fría.

—Es delicioso —Mia se puso cómoda mientras disfrutaba de la comida—. No sabía que se te diera tan bien la cocina.

—Son mis talentos ocultos —alardeó antes de cambiar de tema—. Creo que voy a comprarme un barco.

—¿Sí...? John Bigelow sigue haciendo barcos de madera por encargo. Aunque sólo hace uno o dos al año.

—Iré a verlo. ¿Navegas algo?

—De vez en cuando, pero nunca me apasionó.

—Ya me acuerdo —le acarició el pelo—. Preferías ver los barcos a montarte en uno.

—También prefería estar dentro del agua que encima de ella —levantó la mirada cuando un grupo de adolescentes pasó corriendo por el atajo que llevaba a la playa—. El señor Bigelow también alquila barcos, pero si quieres probar antes de comprártelo; puedes ir a ver a Drake. Tiene un negocio de alquiler bastante bueno.

—¿Drake Birmingham? No lo he visto desde que he vuelto. Ni a Stacey. ¿Qué tal están?

—Se divorciaron. Ella se quedó con los hijos, tenían dos, y se fue a Boston. Hace unos seis años, Drake volvió a casarse con Connie Ripley.

—Connie Ripley… —Sam hizo un repaso mental para localizarla—. Una morena grandota con muchos dientes.

—Ésa es Connie.

—Iba justo delante de mí en el colegio. Drake debe andar por los…

—Ha pasado de los cincuenta —Mia tomó la copa de vino por el pie—. La diferencia de edad y las conjeturas sobre un idilio ardiente entre ellos como motivo del divorcio fueron la comidilla en la isla durante más de seis meses —tomó otro bocado de langosta—. Nell se ha esmerado. La langosta está buenísima.

—Pillado —hizo una mueca—. ¿He perdido puntos?

—En absoluto. Has demostrado muy buen gusto y sentido común al contratar sus servicios. Ahora, a lo nuestro —se cruzó las piernas y cogió el maletín.

—Me encanta mirarte —Sam le pasó un dedo por el tobillo—. Con cualquier luz y desde cualquier ángulo, pero sobre todo en este momento, cuando el sol está poniéndose y las velas empiezan a iluminarte.

Sintió un hormigueo por las palabras, el tono y la mirada mientras se acercaba a ella. Sam le puso la mano en la nuca con delicadeza y le rozó los labios con los suyos.

El hormigueo se convirtió en ebullición. Aspiró su aliento mezclado con el aroma de las lilas y la cera de las velas y la cabeza le dio una vuelta larga y lenta.

—Perdona —Sam le besó la frente y se apartó—. Hay veces que no puedo contenerme. Veamos qué tienes ahí.

Lo que tenía era un caso clarísimo de debilidad en las rodillas y de mente confusa. La había derretido con un beso y quería pasar a ver los papeles.

—¿De qué va todo esto, Sam?

—De trabajo y placer —dijo distraídamente mientras le pasaba la mano por la espalda antes de sacar la copia del anuncio—. Está muy bien. ¿Lo has diseñado tú?

—Sí —Mia se obligó a serenarse.

—Deberías mandarle una copia a su editor.

—Ya lo he hecho.

—Muy bien. Ya he visto el tríptico, pero no te había dicho lo efectivo que resulta.

—Gracias.

—¿Pasa algo? —preguntó Sam con cierta indiferencia.

Mia notó que le chirriaban los dientes ante la pregunta. Irritada por estar irritada, intentó recomponerse.

—No. Te agradezco tu colaboración —tomó aliento—. De verdad. Es un acontecimiento muy importante para la librería. No quiero que salga bien, sino perfecto.

—Estoy seguro de que Caroline lo pasará bien.

Había algo, algo muy sutil, en la forma en que dijo su nombre.

—¿La conoces personalmente?

—Mmm. Sí. Es un detalle bonito que Nell haga una tarta que reproduzca la cubierta del libro. En cuanto a las flores… Quizá sea mejor que las cambies por rosas. Creo recordar que las prefiere.

—Crees recordar…

—Vaya, vaya. Veo que tienes previsto obsequiarla con champaña y chocolate a su llegada a la habitación del hotel. Como el hotel ya le ofrece eso como atención, sugiero que añadamos un par de cosas. Por parte del hotel y de la librería.

Mia tamborileó los dedos en la rodilla, pero se detuvo al instante.

—Es una buena idea. Quizá estuvieran bien unas velas, un libro sobre la isla, ese tipo de cosas…

—Perfecto —echó una ojeada a la correspondencia por correo electrónico y fax con el editor y asintió con la cabeza—. Veo que no has dejado ningún cabo suelto. Así que… —dejó la carpeta a un lado y volvió a acercarse a ella.

Cuando tenía la boca a unos milímetros de la de Mia, ella le puso la mano en el pecho y sonrió.

—Me gustaría ir al baño.

Se levantó con la copa de vino en la mano y se dirigió a la casa.

Una vez en la cocina, la miró con detenimiento. Estaba impecable, aunque dudaba que de Sam la usara para otra cosa que no fuera hacerse un café por la mañana. Siempre había sido un inútil en la cocina. Vio las instrucciones de Nell sobre la encimera y se apaciguó.

Entró en la sala y se quedó meditabunda cuando vio el libro sobre la mesa que había delante del sofá. También había velas. Se preguntó qué rituales y técnicas de meditación practicaría cuando estaba solo.

Siempre fue un brujo solitario, como ella.

No había fotografías, pero tampoco había esperado que las hubiera. Lo que sí le sorprendieron fueron dos acuarelas colgadas en la pared. Retrataban escenas de jardines delicadas y serenas. Se habría esperado unas imágenes más efectistas y vigorosas.

Aparte de las velas, las pinturas y el libro, evidentemente nuevo y sin leer, no había mucho de Sam Logan en la sala de la casita. No se había rodeado de los detalles que eran tan importantes para ella.

No existían flores, ni macetas con plantas, ni cuencos con piedras de colores o cristales.

Ya que fisgó hasta ese punto, y puesto que era su amante y casera, no tuvo escrúpulos en entrar en el dormitorio.

Ahí sí había algo de él; el olor, el espíritu. La cama de hierro que ella había comprado tenía un cubrecama azul marino casi espartano. El suelo estaba desnudo, pero vio en la mesilla de noche un libro de intriga que ella ya había leído y que tenía una de sus tarjetas como marcalibros.

La única pintura sí era efectista y vigorosa. Se trataba de un viejo altar de piedra que se levantaba sobre un suelo rocoso con un cielo en vivos tonos rojizos por el amanecer.

En el vestidor había una piedra grande y traslúcida que supuso que utilizaría para meditar. Las ventanas estaban abiertas y podía oler la lavanda plantada por ella misma.

La sencillez, el olor y la casi absurda sensación de la presencia masculina le hacían sentir deseo, por lo que se fue de allí.

Una vez en el diminuto baño, se retocó los labios y se perfumó el cuello y las muñecas con unas gotas del aceite que había preparado. Ya que Sam estaba seduciéndola, ella lo complacería, pero tendría que esperar hasta que estuviera en su casa otra vez, en su propio terreno.

Podía tontear tan bien como él.

Cuando volvió al jardín, Sam ya había cambiado los platos de la cena por unos cuencos de cristal con fresas y nata.

—No sabía si querrías café o más vino.

—Vino —una mujer segura de sí misma, se dijo, puede permitirse ser un poco alocada.

La noche estaba cayendo. Se sentó a su lado y le pasó los dedos por el pelo antes de coger una fresa.

—No sabía… —lo miró intencionadamente y pasó la lengua por la fresa antes de morderla—. No sabía que te interesara el arte renacentista.

Sam notó un cortocircuito en su cerebro. Casi pudo oír el chasquido.

—¿Qué?

—Arte renacentista —metió el dedo en la nata y se lo lamió—. El libro que tienes en la sala.

—El… ¡ah, sí! —Sam consiguió apartar la vista de la boca de Mia—. Sí, es una época fascinante.

Mia esperó a que Sam hubiera untado una fresa con nata y se inclinó para morderla.

—Mmm —se pasó la lengua por el labio superior—. ¿Qué anunciación te gusta más, la de Tintoretto o la de Erté?

Otro cortocircuito.

—Las dos son maravillosas.

—Desde luego, salvo que Erte fue un escultor modernista y nació algunos siglos después del Renacimiento.

—Suponía que te referías a Giovanni Erte, un oscuro y pobre artista renacentista que murió de escorbuto en condiciones trágicas. No tuvo mucho reconocimiento.

Mia soltó una carcajada.

—Ah, ese Erte. Admito la corrección —se mordió el labio inferior en vez de una fresa—. Eres muy listo, ¿verdad?

—Pagué una fortuna por ese libro. Me imagino que Lulú sigue retorciéndose de risa —dejó que Mia le diera una fresa—. Entré para comprar algo de música y salí con veinte kilos de libros.

—Me gusta la música —se tumbó sobre el mantel blanco con la cabeza apoyada en un almohadón verde—. Me relaja. Me hace pensar en que floto en un río de agua caliente en un bosque sombrío. Mmm. Tengo la cabeza llena de vino —se estiró perezosamente y la fina tela del vestido se le ajustó al cuerpo—. Me parece que no voy a poder conducir ese coche tan sexy que tienes.

Ella esperó que Sam le dijera que ya lo podría conducir por la mañana, que le propusiera entrar para quedarse con él. Sonrió cuando se tumbó a su lado y le pasó un dedo por el cuello y los pechos.

—Podemos dar un paseo para que la brisa marina te despeje —Sam captó la sombra de sorpresa en el rostro de Mia justo antes de besarla.

La mordió, la pellizcó y la acarició. Sintió que se abandonaba, que se entregaba y que el pulso se le aceleraba. Para tormento de los dos, le pasó los dedos por las piernas hasta entrar por debajo del vestido y alcanzar la piel cálida y sedosa de los muslos, hasta detenerse en la marca de la bruja.

—A no ser que... —le pasó el dedo por el borde de las bragas y le mordisqueó levemente los pechos por encima del algodón del vestido—. A no ser que no tengas ganas de pasear.

Mia se sentía algo más que alocada y arqueó las caderas.

—No, lo que me apetece no es un paseo.

—En ese caso... —mordió con un poco más de fuerza—. Conduciré yo.

Mia se quedó boquiabierta al ver que Sam se levantaba y le ofrecía una mano.

—¿Conducir?

—Llevarte a casa —ver su cara de pasmo era casi tan gratificante como... Bueno, tuvo que reconocerse que no era ni la mitad de gratificante, pero era la reacción que había esperado.

La ayudó a levantarse y se agachó para recoger las flores y el maletín.

—No te olvides de esto.

* * *

Mia no dejó de darle vueltas de camino a su casa. Sam había dado por supuesto, correctamente, se dijo, que ella no se quedaría en la casita y había decidido, correctamente también, que para rematar la seducción tendría que apañárselas para llevarla a su cama.

Ahí era exactamente donde lo quería tener, se dijo Mia mientras miraba las estrellas.

Como se había tomado tantas molestias y había sido tan encantador, le dejaría… que la convenciera. Una vez que se hubieran acostado, recuperaría el equilibrio del cuerpo y la mente.

Cuando llegaron a su casa, Mia sentía que tenía un control pleno de la situación.

—Ha sido una velada deliciosa; absolutamente deliciosa —Sam la acompañó hasta la puerta y Mia le lanzó una mirada tan cálida como el tono de voz—. Gracias otra vez por las flores.

—De nada.

Las campanillas tintineaban y la luz del farol se reflejaba en las ventanas. Sam le acarició los brazos.

—Vuelve a salir conmigo. Alquilaré un barco y podremos pasar un día sin hacer nada más que bañarnos.

—Quizá.

Sam le tomó la cara entre las manos y se las pasó por el pelo mientras la besaba. El beso se hizo más ardiente cuando ella dejó escapar un gemido de placer. Cuando Mia se apretó contra él, Sam alargó el brazo y abrió la puerta.

—Será mejor que entres —susurró sin separar los labios de los suyos.

—Sí, será mejor —Mia, medio mareada por el deseo, entró en la casa y se volvió para acariciarle la mejilla.

Sam pensó que parecía una sirena.

—Te llamaré —cerró la puerta con una mano que le sorprendió por su firmeza.

Mientras volvía hacia el coche pensó que acababan de tener su primera cita oficial en once años y que había sido una maravilla.

Quince

Maldito cabrón. Nadie la había excitado tanto desde... Bueno, se reconoció Mia, nadie la había excitado tanto desde Sam Logan.

Y había mejorado mucho.

Ella también encauzaba mejor que antes mejor sus necesidades sexuales.

Había tenido amantes a lo largo de los años, pero fueron pocos y espaciados. Con el paso del tiempo, descubrió que si bien disfrutaba con los ligues ocasionales, muy pocas veces se sentía satisfecha o contenta después de haberse acostado con un hombre.

De modo que dejó de ligar.

Fue algo que tomó como una decisión más práctica que emocional. La energía y el poder que podía haber canalizado en el terreno físico había ido a parar a su destreza. Estaba segura de que era mejor bruja desde que se había impuesto el celibato voluntario.

No había motivo alguno por el que no pudiera recuperar la misma costumbre.

Parecía la decisión más lógica dado que no se había acostado con Sam durante más de dos semanas.

300

En cualquier caso, estaba demasiado ocupada como para preocuparse por Sam, por el sexo o por qué no remataba ese juego erótico enloquecedor.

—No tenías que haber vuelto por esto —le dijo a Nell mientras colocaba las mesas del café.

—Quería volver. Estoy tan nerviosa como tú por la firma de libros de mañana. Traeré la silla para esa…

—No, no lo harás. No puedes levantar peso —puso las sillas ella misma mientras daba una patada a la silla que había elegido Ripley para repantingarse—. Podías levantar tu culo y echar una mano.

—Eh, no me pagas. Estoy pasando el rato aquí para no tener que pasar por casa mientras se celebra el ritual de confraternización de la barbacoa masculina. Espero con toda mi alma que no explote nada.

—Es una parrilla de carbón y el carbón no explota —le recordó Nell.

—Tú no conoces a mi marido como yo.

—Deberían ser capaces de hacer unas chuletas entre los tres —Nell tuvo una visión fugaz de Zack haciéndose una hamburguesa en su propia cocina y se puso a temblar—, pero que Dios se apiade de tu pobre cocina.

—Es lo que menos me preocupa —Ripley, con las piernas estiradas, se las cruzó a la altura de los tobillos y observó divertida a Mia que seguía cambiando la disposición de la mesa—. ¿Ahora eso ahí otra vez? —señaló a Mia con el pulgar—. Tiene muchas preocupaciones ¿Ves esa arruga en el entrecejo? Quiere decir que se está cabreando.

—No tengo ninguna arruga entre las cejas —la vanidad hizo que Mia dejara de fruncir el ceño—. Ni estoy cabreada. Quizá un poco tensa.

—Por eso la barbacoa es tan buena idea —Nell se acercó a la mesa donde se exponían los libros—. Te relajarás, pasarás una velada con los amigos y te despejarás para mañana. Me alegro de que se le ocurriera a Sam.

—A Sam siempre se le ocurren cosas —apostilló Mia, pero Nell y Ripley pudieron captar el tono irónico de sus palabras.

—Entonces, ¿no te gustó el concierto en la playa de la otra noche? —le preguntó Ripley.

—Estuvo muy bien.

—¿Y la excursión en barco después de los fuegos artificiales del cuatro de julio?

—Sensacional.

—¿Lo ves? —Ripley hizo un gesto con la cabeza a Nell—. Está cabreada.

—No estoy cabreada —Mia dejó una silla con un pequeño golpe de genio—. ¿Buscas pelea?

—No, prefiero una cerveza —contesto Ripley antes de pasar a la cocina del café para servirse ella misma.

—Va a ser un acontecimiento maravilloso, Mia —Nell, dispuesta a apaciguar los ánimos, siguió colocando libros—. Estará precioso cuando traigan las flores mañana, y los aperitivos ya están preparados. Espera a ver la tarta.

—No me preocupan ni las flores ni la comida.

—Cuando veas que los clientes acuden en tropel estarás más tranquila.

—No me preocupan los clientes, por lo menos no me preocupan más de lo normal —Mia se dejó caer en una silla—. Por una vez, Ripley tiene razón. Estoy cabreada.

—¿Es una confesión? —preguntó Ripley mientras aparecía con una cerveza.

—Cierra el pico —Mia se pasó las manos por la cabeza—. Se está aprovechando del sexo. Mejor dicho, se está aprovechando de la falta de sexo para mantenerme en vilo. *Pic-nics* con velas; excursiones en barco a la luz de la luna; largos paseos… Me manda flores cada dos días.

—Pero ¿nada de sexo?

Mia miró a Ripley.

—Hay mucho escarceo —soltó Mia—, pero luego me deja en la puerta de casa y se larga. Al día siguiente recibo unas flores. Me llama todos los días y un par de veces me he encontrado un regalo en la puerta de casa: una maceta con romero en forma de corazón y un dragón de barro. Cuando salimos está absolutamente encantador.

—¡Que cabrón! —Ripley dio un golpe en la mesa con la mano—. Ahorcarlo sería poco.

—Se está aprovechando del sexo —se quejó Mia.

—No, no lo está haciendo —Nell acarició el pelo de Mia con una sonrisa soñadora—. El sexo no tiene nada que ver. Está cortejándote.

—No es verdad.

—Flores, velas, largos paseos, pequeños regalos —Nell fue contando con los dedos—, tiempo y atenciones. A mí todo eso me suena a cortejo.

—Sam y yo pasamos la fase de cortejo hace mucho tiempo y en ella nunca hubo ni flores ni regalos.

—Quizá esté intentando enmendarlo.

—No tiene que enmendar nada. No quiero que enmiende nada —desasosegada, se levantó a cerrar las puertas de la terraza—. No le gusta el trámite convencional más que a mí. Sólo quiere…

Mia se dio cuenta de que ése era el problema: no sabía lo que quería.

—Te tiene asustada —afirmó Ripley con tranquilidad.

—No. En absoluto.

—Nunca te había asustado. Siempre habías tenido tu camino trazado.

—Sigue igual de trazado. Sé lo que hago. Sé dónde voy. Eso no ha cambiado —al decirlo sintió un leve escalofrío en la piel.

—Mia —la voz de Nell denotaba paciencia y comprensión—. ¿Sigues enamorada de él?

—¿Crees que iba a correr el riego de volver a permitirle que entrara en mi corazón? ¿Crees que iba a permitirlo sabiendo el coste que podría implicar? —más tranquila, fue a terminar de colocar los libros—. Conozco la responsabilidad que tengo con la isla, con su gente y con mi don. Para mí, el amor es un absoluto. No volvería a superarlo y tengo que seguir adelante para cumplir con mi destino.

—¿Y si él es tu destino?

—Ya lo pensé una vez y me equivoqué. Cuando llegue el momento, el círculo resistirá.

* * *

En la casa de la ensenada, tres hombres miraban las llamas que salían de la parrilla como si fueran tres cavernícolas que contemplaban fascinados un fuego ritual.

—Va de maravilla —comentó Zack mientras hacía un gesto con la cabeza a Sam—. ¿Lo ves? Ya te dije que bastaba con un poco de técnica yanqui. Que no necesitábamos abracadabras ni nada de eso.

—Técnica yanqui... —dijo Sam con voz cansina—. Una bolsa entera de carbón y dos litros de líquido inflamable.

—¿Qué quieres que haga si la parrilla está estropeada?

—La parrilla está recién comprada —protestó Mac—. Es su barbacoa inaugural.

—Por eso necesita tanto fuego. Hay que hacerle el rodaje —Zack dio un sorbo de cerveza.

Mac miraba con espanto cómo se ennegrecía el interior rojo brillante.

—Si la maldita se funde, Ripley me asesina.

—Es de hierro forjado —Zack le dio una pequeña patada—. Hablando de Ripley, ¿dónde demonios se han metido?

—Están de camino —contestó Sam mientras Zack lo miraba con el ceño fruncido—. Ya sabes, un poco de abracadabra y cosas de esas. Me gusta saber dónde está Mia. Llevo sintonizado con ella desde que nuestro Pitagorín nos llevó a buscar pistas por su casa.

—Si se entera te va a mandar a la mierda —le advirtió Zack.

—No se enterará. No ve con claridad cuando se trata de mí. No quiere hacerlo y es muy difícil conseguir que haga algo que no quiere hacer.

—¿Cómo van las cosas entre vosotros?

Sam miró a Mac mientras bebía una cerveza.

—¿Es interés profesional o personal?

—Supongo que podría decirse que las dos cosas.

—Creo que bien. Me gusta como marcha todo. Es mucho más complicada que antes y es interesante, más interesante de lo que me imaginaba, llegar a conocer todos sus recovecos.

Zack se rascó la barbilla.

—No empezarás a hablarnos de las relaciones maduras, de conocer tu pareja oculta y toda esa palabrería, ¿verdad?

—Shh…, ya llegan —Mac señaló unos faros que iluminaban la carretera—. Vamos a comportarnos como si supiéramos lo que estamos haciendo.

Lucy se levantó de un salto y bajó las escaleras seguida de cerca por *Mulder*.

—Mujeres hermosas, una pareja de buenos perros y unas chuletas —dijo Zack—. Un plan sensacional.

* * *

Las chuletas se carbonizaron y las patatas quedaron poco hechas, pero el apetito era abundante. Comieron en el porche a la luz de las velas y de la iluminación de la sala, donde sonaba la música.

Cuando Sam levantó la botella de vino para servir a Mia, ella negó con la cabeza y puso la mano sobre la copa.

—No, tengo que conducir y tengo que estar despejada para mañana.

—Me pasaré por la mañana para echarte una mano con los preparativos.

306

—No hace falta. Casi todo está listo y tenemos tiempo de sobra. Ya tengo vendidos treinta y ocho ejemplares de tapa dura y siguen llegando pedidos. Eso sin contar con otro tanto que ha reservado la autora. Mañana va a estar ocupada. Me imagino que... —se calló de golpe al ver la cara de Nell—. Nell...

—El bebé se ha movido —la expresión de sorpresa se convirtió en admiración—. He notado al bebé. He notado un movimiento dentro de mí —se rió con la mano en el vientre—. Un movimiento rápido y fuerte. Zack —le agarró la mano y la puso sobre su tripa—. Nuestro bebé se ha movido.

—¿Quieres tumbarte?

—No —se levantó y le tiró de la mano—. Quiero bailar.

—¿Quieres bailar...?

—¡Sí! Baila conmigo —le rodeó el cuello con los brazos—. Bailaremos con Jonah.

—No sabemos si es niño —Zack, rebosante de amor, la tomó de la cintura y la estrechó contra sí—. También podría ser niña. Entonces sería Rebecca.

—Bueno... Se están poniendo babosos —Ripley se levantó antes de que le contagiara y señaló a Mac—. Tú, a bailar.

—Alguien va a salir malherido —farfulló Mac.

Sam miró el espectáculo un momento y puso su mano sobre la de Mia.

—Se nos daba bien.

—¿Mmm?

Estaba mirando a Nell. Tenía una expresión tan melancólica e indefensa que sintió una punzada en el corazón. Los ojos se le empañaron de lágrimas. Veía el amor y el anhelo en ellos.

—Se nos daba bien bailar —Sam se levantó cogiéndola de la mano—. Vamos a ver qué tal se nos da ahora.

Tuvo el impulso de bajar los escalones que llevaban a la ensenada. Luego, la lanzó todo lo que le daba de sí el brazo y volvió a atraerla.

Mia lo agarró con suavidad del cuello y se estrechó contra él.

—¡Bien! —bajó las manos a las caderas y empezó a balancearse con ella—. Todavía se nos da bien.

Había pasado mucho tiempo, pero no se había olvidado de sus movimientos y su ritmo; como recordaba el intenso placer de moverse con él al ritmo de la música. Se entregó y se quitó los zapatos de dos patadas. La arena volaba bajo sus pies mientras giraban, se separaban y se volvían a agarrar.

Para ellos, bailar siempre había sido como un ritual de apareamiento feliz y algo inocente: explosiones de energía, coordinación y deseo.

Mia dejó de oír la música sólo con los oídos; podía sentirla a través de la presión de sus dedos en la espalda, del contacto de su mano y del torbellino de su propio cuerpo.

Cuando la levantó del suelo, Mia dejó caer la cabeza hacia atrás y se rió. Luego, por primera vez en más de diez años, se agarró a su cuello en un abrazo de cariño puro e intenso.

Los aplausos y silbidos que llegaron del porche hicieron que girara la cabeza y que apoyara la mejilla en la sien de Sam para recuperar el aliento.

—Ya te dije que eran unos exhibicionistas —Ripley cogió a Mac del codo, pero estaba sonriendo.

—Eh, no tenemos por qué soportar ese insulto. ¡Vámonos! —Sam la agarró de la mano y echó a correr.

—¡Para! Vamos a rompernos la cabeza.

—Yo te llevo —la tomó en brazos y giró en círculos—. ¿Te apetece un baño?

—¡No!

—De acuerdo, bailaremos —la dejó en el suelo y la estrechó con fuerza. La lenta y seductora melodía de *Sea of Love* flotaba en el aire sobre la playa.

—Es una canción muy vieja —comentó Mia.

—Clásica —le corrigió Sam—. Cambia el paso.

Ocultó el rostro en la melena de Mia mientras giraban sobre la arena. Los corazones latían al mismo ritmo y las piernas se rozaban hasta formar una sola sombra bajo la luz de la luna.

Le traía a la memoria tantas cosas que las formas y los sonidos de los recuerdos le nublaban el cerebro.

—¿Siguen haciendo bailes en el gimnasio del instituto? —preguntó Sam.

—Sí.

—¿Y los chicos siguen escabulléndose para darse besos?

—Seguramente.

—Vamos a recordar —volvió la cabeza y le recorrió la mejilla con los labios antes de besarla—. Vuelve conmigo.

Antes de que pudiera entender y pudiera resistirse, se encontró dando vueltas. Ya no estaban bailando sobre la arena, sino abrazados a la sombra del gimnasio mientras una brisa cortante les llevaba el olor a hojas caídas y crisantemos en flor.

La música de guitarras rebeldes y una rítmica batería se oía desde fuera del edificio. Mia le acariciaba la cazadora de cuero usada y el pelo sedoso y cálido.

Estaba más delgado y sus labios no eran tan diestros, ¡pero cómo respondía ella!

La antorcha del amor se encendió con un resplandor cegador dentro de ella.

Susurró su nombre inconscientemente y le ofreció todo.

El deseo que le crecía dentro y le palpitaba como una herida abierta la devolvió bruscamente a la realidad.

Se separó de Sam con la respiración entrecortada.

—¡Maldito seas! ¡Maldito sea! Ha sido una traición.

—Perdona —a Sam le daba vueltas la cabeza y todavía podía oler el frescor del otoño en el aire sofocante del verano—. Es verdad, ha sido una jugada sucia. No lo he pensado. No te vayas —se llevó las manos a las sienes mientras ella se alejaba.

No lo había previsto. Habría encontrado la forma de detener el impulso que los llevó a lo que habían sido. ¿Cómo podía haber sabido lo que supondría que ella lo amara otra vez de aquella forma y volver a sentir la pureza absoluta de aquel sentimiento?

Saber que lo había rechazado y que quizá no volviera a sentirlo jamás.

Cuando consiguió reponerse, ella estaba en la orilla abrazándose y con la mirada clavada en la noche.

—Mia… —se acercó sin tocarla. Estaba seguro de que alguno de los dos se quebraría si lo hacía—. No tengo disculpa, ni forma de pedirte perdón por esa maniobra. Sólo puedo decirte que no lo he hecho intencionadamente.

—Me has hecho daño, Sam.

—Lo sé —también se había hecho daño a sí mismo, se dijo. Más de lo que podía haberse imaginado.

—No se puede borrar el tiempo, ni debe hacerse —se volvió para mirarlo, estaba pálida contra la oscuridad de la noche—. No quiero que volvamos a ser aquella chica y aquel chico. No quiero renunciar a lo que he llegado a ser.

—No cambiaría nada de lo que eres. Eres la mujer más asombrosa que he conocido.

—Es fácil decirlo.

—No, no lo es. Hay cosas que nunca he sabido decir. Mia…

Sin embargo, ella se dio la vuelta cuando intentó agarrarla y se quedó paralizada cuando vio un resplandor azul pálido en la cueva.

—Basta. Te estás pasando.

Sam también lo vio y la tocó para que pudiera sentirlo y creerlo.

—No soy yo. Espérame aquí.

Fue corriendo y no paró hasta llegar a la boca de la cueva y quedar completamente iluminado. La oyó a su lado, pero no dijo nada mientras los dos miraban dentro.

La luz era azul y suave y las sombras profundas e inmóviles como pozos. Había dos personas que parecían imágenes talladas en la propia luz.

Respiraron.

El hombre era muy hermoso y estaba profundamente dormido. Los músculos de su cuerpo delgado y desnudo brillaban mojados por el agua y el pelo, negro y lustroso, le caía húmedo sobre los hombros.

La mujer también era muy hermosa. Lo miraba de pie; era alta y esbelta y llevaba una capa oscura. La capucha le colgaba a la espalda y los rizos indómitos le llegaban hasta la cintura.

Sujetaba la piel de un animal, era negra como la noche y chorreaba agua de mar.

Cuando se volvió, a Mia le pareció ver su propia cara; el cutis le resplandecía como si mil velas lo iluminaran por dentro.

—El amor —dijo la que había sido Fuego— no siempre acierta —se acercó a ellos con la piel en los brazos como si fuera un niño—. No acepta condiciones ni lamentaciones —se acarició la mejilla con la piel y salió de la cueva—. Queda menos tiempo del que pensáis.

Mia levantó la mano con un gesto imperativo y de consuelo.

—Madre... —la que había sido Fuego se detuvo y la belleza le relució con una sonrisa.

—Hija.

—No te fallaré.

—No se trata de mí —le pasó los dedos por la mejilla y Mia sintió un rastro caliente—. Ten cuidado de no fallarte a ti misma. Eres más de lo que yo fui —se volvió para mirar dentro de la cueva—. Te olvidas con demasiada frecuencia de que él también está dentro de ti —abrazó la piel y miró a Sam a los ojos—. Como yo estoy en ti —se alejó por la arena—. Os observa desde la oscuridad —se desvaneció como el humo.

La luz de la cueva se apagó con un parpadeo.

—Puedo olerla —Mia formó una copa con las manos como si cogiera agua—. Lavanda y romero. ¿Has visto su amuleto?

Sam levantó el disco de plata y aventurina que Mia llevaba colgado de una cadena con eslabones.

—Este mismo. Igual que al mirar su cara vi esta misma —levantó la barbilla de Mia.

—Tengo mucho en qué pensar —iba a marcharse, pero alzó la mirada y observó que una sombra azulada difuminaba los brillantes bordes de la luna—. Se avecinan problemas —susurró unos segundos antes de oír un gruñido.

La niebla avanzó desde el mar reptando por la arena. El lobo, con el pentagrama como un destello blanco contra el cuerpo negro, se abrió paso entre ella y mostró los dientes.

Sam se puso delante de Mia como un escudo que la protegiera.

—Vete. Ve a la casa.

—No voy a huir —se colocó junto a él y vio que el lobo la seguía con la mirada. No podía esperar a su círculo y empezó a hacer un conjuro ella sola.

—Aire, tú que giras y te arremolinas, levántate hasta ser viento que aúlla. Tierra, estremécete más allá del mar y forma muros de agua para mí.

Elevó las manos sobre la tempestad que se formó a su alrededor. El pelo se le agitaba como sogas rojas sin control. Gritó y las tranquilas aguas de la ensenada se crisparon en olas cada vez más altas.

El mundo se estremeció.

—Aire, tierra y mar embravecido, en mi nombre soplad, azotad y embestid. Llamas que bullís en mis entrañas, os conjuro en un círculo ardiente. Tú que has salido del fango, acércate si te atreves a medirte con mi fuego.

Una bola resplandeciente surcó el cielo como un cometa cegador. Un instante antes de que chocara contra el suelo, vio al lobo que volvía a ocultarse en la niebla.

—¡Cobarde! —gritó arrastrada por el látigo de su propio poder.

—Mia —la voz de Sam era firme como una roca—. ¿Puedes hacer que retroceda?

—Acabo de hacerlo.

—No, cariño, me refiero a la ola.

—Ah —miró el muro de agua que ya alcanzaba los seis metros de altura y que se acercaba impulsado por un viento aterrador.

Alargó los brazos y canalizó la energía en ellos como si fueran el cañón de un fusil.

La ola se desmoronó en una lluvia de gotas plateadas que la empapó mientras capturaba el torbellino de viento con los puños cerrados.

La noche volvió a ser transparente como el cristal y la brisa delicada como una mariposa.

Echó atrás la cabeza y tomó aire para sofocar la ardiente energía que le abrasaba la sangre.

—Bueno, eso le ha dado una lección, ¿no?

Sam seguía con la mano sobre su hombro, como había estado desde que ella salió de detrás de él.

—¿Desde cuándo llevas haciendo ese conjuro?

—La verdad es que es la primera vez que lo hago entero. Tengo que reconocer que ha sido mejor que hacer el amor —resopló con felicidad.

Oyó los gritos y las carreras en el acantilado y se volvió para tranquilizar a sus amigos.

* * *

—¿Seguro que estás bien?

Mia agarró una de las temblorosas manos de Nell.

—Perfectamente.

—Bueno, yo voy a tomar algo —Ripley abrió una cerveza y se volvió hacia Mia—. ¿Quieres?

—No, gracias —ya se sentía maravillosamente embriagada.

—Un poco de limonada para la mamá —Ripley sirvió un vaso—. Siéntate de una vez, Nell. Estás poniéndome nerviosa.

—Creo que deberíamos bajar a ver qué están haciendo.

—Déjalos que jueguen con sus juguetes —Ripley, inquieta, iba de un lado a otro del porche.

Mac y los otros hombres habían ido a la playa con los aparatos. Podía oír los pitidos y los chirridos mecánicos.

—Ha sido un conjuro de órdago. ¿Qué has sentido?

Mia sonrió lentamente y con satisfacción.

—Sentí un arrebato muy agradable aunque tuve que mantener el contacto hasta el último segundo y añadir un impulso. Sin embargo, siempre me quedo con ganas de más.

—Zack va a tener mucha suerte luego —Nell se rió, pero se calló al instante—. ¿Cómo podemos estar riéndonos del sexo? Ha sido espantoso. Mia, no podíamos bajar donde tú estabas. El viento subía como un tornado.

—Una delicada brisa de verano no habría sido suficiente. Pero os sentí —agarrada a la barandilla se asomó fuera y miró al cielo—. Fue como si mil corazones latieran dentro de mí y tuviera mil voces en la cabeza. Cada célula, cada músculo y cada gota de sangre rebosaban vitalidad. Cuando me miró —Mia se dio la vuelta—. Cuando me miró, él tenía miedo.

—Quizá haya terminado —dijo Nell.

—No, todavía no —Mia sacudió la cabeza.

—Esté acabado o no, tengo que decir una cosa —Ripley bebió de la botella de cerveza—. No sabía que tuvieras tanto poder y te conozco desde que nací. Al ver lo que he visto esta noche, entiendo mejor que fueras tan quisquillosa y cuidadosa. Es mucha potencia de fuego para ir por ahí tan tranquila.

—¿Es un halago?

—Es un comentario. Con una advertencia. La próxima vez, espéranos. ¿De acuerdo? —cogió otras tres cervezas—. El recreo se ha terminado. Vamos a ver qué hacen Mac y los otros.

* * *

Mac había colocado sensores, monitores y cables por todos lados. Estaba sentado en la arena tecleando en su ordenador portátil.

Bajar los aparatos y ponerlos donde Mac quería le había venido bien, pero Sam tenía que hacer algo físico y cansado para quitarse el desasosiego.

—Mira, todo esto está muy bien, pero ¿para qué sirve?

—Para medir, triangular y documentar —Mac pulsó unas teclas más y miró a un monitor que tenía a su lado—. Ojalá hubiera tenido una cámara. Esa ola medía por lo menos seis metros, pero eso es una medida a ojo y desde arriba.

—Seis metros es poco —afirmó Sam suavemente—, y es una medida a ojo desde abajo.

—Mmm. Ah —Mac miró la lectura del termómetro—. Dime qué temperatura ambiente dirías que hacía durante el momento álgido.

Sam miró a Zack que se encogió de hombros.

—¿La temperatura ambiente? No sé, hacía calor.

—¿Pero era un calor seco? —preguntó Zack, lo que hizo reír a Sam.

—Hay mucha diferencia —Mac se quitó las gafas y frunció el ceño—. El ambiente se hace más húmedo ante un flujo de energía. Se enfría. Estoy intentando reconstruir y calcular el choque de iones y la dirección dominante de la fuerza, necesito un cálculo aceptable de los ambientes.

—Yo sentí calor —volvió a decir Sam—. Maldita sea, soy un brujo no un meteorólogo.

—Muy gracioso. Coge el sensor y dame una lectura del impacto de la bola de fuego. Eh, ¡caray! —una de las máquinas empezó a zumbar como una colmena, Mac se levantó y estuvo a punto de tropezar con el cable, pero corrió hacia ella en el momento en que llegaban las mujeres—. Debería habérmelo imaginado —se puso de cuclillas para verlo mejor.

—Voy a echar una ojeada a la cueva —le comunicó Nell a Mac—. Quiero ayudar si es posible.

Mac gruñó e hizo un gesto con el dedo a Mia. Divertida, se acercó y se detuvo cuando él levantó la mano.

—Caray, mira esto. Es increíble. ¿Haces conjuros internos? ¿Tienes algo que actúe activamente en otro terreno?

—Por el momento, no. ¿Por qué?

—Tus datos sobresalen. Están por todos lados y en lo más alto de la escala. Siempre tienes un nivel alto, hasta en reposo, pero esto lo supera todo. Espera. Quiero medir tus señales vitales.

Le tomó la presión sanguínea, la temperatura corporal y el pulso. Estaba analizando las pautas de sus ondas cerebrales cuando el resto del grupo se acercó a ellos.

—¿Cómo lo consigues? —la voz de Mac era tranquila.

Mia se inclinó hacia él y le imitó el tono de voz.

—¿Consigo qué, Mac?

—La energía que se genera en tu interior en este momento haría que la mayoría de las personas se diera de cabezazos contra la pared, pero tus señales vitales están dentro de los límites normales. Has pasado diez minutos aquí tan fría como un témpano.

—Es una cuestión de control. En fin, ha sido una velada estupenda y muy divertida, pero tengo que irme —se levantó con un gesto elegante y se sacudió la arena del vestido—. Mañana me espera un día muy agitado.

—¿Por qué no te quedas en la habitación de invitados?

—No tienes que preocuparte por mí, Mac.

—No has acabado con él.

—No, no he acabado con él, pero no molestará por esta noche.

318

Dieciséis

No pegó ojo en toda la noche, tampoco había esperado hacerlo. Sin embargo, le dio un buen uso a la energía que le bullía en su interior. Hizo algo de magia doméstica y reunió algunos encantamientos de bolsillo. Dio cera a los muebles, fregó los suelos y se hizo la manicura.

Al amanecer, estaba en su jardín eligiendo y cortando flores para decorar la tienda.

A las ocho de la mañana, cuando llegó a la librería, su nivel de energía no daba muestras de haber decaído.

Nell, previsible como el amanecer, llegó a las nueve cargada de suministros.

—Tienes un aspecto maravilloso —le dijo a Mia mientras ésta la ayudaba a llevar cajas y recipientes.

—Me siento de maravilla. Va a ser un gran día.

—Mia —Nell dejó la caja con la tarta sobre la mesa de refrescos—, confío en ti, pero no eres de las que no da importancia a lo que pasó anoche. Ese nivel de magia, ese alcance…

—Fue como tener un dragón agarrado por la cola —terminó Mia—. Me tomo muy en serio lo ocurrido. Tengo que lidiar con ello, hermanita. Físicamente, no tengo otra alternativa. No quiere decir que no sea consciente o que hable por hablar o que no sepa que lo que falta por venir es más potente todavía.

¿Un dragón por la cola? Una manada entera, se dijo Nell.

—Vi lo que pudiste invocar anoche. Sentí que me rozaba un retazo y fue impresionante. Ahora te preparas para una firma de libros como si fuera lo más importante que tienes que hacer.

—Hoy lo es —sacó un buñuelo de manzana de una caja—. No consigo comer lo suficiente. Es cuestión de encauzar la energía, lo cual me imagino que harías muy provechosamente con Zack anoche —sonrió ligeramente mientras mordía el buñuelo—. Yo tengo mucha experiencia en encauzar la mía por medios que no son el sexo.

—Pensé que Sam y tú os iríais juntos.

—Yo también —Mia se lamió el dedo pensativamente—. Al parecer, tenía otras cosas que hacer.

—Después de que te fueras, Mac tomó datos de Sam. A Sam no le gustó y Zack tuvo que obligarle con insultos. Ya sabes cómo son los hombres para esas cosas.

—Pondría en duda el tamaño y el vigor de su pene.

—En esencia. También le llamó mariquita.

—Es verdad —Mia se rió—. Es muy efectivo.

—Los datos eran casi tan elevados como los tuyos. Mia, insaciable, miró a otro buñuelo.

—No me digas…

—La teoría de Mac, o una de ellas, es que Sam estaba en el mismo escenario de la acción y absorbió algo de la energía que flotaba alrededor. Naturalmente, ahora quiere esperar unos días y volver a tomar datos de Sam para compararlos. Su nivel normal y esas cosas.

Mia se rindió y cogió el segundo buñuelo después de prometerse que haría una hora extra de yoga.

—A Sam no le importa eso.

—No, no le gustó, pero mi sensación es que va a colaborar. Mac es muy convincente y te utilizó.

—¿A mí?

—Todos los datos son esenciales, cada brizna de información forma parte del conjunto y, no te enfades, sirve para protegerte.

Mia se limpió el azúcar de los dedos y admiró el color coral de sus uñas.

—¿Anoche di la impresión de necesitar protección?

—Son hombres —dijo sencillamente Nell para devolver el buen humor a Mia.

—No puedo vivir con ellos ni convertirlos en asnos.

* * *

Con los preparativos marchando sobre ruedas, Mia fue a recibir el transbordador de las diez. Comprobó que el perro de Pete Stuben se había soltado de la correa otra vez y corría por el muelle con los restos de un pescado en la boca.

Vio el bote de Carl Macey atracado y supuso que estarían descargando una captura más fresca y apetecible.

Pensó en acercarse para pedirle que le reservara algunos peces. Estaba segura de que al acabar el día tendría tanto apetito como en ese momento.

—Hola, señorita Devlin —Dennis Ripley paró la bicicleta a unos centímetros de las sandalias de Prada con los dedos descubiertos de Mia.

—Hola, señor Ripley.

El chico sonrió, como lo hacía siempre. Crecía como la hiedra, se dijo Mia, y ya estaba en esa fase de brazos larguiluchos y codos desproporcionados. Dentro de un par de años iría por ahí en un coche de segunda mano en vez de en una bicicleta.

La idea le hizo suspirar.

—Mi mamá va a ir a su tienda para ver a esa escritora.

—Me alegro de saberlo.

—Mi tía Pat trabaja en el hotel y dice que le han preparado una habitación preciosa con bañera de burbujas y una televisión en el cuarto de baño.

—¿De verdad?

—Dice que los escritores ganan mucho dinero y se dan la gran vida.

—Supongo que algunos lo harán.

—Como Stephen King. Sus libros molan. A lo mejor escribo un libro para que lo venda en su librería.

—Entonces, nos haremos ricos los dos —le bajó la visera de la gorra y le hizo reír.

—Pero prefiero jugar en los Red Sox. Tengo que irme.

Salió como una flecha y el perro de Pete Stuben fue tras él. Se volvió para mirarlos y se encontró con Sam.

Ninguno de los dos dijo nada por un momento, pero el aire echaba chispas.

—Hola, señorita Devlin.

—Hola, señor Logan.

—Disculpe un segundo —la rodeó con el brazo la agarró del vestido y la besó en la boca.

El aire chisporroteó.

—No conseguí hacerlo anoche.

322

—Hoy también vale —los labios le ardían. Desvió la mirada, todo un alarde de voluntad dada la energía que le abrasaba en el interior, y vio que el transbordador se acercaba al muelle—. Llega puntual.

—Tenemos que hablar sobre lo de anoche.

—Sí, tenemos que hablar de una serie de cosas, pero no hoy.

—Entonces, mañana. Los dos deberíamos ser un poco menos… distraídos.

—¿Es un eufemismo? —preguntó Mia con tono burlón a la vez que iba hacia el transbordador.

Un sedán negro salió por la plancha de desembarco y se echó a un lado. La mujer rubia saltó del asiento trasero antes de que el chófer pudiera llegar a abrirle la puerta.

Dio un grito entre risas, salió corriendo y estuvo a punto de arrojarse en brazos de Sam. El beso fue muy sonoro, como un interminable *mmmmmm* con un chasquido al final.

—¡Caray! ¡Cómo me alegro de verte! ¿Cómo haces para estar más guapo? No puedo creerme que esté en tu isla. Sólo por venir aquí he aceptado una semana infernal de promoción del libro. Otro beso.

Eso, otro beso, pensó Mia con sorna mientras los observaba. Caroline Trump era tan atractiva como aparecía en la solapa del libro. Una melena rubia enmarcaba un precioso rostro de duende con ojos marrones como la miel y dominado por una boca rosa perfectamente delineada. Una boca que, como comprobó, estaba fundida con la de Sam.

Tenía un cuerpo joven y descarado como el de una animadora de instituto, pero su biografía decía que tenía treinta y seis años.

Lo que no decía era que ella y Sam Logan habían sido amantes.

—Cuéntame todo lo que has estado haciendo —le exigió Caroline—. Me muero de ganas por ver tu hotel. Tienes que enseñarme todo esto. ¡Es precioso! La firma de libros será un fracaso, sabe Dios por qué programan en estos cuchitriles, así que tendremos tiempo. Iremos a la playa.

—Sigues hablando demasiado —Sam la soltó y la agarró de los hombros—. Bienvenida a Tres Hermanas. Caroline, te presento a Mia Devlin, la propietaria de la librería.

Caroline miró a Mia con una alegre sonrisa.

—Hablo demasiado. Más bien, no callo. Lo de la firma no lo decía en serio —estrechó la mano de Mia—. Estoy muy acelerada. Hace seis meses que no veo a este bombón y ya me he tomado medio litro de café esta mañana. Te agradezco de verdad que me hayas traído aquí.

—Estamos encantados —la voz de Mia era tan suave que Sam frunció el ceño. Se soltó la mano de la de Caroline—. Espero que haya tenido un buen viaje.

—Ha sido fantástico. Yo...

—Entonces sólo me queda añadir mi bienvenida a la de Sam y dejarla para que se instale. Si necesita algo, me encontrará en la librería. Sam —hizo un gesto regio con la cabeza y se marchó.

—Menuda metedura de pata —Caroline se dio un golpe en la frente con el puño—. Soy idiota. Una magnífica relación entre escritora y librera.

—No te preocupes —la consoló Sam. Él se ocuparía de arreglarlo—. Vamos a instalarte en el hotel. Creo que te gustará la suite.

Una hora más tarde, Sam se armó de valor y entró en la librería.

—Arriba —le dijo Lulú mientras cobraba sin parar—. Está muy dolida.

La encontró dando instrucciones a un dependiente que había contratado para ese día. No parecía una mujer dolida sino una eficiente mujer de negocios que se ocupaba de los detalles, pero Lulú la conocía muy bien.

Mia fue a reponer los libros que ya se habían llevado los clientes.

—¿Está bien nuestra VIP?

—Sí, está cambiándose. Volveré dentro de un rato para llevarla a comer.

—Espero que la ridícula firma de libros no interfiera demasiado en vuestra actividad social.

—¿Podemos hablar en privado?

—Me temo que no —se volvió con su mejor sonrisa cuando una mujer cogió un libro del expositor—. No se olvide de rellenar el impreso para el sorteo. Iremos sacando nombres durante el acto —dijo a la mujer—. Como puedes ver, estoy demasiado ocupada con este fracaso en un cuchitril como para charlar contigo.

—No quería insultarte, Mia.

—Por lo menos, no en mi cara. No hace falta que te excuses por tu amiga. En ningún sentido.

—Iba a proponerte que comieras con nosotros —Sam no se inmutó ante la mirada larga y lenta que le dirigió—. Dale la oportunidad de rectificar la primera impresión.

—Necesitaría algo más que una comida para conseguirlo, pero no me apetece. Además, no tengo la más mínima intención de participar en un *ménage à trois* por muy civilizado que sea.

Muy bien, se dijo Sam. Lo primero es lo primero.

—Hace mucho tiempo que Caroline y yo no tenemos nada que ver en ese sentido y no me gusta tener que comentar algo de esa naturaleza en medio de la tienda.

Mia lo apartó para poder hablar con unos turistas que les miraban asombrados.

—Buenos días. Espero que se queden para el acto de esta tarde —tomó un libro y se lo enseñó—. La señorita Trump vendrá para comentar y firmar su última obra.

Cuando terminó su cháchara y los clientes se pusieron a ojear los libros de bolsillo, Sam se había ido.

—Capullo —murmuró Mia.

* * *

—Voy a ser tan encantadora que se olvidará de que he metido la pata.

—Deja de obsesionarte, Caroline.

—No puedo —removió la ensalada—. Y me ofendería que lo hubieras olvidado. Para mí, la obsesión es como respirar. Me la ganaré antes de que haya terminado todo. Ya lo verás.

—Come.

—Estoy nerviosa. Ella me ha puesto nerviosa. ¡Maldita sea, Sam! No podía dejar de hablar por hablar.

—Siempre hablas por hablar —apartó el café y le acercó la ensalada.

—No, yo charlo. Hablar por hablar es otra cosa. Es ella, ¿no?

—¿Qué quieres decir?

—La mujer que siempre te tuvo enganchado —Caroline lo miró con la cabeza ladeada—. Siempre supe que había una, incluso cuando estábamos juntos.

—Sí, es ella. ¿Qué tal está Mike?

—Ah —agitó los dedos para poder ver el destello del anillo. Era nuevo y aunque era el segundo que usaba, estaba decidida a que ése se quedara en su sitio—. Está muy bien. Me echa de menos cuando estoy de promoción…, lo cual me viene muy bien para mi vanidad. Tendré que traerlo aquí de vacaciones. Es un sitio maravilloso, pero has cambiado de tema para distraerme. ¿No quieres hablar de Mia Devlin?

—Tienes un aspecto sensacional, Caroline. Pareces feliz y triunfadora. Me gustó mucho tu libro nuevo.

—De acuerdo, no hablaremos de ella. ¿De verdad que no vas a volver a Nueva York?

—No, no voy a volver.

—Bueno —miró el comedor—. Este sitio es impresionante.

Observó el retrato de las tres mujeres y miró a Sam con ojos interrogadores, pero él siguió comiendo; Caroline dejó la servilleta sobre la mesa.

—Voy a hacer que me adore o no podré tranquilizarme.

—Creo que no te he visto tranquila jamás —Sam se levantó e hizo un gesto al camarero—. Tienes tiempo para dar un paseo por el pueblo.

—No, vamos ya. Iré a firmar ahora y pasearé más tarde.

La acompañó a través del vestíbulo y salieron a la calle.

—Un edificio impresionante —comentó mientras miraba la fachada de Café & Libros. Sacó pecho y cogió aire—. Muy bien, allá vamos.

—No va a morderte, Caroline —esperó a que hubiera un hueco en el tráfico y cruzaron la calle—. Quiere que todo sea un éxito tanto como tú.

—Tío, no conoces a las mujeres —Caroline entró y se quedó boquiabierta—. ¡Caray! ¡Menudo sitio! Es una librería de ensueño. Estoy por todos lados. Dios mío, Sam, está lleno de mis libros. No puedo creerme que lo llamara antigualla.

—No lo hiciste. Tu expresión fue cuchitril.

—Ya, ya. ¿No he reconocido que soy una idiota?

—Sí, creo que lo hiciste. Lulú, te presento a Caroline Trump.

—Encantada de que haya venido —metió un libro en una bolsa y alargó la mano—. He vendido sus libros como si fueran rosquillas. Leí el nuevo la semana pasada. Tiene mucha miga.

—Gracias. Me encanta la librería —se dio la vuelta en redondo—. Quiero vivir aquí. ¡Mira esas velas! Sam, necesito diez minutos.

Caroline empezó a recorrer los pasillos mirando todo con mucho interés. Tardó quince minutos, pero Sam consiguió llevarla arriba.

—Bueno, a Lulú le has gustado.

—Eso ha sido sólo una ventaja secundaria. Su oferta es muy buena, no sólo la selección de libros, que es impresionante, sino el resto de cosas también. Rebosa categoría por todos lados. ¡Caray!

Se paró atónita en lo alto de las escaleras.

Ya había bastante gente. Las mesas del café estaban llenas, como también las butacas. Sobre el murmullo de las conversaciones pudo oír la suave voz de Mia que anunciaba su nombre y la hora del acto.

—Es admirable que no me haya mandado al cuerno —murmuró Caroline—. Debe de haber unas cien personas.

—Ya que estás dispuesta a sentirte fatal, te diré que ha trabajado mucho. Mira, sólo tienes que contarle a tu editor lo que te ha parecido. Si vinieran otros escritores podrías compensar tu metedura de pata.

—Dalo por hecho. Ahí viene —Caroline sonrió y avanzó en dirección a Mia.

—Tu tienda es impresionante y quiero saber si puedo hacer algo por haber sido una majadera.

—Olvídese de ello. ¿Quiere algo de beber o de comer? Estamos muy orgullosas de nuestro café.

—¿Tienes cicuta?

Mia le puso una mano en el hombro.

—Creo que podemos conseguirla.

—Bueno, me conformaré con una Coca Cola *light* y me pondré a trabajar.

—Tengo algunos libros que ya están vendidos. Si se ocupa de ellos antes del acto tendrá más tiempo para ir a la playa. Era una broma. Le acompañaré al almacén. Pam —Mia llamó a la mujer que estaba atendiendo las mesas—. ¿Le traerías una Coca Cola *light* a la señorita Trump? Estaremos en el almacén. Sam, si vas a quedarte, podrías buscar un sitio. Por aquí, señorita Trump.

—Caroline, por favor. He ido a bastantes firmas de libros como para saber el tiempo y esfuerzo que llevan. Quiero darte las gracias.

—Estamos muy emocionados por tenerla aquí.

Caroline siguió a Mia al almacén. También había estado en la trastienda de muchas librerías como para reconocer una organización impecable.

—He abierto los libros por la portada. Si lo prefiere de otra forma, los cambio.

Caroline se humedeció los labios.

—¿Están todos vendidos?

—Sí. Cincuenta y tres. Son los que me gustaría que dedicara; me dijeron que los dedicaría…

—Claro, no tengo inconveniente.

—Tienen el nombre en un *post-it*. Su editor me dijo que ésta era la marca de pluma…

—Un segundo —Caroline dejó el maletín y se sentó en un taburete junto a la barra—. Nunca he vendido más de cien ejemplares en una firma de libros.

—Está a punto de batir su récord.

—Ya lo veo. También he visto que tienes mi pluma favorita y que hay rosas rojas, mis favoritas, en la mesa.

—Espere a ver la tarta.

—¿Tarta? —Caroline estaba pasmada—. ¿Tienes tarta? Me has mandado gel de baño y velas y estabas en el muelle para esperarme.

—Ya le he dicho que estamos muy emocionados.

—No he terminado. Tu tienda, que dicho sea de paso es increíble, está llena de gente y mucha de ella tiene mi libro. Además, me odias por ser una bocazas estúpida.

—No. Me molestó que fueras una bocazas y que dijeras una estupidez, pero no te odio por eso —Mia se acercó a la puerta y cogió el refresco que llevaba Pam.

—¿Y por haber tenido un asunto con Sam?

—Sí —contestó con tono encantador mientras le daba la bebida—. Naturalmente la odio por eso.

—Es justo —Caroline dio un sorbo—, pero dado que Sam y yo llevamos más de cuatro años siendo amigos y estoy felizmente casada... —le mostró la mano izquierda— y dado que él está enganchado contigo, que eres hermosa, inteligente y más joven que yo, y tienes unos zapatos maravillosos, creo que yo voy a odiarte más a ti.

Mia lo pensó un instante.

—Me parece muy lógico —le dio la pluma a Caroline—. Abriré este paquete.

* * *

Cuatro horas más tarde, Mia estaba en su despacho haciendo cuentas. Cuando el editor la llamara el lunes para comentar el acto, iba a dejarlo sin habla.

Entró Nell, se dejó caer en una butaca y se dio una palmada en el vientre.

—Ha sido maravilloso. Ha sido sobresaliente. Ha sido agotador.

—He visto que el café ha hecho una buena caja aunque los refrescos fueran gratis.

—Cuéntamelo a mí —Nell bostezó ostensiblemente—. ¿Quieres hacer el total?

—Esperaremos a cerrar, pero ya tengo calculados los libros que he vendido mientras ha estado aquí.

—¿Y son…?

—Del título nuevo, incluidas las ventas previas: doscientos doce; de los demás: trescientos tres.

—No me extraña que se fuera como en una nube. Enhorabuena, Mia. Ella estuvo sensacional, ¿verdad? Estuvo muy graciosa y cariñosa durante el debate. Me gustó mucho.

—Sí —Mia dio un golpecito con el bolígrafo en la mesa—. Estuvo liada con Sam.

—Ah —Nell se puso tiesa en la butaca—. Ah.

—Después de conocerla es fácil de entender por qué le atrajo. Es muy inteligente, cosmopolita y vital. No estoy celosa.

—No he dicho nada.

—No estoy celosa —repitió Mia—. Sencillamente, preferiría que no me hubiera gustado tanto.

—¿Por qué no me acompañas a casa? Hablaremos de hombres y tomaremos helado con chocolate caliente.

—Ya he tomado demasiado azúcar por hoy. Seguramente por eso esté nerviosa. Vete tú. Yo tengo que terminar con esto. Luego, me iré a casa y dormiré doce horas.

—Si cambias de opinión, tengo chocolate hecho en casa —Nell se levantó—. Te ha salido todo de maravilla, Mia.

—Nos ha salido de maravilla.

Volvió al ordenador y trabajó hasta las seis. El trabajo mecánico le permitía darle vueltas y pensar y le dio la oportunidad de reconocer que el zumbido que sentía en las entrañas no iba a cesar por sí solo.

Dadas las alternativas que tenía por delante, no encontró motivos para no elegir la que le apetecía más.

***

Sam se quedó sólo con unos vaqueros cortados y se acordó de las cajas con comida china que tenía en la nevera. Llevaba todo el día hambriento. Pensó que podía pedir una pizza o un trozo de carne para acompañar los rollitos y el arroz frito con cerdo.

Se alegraba de que Caroline no hubiera aceptado su invitación para cenar. Le caía muy bien, pero su cerebro no resistiría una velada en la que hubiera tenido que concentrarse en la conversación.

Sobre todo después del día que había pasado y la noche previa.

Estuvo nadando durante una hora después de ayudar a Zack a llevar los aparatos a la casa del acantilado. Luego, camino de su casa, pasó por el gimnasio del hotel e hizo ejercicio durante otra hora para intentar sofocar el desasosiego. Hizo cincuenta largos en la piscina y se dio una ducha helada.

Además, no había dormido en toda la noche.

Después de la firma de libros, llevó a Caroline al hotel, donde ella había asegurado que se daría un baño de burbujas. Volvió a ir al gimnasio a sudar. Se duchó y nadó durante otra hora.

Pero seguía crispado.

No le gustaban los somníferos, ni siquiera los que se hacía él, pero pensó que, después de cenar, sería la única solución que le quedaba.

La única solución real, se corrigió. Lo más satisfactorio sería encontrar a Mia, llevarla a algún lado, arrancarle la ropa y desfogar toda la energía con una sesión de sexo salvaje.

Lo que le devolvería al punto de partida en su intención de cimentar un vínculo sólido con Mia al margen del sexo.

No sabía cuál de las soluciones afrontaría mejor su cuerpo machacado.

Se decidió por la pizza.

Cerró la nevera y se dirigió al teléfono. Todo su cuerpo se puso en tensión cuando la vio en la puerta trasera.

Lo tenía merecido, se dijo sombríamente, por haber intentado reprimir sus hormonas olvidándose de ella durante unas horas.

Sin embargo, cuando cruzó la cocina, su expresión era tan tranquila y serena como la de Mia.

—No esperaba verte. Me imaginaba que estarías en algún sitio con los pies en alto y una copa en la mano.

—Espero que no te importe que me haya presentado sin avisar.

—En absoluto —la dejó pasar y confió en ser capaz de comportarse.

—Te he traído un regalo —sacó una caja envuelta en papel azul oscuro y con un lazo blanco muy historiado—. De la dueña de la librería al dueño del hotel —entró cerciorándose de que sus cuerpos se rozaran ligeramente.

Notó un estremecimiento fugaz.

—Un regalo…

—Para agradecerte tu colaboración en el acto de hoy. Ha sido un éxito enorme para todos.

—Caroline casi no se tenía de pie cuando la he dejado en el hotel. No es fácil agotarla.

—Estoy segura de que lo sabes bien.

—Está casada. Somos amigos. Nada más.

—Te noto susceptible —chasqueó la lengua—. ¿Por qué no me ofreces una copa y te sirves otra?

—Muy bien —sacó una botella—. Mia, los últimos diez años han sido muy arduos. Supongo que para ti también.

—Claro. ¿Quieres que haga un repaso de todos mis amantes? —sacó dos copas del armario. La mirada punzante de Sam le produjo una satisfacción enorme.

Seducirlo sería más fácil y más divertido si estaba un poco picado.

—No quiero oír hablar de ellos y yo no he presumido de mi historia con Caroline.

—No, pero tampoco me lo advertiste. Lo que hizo que fuera incómodo y molesto, pero he decidido perdonarte.

—Vaya, menos mal. Gracias.

—Te has enfadado. Ya me ocupo de servir el vino mientras abres el regalo. A ver si te pone de mejor humor.

—Machacarte la cabeza contra la pared me pondría de mejor humor.

—Pero tú eres demasiado civilizado para hacer una cosa así.

—No estés tan segura —abrió la caja y sacó unas campanillas de viento hechas con unas extrañas ranas de latón.

—Me ha parecido especial y que encajaba con la casa. Y apropiado, ya que tengo la sensacional idea de convertirte en una de éstas durante unos días —tocó una rana y la hizo bailar y cantar con sus hermanas. Luego, levantó su copa de vino.

—Es muy… singular. Siempre que la vea, me acordaré de ti.

—Hay un gancho al salir de la cocina, ¿por qué no la cuelgas ahí para ver cómo queda?

Sam obedeció, salió fuera y la colgó en el gancho vacío.

—Hueles a mar —le dijo Mia mientras le pasaba un dedo por la espalda desnuda.

—He ido a nadar.

—¿Te ha servido de algo?

—No.

—Yo sí podría —se inclinó sobre él y le mordisqueó el hombro—. ¿Por qué no nos ayudamos el uno al otro?

—Porque entonces todo volvería a girar alrededor del sexo.

—¿Qué tiene de malo el sexo?

Estaba nublándole los sentidos. Era la magia femenina. Se volvió y la agarró de los brazos.

—Antes había algo más y quiero algo más.

—Ya somos mayorcitos como para saber que no podemos conseguir todo lo que queremos. De modo que nos conformamos con lo que tenemos a nuestro alcance —le puso las manos en el pecho y se sorprendió al ver que daba un paso atrás—. Tú me deseas y yo te deseo, ¿por qué hay que complicar las cosas?

—Siempre han sido complicadas, Mia.

—Entonces, hagámoslo sencillo. Tengo que desfogarme por lo que pasó anoche y tú también.

—Tenemos que hablar de lo que pasó anoche.

—Últimamente te gusta mucho hablar —se quitó el pelo de la cara—. Nell cree que me estás cortejando.

Sam notó que se le tensaba un músculo de la mandíbula.

—Es una palabra que yo no usaría. Yo lo llamaría ligar. He estado ligando contigo.

—En ese caso… —se cruzó los brazos y se soltó los tirantes de los hombros hasta que el vestido cayó al suelo—. Ya hemos ligado bastante.

Diecisiete

Sam habría jurado que el mundo se había parado. Durante un momento abrumador, no hubo sonidos ni movimiento. No había nada que no fuera la belleza y las formas de Mia. Sólo llevaba encima una fina cadena de plata de la que colgaba una piedra lunar entre los pechos y otra cadena con nudos celtas en los tobillos, sobre los zapatos que no eran más que tres cintas y unos tacones de aguja; era puro alabastro y fuego.

Se le hizo la boca agua.

—Me deseas —la voz de Mia era como un ronroneo felino—. Tu cuerpo me anhela como el mío a ti. Tu sangre hierve.

—Desearte siempre ha sido muy fácil.

—Entonces —Mia se acercó a Sam—, todo debería ser muy sencillo —le acarició el torso—. Estás temblando —se acercó más y le pasó los labios por los hombros, por los músculos en tensión—. Y yo también.

Sam apretó los puños.

—¿Ésta es tu respuesta?

—No necesito respuestas si no hay preguntas —levantó la cabeza hasta encontrarse con sus ojos—. Tengo deseos, como tú. Deseos que me abrasan y me desasosiegan, como a ti. Los dos podemos conseguir lo que necesitamos sin hacer daño a nadie —se acercó y le mordió el labio inferior—. Vamos a dar un paseo por el bosque.

La cara de Mia se iluminó de satisfacción cuando la atrajo contra sí y dejó escapar un gemido burlón cuando la cogió en brazos. El momento de la victoria fue ardiente y dulce.

—Aquí —dijo Sam—. En esta casa; en mi cama.

El deseo nubló la mente de Mia por un instante, pero ese segundo fue suficiente para que cruzaran la cocina.

—No, aquí no.

—No todo puede ser como tú digas.

—No voy a acostarme contigo aquí —se dio la vuelta en el momento de tocar la cama, pero Sam la detuvo.

—Sí lo harás.

Luchó y se resistió con uñas y dientes. Podía oler la lavanda que había plantado y la dulzura del aroma le partió el corazón.

No había ido allí en busca de dulzura ni de intimidad, sino de sexo.

Se sosegó e intentó resultar irónica.

—Sólo has demostrado que eres más fuerte.

—Ya. Ahora ponte chula —la voz de Mia podía sonar tranquila, pero la piel le ardía—. Esta vez no voy a dejar que te escapes. Si tenemos en cuenta el estado de los dos, la pelea sólo va a conseguir hacerlo más apasionante. Así que pelea —le rodeó la cabeza con los brazos—. No quiero algo fácil y rápido.

La cogió de las muñecas y le recorrió el cuerpo con la boca.

Mia siguió resistiéndose porque sabía que Sam tenía razón. Podía maldecirlo por ello, pero tenía razón.

La amenaza oculta de la violencia añadía cierta excitación ambigua que aumentaba la temeridad. Podía aborrecerse por querer eso, por esa parte de sí que gozaba con que la dominaran, la trastornaran y la poseyeran, pero no podía negarlo.

La arrebató todo el cuerpo con la boca. La batalla le había empañado el cuerpo de sudor y aguzado los sentidos hasta convertirlos en una masa de placer viscoso. Se retorció y se arqueó, pero sólo consiguió que él encontrara más sitios donde torturarla y seducirla.

La energía que la abrasaba reventó en un destello y la arrastró a un grito que le brotó del pecho cuando la llevó al primer clímax salvaje sólo con la boca.

La liberación fugaz y radiante le provocó más deseo.

Sam notó el estremecimiento del cuerpo de Mia y oyó que cogía aliento. El pulso le palpitaba con fuerza bajo los labios. El cuerpo estaba húmedo y fragante, ardiente y resbaladizo. Saber que ella intentaba contenerlo sólo estimulaba el placer perverso que le recorría las venas.

Se dejó llevar hasta que se estremecieron.

Cuando le alcanzó los labios con los suyos, el beso fue una especie de locura. No había posibilidad de razonar. Se avasallaron en una batalla de labios, lenguas y dientes. Cuando notó que Mia se elevaba por segunda vez, le soltó las manos para conseguir más.

Se poseyeron y rodaron por la cama en busca del dominio y el placer. El aire se espesó y la luz del sol que inundaba la habitación se tornó dorada.

Mia se elevó sobre él. Sam, insaciable, se elevó también y le tomó los pechos con la boca; aspiró como si el aire dependiera de ella.

Mia se perdió en un arrebato de sensaciones. Para ella sólo existía el frenesí y el hombre capaz de provocarlo. Se sentía dominada por el esplendor del apremio animal y la maravilla irreflexiva de sentirse viva.

El tiempo se aceleró hasta dejarla atrás cuando la tormenta que se gestaba en su interior volvió a estallar.

Sin aliento y todavía abrumada, se abrazó a Sam como si su vida dependiera de él. El corazón se le desbocó y pareció que se le iba a partir en dos.

Mia oía los murmullos roncos de Sam mientras su cuerpo se deslizaba sobre ella y le rozaba el rostro y el cuello con la boca. Sacudió la cabeza en una negación constante y las palabras en gaélico le alcanzaron el corazón voraz.

La luz, azul y cálida, le palpitaba en el cuerpo.

—No. No lo hagas.

Sam no podía detenerse. No podía controlarse después del punto alcanzado por ambos. Necesitaba completar la intimidad y era una necesidad en estado puro y a flor de piel.

«*A ghra. A amhain.*» Mi amor. La única en mi vida. Balbuceó las palabras sin premeditación. Su poder resplandecía y buscaba a su compañera igual que el cuerpo ansiaba más. Pero al besarle las mejillas notó el sabor de las lágrimas y cerró los ojos con todas sus fuerzas.

—Lo siento —se le cortó la respiración y ocultó el rostro en la melena de Mia—. Un minuto. Dame un minuto.

Intentó recuperar el control y que la magia volviera dentro de él. Fueran lo que fueran o hubieran sido para cada uno, no tenía derecho a obligarla a compartir esa parte de sí misma.

Mia notó que temblaba al esforzarse por controlarla. Sabía que le dolería. Un dolor físico y profundo producido por ir contra la sangre y por no saciar el alma.

Aun así, la abrazó mientras se encerraba a sí mismo. La abrazó mientras ella oía cómo se quedaba sin aliento por el sufrimiento.

Mia no podía soportarlo, por ninguno de los dos.

Levantó la cabeza, lo miró a los ojos y le entregó su magia.

—Compártelo conmigo —dijo mientras lo abrasaba con un beso—. Compártelo todo.

Su luz fue un destello rojo contra el azul profundo de Sam. La sensación brillante la inundó, la desbordó cuando los poderes se fundieron en uno y los arrasaron. Se dejó llevar y se elevó sobre él mientras la llenaba.

Hubo un torbellino, un sonido ensordecedor como cien cuerdas de arpa pulsadas a la vez. El aire se inflamó. Todo lo que eran quedó al desnudo.

El aire relució en un choque de luces que crearon un brillo resplandeciente. Mia le cogió las manos mientras él se movía dentro de ella con embestidas lentas y prolongadas para gozar del obsequio. Lo dedos se entrelazaron con fuerza y las chispas que brotaron de ellos danzaron en el aire.

La luz se hacía más brillante a medida que ellos ascendían hasta estallar en un destello como un rayo. Juntaron las bocas y volaron el uno con el otro.

* * *

Sam le besó el hombro y le rozó la mejilla con la suya mientras susurraba delicadas y ridículas palabras de cariño. Mia seguía sintiendo el poder de Sam en su interior. Notaba el cuerpo insoportablemente fláccido y aunque el corazón le latía todavía, sabía que esos latidos no eran sólo para ella.

¿Qué había hecho?

Se había desembarazado voluntariamente de su última defensa. Le había entregado todo lo que era y había tomado todo lo que era él.

Se había permitido volver a amarlo.

Estúpida, se dijo; estúpida, irreflexiva y temeraria.

Aunque lo sabía, podía permanecer ahí con su cuerpo sobre ella y podía querer estrecharse contra él y aferrarse a los ecos difusos de lo que habían compartido.

Tenía que salir de allí, sacarlo de su cabeza y pensar qué haría después.

Le puso la mano en el hombro con la intención de quitárselo de encima, pero en vez de eso, le pasó los dedos por el pelo.

—Mia —la voz de Sam era espesa y somnolienta—. *Allaina*. Suave y encantadora. Quédate conmigo esta noche. Despierta conmigo mañana.

Le dio un vuelco al corazón, pero habló con una voz clara y tranquila.

—Estás hablando en gaélico.

—¿Mmm?

—Estás hablando en gaélico —le dio un pequeño empujón en el hombro—. Lo que quiere decir qué estás a punto de quedarte dormido.

—No, no voy a dormirme —se apoyó en los codos para poder mirarla—. Haces que la cabeza me dé vueltas —le dio un beso en la frente y otro en la punta de la nariz—. Me alegro de que pasaras por aquí.

Era difícil resistirse a un cariño tan sencillo.

—Yo también, pero tengo que irme.

—Vaya, vaya —la miró a la cara mientras jugaba distraídamente con su pelo—. Me temo que no puedo permitirlo. Si lo intentas tendré que ponerme brusco contigo otra vez. Sabes que te ha gustado.

—Por favor —lo empujó para intentar librarse.

—Te ha gustado mucho —se inclinó y le mordió ligeramente el hombro.

—Quizá, en estas circunstancias tan limitadas, lo encontrara… estimulante. Tenía que dar salida al exceso de energía que me produjo el conjuro de anoche.

—Cuéntamelo —Sam le tomó la barbilla en la mano—. Me refiero a eso. Quiero que me lo cuentes. Pero ahora mismo me muero de hambre. ¿No tienes hambre? Tengo algo de comida china.

—Delicioso, pero…

—Mia, tenemos que hablar.

—No solemos hablar cuando estamos desnudos en la cama y sigues dentro de mí.

—Efectivamente —le pasó las manos por debajo de las caderas y la levantó para entrar más profundamente—. Dime que te quedarás.

—No voy… —se le cortó el aliento.

—Quiero volver a ver cómo alcanzas el clímax —se restregó contra ella con embestidas lentas y firmes—. Déjame observarte.

No le dejó alternativa. Se aprovechó de su debilidad y le arrebató la voluntad con una ternura implacable.

La vio dejarse llevar por él, por ella, por las sensaciones crecientes. Llegó al punto álgido con una oleada interminable que recorrió todo el cuerpo de Sam. La levantó y la abrazó.

—Quédate.

Mia apoyó la cabeza en su hombro con un suspiro.

—Puedo comer algo.

Se zamparon la comida china y buscaron más. Cuando hurgaban en una caja de cereales, el ansia había pasado. Sam se tomó un último puñado de arroz hinchado.

—Buen sexo y magia dura. No hay nada como eso para abrir el apetito.

—Antes del sexo me había tomado dos bollos, un emparedado, un trozo de tarta y un cuenco de *rotini*. Dame eso —le arrebató la caja—. Fue un conjuro muy potente.

—Ahora que hemos limpiado mi cocina de productos comestibles, vamos a dar un paseo por el bosque.

—Se está haciendo tarde, Sam.

—Sí, es verdad —la tomó de la mano—. Los dos lo sabemos —le miró los pies descalzos—. Como no sé dónde podrías ir con esos zapatos que llevas, podemos ir a la playa. Te resultará más cómodo.

—Estoy acostumbrada a caminar descalza por el bosque.

Se dijo que sería mejor aceptarlo. Mientras estuvieran hablando o comiendo o seduciéndose, no tendría que pensar en amarlo. O en lo que haría al respecto.

—Quieres que te explique el conjuro y no estoy segura de poder hacerlo.

—No quiero que me lo cuentes con pelos y señales —la llevó por el césped hacia las sombras y el sendero—, pero me gustaría saber, para empezar, desde cuándo sabes que tienes ese poder.

—No estoy segura de que lo supiera exactamente. Sentía como si hubiera un interruptor en mí que estaba esperando que lo conectara.

—No es tan sencillo.

—No, claro que no —podía oler el mar y los árboles y pensó que en una noche así podría oler las estrellas. Era como una sensación de frescor en los sentidos—. He trabajado en ello, he estudiado, he practicado. Me he acumulado. Tú entiendes lo que quiero decir.

—También entiendo que soltar eso sin preparación, como lo hiciste la otra noche, es mucho más de lo que había experimentado.

—Me he estado preparando toda mi vida —y durante los últimos diez años ha sido mi único amor, se dijo para sus adentros—. Sin embargo, no pude acabar con ello. No fue suficiente —la voz se le llenó de decisión—, pero terminaré con ello.

—Ahí es donde tenemos un problema. Lo que hiciste fue peligroso para ti y no tenía por qué serlo.

—El riesgo fue mínimo.

—Si llegas a decirme lo que podías hacer, lo que evidentemente tenías pensado hacer si se presentaba la oportunidad, yo podría haber estado preparado. Podría haberte ayudado, pero no quieres que te ayude.

Mia no dijo nada mientras cruzaban el pequeño arroyo con digitales en las orillas.

—Hace mucho tiempo que no considero la posibilidad de que me ayudes.

—Volví hace más de dos meses, Mia.

—Y te fuiste durante más de diez años. Aprendí a hacer muchas cosas sin ti durante ese tiempo. Sin nadie —añadió—, ya que, durante ese mismo tiempo, Ripley se alejó de mí y de lo que habíamos compartido. He pulido y he aumentado lo que recibí.

—Es verdad, lo has hecho. Me pregunto si lo hubieras hecho de haberme quedado.

Se volvió para mirarlo con cólera.

—¿Es un argumento nuevo? ¿Otro motivo para justificar lo que hiciste?

—No —se enfrentó a su ira con una serenidad completa—. Me fui por motivos completamente egoístas, pero eso no cambia el resultado: eres más fuerte que antes.

—¿Debo agradecértelo? —ladeó la cabeza—. Quizá debiera hacerlo. Quizá sea el momento de reconocer que tu marcha fue lo mejor para los dos. Yo te consideraba el principio y el fin de mi vida, pero no lo eras. Viví sin ti y seguiré viviendo y trabajando te quedes o te marches. Seguiré siendo yo misma. Puedo disfrutar de ti sin hacerme ilusiones. Me gusta entregarme a alguien que entiende los poderes y que no espera nada a cambio que no sea el placer por el placer.

Le picó, como suponía, lo que se había propuesto hacer.

—No me lo agradezcas demasiado pronto. Te preguntabas por qué me limitaba a ligar. Tenía que demostrarte, y quizá demostrarme, que hay algo más que sexo entre nosotros.

—Claro que lo hay —Mia, tranquila otra vez, volvió a caminar—. Hay magia, una historia compartida, un amor mutuo por la isla, aunque al principio no me lo creía, tenemos amigos comunes…

—Fuimos amigos.

—Y lo somos ahora —tomó aire—. ¿Cómo es posible que la gente pueda vivir lejos del mar? ¿Cómo respiran?

—Mia —le acarició las puntas del pelo—. Cuando hicimos al amor, no tenía intención de pedirte que compartieras la magia conmigo. No fue algo premeditado.

—Lo sé —se detuvo, pero se quedó de espaldas a él.

—¿Por qué lo hiciste?

—Porque paraste; porque para mí significó algo que pararas cuando te lo pedí. Y, supongo, que porque lo echaba de menos. Compartir el poder es apasionante y muy gratificante.

—¿No ha habido nadie en todos estos años?

—No tienes derecho a preguntarme eso.

—No, no lo tengo, pero yo te diré lo que tú no me preguntas. No ha habido nadie más que tú. Nunca ha habido nadie más que tú en ese sentido.

—No importa.

—Si no importa —la agarró del brazo antes de que se alejara—, entonces deberías ser capaz de escuchar. Nunca te he olvidado, y si estaba con otra mujer, nunca era como fue contigo. Todas ellas se merecían mucho más de lo que pude darles. No podía darles más porque no eran tú.

—No hay ninguna necesidad de que me digas todo esto.

—Yo lo necesitaba. Te he querido toda mi vida. Ningún conjuro, ni encantamiento, ni acto de voluntad ha podido cambiar eso en mí.

Mia sintió vértigo y necesitó de toda su fuerza para recuperar el equilibrio.

—Pero lo has intentado.

—Lo intenté con otras mujeres, con el trabajo, con los viajes, pero no puedo dejar de amarte.

—¿Crees, Sam, que aunque sólo estuviera mi corazón en peligro, podría volver a dejarlo en tus manos?

—Entonces, toma el mío. A mí no me sirve de nada.

—No puedo. No sé hasta qué punto lo que siento es un eco del pasado. Cuánta rabia se mezcla en ello. Es más —se volvió para mirarlo—, no sé cuanto hay de real en lo que tú crees que sientes. Ahora todo está en juego y los sentimientos difusos son muy peligrosos.

—Mis sentimientos no están difusos. Lo estuvieron durante mucho tiempo.

—Los míos sí lo están y he aprendido a distanciarme de ellos. Te tengo cariño. El vínculo es demasiado fuerte como para que no sea así, pero no quiero volver a enamorarme de ti. Ésa es mi decisión. Si no puedes aceptarla, entonces, tendremos que separarnos.

—De momento, puedo aceptar que ésa sea tu decisión, pero voy a intentar por todos los medios que cambies de idea.

Mia levantó las manos con un gesto de desesperación.

—¿Mandándome flores o invitándome a *pic-nics*? Eso son cosas superfluas.

—Eso es idilio.

—No quiero idilios.

—Tendrás que aguantarlo. Ya fui joven y estúpido como para negarme a hacerlo en su momento. Ahora soy más viejo e inteligente. Hubo un tiempo en el que me resultaba difícil decirte que te quería. No me salía de forma natural y te aseguro que era una frase que no se prodigaba en mi casa.

—No quiero que me la digas.

—Tú siempre la dijiste antes —pudo ver la sorpresa en la cara de Mia—. No te habías dado cuenta, ¿verdad? Yo no era capaz de decírtelo si tú no lo hacías antes. El tiempo cambia a las personas. Unas tardan más que otras. Me he dado cuenta de que he estado esperando, de que he estado maniobrando para que tú lo dijeras primero. Siempre me lo ponías todo muy fácil.

—Afortunadamente, eso ha cambiado. Tengo que irme, es tarde.

—Sí, es tarde. Te quiero, Mia. Te quiero. No me importa decírtelo mil veces hasta que me creas.

Oírlo le dolía. Era un dolor fugaz y agudo. Utilizó ese dolor para mantener el corazón frío y la voz serena.

—Ya te he oído muchas cosas antes, Sam. Los dos nos hemos dicho cosas, pero no fueron suficientes. No puedo darte lo que quieres.

Se alejó corriendo por el sendero.

—No puedes, por el momento —replicó Sam.

* * *

No se detuvo hasta llegar al coche. No buscó en la casa los zapatos ni se acordó de ellos. Sólo pensó en alejarse y en conducir a toda velocidad hasta que se le volvieran a aclarar las ideas.

Se había permitido amarlo otra vez. Mejor dicho, su corazón se había puesto en funcionamiento cuando ella fue vulnerable, pero eso era un asunto suyo que tendría que resolver ella.

Racionalmente, si amarlo fuera la decisión acertada, no la haría tan infeliz.

Si oírle decir que la amaba fuera la solución, ¿por qué había sido como un mazazo en el corazón?

No sería una víctima de sus sentimientos por segunda vez. No se lanzaría temerariamente al amor para ponerse en peligro y poner en peligro todo lo que le importaba.

El equilibrio, se dijo, y las ideas claras eran esenciales cuando se estaba planteando una decisión a vida o muerte. Quizá fuera el momento de tomarse unos días libres y recapacitar. Quizá estuviera entregándose demasiado superficialmente. Necesitaba estar sola.

* * *

—¿Qué es eso de que se ha ido? —Ripley, molesta por que le despertaran un domingo a las ocho y media, frunció el ceño al contestar el teléfono.

—Se ha ido de la isla —Sam tenía un nudo en la garganta y casi no podía hablar—. ¿Adónde ha ido?

—No lo sé —se sentó en la cama y se frotó la cara con la mano—. Ni siquiera estoy despierta. ¿Cómo sabes que se ha ido de la isla? A lo mejor ha ido a dar un paseo.

Lo sabía, pensó Sam, porque había sintonizado con ella y el vacío en la conexión le había despertado. La

351

próxima vez, se dijo lúgubremente, no limitaría la conexión a la isla.

—Lo sé. Estuve con ella anoche. No dijo nada de que se fuera a ir de la isla.

—Pues yo no soy su secretaria. ¿Os peleasteis?

—No, no nos peleamos —lo que hicieron no podía calificarse con una palabra tan elemental—. Si sabes dónde ha podido ir...

—No lo sé —sin embargo, le impresionó la preocupación que denotaba la voz—. Pregúntaselo a Lulú. Mia no iría a ninguna parte sin decírselo. Seguramente haya ido a comprar algo o... —Ripley frunció el ceño y colgó el teléfono al oír la señal de marcar—. Vaya, buenos días a ti también.

* * *

Esa vez no utilizó el teléfono, sino que se montó en el coche y fue hasta la casa de Lulú. Casi no se dio ni cuenta de que ya no estaba pintada de color calabaza, como en su infancia, sino de un morado chillón. Llamó a la puerta.

—Tienes dos segundos para explicarme por qué me has despertado cuando estaba soñando que bailaba con Charles Bronson y los dos estábamos desnudos, si no te voy a mandar a...

—¿Dónde está Mia? —preguntó Sam tajante mientras ponía una mano en la puerta para que no se la cerrara en las narices—. Dime que está bien.

—¿Por qué no iba a estar bien?

—¿Te ha dicho adónde iba a ir?

—Si lo hubiera hecho, no te lo diría —Lulú podía notar la ira y el miedo de Sam—. Si intentas algún truquito conmigo, no sólo te daré una patada en el culo sino que fregaré el suelo con él. Ahora, apártate.

Se apartó, enfadado consigo mismo. Cuando oyó el portazo, se sentó en las escaleras con la cabeza entre las manos.

¿La habría ahuyentado? ¿Sería que el destino les jugaba la broma pesada de que cada vez que uno quería demasiado al otro éste se veía obligado a marcharse?

Eso no le preocupaba en ese momento, se dijo. Lo único que le importaba era que estuviera a salvo.

Cuando oyó que la puerta volvía a abrirse, se quedó donde estaba.

—No tienes que decirme dónde está, ni lo que está haciendo, ni por qué se ha marchado; sólo quiero saber si está bien.

—¿Hay algún motivo para que no lo estuviera?

—Anoche la desquicié.

Lulú resopló, se acercó y le dio una ligera patada con el pie descalzo.

—Debería habérmelo imaginado. ¿Qué hiciste?

—Le dije que la amaba.

Lulú frunció los labios a sus espaldas.

—¿Qué dijo ella?

—En esencia, que no quería oírlo.

—Es una mujer muy sensata —Lulú se sintió fatal nada más decirlo, más de lo que podía soportar—. Se ha tomado unos días libres, eso es todo. Se ha ido de la isla para hacer unas compras y mimarse un poco. Le vendrá bien como descompresión, creo yo. Ha estado trabajando de sol a sol.

—De acuerdo —se limpió las manos en los vaqueros y se volvió para mirarla—. De acuerdo. Gracias.

—¿Le dijiste que la amabas para volverla loca?

—Le dije que la amaba porque es verdad. El resto ha sido una consecuencia involuntaria.

—No sé por qué me has gustado siempre.

Sam se quedó atónito.

—¿Es verdad?

—Si no lo fuera te habría despellejado con mis propias manos por tocar a mi niña. Bueno, ya que estoy levantada —dijo mientras se rascaba la cabeza por debajo de la mata de pelo despeinado—, puedes entrar a tomar un café.

Sam, demasiado intrigado como para rechazar la invitación, la siguió a la cocina.

—Siempre me he preguntado por qué no vivías en la casa del acantilado.

—En primer lugar, porque no podía soportar a esos Devlin pomposos y pagados de sí mismos —sacó una cucharada de café de un bote con forma de cerdito—. No me importaba pasar unos días allí cuando se iban de viaje, pero cuando estaban en la isla, necesitaba un sitio para mí sola. Si no, los habría asfixiado mientras dormían.

—¿Cuándo se fueron… gracias a Dios?

—Unos meses después que tú.

—Después que…, pero ella tenía diecinueve años.

—Nada más cumplir los veinte. Se marcharon a…, a yo qué sé dónde. Volvieron un par de veces durante el año, por mero formalismo, creo yo. Cuando Mia cumplió los veintiuno, todo se acabó. Supongo que decidieron que ya habían hecho lo que tenían que hacer.

—Ellos nunca hicieron nada —afirmó Sam—, tú lo hiciste.

—Así es. Yo me he ocupado desde que su abuela la dejó en mis brazos. Sigo ocupándome —lo miró por encima del hombro con ojos desafiantes.

—Lo sé y me alegro.

—A lo mejor resulta que tienes algo de sentido común en esa cabeza de chorlito —puso agua en la cafetera—. En cualquier caso, cuando se marcharon de la isla, Mia me propuso que fuera a vivir con ella. Había mucho espacio, pero a mí me gustaba mi casa y a ella le gusta estar sola allí arriba —lo miró mientras la cafetera burbujeaba y retumbaba—. ¿Estás pensando en que la convenza para que te deje ir a vivir con ella?

—Ah…, no voy tan lejos.

—No has cambiado mucho, ¿eh? Siempre te evades del meollo del asunto.

—¿Cuál sería el meollo del asunto?

—Esa chica —se golpeó el pecho con el dedo—. Mi chica. Quiere casarse y tener hijos. Quiere un hombre con el que pueda compartir toda su vida, lo bueno y lo malo, no uno que palidezca cuando se habla de matrimonio; como tú estas haciendo.

—El matrimonio no es el único compromiso serio…

—¿Crees que puedes comerle el coco con eso o te lo estás comiendo a ti?

—Hay mucha gente que se une y mantiene esa unión sin una ceremonia legal. Mia y yo no somos muy convencionales —la mirada penetrante de Lulú hizo que se sintiera como un adolescente que le llevaba a su joven preferida después del toque de queda—. En cualquier caso, no lo he pensado mucho, de momento ni siquiera se siente cómoda cuando le digo que estoy enamorado de ella.

—Ha sido un discurso muy bonito. Lleno de palabras vacías, pero te ha quedado casi perfecto.

—¿Qué te parece tan importante del matrimonio? —le preguntó—. Tú estás divorciada.

—Ahí me has pillado —divertida, sacó dos tazas de un amarillo muy alegre—. Son las cosas de la vida. Nadie te da garantías. Pagas y te llevas lo que eliges.

—Ya —Sam, completamente deprimido, cogió la taza—. Ya me habían dicho eso antes.

Dieciocho

Se había propuesto relajarse, ir de compras y premiarse con un día en el salón de belleza. Se prometió pasar tres días y tres noches pensando lo menos posible y centrarse en su bienestar físico y emocional.

No había pensado emplear tiempo y esfuerzo en conseguir el permiso para entrar en la prisión federal donde tenían encerrado a Evan Remington, pero ya que lo había hecho, podía racionalizar la decisión. Cada vez quedaba menos tiempo. Si el destino le llevaba hasta Remington, ella seguiría ese camino. No correría ningún peligro verdadero y existía la posibilidad, aunque fuera remota, de poder sacar algún provecho de la visita.

No se planteó el hecho de que pudiera concertar un encuentro con él sin demasiadas dificultades. Había poderes capaces de burlar los entresijos de la burocracia. Y ella formaba parte de los mismos.

Se encontró cara a cara con él a través de un mostrador muy ancho dividido por un cristal de seguridad. Mia descolgó el teléfono que los conectaría, como hizo él.

—Señor Remington, ¿me recuerda?

—Puta —dijo con un hilo de voz.

—Sí, ya veo que me recuerda y que los meses que ha pasado aquí no le han mejorado su temperamento.

—Saldré pronto.

—¿Eso es lo que le dice él? —se inclinó hacia delante—. Le miente.

Se le tensó un músculo de la mandíbula.

—Saldré pronto —repitió—. Date por muerta.

—Lo hemos derrotado dos veces y hace unas noches huyó de mí con el rabo entre las piernas. ¿Le ha contado eso?

—Yo sé lo que va a pasar. Lo he visto. Sé que todos vosotros moriréis entre alaridos. ¿Puede verlo usted? —por un instante, ella pudo verlo reflejado en el cristal que los separaba. La tormenta oscura y en aumento, los rayos rasgando el ciclo, los torbellinos de viento y el mar que se abría como unas fauces hambrientas para tragarse la isla—. Él te muestra sus deseos, pero no la realidad.

—Conseguiré a Helen —la voz se tornó soñadora, como la de un niño que repite una poesía infantil—. Se arrastrará para volver conmigo otra vez. Pagará por su engaño y su traición.

—Nell está fuera de su alcance. Míreme. A mí —le ordenó. No permitiría que tocara a Nell ni con sus pensamientos—. Sólo estoy yo. Él le manipula, Remington. Como si fuera una marioneta. Se aprovecha de su enfermedad y de su rabia. Le va a destruir. Yo puedo ayudarle.

—Él te follará antes de matarte. ¿Quieres un anticipo?

Fue algo muy rápido. Sintió un dolor en los pechos como si unas garras se le hubieran clavado en la carne y una lanza gélida se le hundió entre los muslos con una única embestida. No gritó, aunque un grito de rabia y terror le atenazó la garganta. En vez de eso se armó de su poder y lo lanzó como un puño.

La cabeza de Remington salió disparada hacia atrás y se quedó con los ojos como platos.

—Él le usa, pero usted paga —dijo tranquilamente—. ¿Cree que iba a asustarme por las amenazas y los trucos? Soy una de las Tres. Lo que anida en mí está fuera de su radio de acción. Puedo ayudarle. Puedo librarle del espanto que él le acarreará. Si confía en mí y se ayuda un poco, puedo aislarle de él. Puedo protegerle para que no le use ni le haga daño.

—¿Por qué iba a hacerlo?

—Le salvaría para salvarme y salvar lo que amo.

Remington se acercó al cristal. Podía oír su respiración áspera por el auricular. Por un momento, sintió verdadera lástima.

—Mia Devlin —se pasó la lengua por los labios y esbozó una sonrisa muy amplia y desencajada—. ¡Arderás! ¡Quemad a la bruja! —se rió con una risa aguda y el guardián corrió a refrenarlo—. Yo te veré morir entre alaridos.

Aunque Remington soltó el teléfono cuando el guardián se lo llevó, Mia siguió oyendo la risa desquiciada mucho después de que la puerta se cerrara tras él.

* * *

Sam tenía una reunión con su contable. Los ingresos era elevados, pero también lo eran los gastos generales. La Posada Mágica estaba en números rojos por primera vez en treinta años, pero Sam pensaba que eso cambiaría. Había contratado dos convenciones para otoño y con los lotes que estaba preparando para las vacaciones de invierno esperaba recuperar algunas pérdidas durante esa época, en la que siempre hubo muy poca ocupación.

Hasta entonces, podía seguir invirtiendo su propio dinero en el hotel.

Si el hotel y la isla caían dentro de unas semanas, no sería por su falta de fe.

¿Dónde demonios se había metido Mia? ¿No podía haber esperado para irse de tiendas hasta que sus vidas, sus destinos, sus futuros estuvieran a salvo?

¿Cuántos pares de zapatos necesitaba?

Sólo era una excusa para alejarse de él, se dijo. Le había dicho que la amaba y había salido corriendo como un conejo.

Las cosas se habían puesto un poco comprometidas y en lugar de quedarse para dar la cara, se había largado...

Se detuvo y frunció el ceño ante la correspondencia a medio firmar que tenía delante.

—Imbécil —farfulló.

—¿Cómo dice?

—Nada —sacudió la cabeza a su secretaria y siguió firmando—. Compruebe los folletos de invierno, señora Farley —le dijo mientras firmaba la siguiente carta—. Quiero estar seguro de que se han hecho las correcciones antes de que acabe el mes. Tengo que reunirme con el jefe de ventas mañana. Búsqueme un hueco.

Su secretaria hojeó la agenda.

—Tiene libre a las once y a las dos.

—A las once.

—Y mande un memorando a la gobernanta... ¿cuánto tiempo lleva casada?

—¿Quiere saber cuánto tiempo lleva casada la gobernanta?

—No, señora Farley. ¿Cuánto tiempo lleva casada usted?

—En febrero pasado hizo treinta y nueve años.

—Treinta y nueve años… ¿Cómo lo ha conseguido?

La señora Farley dejó la libreta de notas y se quitó las gafas.

—Yo diría que es algo parecido al alcoholismo. Día a día.

—Nunca me lo había planteado así. El matrimonio es como una adicción.

—Desde luego es un requisito. También exige trabajo, colaboración e imaginación.

—No suena especialmente romántico.

—No hay nada tan romántico como pasar la vida, y todos sus obstáculos, con alguien a quien amas. Con alguien que te ama y te entiende. Alguien que estará allí para los grandes acontecimientos: los hijos, los nietos, una casa nueva, un ascenso merecido… y para los inconvenientes: las enfermedades, la comida que se quema, un mal día en el trabajo…

—Hay personas que se acostumbran a vivir solas los grandes acontecimientos y los inconvenientes.

—Yo admiro la independencia. El mundo sería mucho más fuerte si fuéramos capaces de ocuparnos de nuestras vidas por nosotros mismos, pero hacerlo no significa que no se pueda compartir y depender de otra persona. Eso es el amor.

—Yo nunca he visto que mis padres compartieran otra cosa que el gusto por un diseñador italiano y un palco en la ópera.

—Es una lástima, ¿no? Hay personas que no saben compartir el amor ni pedirlo.

—Hay veces que te lo niegan.

—Y hay veces que no —el tono tenía cierto fondo de irritación—. Hay personas que esperan que todo les caiga del cielo. Bueno, es posible que hagan algo; es posible que agiten el árbol. Piensan que si lo agitan lo bastante, aquella maravillosa manzana roja caerá en sus manos. Nunca se les ocurre que pueden trepar al árbol, caerse un par de veces y hacerse un par de arañazos y moratones antes de conseguirla. Porque si la manzana merece la pena, merece la pena correr el riesgo de romperse el cuello —se levantó con un resoplido—. Tengo que escribir el memorando.

Se quedó tan impresionado cuando salió del despacho y cerró la puerta con cuidado que no volvió a llamarla para decirle que no le había dictado el memorando.

—Mira lo que pasa cuando tengo una conversación sobre el matrimonio —se dijo en voz alta—. Mi secretaria me da un repaso. Yo sé trepar a ese maldito árbol; he trepado a muchísimos árboles.

En ese momento se sentía como si estuviera colgando de una rama a punto de partirse y la manzana más hermosa siguiera fuera de su alcance.

Cogió un informe dispuesto a sofocar su impotencia con el trabajo cuando una luz se le encendió en el interior.

Mia había vuelto a la isla.

* * *

Mia había llamado a Lulú desde el transbordador y se había puesto al día de la marcha de la tienda y de las noticias de la isla. Como le había pedido a Lulú que se pasara aquella tarde por su casa para completar los detalles, no hacía falta que fuera por la librería. Ya tendría tiempo al día siguiente para ocuparse de los mensajes telefónicos y de los atrasos que se hubieran producido durante los tres días de ausencia.

También había llamado a Ripley y a Nell. Tendría que ir al mercado porque creía que la mejor forma de contarles los detalles de su encuentro con Evan Remington sería durante una cena en su casa la noche siguiente.

Todavía tenía que llamar a Sam.

Lo llamaría. Llevó el carrito a la sección de frutas y verduras y se quedó mirando la rúcola. Lo llamaría en cuanto supiera cómo lidiar con él y con todo lo que se habían dicho.

La vida era mucho más sencilla con un plan bien trazado pero flexible.

—¿Sigues de compras?

Y a veces, se dijo Mia mientras se daba la vuelta para encontrarse con Sam, el destino no se conformaba con esperar a que el plan estuviera pensado y pulido.

—Las compras me parecen algo que no termina nunca —eligió una lechuga y unos tomates—. Es una hora muy rara para encontrarse en el mercado con un hombre de negocios.

—Me he quedado sin leche.

—Estoy segura de que no la encontrarás en la frutería.

—Había pensado en hacerme con una manzana. Una manzana roja y hermosa.

Mia siguió eligiendo cosas para la ensalada.

—Las ciruelas tienen buen aspecto.

—Hay veces que sólo sirve una cosa —le pasó los dedos por el pelo—. ¿Te lo has pasado bien estos días?

—Han sido... productivos —Mia se sintió incómoda y se fue al sector de los lácteos—. Encontré una tiendecita de brujería muy buena. Tenían unas campanas de cristal preciosas.

—Nunca tendrás suficientes.

—Me encantan —asintió mientras cogía una botella de leche.

—Gracias —Sam la cogió y se la metió debajo del brazo—. ¿Por qué no cenas conmigo esta noche? Podrías contarme el viaje.

Sam no se comportaba como ella había previsto. No mostraba enfado por su marcha, no le preguntó dónde había estado ni qué había hecho. Lo que generó que se sintiera culpable y rastrera.

Era muy listo.

—Lulú va a venir esta noche para tratar algunos asuntos de la librería, pero mañana voy a organizar una cena; pensaba llamarte —cogió una caja de queso Brie—. Tengo que comentar algo con todos. ¿Te viene bien a las siete?

—Claro.

Sam se inclinó, le tomó la cara con una mano y le dio un beso en los labios. Hasta que el beso pasó lenta y cálidamente a ser más propio de la intimidad.

—Te quiero, Mia —le acarició la mejilla antes de apartarse—. Hasta mañana.

Mia se quedó clavada donde estaba y agarrada del

carrito mientras Sam se alejaba con la botella de leche bajo el brazo.

Durante años, demasiados años, ella habría dado cualquier cosa por que la mirara como lo acababa de hacer y le dijera que la quería.

¿Por qué le resultaba tan difícil cuando lo había conseguido?

¿Por qué quería echarse a llorar?

* * *

Lulú se sentó al volante de su destartalado y adorado Volkswagen escarabajo color naranja. Desde la noche que se dio el baño inesperado se sentía a salvo, firme y confiada.

No sabía cuáles eran los encantamientos que habían conjurado Ripley y Nell, pero habían funcionado. Fuera lo que fuera lo que amenazaba a la isla, sus chicas iban a arrinconarlo contra la pared.

Aun así, se alegraba de que Mia hubiera vuelto, de que estuviera en la casa del acantilado y volviera a sus tareas de todos los días. Y aunque resultó un trago amargo, se sentía más tranquila por Mia desde que Sam se preocupaba por ella.

El chico había sido un idiota, se dijo mientras cruzaba el pueblo con la música de Pink Floyd a todo volumen, pero era joven. Ella también había hecho muchas tonterías cuando era joven y todas le habían llevado a donde estaba. Si era justa, tenía que suponer que todo lo que hizo Sam lo había llevado a la isla y a Mia.

No era que sintiera lástima de él, pero se la tendría en pequeñas dosis.

Lo único que importaba era la felicidad de Mia. Si Sam Logan era la solución, él iba a dar la talla. Aunque ella tuviera que ocuparse de que así fuera.

La idea hizo que sonriera maliciosamente mientras empezaba a ascender por la carretera de la costa sin percatarse de la niebla que comenzó a formarse y a avanzar detrás del coche.

Cuando la música se convirtió en un silbido de electricidad estática, miró al aparato y le dio un par de golpes.

—Maldita sea, será mejor que no te saltes *The Wall*, pedazo de cabrona.

La respuesta fue un aullido largo y profundo por los altavoces que la dejó con las manos paralizadas sobre el volante. El coche se estremeció y la niebla, fría como la muerte, se coló por la ventanilla abierta.

Dio un gritó y frenó al perder la visión, pero el coche, en vez de parar, salió disparado con un traqueteo como de ametralladora. El volante le vibraba entre las manos y empezó a girar por su cuenta. Aunque parecía una serpiente resbaladiza y congelada, lo agarró con fuerza y dio un tirón.

El chirrido de las ruedas acompañó a su propio alarido cuando vislumbró el borde del acantilado.

Una lluvia de estrellas le apareció delante del parabrisas. Luego, las estrellas se ennegrecieron.

* * *

La cuchara que estaba usando Mia para revolver la salsa de la pasta que había preparado para Lulú se le cayó de la mano entumecida. Al chocar contra el suelo, una visión plena de ruido y furia le atravesó la cabeza como un grito. Se le cortó la respiración como si una zarpa le hubiera atenazado el cuello y echó a correr.

Salió de la casa ciega por el pánico y fue hacia la carretera. Desde lo alto de la colina pudo ver la niebla repugnante que seguía al coche naranja. Corrió enloquecida hasta que vio el auto girar sin control hacia el acantilado.

—¡No, no, no! —el miedo la dejó en blanco y le puso de punta el estómago—. Ayúdame. Ayúdame —repitió como una letanía mientras luchaba por encontrar su poder a través del infranqueable muro de terror.

Recopiló todo lo que era y tenía y lanzó toda la magia que poseía hacia el coche que acababa de chocar contra el quitamiedos y de volcar como si lo hubiera empujado la mano de un niño enfadado.

—Aguanta, aguanta —no podía pensar—. Sopla viento, que se haga un puente. Protégela, que no le pase nada. Por favor, por favor. Una red, un puente, un muro, que siga en sitio seguro —jadeante y con la vista nublada por las lágrimas, llegó hasta donde el coche se balanceaba al borde del abismo—. No se llevará lo que amo. Que se haga mi voluntad —se le quebró la voz—. ¡Lulú!

El coche se mantenía inestable boca abajo. El viento que había conjurado le agitaba el pelo y se subió al quitamiedos.

—¡No lo toques!

Unas piedras y un montón de tierra cayeron cuando se volvió por el grito. Sam saltó de su coche.

—No sé cuánto tiempo aguantará. Siento en mi interior que se desliza.

—Puedes sostenerlo —avanzó contra el viento y se subió al quitamiedos junto a Mia—. Concéntrate. Tienes que concentrarte. Yo la sacaré.

—No. Es mía.

—Por eso —agarró a Mia de los brazos con un gesto desesperado. El coche podía caer en cualquier momento, como podía caer el borde donde estaban ellos—. Exactamente. Sostenlo. Tú eres la única con fuerza para hacerlo. Bájate.

—¡No la perderé! —gritó—. Ni a ti.

Le temblaban las piernas al bajar al suelo y también le temblaban las manos cuando levantó los brazos. Vio que la niebla volvía a formarse y vio la forma del lobo en medio.

Se quedó inmóvil. El miedo dio paso a la furia.

—No te la llevarás —extendió una mano que estaba firme como una roca y se enfrentó al lobo con todo el peso de la magia que había invocado—. El destino dirá si me llevas a mí, pero no te la llevarás a ella por nada del mundo.

La figura gruñó y avanzó hacia Mia. Podía arrebatarle la vida, se dijo ella. Su magia aguantaría. Miró de soslayo a Sam y vio con espanto que sacaba a Lulú inconsciente y ensangrentada mientras el coche se inclinaba.

Con un último impulso, se mostró a cuerpo descubierto y dirigió todo el poder hacia el acantilado.

El lobo se preparó para saltar.

Cuando atacó, la energía se formó en ella y la irradió. Lo alcanzó como un rayo y se desvaneció en la niebla con un aullido de rabia.

—No contabas con mis hermanas, ¿verdad? Cabrón.

El viento disipó la niebla y vio a Ripley y a Nell que salían de los coches mientras ella corría hacia Sam.

Llevaba a Lulú en brazos. El borde del precipicio empezó a deshacerse bajo sus pies y saltó hacia delante mientras una lluvia de piedras caía al mar. Mia alargó la mano y lo agarró en el momento en que el coche se volcaba y rodaba por el acantilado. Sam intentaba pasar el quitamiedos cuando explotó el depósito de gasolina.

—Está viva —consiguió decir.

—Lo sé —Mia besó la pálida mejilla de Lulú y le puso una mano en el corazón—. La llevaremos al hospital.

* * *

Fuera del hospital, donde soplaba una ligera brisa balsámica, Nell atendía los cortes que tenía Mia en los pies.

—Tienes seis millones de zapatos y tenías que correr descalza sobre unos cristales rotos —le recriminó Ripley mientras iba de un lado a otro como un tigre enjaulado.

—Es verdad. Soy idiota, ¿no?

No había notado que los cristales se le clavaban en los pies cuando corría hacia el coche accidentado. Tampoco sentía dolor con los cuidados de Nell.

—Puedes desmoronarte —el tono de Ripley era más amable y le puso una mano en el hombro—. Te doy permiso.

—No lo necesito, pero gracias. Va a ponerse bien —Mia cerró los ojos un instante y esperó a tranquilizarse—. He visto sus heridas. Le dolerá haber perdido el coche, pero ella se pondrá bien. Nunca pensé en la posibilidad de que pudiera hacerle daño de esta forma; de que pudiera usarla así.

—Si le hacen daño a ella, te hacen daño a ti —dijo Ripley—. Eso es lo que Mac... —se calló e hizo una mueca.

—¿Mac? ¿Qué quieres decir? —Mia se levantó a pesar de las protestas de Nell. Resplandeció levemente y se quedó pálida—. Ya había pasado algo. La playa... —furiosa, agarró a Ripley de los brazos—. ¿Qué pasó?

—No la culpes a ella; cúlpanos a todos —Nell se levantó y se puso al lado de Ripley—. Lulú no quería que tú lo supieras y nosotros accedimos.

—¿Saber qué? —preguntó Sam que llevaba una bandeja con cafés.

—¿Cómo te atreves a ocultarme algo que tenga que ver con Lulú? —se volvió hacia él con ganas de tirarle de los pelos.

—Él no lo sabía —le interrumpió Nell—. Tampoco se lo hemos dicho.

Ripley se lo contó deprisa y corriendo mientras Mia palidecía de ira.

—Podía haberla matado. ¡La he dejado sola! La dejé y me fui de la isla. ¿Creéis que lo habría hecho si lo hubiera sabido? No teníais derecho, no teníais derecho a dejarme al margen.

—Lo siento —Nell levantó las manos y las dejó caer—. Hicimos lo que creíamos que era lo mejor. Nos equivocamos.

—No os equivocasteis tanto. No habrías podido

quitártelo de encima, Mia —añadió Sam cuando ella se volvió para mirarlo—. Esta noche en el acantilado has estado a punto de perder porque has dividido tu energía. Lo has expulsado, pero te has quedado vacía.

—¿Crees que no daría mi vida por defenderla a ella o a alguien que quiero?

—No, no lo creo —le acarició la mejilla. Ella se apartó bruscamente, pero Sam se limitó a tomarle la cara entre las manos con firmeza—. Y ella tampoco lo cree. ¿Acaso no tiene derecho a pensar en ti?

—No puedo hablar de eso ahora. Tengo que estar a su lado —fue hacia la puerta del hospital y se detuvo al abrirla—. Gracias por lo que hiciste —le dijo a Sam—. Nunca lo olvidaré.

* * *

Más tarde, mientras Mia estaba sentada junto a la cama de Lulú, Ripley y Nell entraron en la habitación. Durante un rato no se oyó ni el vuelo de una mosca.

—Quieren que se quede hasta mañana —dijo Mia por fin—. Por la conmoción. No le ha hecho mucha gracia, pero estaba tan débil que no ha podido plantar mucha batalla. El brazo... —se paró un instante para recomponer la voz—. El brazo está roto. Lo llevará escayolado unas semanas, pero quedará bien.

—Mia... —empezó a decir Nell—. Lo sentimos.

—No —Mia sacudió la cabeza sin apartar la mirada del rostro amoratado de Lulú—. Estoy más serena y lo he pensado. Entiendo lo que hicisteis y los motivos. No estoy de acuerdo. Somos un círculo y tenemos que valorar y respetar eso y a cada una de nosotras, pero también sé lo cabezota y persuasiva que es.

Lulú parpadeó levemente y habló con un hilo de voz como de ultratumba.

—No habléis de mí como si no estuviera aquí.

—No digas nada —le ordenó Mia—. No estoy hablando contigo —tomó la mano que le extendió Lulú—. Gracias a Dios, tendrás que comprarte un coche nuevo. Ese pequeño monstruo ha muerto.

—Voy a encontrar uno igual.

—No puede haber otro como ése —pero si existiera ella lo encontraría, se dijo Mia.

—No les des la tabarra a estas chicas y a sus maridos —masculló Lulú. Abrió uno de los ojos morados y lo volvió a cerrar porque la visión era borrosa—. Hicieron lo que les dije que hicieran. Respetaron a los mayores.

—No estoy enfadada con ellos. Estoy enfadada contigo —Mia besó la mano de Lulú—. Volved a casa —dijo a sus hermanas— y decid a vuestros maridos que no tengo la intención de convertirlos en sapos, de momento.

—Volveremos por la mañana —Nell se acercó a la cama y besó a Lulú en la frente—. Te quiero.

—No te pongas sentimental. Sólo han sido unos golpes.

—Tanto peor —le salió una voz un poco ronca, pero Ripley se inclinó y besó a Lulú en la mejilla—, porque yo también te quiero, aunque seas canija y horrible.

Lulú chasqueó débilmente la lengua, se soltó la mano sana de Nell y les hizo un gesto de despedida.

—Largaos. Pedazo de charlatanas.

Lulú se agitó en la cama cuando se fueron.

—¿Te duele? —le preguntó Mia.

—No encuentro la postura.

—Espera —Mia se levantó y le pasó los dedos por la cara y el brazo escayolado hasta que Lulú suspiró.

—Es mejor que las drogas. Me siento flotar. Me trae recuerdos.

—Duérmete —Mia se sentó aliviada.

—Lo haré. Tú vete a casa. No tiene sentido que te quedes ahí para verme roncar.

—Sí, en cuanto te duermas.

Sin embargo, se quedó observándola en la penumbra y seguía allí cuando Lulú se despertó.

* * *

—No hacía falta que vinieras tan temprano.

—Zack tenía que traer el coche patrulla —Nell ayudó a Mia a poner la mesa y se sorprendió al ver la preciosa porcelana antigua—. Nunca se sabe si le llamarán para algo en esta época del año y quería ver a Lulú.

—Tuve que enfadarme y amenazarla para conseguir que se quedara un par de días en una de las habitaciones de invitados. Parecía como si quisiera meterla en una celda.

—Le gusta tener su propio espacio.

—Volverá a tenerlo cuando esté mejor.

—¿Qué tal estás tú? —Nell acarició el pelo de Mia.

—Estoy bien —la noche en vela le había dado mucho tiempo para pensar y hacer planes.

—Esperaba haber llegado a tiempo para echarte una mano, aunque no la necesites.

Vio que el comedor estaba lleno de flores y velas encendidas. Las ventanas estaban completamente abiertas a la brisa del verano.

—Puedes comprobar el estofado —le propuso Mia mientras le pasaba un brazo por los hombros. El gesto, el cariño del gesto, borró cualquier resto de tensión entre ellas.

—A juzgar por el olor, está perfecto —ya en la cocina, Nell quitó la tapa mientras Mia servía dos vasos con té helado—. Todo está perfecto.

—Bueno, el tiempo no es el más apropiado —Mia, inquieta, fue hasta la puerta y la abrió para respirar—. Lloverá cuando se ponga el sol. Es una pena, no podremos tomar el café en el jardín. Además, mis dondiegos de día han crecido un palmo en tres días. A lo mejor florecen antes de tiempo por la lluvia —se volvió y se encontró a Nell que la miraba fijamente—. ¿Qué pasa?

—Mia… Me gustaría que me dijeras qué te agobia. No soporto verte triste.

—¿Yo? No estoy triste —salió fuera y miró el cielo—. Preferiría que cayera una tormenta. Este verano no ha habido suficientes tormentas. Es como si estuvieran acumulándose para formar una buena. Quiero estar en el acantilado para ver los rayos —volvió donde Nell y le tomó las manos—. No estoy triste, sólo desasosegada. Lo que le ha pasado a Lulú me ha alterado hasta la médula y hay algo en mi interior que también espera y se acumula como las tormentas. Sé lo que tengo que hacer y lo que haré, pero no puedo ver lo que se avecina. Para mí es desesperante saber pero no ver.

—Quizá estés mirando en la dirección equivocada. Mia, sé lo que hay entre Sam y tú. Puedo sentirlo a tres metros de ti. Cuando me enamoré de Zack y me sentía arrastrada en todas direcciones, tú estuviste para ayudarme. ¿Por qué no me dejas que haga lo mismo por ti?

—Dependo de ti.

—Hasta cierto punto. Retrocedes y sobrepasas la línea y sólo tú puedes volver a cruzarla. Y la has sobrepasado más a menudo desde que Sam volvió a la isla.

—Entonces, tengo que decir que ha roto el equilibrio.

—Tu equilibrio —le corrigió Nell y esperó a que se volviera—. ¿Estás enamorada de él?

—Una parte de mí nació enamorada de él. He cerrado esa parte. No tenía otra alternativa.

—Ése es el problema, ¿no? No sabes si deberías abrirla o mantenerla cerrada.

—Una vez cometí un error y él se marchó. No puedo permitirme otro error, se quede o se vaya.

—No crees que vaya a quedarse.

—No es una cuestión de creer o no. Es una cuestión de tener en cuenta todas las posibilidades. Si me vuelvo a entregar completamente a él, ¿qué pasaría si se va? No puedo jugármela. No sólo por mí, sino por todos nosotros. El amor no es algo tan sencillo, tú lo sabes. No es una flor que se coge por capricho.

—No, no es algo sencillo, pero es un error creer que puedes controlarlo, moldearlo y encauzarlo. Es un error creer que tienes que hacer todo eso.

—No quiero volver a amarlo —le tembló la voz que siempre era tan suave y firme—. No quiero. He dejado a un lado mis sueños. Ahora no los necesito. Me da miedo volver a sacarlos a la luz —Nell la abrazó sin decir nada—. Ya no soy la que era cuando lo amaba.

—Ninguno de los dos lo sois. Ahora, lo más importante es lo que sientas.

—Mis sentimientos no son más claros que mi visión. Hasta que todo acabe, haré lo que tenga que hacer —suspiró—. No estoy acostumbrada a tener un hombro donde llorar.

—Los hombros los tienes. Lo que pasa es que no estás acostumbrada a inclinarte sobre ellos.

—Quizá tengas razón —cerró los ojos y se concentró en la vida que resplandecía dentro de Nell—. Puedo verte hermanita —susurró—. Puedo verte sentada en una vieja mecedora en una habitación iluminada por la suave luz de las velas. En el pecho tienes un bebé con el pelo suave como el amanecer y brillante como la luz del sol. Cuando te veo así siento una esperanza enorme y un inmenso valor —se apartó y dio un beso a Nell en la frente—. Tu bebé estará a salvo. De eso estoy segura —oyó el portazo de la puerta principal—. Ésa es Ripley —aseguró secamente Mia—. No sólo no llama sino que no puede evitar cerrar dando un portazo. Voy a llevar una bandeja a Lulú. Luego decidiré si tomamos los aperitivos en el jardín mientras el tiempo aguante.

Mia fue a saludar a sus invitados y Nell se quedó pensando que había pasado lo de siempre: ella había empezado confortándola y Mia había terminado confortándola a ella.

* * *

—Entonces va el tío y me dice: «Pero agente, no estaba robando la nevera con cerveza, sólo estaba cambiándola de sitio» —Ripley pinchó más estofado con el tenedor—. Cuando le dije que eso no explicaba el olor a cerveza de su aliento y las tres latas vacías que había a su lado, él me contestó que alguien debía de habérselas bebido mientras dormía. Supongo que alguien debió de habérselas hecho tragar también, porque estaba medio cocido y sólo eran las tres de la tarde.

—¿Qué hiciste? —le preguntó Zack.

—Le multé por beber en una zona prohibida y por tirar las latas. No hice nada respecto a la nevera porque los dueños no querían líos. De entrada, por tener una nevera con cerveza en una zona prohibida.

—Fíjate —Sam sacudió la cabeza—. Por beber cerveza en la playa.

—Las normas son las normas —afirmó implacablemente Ripley.

—Desde luego. Como si ninguno de nosotros hubiera ido a la playa con unas cuantas cervezas.

—Yo sé de alguien que llevó una botella del mejor whisky escocés de su padre —Zack sonrió— y que tuvo el detalle de compartirla con sus amigos hasta que se emborracharon.

—Habla por ti mismo —Ripley agitó el tenedor—. Yo tuve de sobra con un trago de ese brebaje.

—Menuda cría —se rió su hermano.

—Es posible, pero no fue a mí a quien azotaron cuando llegamos a casa.

—Tienes toda la razón. Ya tenía dieciocho años —recordó Zack— y mi madre me dio una buena azotaina en el culo.

—Y luego me tocó a mí —Sam hizo una mueca de dolor al recordarlo—. Esa mujer podía llegar a aterrarme. Daba igual lo que hicieras, ella lo sabía antes de que hubieras terminado de hacerlo. Y si no, te lo sonsacaba. Te miraba a la cara y esperaba hasta que suplicabas confesar.

—Voy a hacer lo mismo con mis hijos. No tendré compasión —Ripley miró a Mac con orgullo cuando le tomó de la mano.

Mia tuvo un destello.

—Estás embarazada.

—¡Eh! —Ripley levantó el vaso de agua—. Nell no va a ser la única.

—¡Un bebé! —Nell saltó de la silla y se puso a dar brincos alrededor de la mesa hasta echar los brazos alrededor del cuello de Ripley—. ¡Es maravilloso! Menuda forma de decírnoslo.

—Llevo toda la tarde maquinando la historia y la forma de llegar a la conclusión.

—¿Qué te parece? —Zack, con una sonrisa de oreja a oreja y una voz algo alterada, se acercó a Ripley para tirarle de la cola de caballo—. Voy a ser tío.

—Antes tienes un par de meses para practicar como padre.

Mia se levantó entre las bromas y las felicitaciones. Fue donde estaba Ripley, quien también se pusó en pie. Mia se limitó a abrazarla con toda su fuerza.

A Ripley se le hizo un nudo en la garganta y ocultó la cara en la melena de su amiga.

—Son dos —le musitó Mia.

—¿Dos? —Ripley se quedó boquiabierta—. ¿Dos? —no podía parar de repetir lo mismo—. Quieres decir... —se miró el vientre liso—. Tío...

—¿Dos qué? —Mac sonrió a su mujer mientras se bebía el vino que le había servido Sam para brindar. Poco a poco, a Ripley se le borró el susto de la cara—. ¿Dos? ¿Gemelos? Tengo que sentarme.

—¿Tienes que sentarte?

—Es verdad. Tenemos que sentarnos —Mac se sentó y se la puso sobre las rodillas—. Dos por uno. Es increíble.

—Estarán a salvo. Puedo verlo —Mia se inclinó y dio un beso en la mejilla a Mac—. Pasad a la sala y poneos cómodos. Yo llevaré el café. Té para las madres. Ripley, ¿quieres dejar la cafeína?

—Hay algo que no va bien —comentó Sam cuando Mia desapareció en la cocina—. Hay algo que le abruma aparte de Lulú.

—Los bebés la afectan —Ripley, con las manos en el vientre, intentó imaginarse dos bebés.

—Es algo más que eso. Iré a echarle una mano con el café.

Cuando entró en la cocina, se la encontró en la puerta trasera mirando la leve lluvia de verano que caía en sus jardines.

—Quiero ayudarte.

—No hace falta.

—No me refiero al café —se acercó a ella—. Quiero ayudarte.

—Ya lo has hecho —le tomó de la mano y se la apretó con fuerza por un instante—. Ayer te jugaste la vida por alguien a quien yo quiero. Confiaste en mí para que os mantuviera a salvo mientras tú la rescatabas.

—Hice lo único que podía hacerse.

—Lo único que podías hacer tú, Sam, por ser quien eres.

—Olvidémonos de eso. Quiero ayudarte con lo que te agobia.

—No puedes. Ahora no. Es mi batalla y hay más en juego que nunca. Todo lo que me importa está hoy en esta casa. Él está ahí fuera, al acecho. ¿Puedes notarlo? —susurró—. Más allá de mi círculo. Apremia, se mueve. Acosa.

—Sí. No quiero que te quedes aquí sola.

Mia iba a apartarse, pero Sam la agarró de los hombros y le dio la vuelta.

—Mia, al margen de lo que pienses, sientas o quieras de mí, eres demasiado inteligente como para desdeñar al poder que puedo aportar. ¿Estás segura de que uno de nosotros podría haber salvado a Lulú sin ayuda?

—No —resopló—. No lo estoy.

—Si no quieres que esté contigo, dormiré en una de las habitaciones de invitados o en el maldito sofá. Tienes a tu dragón para cuidar de ti, y un brazo roto no va a detenerlo. No intento meterme en tu cama.

—Lo sé. Ya lo pensaré. Esta noche tenemos que hablar de otras cosas.

Podía pensarlo todo el tiempo que quisiera, decidió Sam cuando Mia fue a preparar la bandeja para el café. Iba a quedarse con ella, aunque tuviera que dormir en el coche.

***

Sirvió el café y trozos de pastel de nata y luego hizo algo que Nell no le había visto hacer desde que la conocía.

Mia cerró las cortinas.

—Nos observa —su voz era tranquila mientras cruzaba la habitación para encender más velas—. O lo intenta. Mi gesto quiso ser grosero y despectivo. Como una ligera bofetada. Ligera —continuó al sentarse para tomar el café—, pero me supo estupendamente. Le debo mucho más que una ligera bofetada por haberle hecho eso a Lulú.

Y le daría más. Mucho más.

—Tengo que decir que nos queda poco tiempo —añadió—. Deberíamos estar celebrando las buenas noticias de Ripley y Nell y lo haremos.

Sam pensó que era como una reina; una reina guerrera que arengaba a las tropas. No estaba seguro de lo que le parecía esa imagen, pero cuando se concentró en ella, cuando la miró con detenimiento, sintió una punzada en el estómago.

—Mia, ¿dónde fuiste cuando te marchaste de la isla? —el fugaz gesto de sorpresa le indicó que la había cogido con la guardia baja y eso hizo que ahondara en la brecha—. ¿Fuiste a ver a Remington?

—Sí —dio un sorbo de café y recompuso sus ideas mientras los sentimientos de todos le zumbaban alrededor.

—¡Vaya, perfecto! ¡Así me gusta! —ante la explosión de genio de Ripley, Mia la miró impasible—. Tú

381

eres la que no para de soltarme discursos sobre ser prudente y no perder los papeles. Sobre estar preparada.

—Así es, y es lo que hice. No fui irreflexiva ni insensata.

—¿Lo soy yo?

Mia levantó los hombros con un gesto elegante.

—Yo lo llamaría impulsiva. Si fui a verlo, lo hice calculando los riesgos; unos riesgos que había que correr.

—Tuviste el valor de reprocharnos anoche que no te dijéramos lo de Lulú y tú nos ocultas esto.

—No es así —replicó Mia con delicadeza—. Os estoy contando voluntariamente lo que hice y lo que pasó.

—No debiste haber ido sola —la voz de Nell era mucho más serena y más efectiva—. No tenías derecho a ir sola.

—No estoy de acuerdo. Los sentimientos de Remington hacia ti habrían impedido cualquier discusión y el genio de Ripley habría provocado un enfrentamiento. De nosotras tres, soy la más preparada para tratar con él y la que más necesita hacerlo en este momento.

—Somos cuatro —recordó Sam a todo el mundo.

—¡Qué coño, somos seis! —hasta entonces, no había dicho nada, pero Zack se levantó—. Vas a empezar a acordarte de que somos seis —le ordenó a Mia—. Me da igual que tú puedas lanzar rayos por tus malditos dedos. En esto estamos metidos los seis.

—Zack.

—Cállate —le increpó a Nell que se quedó boquiabierta.

—Pensáis que porque dos de nosotros no podemos azuzar el viento ni bajar la luna o lo que coño hagáis, tenemos que quedarnos cruzados de brazos. Yo me juego tanto como tú, Mia, y sigo siendo el sheriff de Tres Hermanas.

—Yo desciendo de ellas tanto como tú —Mac atrajo la mirada pensativa de Mia—. No tengo tus poderes, pero he pasado casi toda mi vida estudiándolos. Dejarnos a un lado no sólo es insultante, sino que es arrogante.

—Es una forma más de demostrar que no necesitas a nadie más.

—No era mi intención —Mia miró directamente a Sam—. Lo siento si es lo que parece. Lo siento —repitió mientras levantaba las manos para abarcar a todos lo que estaban en la habitación—. No habría ido a verlo si no hubiera estado segura de que podía lidiar con él en ese momento y en esas circunstancias.

—Nunca te equivocas, ¿verdad? —le recriminó Sam.

—Me he equivocado —el café le sabía amargo y lo dejó en la mesa—, pero no me equivoqué en esto. Él no podía hacerme nada —no dijo nada de las garras y el frío que la penetró—. Están manipulado a Remington y su odio, su locura, es una herramienta poderosa. Existía la oportunidad de acceder a él, de anularlo con su colaboración, de cerrar esa fuente de energía. Es un instrumento —miró a Mac para verificar sus palabras—. Si se cierra la válvula, por decirlo de alguna manera, el poder se debilita.

—Es una teoría válida.

—A la mierda con las teorías. ¿Qué pasó? —preguntó Ripley acuciantemente.

—Ha llegado demasiado lejos. Se cree las mentiras y las promesas y las hace suyas, pero ese afán por hacer daño es un punto débil. La peculiaridad de ese propósito es perversa. Al final, acabará destruyéndolo, pero creo que podemos, que debemos, acelerar el proceso. Después de lo que pasó anoche, tenemos que acelerarlo. Me preocupa Lulú, intentará atacarla si eso le lleva hasta mí.

—Creo que en eso tienes razón —corroboró Mac—. Tus sentimientos hacia ella pueden considerarse como una debilidad. Un talón de Aquiles.

—Entonces nos adelantaremos, porque no es una punto débil; es otra arma.

—¿Un ataque preventivo? —sugirió Sam.

—Por así decirlo —Mia asintió con la cabeza—. Una ataque en vez de una defensa. Llevo algún tiempo pensándolo. Sé, y ya no tengo dudas, que su poder aumenta con el tiempo. Ayer era más fuerte. ¿Por qué íbamos a esperar hasta septiembre para que acumule fuerza? Contigo, Ripley y Nell tenemos los cuatro elementos. Tenemos vidas nuevas, un círculo nuevo dentro del antiguo, tres criaturas que llevan nuestra sangre. Eso es una forma de magia poderosa. Haremos un sortilegio de destierro con el ritual completo.

—La leyenda pide algo más —le recordó Sam—. Pide que hagas una elección.

—Lo sé. Conozco todas las interpretaciones y todos los matices; todos los riesgos y sacrificios. Nuestro círculo no está roto y el suyo sí. Nuestro poder sigue intacto y el suyo no —su voz se tornó gélida—. Al atacar a Lulú ha conseguido que tenga más motivos para acabar con todo, por cualquier medio. Mi turno ha llegado y un

ritual de destierro será muy divertido. Además, seguramente ponga un punto final. ¿Mac?

—Necesitas una luna llena —Mac frunció el ceño
mientras calculaba—. No te queda mucho tiempo.

Mia se limitó a sonreír con una sonrisa gélida y feroz.

—Hemos tenido trescientos años.

Diecinueve

—¿Por qué no se lo dijiste a los demás?

—No hay nada más que hablar —Mia se sentó en su tocador y se peinó la melena. Sabía que Sam no iba a marcharse y no tenía sentido discutir.

La batallas estériles restaban energía y ella estaba dispuesta a conservar la suya para cuando fuera más necesaria.

—Si creyeras que un sortilegio de destierro iba a cambiar el rumbo, ya habrías intentado uno antes.

—Tú no estabas antes.

—Llevo aquí desde mayo. ¿Llegará el momento en que no me lo eches en cara?

—Tienes razón —dejó el cepillo y se levantó para abrir las puertas de la balconada y oír el sonido de la lluvia—. Es molesto y repetitivo por mi parte. Además, era más efectivo antes de que te perdonara.

—¿Me has perdonado, Mia?

La lluvia era cálida y deliciosamente mansa, pero ella seguía anhelando la tormenta.

—He dedicado algún tiempo a recapacitar e intentar observar a aquellos chicos con objetividad. La muchacha estaba tan absorta en él y en lo que quería que fuese su vida que no pudo darse cuenta de que no estaba preparado. No era que lo desdeñara o que lo pasara por alto —Mia había hurgado en su corazón—, sino que no lo veía. Daba por sentado que él amaba como lo hacía ella, que quería lo mismo que ella, y nunca vio más allá. Era tan responsable de lo que pasó como él.

—No, no lo fue.

—De acuerdo. Quizá no tanto, porque fue todo lo sincera que supo ser y él no, pero tuvo su parte de culpa. Ella apretó demasiado. Quizá…, quizá porque no estaba más preparada que él. Ella sólo quería ser como era. Estaba completamente sola en su casa del acantilado y completamente necesitada de amor.

—Mia.

—No deberías interrumpirme cuando estoy perdonándote porque no pienso convertirlo en una costumbre. Es tan manido y poco consistente culpar a los padres de los fracasos de una vida… Una mujer de treinta años debería haber sido capaz de cosechar sus propios fracasos, y éxitos —también le había dado muchas vueltas a eso—, pero en consideración a aquella chica, sacaremos el dedo acusador. Era lo suficientemente joven como para echarle las culpas a alguien —volvió al tocador, abrió distraídamente un frasco color cobalto y se untó las manos de crema—. Nunca me quisieron. Es algo triste y doloroso, pero lo es más que nunca les importara si yo les quería. Así que, ¿qué podía hacer con todo ese amor que me quemaba por dentro? Gracias a Dios, estaba Lulú, pero tenía mucho más para dar. Entonces, apareciste tú: el pobre Sam de aspecto triste. Te entregué mi amor tanto que debiste sentirte abrumado.

—Yo quería que me amaras. Lo necesitaba; como te necesitaba a ti.

—Pero no tanto como para encerrarte en una casita con tres hijos y un perro fiel —lo dijo despreocupadamente—. No puedo reprochártelo. Sí puedo reprocharte la forma de dar carpetazo, tan brusca y repentina, pero hasta eso... Eras muy joven.

—Lamentaré toda mi vida cómo acabé con aquello. Lamentaré que la única forma que se me ocurrió de salvarme fuera haciéndote daño.

—A menudo, la juventud es cruel.

—Yo lo fui. Te dije que había acabado contigo y con este sitio. Que no seguiría atrapado. Que no volvería; que no volvería jamás. Me miraste con lágrimas en los ojos. Tú, que no lloras nunca. Me entró pánico y fui más cruel todavía. Lo siento mucho.

—Te creo. También creo que por fin podemos dejar esa parte de nuestras vidas donde debe estar: en el pasado.

—Tengo que decirte por qué tardé tanto en volver.

Mia se apartó sin dar un solo paso.

—Eso también está en el pasado.

—No, quiero que sepas que cuando dije que no volvería jamás lo decía en serio. Esa necesidad de estar lejos, de respirar otros aires, me alentó durante los primeros años. Cada vez que me acordaba de ti, despierto o dormido, daba un portazo. Hasta que un día me encontré en aquella cueva de Irlanda —se acercó al tocador, cogió el cepillo y lo sostuvo en las manos—. Volví a sentir todo lo que sentía por ti, la felicidad y el miedo, todo. Pero ya no era un niño ni aquéllos eran los sentimientos

388

de un niño —dejó el cepillo y la miró—. Entonces supe que volvería. Ocurrió hace cinco años, Mia.

La dejó impresionada y tuvo que hacer un esfuerzo para dominar sus pensamientos y su voz.

—Te tomaste tu tiempo.

—No quería volver a la isla y a ti como la había dejado; como el hijo de Thaddeus Logan. Lo había llevado como una cadena atada al cuello e iba a romperla. Tenía que hacer algo por mí mismo y por ti. No, déjame terminar —dijo al ver que se disponía a hablar—. Tú conseguiste antes tus sueños, tus metas y tus respuestas. Yo los he conseguido ahora. Para mí, el hotel no es sólo un edificio.

—Lo sé.

—Quizá lo sepas —asintió con la cabeza—. Siempre fue mío, en parte como un símbolo y en parte como una pasión. Tenía que demostrar que volvía con algo más que un nombre y un patrimonio por nacimiento. Estuve a punto de venir infinidad de veces durante estos cinco años, pero siempre había algo que me lo impedía. No sé si lo provocaba yo o era un giro del destino, pero ahora sé que no había llegado mi momento.

—Siempre tuviste algo más que un nombre y un patrimonio por nacimiento, pero quizá no supieras verlo.

—Eso nos lleva al presente.

—El presente… Necesito tiempo para pensar si el paso que doy es mío o es también un giro del destino. Puedes quedarte a dormir. Tengo que ir a ver a Lulú y luego quiero pasar un rato en la torre antes de acostarme.

Sam volvió a sentir impotencia y se metió las manos en los bolsillos.

—Sólo pido una oportunidad para demostrarte que puedes volver a confiar en mí; que puedes volver a amarme. Quiero que vivas conmigo y que sepas que, independientemente de lo que haga o deje de hacer, no volveré a herirte intencionadamente. Pero no me das muchas oportunidades.

—Te prometo una cosa: eso cambiará después de la luna llena; después del ritual. No quiero estar a malas contigo. No podemos permitírnoslo.

—Hay algo más —la cogió del brazo cuando pasó junto a él—. Hay mucho más.

—No puedo dártelo ahora —deseó fervientemente soltarse antes de que él insistiera demasiado, antes de que viera demasiado. El tiempo era un factor esencial. Se contuvo y lo miró a los ojos serenamente—. Quieres que te crea y confíe en ti. Entonces, tendrás que creerme y confiar en mí.

—Lo haré si me prometes que no harás nada que te ponga en peligro sin contar con el círculo, sin contar conmigo.

—Cuando llegue el momento clave, necesitaré el círculo y tú estás en él.

—De acuerdo —lo aceptaría, de momento—. ¿Puedo utilizar tu biblioteca?

—Estás en tu casa.

Cuando comprobó que Lulú estaba dormida, salió al mirador para disfrutar de la lluvia. Desde allí podía ver todo lo que le pertenecía y la presencia oscura que presionaba los límites y que con su aliento helador hacía que su calidez se convirtiera en borbotones de vapor.

Casi sin darse cuenta, levantó un brazo y expulsó su energía. Un rayo surcó el cielo y cayó como una lanza en un chorro de vapor.

Luego, se dio la vuelta y entró en la torre.

Trazó el círculo y encendió velas e incienso. Tendría una visión, pero no quería que se filtrara nada fuera del anillo. Lo que anidaba en su corazón y en su mente podía utilizarse contra ella y contra sus seres queridos.

Comió las hierbas, bebió de la copa, se arrodilló en el círculo, en medio del pentagrama, y despejó su mente. Abrió su tercer ojo.

La tormenta que había presentido había estallado ya sobre la isla y a pesar de las ráfagas de viento, la tierra estaba cubierta por una fina niebla gris.

El mar batía contra el pie del acantilado y ella lo sobrevolaba por encima de la niebla que se extendía y espesaba y a través de la lluvia y los destellos de los rayos.

En el claro del bosque, en medio de la isla, estaba su círculo. Tenían las manos unidas. La niebla voraz llegaba hasta el borde, pero no pasaba de ahí.

Estaba a salvo, se dijo arrodillada en la torre. A salvo y fuerte.

Podía sentir el rugido de la tierra bajo sus pies y el rugido del cielo sobre su cabeza; como podía sentir los latidos de su corazón donde se arrodillaba y donde se veía a sí misma.

Hicieron la invocación uno a uno; tierra, aire, agua y fuego. El poder era abundante; crecía y se extendía, y aunque rasgaba la niebla, los jirones volvían a tejerse entre sí. El lobo con la señal apareció de entre ellos.

391

Cuando atacó, estaba sola en el acantilado. Vio los ojos rojos como ascuas. Se oyó gritar, desesperada y triunfante, mientras lo rodeaba con los brazos y lo arrastraba consigo acantilado abajo.

En la caída, pudo ver la luna, blanca y llena, que se abría paso entre la tormenta y resplandecía sobre la isla con el resplandor de las estrellas.

Arrodillada en el suelo de la torre, los ojos se le nublaron con las visiones y el corazón le martilleaba el pecho.

—¿Es todo lo que me ofreces? ¿El don tiene un precio después de todo? ¿Permitiste que la inocente, la madre de mi corazón, resultara herida? ¿Todo viene de la sangre?

Se dejó caer y se hizo un ovillo en el círculo. Por primera vez maldijo el don.

* * *

—Se guarda algo —Sam iba de un lado a otro de la cocina de la casa donde había nacido—. Estoy seguro.

—Es posible —Mac apartó los documentos que había extendido sobre la mesa. Había estado ojeándolos mientras desayunaba hasta que llegó Sam—. Algo me rondaba por la cabeza anoche, pero no puedo dar con ello. He repasado todo lo que tengo sobre Tres Hermanas: la isla, las mujeres, los descendientes... He vuelto a leer el diario de mi antepasada. Me da la sensación de que paso algo por alto. Un punto de vista, un... ¿cuál fue la palabra que usó Mia? Una interpretación.

Sam dejó sobre la mesa la bolsa que había llevado.

—Puedes añadir esto a tu material de investigación. Por lo menos hasta que Mia descubra que me lo he llevado de su biblioteca.

—En cualquier caso, tenía intención de hacerme con ello —Mac sacó de la bolsa, con sumo cuidado y respeto, un libro con tapas de cuero muy gastadas—. Mia me dio el visto bueno para husmear en sus libros.

—Utilizaremos esa excusa cuando se ponga furiosa por haberlos traído aquí. Voy a hablar con Zack —Sam hizo sonar las monedas que llevaba en el bolsillo y se puso a deambular otra vez—. Los Todd llevan en la isla desde tiempos inmemoriales y él ha estado siempre al tanto de todo. Si puedo hacerle las preguntas adecuadas, quizá pueda darme las respuestas deseadas.

—Sólo tenemos una semana hasta la luna llena.

—Empieza a empollar, profesor —Sam miró el reloj—. Tengo que ir a trabajar. Si das con algo, dímelo.

Mac farfulló una afirmación y se concentró en el primer libro.

En vez de ir al coche, Sam siguió un impulso y bajó a la playa en dirección a la cueva.

Siempre había tenido algo que le atraía, incluso antes de Mia. Cuando era muy pequeño, se escapaba de su madre y de su niñera y se escondía allí, aunque sólo fuera para acurrucarse y dormir. Todavía podía acordarse de cuando, con tres años, llamaron a la policía para que lo buscaran. Lo encontró su padre y lo arrancó de un sueño en el que dormía en brazos de una hermosa mujer pelirroja con ojos grises.

Ella le cantaba una canción en gaélico que hablaba de un magnífico *silkie* que había amado a una bruja y luego la había abandonado para volver al mar.

Él entendió lo que decía e hizo propio el idioma de la canción.

Cuando creció, él y sus amigos jugaron en la cueva, fue su fuerte, su submarino y la guarida de los ladrones. Seguía acudiendo solo, después de que todos se hubieran acostado, para tumbarse en el suelo, encender un fuego con la mente y ver las sombras en la pared.

Cuando dejó de ser un niño, la mujer empezó a aparecerse con menos frecuencia y nitidez, pero la reconoció en Mia. Las dos imágenes se fundieron en su cabeza hasta que sólo quedó Mia.

Entró en la cueva y pudo olerla. Más bien, se dio cuenta fascinado de que podía olerlas a las dos. El delicado olor a hierbas de la mujer que le cantó y el más profundo y complejo de la mujer que había amado.

«Madre», dijo Mia el día que la vieron llevarse la piel en brazos. Mia se había dirigido a la visión con cariño y respeto, como si se hubieran visto muchas veces antes.

Supuso que aunque no se lo había dicho, ni siquiera cuando se suponía que se lo decían todo, efectivamente, se habían visto antes.

Se puso en cuclillas para observar el liso suelo de la cueva donde había visto al hombre dormido.

—Tenías mi rostro —dijo en voz alta—, como ella tenía el de Mia. Una vez llegué a creer que eso significaba que no estábamos hechos el uno para el otro. Sin embargo, fue otra de mis excusas. Tú te marchaste y yo me marché. Pero he vuelto.

Fue a ver las palabras que había grabado en la pared hacía tanto tiempo. Al leerlas se sacó la cadena que llevaba debajo de la camisa. Tropezó con algo que había en el suelo y lo mandó contra la piedra con un sonido metálico.

Recogió el anillo gemelo al que llevaba en la cadena. El anillo estaba muy desgastado, pero podía notar el dibujo que lo rodeaba. Era el mismo nudo celta del anillo que había encontrado en la cueva de Irlanda. Era el mismo dibujo que Mia había grabado en la piedra debajo de su promesa.

Cerró la mano con delicadeza sobre el anillo e hizo un sortilegio que casi no recordaba dedicado especialmente a las amas de casa. Cuando abrió la mano, el anillo era de plata resplandeciente.

Lo miró durante un buen rato y lo colgó junto a su pareja.

* * *

Mia, ya en su despacho, imprimió los pedidos que le habían llegado por correo electrónico, los dejó a un lado para atenderlos y se puso manos a la obra con todo el papeleo que se había amontonado durante su breve ausencia. Utilizó esa acumulación de trabajo como excusa para salir temprano de casa. Sin embargo, cayó en la cuenta de que Sam tampoco mostró mucho interés en que se quedara allí.

A las nueve ya había avanzado bastante y paró un momento para hacer la primera llamada telefónica. Tenía que ver a su abogado lo antes posible para hacer algunas modificaciones en su testamento.

Se dijo que eso no era fatalismo sino sentido práctico. Sacó del bolso algunos de los documentos personales que se había llevado de casa. Su contrato de sociedad con

Nell en el Catering Tres Hermanas estaba en orden, pero quería dejar su participación a Ripley si le pasaba algo.

Pensó que Nell lo agradecería.

El testamento estipulaba que la librería pasaría a ser de Lulú, pero había decidido otorgar una parte a Nell. Estaba segura de que Lulú lo aprobaría.

Además, quería constituir un pequeño fondo fiduciario para los hijos de sus hermanas, en el que se incluía la escritura de propiedad de la casita amarilla. Era algo que haría en cualquier caso.

Dejaría su biblioteca personal a Mac, ya que era quien mejor podía aprovecharla. A Zack le dejaba su colección de estrellas y el reloj de su abuelo. Eran las cosas que se dejaban a un hermano.

A Sam le dejaría la casa. Podía confiar en que él la conservaría y se ocuparía de que los jardines estuvieran cuidados. También custodiaría el corazón de la isla.

Guardó los documentos en el cajón inferior de la mesa y lo cerró con llave. No creía que esas modificaciones fueran a ser necesarias pronto, pero creía firmemente en que tenía que estar preparada.

Cogió los pedidos, bajó la escalera y continuó haciendo sus quehaceres cotidianos, siguió el curso de su vida.

* * *

—Hay algo que no marcha bien.

—Sí —asintió Ripley—. Hay demasiada gente en la playa y la mitad es idiota.

—En serio, Ripley, estoy francamente preocupada por Mia. Sólo quedan dos días para la luna llena.

—Sé en qué día vivo. Mira ese tío, el de la toalla con Mickey Mouse. Se está asando como una sardina. Seguro que es de Indiana o de algún sitio donde no han visto una playa ni en pintura. Espérame un segundo.

Cruzó la franja de arena que los separaba y le dio un golpecito al hombre con el dedo del pie. Nell esperó sin poder estarse quieta mientras Ripley le soltaba el sermón, señalaba el cielo, se agachaba para tocarlo en el hombro con la punta del dedo como si quisiera comprobar que estaba en su punto justo.

Cuando se retiró, el hombre sacó una sombrilla y empezó a desplegarla.

—Mi servicio público de la semana. Me decías…

—Mia está demasiado tranquila. Sigue trabajando como siempre. Anoche vino al club literario. Ahora está comprobando las existencias. Dentro de unos días vamos a hacer el sortilegio de nuestras vidas y ella se limita a darme una palmadita en la cabeza y a decirme que todo saldrá bien.

—Siempre le ha corrido agua helada por las venas. ¿De qué te extrañas?

—Ripley…

—Vale, vale —Ripley resopló y siguió por el paseo para terminar la patrulla—. Yo también estoy preocupada. ¿Contenta? Además, si no lo estuviera, Mac ya está lo bastante nervioso por los dos. Se ha encerrado a investigar y se pasa horas anotando cosas. Cree que Mia trama algo que no quiere decirnos.

—Yo también lo creo.

—Ya somos tres. No sé qué demonios tenemos que hacer.

—Zack y yo lo hemos comentado. Podríamos enfrentarnos a ella todos a la vez.

—Como un interrogatorio... Vamos, esa mujer no canta ni aunque le arranquen la piel a tiras. Ojalá no me gustara esa virtud suya.

—Y he tenido otra idea. He pensado que las dos podríamos, bueno..., si nos uniéramos, podríamos atravesar el escudo y ver lo que piensa.

—¿Me estás hablando de fisgar en sus pensamientos íntimos contra su expresa voluntad?

—Sí. Olvídalo. Es una grosería, una intromisión repugnante.

—Por eso me encanta. Es una idea fantástica. Puedo tomarme una hora... —miró el reloj—. Ahora mismo. Tu casa está más cerca.

Veinte minutos más tarde, Ripley estaba tumbada en el suelo de la sala de Nell sudorosa y jadeante.

—¡Caray! Es una zorra. Es digna de admiración.

—Es como intentar atravesar un muro de cemento con un palillo de dientes —Nell se pasó el antebrazo por la frente—. No debería ser tan difícil.

—Se ha imaginado que íbamos a intentarlo. Nos estaba esperando. Es muy buena y nos oculta algo —Ripley se secó las manos en los pantalones—. Esto me preocupa de verdad. Vamos a conectar con Sam.

—No podemos. Sea lo que sea lo que protege, seguramente tiene que ver con él. No estaría bien. Ripley, está enamorada de él.

Ripley, con la mirada clavada en el techo, se palmeó el estómago.

—Si ésa es su elección...

—No ha hecho su elección. Al menos eso es lo que dice. Lo ama, pero, que yo sepa, eso no la hace feliz.

—Ella no puede ser lineal. ¿Sabes lo que creo? Creo que va a ir por él durante el sortilegio de destierro. Un golpe doble. Ya ha tomado la decisión. Ella nunca hace nada de improviso.

—Ripley, Mia dijo que nuestros hijos estarían a salvo.

—Exactamente.

—Pero no dijo que ella fuera a estarlo.

* * *

Sam se soltó el nudo de la corbata mientras observaba a Mac rodear la casita amarilla con uno de sus artilugios. De vez en cuando, Mac se detenía, se agachaba y mascullaba algo.

—Es un verdadero espectáculo, ¿verdad? —Ripley se balanceaba sobre sus talones al lado de Sam—. Desde el gran descubrimiento de Mac, hace esto un par de veces al día en nuestra casa y en la de Lulú.

—¿De qué se trata, Ripley? —Sam había salido de una reunión para entrar en otra. Esperaban a Nell y Zack en cualquier momento—. ¿Por qué hacemos lo que sea que estemos haciendo sin Mia?

—Es un asunto de Mac. Yo sólo sé retazos —ladeó la cabeza cuando Mac se volvió para mirarlos—. Muy bien, Pitagorín, ¿qué nos cuentas?

—Tienes bien defendida tu casa —le informó a Sam—. Bien hecho.

—Gracias, pero ¿podrías decirme qué demonios estás haciendo?

—Esperemos a los demás. Tengo que sacar algunas cosas del coche. ¿Te espera pronto Mia?

—La verdad es que no ficho —Sam sacó las uñas al notar el gesto burlón de sus amigos—, pero volverá a casa pronto. Lulú, que ha debido contagiarle la cabezonería, se ha vuelto a su casa y yo no quiero que Mia pase mucho tiempo sola.

—Te dejaremos fuera de la función —empezó a decir Ripley hasta que vio el gesto gélido de Sam—. Eh, tranquilo, Sam. Estamos en el mismo equipo, ¿te acuerdas?

—Hace calor aquí afuera —Sam se dio la vuelta y se fue a su casa.

—Te veo crispado —le comentó Ripley cuando pasó a su lado.

—¿Y quién no lo está? Ahí vienen Nell y Zack. Empecemos de una vez.

A los diez minutos, la casa de Sam estaba tomada. Nell, que evidentemente había previsto la escasez de aprovisionamientos, había llevado unas galletas y un termo con té helado. Consiguió disponerlo todo como si fuera una fiesta aunque Mac había llenado la mesa de papeles y libros.

—Nell, ¿te importaría sentarte? —Zack tiró de ella hacia una silla—. Deja que el bebé descanse cinco minutos.

—Eh, que yo tengo el doble —Ripley se sentó en la encimera de la cocina y cogió una galleta—. Empezaré. Ayer, Nell y yo decidimos espiar un poco...

—No fue espionaje.

—Lo habría sido si lo hubiéramos conseguido —insistió Ripley—, pero no pudimos. Mia está completamente blindada, parece una caja fuerte.

—Menuda noticia —dijo Sam con sorna.

—Está tramando algo que no quiere que sepamos —siguió Ripley—, lo cual es irritante, pero a nosotros nos parece más bien preocupante.

—Tiene pensado lo que va a hacer.

—Creo que tienes razón —le dijo Mac a Sam—. La otra noche, cuando estábamos juntos, dijo algo sobre conocer todos los matices e interpretaciones que me hizo pensar. Aparentemente, todo está muy claro y definido. Su misión, por llamarlo de alguna forma, tiene que ver con el amor. El amor sin límites. Podemos decir que tiene que amar así o apartarse, voluntariamente, de un cariño que la limita. Lo siento.

—Ya hemos hablado de eso.

—Sí, pero lo que parece muy claro y definido, generalmente no lo es. La primera hermana, su complemento, atrapó al hombre que amaba. Se llevó la piel del *silkie*, lo confinó a la tierra y lo ató a ella. Vivieron juntos y formaron una familia, pero los sentimientos de él eran fruto de la magia, no de una elección libre. Cuando encontró su piel, se volvió al mar y la abandonó.

—No podía quedarse —intervino Sam.

—No lo discuto. Entonces, una posible interpretación es que Mia tiene que encontrar un amor sin límites. Un amor que vaya a ella sin imposiciones ni magia. Así de sencillo.

—Yo estoy enamorado de ella. Se lo he dicho.

—Ella tiene que creerte —Zack puso la mano en el hombro de Sam— y aceptarte o dejarte libre.

—Sin embargo, ésa no es la única interpretación. Tienes que ver esto —Mac cogió uno de los libros antiguos y lo abrió por un capítulo que había señalado—. Es una historia de la isla escrita a principios del siglo XVI que se basa en documentos que yo no había visto nunca. Si Mia tiene esos documentos, tú no los has cogido de la biblioteca.

—No los tendrá ahí —la mirada de Sam estaba nublada por la preocupación—. Seguramente los tenga en la torre.

—Me gustaría verlos, pero para lo que nos interesa, con esto tenemos suficiente. Comenta detalles de la leyenda. Voy a leer lo más importante —se puso las gafas—: «La magia lo formó y la magia lo hará prosperar o fenecer. Lo que el círculo elija llevará a la vida o a la muerte, las tres dependen de una. Son sangre de su sangre y mano de su mano. Las tres que vivan deberán enfrentarse a la oscuridad, cada una por su cuenta. Aire deberá encontrar valor para alejarse de lo que la destruirá o enfrentarse a ello». Tú hiciste las dos cosas —le dijo Mac a Nell—. «Cuando se encuentre y se entregue a lo que ama, el círculo permanecerá íntegro. Tierra buscará la justicia sin sable ni lanza. No derramará otra sangre que la suya en defensa de lo que es y todo lo que ama.»

Ripley levantó la mano y miró la cicatriz que la atravesaba.

—Creo que eso lo conseguimos.

—Tuviste que elegir —Mac se volvió hacia Ripley—. Una elección que no conocíamos. «Cuando la justicia se acompañe de compasión, el círculo permanecerá íntegro. Fuego tendrá que mirar en su corazón, abrirlo y exponerlo; ver el amor sin límites y ofrecer lo que ama, la vida. Cuando su corazón esté libre, el círculo permanecerá íntegro. El poder de las tres será uno y resistirá. Cuatro elementos se alzarán y la oscuridad se desvanecerá.»

—¿Sacrificar su vida? —Sam se encrespó—. ¿Puede sacrificar su vida?

—Espera —Zack sujetó a Sam por los hombros—. ¿Es ésa tu interpretación, Mac?

—Se puede interpretar que cualquiera de ellas habría dado su vida por las demás. Por nosotros. Por el valor, la justicia y el amor. Este libro estaba en la biblioteca de Mia, así que es posible que ella esté al tanto. La cuestión es si tendrá en cuenta esa posibilidad.

—Sí —Nell, pálida, miró a Ripley—. Todas lo habríamos hecho.

Ripley asintió con la cabeza.

—Lo haría si creyera que no hay otra alternativa, pero no lo creerá —inquieta, se bajó de la encimera—. Opondrá su poder a cualquier persona o cosa.

—No es suficiente —Sam cerró los puños como si pudiera retener en ellos toda su furia y su miedo—. Ni mucho menos. No voy a quedarme de brazos cruzados mientras ella se plantea morir para salvar unos metros cuadrados de mierda. Vamos a acabar con todo esto.

—Lo sabes perfectamente —Ripley, bastante nerviosa, se quitó la gorra—. No puedes parar algo que lleva funcionando durante siglos. Yo lo intenté y me pasó por encima.

—Tu vida no está en juego, ¿verdad?

Ripley le habría contestado si hubiera visto sólo ira, pero también vio miedo.

—¿Qué te parece si los dos le echamos la bronca a Mia cuando todo haya terminado?

—Trato hecho —la abrazó y dejó caer las manos—. No tiene sentido ponerla entre la espada y la pared; no vamos a conseguir que cambie de opinión. Y apartarla físicamente de la isla no cambiará nada. Hay que dar el último paso y lo mejor es darlo aquí. Está escrito que debe darse aquí; con todos nosotros.

—El centro del poder —asintió Mac—. Su centro, su círculo. Su poder es el más refinado y el más fuerte, pero ello me lleva a pensar que su oponente se hará con un poder equivalente.

—Ahora somos más —señaló Nell, que con una mano agarraba la de su marido y apoyaba la otra en el vientre—. Si nos unimos, nuestra energía es inmensa.

—Hay otras fuentes de poder —Sam asintió con la cabeza a medida que iba elaborando la idea—. Las usaremos todas.

* * *

Cuando llegó a la casa del acantilado, tenía las ideas claras y controladas. Mia no era la única que podía blindarse.

La encontró en el jardín bebiendo tranquilamente una copa de vino y con una mariposa revoloteando sobre la palma de la mano que tenía extendida.

—Vaya, menuda escena —comentó mientras le daba un beso en la cabeza y se sentaba enfrente—. ¿Qué tal tu día?

No contestó, durante un rato se limitó a mirarlo a la cara y a beber un poco más de vino. Su voluntad de hierro ocultaba todo lo que se le pasaba por la cabeza.

—Ajetreado y productivo. ¿Y el tuyo?

—Igual. Un niño ha metido la cabeza entre los barrotes de un balcón. Él lo llevó bien, pero su madre no paraba de gritar y quería que cortara los barrotes. Como yo no estaba dispuesto a destrozar una forja de siglos, ya iba a hacer un conjuro cuando la gobernanta me disuadió. Le untó la cabeza con aceite para bebés y la sacó como un corcho.

Mia sonrió y fue tan amable como para ofrecerle un sorbo de su copa, pero la mirada era vigilante y cautelosa.

—Me imagino que lo pasaría bien. Sam, he notado que faltan algunos libros de la biblioteca.

—¿Mmm? —extendió un dedo y la mariposa se posó elegantemente en él—. Dijiste que podía usar la biblioteca.

—¿Dónde están los libros?

Le devolvió la copa y la mariposa.

—He pasado algún tiempo ojeándolos para ver si encontraba una perspectiva nueva para todo este asunto.

—¡Ah! —notó un escalofrío—. ¿Y bien?

—Nunca me he considerado un erudito —confesó encogiéndose de hombros—. Se lo comenté de pasada a Mac y me los pidió prestados. Supongo que no te importa.

—Preferiría que los libros estuvieran en casa.

—¡Ah! Bueno, los recuperaré. ¿Sabes?…, estar aquí sentado contigo me parece maravilloso y cada vez que te miro me da un vuelco el corazón. Eso también me parece maravilloso. Te quiero.

Mia bajó los párpados.

—Debería preparar algo de cena.

La cogió de la mano cuando se levantó.

—Te ayudaré. No tienes por qué hacer todo el trabajo.

«No me toques», se dijo Mia, «todavía no. Ahora no».

—En la cocina… estoy mejor sola.

—Hazme un hueco —le propuso él—. No voy a ir a ningún lado.

Veinte

Mia estaba segura de que a Sam le rondaba algo por la cabeza. Estaba demasiado amable, atento y considerado. Si no hubiera estado convencida de ello, pensaría que alguien le había hecho un conjuro para ser encantador.

Aunque pareciera absurdo, lo prefería con cierta crispación. Por lo menos sabía a qué atenerse.

Sin embargo, no tenía tiempo para hurgar debajo de la superficie, ni quería arriesgarse a que él hurgara debajo de la suya. Además, tampoco podía desperdiciar energía. Estaba acumulando el poder como si fuera un tesoro.

Estaba decidida, estaba preparada y sentía toda la confianza que había podido reunir. Cuando los nervios hacían acto de presencia, los aprovechaba. Cuando las dudas acechaban, las dejaba a un lado.

El día de la luna llena, se levantó al alba. Había deseado, casi desesperadamente, abrazarse a Sam y sentir su calidez. Sólo que la abrazara como hacía a veces en sueños. Desde la noche en la casita amarilla, habían dormido juntos de la forma más inocente.

Sam no le había hecho ninguna pregunta ni había intentado seducirla. Estaba molesta consigo misma por encontrar esa colaboración moderadamente insultante.

Había sido ella quien, más de una vez, estuvo a punto de volverse hacia él cuando, durante la noche, tenía la voluntad débil por el sueño y el cuerpo anhelante por el deseo.

Sin embargo, en la mañana más crucial, lo dejó dormido y fue al acantilado. Allí captó el fuego del sol naciente y la fuerza del mar embravecido.

Con los brazos abiertos, absorbió el poder y dio gracias por el don.

Se dio la vuelta y lo vio observándola desde la balconada del dormitorio. Las miradas se encontraron y saltó una chispa. Volvió hacia la casa con la melena agitada por el viento y sin hacer caso de la niebla negra que se deslizaba por los límites de su mundo.

* * *

Fue a la librería para su tranquilidad de espíritu. Era algo que había levantado con su trabajo y sus sueños. Lulú había vuelto a pesar del brazo roto. Como habría sido imposible impedírselo, Mia no se molestó en discutir.

Además, tenía que reconocer que el trabajo y las visitas de amigos y vecinos parecían levantarle el ánimo a su amiga.

Aun así, Mia había esperado trabajar algo menos en vez de más.

Había una actividad inusitada y no tuvo la oportunidad que quería de estar un momento a solas con Lulú; de deshacerse en atenciones sin que pareciera que lo hacía. Sin embargo, daba la sensación de que todas y cada una de las personas de la isla tenían un motivo para pasar por allí y estar un rato con ella.

A mediodía, el café estaba abarrotado y no podía dar un paso sin que alguien la llamara para decirle algo.

Mia se escabulló a la cocina para recuperar el aliento y sacó una botella de agua de la nevera.

—Hester Birmingham me ha dicho que los helados de Ben & Jerry están de oferta esta semana.

—Dos de mis hombres favoritos —contestó Nell mientras hacía un emparedado de pollo a la brasa con queso Brie.

—Lo dijo como si le fuera la vida en ello. Me ha dado la sensación de que iba a echarse a llorar.

—Algunos nos tomamos los helados muy en serio. ¿Por qué no compramos? Podíamos comer helado con frutas y nueces esta noche…, bueno, después.

—De acuerdo. Me alegro de que no estés preocupada por esta noche —Mia se acercó a Nell para darle un rápido abrazo—. Tienes todo lo que necesitas. Mañana, todo habrá acabado y ya no quedarán sombras.

—Estoy segura, pero tienes que dejarme que me preocupe un poco.

—Hermanita… —Mia apoyó un instante la mejilla en la cabeza de Nell—. Te quiero. Ahora voy a escapar de esto un rato. Todavía me quedan cosas por hacer y me parece que hoy esto es como una reunión social. Te veré esta noche.

Mia salió apresuradamente y Nell cerró los ojos y rezó.

Mia comprobó que salir no iba a ser una tarea fácil. Tardó una hora en llegar a su despacho, sacar los documentos que había guardado y volver a bajar la escalera.

—Lulú, dos minutos —dijo señalando a la trastienda.

—Estoy ocupada.

—Dos minutos —repitió antes de entrar.

—No tengo tiempo para charlar y no necesito un descanso —Lulú entró en el cuarto con la cara hasta los pies y la escayola llena de firmas de todos los colores y algunos dibujos obscenos—. Tengo clientes.

—Ya lo veo. Lo siento, pero tengo que irme a casa.

—Estamos a mitad de jornada y te recuerdo que sólo tengo un brazo en vez de los seis de costumbre.

—Lo siento.

Sintió que la garganta se le inundaba de sentimientos y la voz se le espesó antes de poder tragarlos. Esa mujer había sido su madre, su padre y su amiga. La única constante en su vida aparte de su don, y más preciada para ella que la magia.

—¿Te pasa algo? ¿Estás enferma? —le preguntó Lulú.

—No. No, estoy muy bien. Podemos cerrar la tienda el resto del día, no quiero que trabajes demasiado.

—Me sentaría fatal cerrar. Si quieres hacer novillos, adelante. No soy una inválida y puedo llevar la tienda.

—Lo sé. Te compensaré.

—Puedes estar segura de que lo harás. La semana que viene voy a cogerme una tarde libre y tú te quedarás en las trincheras.

—Trato hecho. Gracias —la abrazó con mucho cuidado de no hacerle daño en el brazo roto e, incapaz de contenerse, apoyó la cara en la cabeza de Lulú—. Gracias.

—Si lo llego a saber, me cojo dos tardes. Vete si vas a marcharte.

—Te quiero, Lulú. Me voy.

Se echó el bolso al hombro y al salir corriendo no se dio cuenta de las lágrimas que empañaban los ojos de Lulú ni tampoco la oyó sorberlas.

—Bendita seas, mi niña —susurró cuando estuvo segura de que Mia no podía oírla.

* * *

—¿Va todo bien, señora Farley?

—Perfectamente.

—Agradezco su ayuda —Sam asintió con la cabeza—. Voy a tener que dejarlo todo en sus diestras manos.

—Señor… Sam. En general eras un chico interesante y bueno, pero eres un hombre mejor todavía.

—Yo… —no encontró las palabras—. Gracias. Tengo que ir a casa.

—Que pase una buena tarde.

—Va a ser inolvidable —predijo mientras salía del despacho.

Necesitaba algunas cosas que tenía en su casa y que no había llevado a la de Mia. Guardó en una bolsa su athamé más antiguo, su espada ritual y el viejo frasco donde guardaba su sal marina. Se puso una camisa y unos vaqueros oscuros y decidió llevar la túnica negra en lugar de conducir con ella puesta. También envolvió en seda su varita preferida.

Metió todo ello en una caja de madera labrada que había pertenecido a su familia durante generaciones.

En vez de amuleto o colgante, llevaba los dos anillos en la cadena.

Antes de dirigirse al coche, se detuvo para mirar la casa y el bosque que la rodeaba. Su protección aguantaría. Se negaba a pensar lo contrario.

Pudo notar las vibraciones de su propia energía cuando atravesó el encantamiento y salió a la calle.

La fuerza lo golpeó, fue como una embestida en todo el cuerpo que lo levantó del suelo y lo mandó volando contra el suelo. Millones de estrellas negras giraban en su cabeza.

* * *

—Tardarás un hora en montar todos estos aparatos —se quejó Ripley mientras Mac guardaba el último en la parte trasera del Land Rover.

—No, no tardaré una hora.

—Siempre dices lo mismo.

—Seguramente no los necesite, pero no voy a correr riesgos. Promete ser uno de los mayores acontecimientos paranormales de la historia conocida. Ya está —cerró la puerta—. ¿Preparada?

—Ya estaba preparada. Vamos a…

Mac se quedó estupefacto al ver que Ripley ponía los ojos en blanco y se agarraba la garganta para intentar respirar.

* * *

Nell esperó mientras Zack cargaba en el coche la bolsa con sus utensilios.

—Va a funcionar —aseguró Nell—. Mia ha estado preparándose toda su vida.

—Se agradece tener tanto apoyo.

—Sí, y la idea de Sam fue algo más que brillante, también dice mucho de la resolución de la gente de la isla.

Guardó la nevera de mano con el helado y las frutas y nueces.

—Eso creo yo —dijo—, pero me ha afectado saber que Remington ha quedado catatónico. Me han dicho que fue como apagar un interruptor: se quedó sin la más mínima expresión.

—Lo están utilizando. Siento lástima por él, siento haberlo expuesto a lo que sin duda lo destruirá.

—Lo que lo posee te busca a ti, Nell.

—No —agarró el brazo de Zack. El hombre que había sido su marido y su tortura ya no la atemorizaba—. Lo que lo posee busca a todos y especialmente a Mia.

Nell fue hacia la puerta del coche y se dobló por la mitad con un grito.

—¿Qué te pasa, Nell?

—Un retortijón. ¡Dios mío, el bebé!

—Aguanta. Aguanta —la tomó en brazos y contuvo el pánico al ver al dolor reflejado en su rostro—. Te llevaré al médico. No pasará nada.

—No, no, no —apoyó la cara en su hombro y luchó contra el dolor y el terror—. Espera, espera un segundo.

—No espero ni un segundo —abrió la puerta de par en par y la habría metido dentro, pero ella se aferró como una lapa.

—No es real. No es real. Mia dijo que el bebé estaría a salvo. Estaba segura de eso. Esto no es real —escarbó en su interior y encontró la energía cubierta por el miedo—. Es una ilusión para apartarnos, para impedir que formemos el círculo —sopló larga y entrecortadamente y cuando miró a Zack, la piel le resplandecía otra vez—. Es mentira. Tenemos que encontrarnos con Mia.

* * *

Primero fue a los acantilados y permaneció allí con la túnica blanca como la luna henchida por el viento. Podía notar la presión de la oscuridad, su borde helador y afilado como una cuchilla de afeitar.

Tranquila, observó la niebla que avanzaba sobre el mar y que metro a metro empezaba a extenderse por la isla.

Por mucho que contuviera sus pensamientos, sabía una cosa: esa noche sería la batalla para todos.

—Que así sea —murmuró mientras se daba la vuelta y se internaba entre las largas sombras y la luz crepuscular del bosque.

La niebla la rodeó, gélida y susurrante. Quiso echar a correr. Podía notar los espantosos deditos que le hacían cosquillas por todo el cuerpo como si fuera una broma.

Oyó el prolongado y grave aullido del lobo y le sonó como una carcajada. El pánico traspasó la protección de su voluntad cuando la niebla se coló repugnantemente por debajo de la túnica.

Con un gruñido de asco, le dio un manotazo y la apartó del sendero, aunque sabía que al hacerlo había desperdiciado algo de su energía tan cuidadosamente acumulada.

Avanzó hacia el claro del bosque con el pulso desbocado. Llegó al corazón de la isla para esperar a su círculo.

No sería tan fácil, se dijo mientras contenía los sentimientos. Se los imaginó fundidos en un pequeño resplandor oculto en su corazón. No sería tan fácil herir a lo que amaba y utilizar ese amor para la destrucción.

Lo protegería y saldría victoriosa.

Nell llegó corriendo por el bosque con Zack y se abalanzó sobre Mia.

—¡Estás bien!

—Sí —Mia la apartó con delicadeza—. ¿Qué ha pasado?

—Ha intentado detenernos. Mia, está muy cerca.

—Lo sé —tomó las dos manos de Nell y las apretó con fuerza—. No os ha pasado nada. Tenemos que empezar, el sol está a punto de ocultarse.

Soltó a Nell, extendió los brazos y se encendieron la velas que había puesto alrededor del claro del bosque.

—Quiere la oscuridad —dijo mientras se daba la vuelta al ver que Ripley entraba en el claro.

—El hijo de puta creía que podía asustarme —dejó la bolsa con sus utensilios mientras Mac arrastraba el primer aparato—. Va siendo hora de enseñar a ese cabrón con quién está tratando.

—No me vendría mal un poco de ayuda —pidió Mac.

—No hay mucho tiempo —le dijo Mia.

—Suficiente —Sam apareció con uno de los monitores de Mac y su caja de madera.

Mia fue hasta él y le pasó un dedo por la comisura de la boca.

—Estás sangrando.

—El mamón me ha golpeado —se pasó el dorso de la mano por la boca—. Le debo una.

—Entonces, a luchar —Ripley fue a buscar su bolsa y sacó la espada ritual.

Mia se rió sinceramente por primera vez en muchos días.

—Nunca cambiarás. Este lugar es sagrado. Es el corazón. El círculo dentro del círculo dentro del círculo nos protege a todos del frío y la oscuridad. Aquí, donde estuvieron las Hermanas, me encontraré con mi destino.

Mientras hablaba recorría el perímetro del círculo con los pies descalzos a escasos centímetros de la niebla burbujeante.

—Una vez trazado el círculo, el vínculo que formamos no se romperá jamás.

—Ése no es el principio del sortilegio de destierro —le advirtió Sam.

Mia no le hizo caso y continuó.

—El crepúsculo me entrega su fuego y la luna se elevará más y más —cogió una vasija y trazó otro círculo de sal alrededor de los maridos de sus hermanas—. Una es tres y tres son una, la red se extendió a través de nuestra sangre. Aquello oscuro que lleva mi señal, la llevará toda la eternidad. Que se haga mi voluntad —levantó los brazos e invocó al trueno—. Traza el siguiente círculo —miró a Sam—. Sé lo que estoy haciendo.

—Yo también.

Mac observaba sus aparatos mientras el círculo se trazaba.

—Por lo que puedo entender, al trazar este segundo círculo alrededor del claro, Mia está centrado la energía negativa en ella. Ella será el blanco aunque esté unida a los demás.

—Sam lo había anunciado —afirmó Zack.

—Efectivamente. Nos ha rodeado de sal marina como una segunda defensa. Su intención es que nos quedemos dentro, pase lo que pase. El poder está aumentando —podía notarlo.

La luz resplandeció alrededor del círculo con un color dorado. Todos dibujaron sus símbolos en el suelo con la punta de sus espadas.

La primera plegaria se elevó con la luna.

—Aire, Tierra, Fuego y Agua, de madre a hijo y de hijo a hija. Por nuestra sangre reclamamos el derecho a invocar el poder de la noche. Bajo la luz de la luna pedimos lo que necesitamos. Buscamos la luz y buscamos la vista.

Nell levantó los brazos.

—Del Aire vengo y al Aire invoco. Hago que el viento se levante y amaine. Traigo la magia y el encantamiento para que barra todo lo que nos quiere dañar. El aire y yo somos lo mismo. Que se haga mi voluntad.

Ripley levantó los brazos mientras el viento empezaba a soplar con furia.

—De la Tierra vengo y a la Tierra imploro. Tiembla bajo mis pies. La oscuridad engullirá lo que me pertenece y nadie lo seguirá en su caída. La tierra y yo somos lo mismo. Que se haga mi voluntad.

La tierra tembló.

—Del Agua vengo —Sam extendió los brazos— y al Agua ruego. Brota del mar y cae del cielo. Limpia la isla y protégela de la noche. El Agua y yo somos lo mismo. Que se haga mi voluntad.

La lluvia los barrió y Mia inclinó la cabeza hacia atrás.

417

—Del Fuego vengo y el Fuego anhelo. Llamas de fuego purificador, eliminad las bestias sedientas de sangre y de ellas proteged a quienes amo. El Fuego y yo somos lo mismo. Que se haga mi voluntad.

Un rayo surcó el cielo y el fuego surgió del suelo. Retumbó en el aire y la lluvia resplandeció como millones de diamantes.

La tormenta estalló con furia y giró como un remolino que salió del círculo y se adentró en el bosque.

—Mis aparatos no pueden medirlo —gritó Mac por encima de los truenos—. No consigo una lectura clara.

—Ni falta que hace. El lobo está aullando y se acerca —Zack, junto a él, cogió su arma.

Dentro del círculo, los cuatro entrelazaron las manos. La luna brillaba como un faro en la tormenta. Mia se soltó y unió la mano de Nell con la de Sam para que fueran tres.

—Las Tres te han parado los pies dos veces. Ahora lo intentaré yo sola. Esta noche te desafío. Sal de la oscuridad y mídete conmigo. Mi destino está en mis manos. ¿Quién de los dos encontrará la muerte? Ha llegado tu hora. Sal y enfréntate al poder de la bruja.

Atravesó el fuego que ella misma había hecho y quedó fuera del círculo.

El lobo negro surgió de entre la niebla y rugió en el límite del claro. Sam levantó su espada ritual. Una luz azul brotó cuando también salió del círculo y utilizó su cuerpo para proteger a Mia.

—No —un atisbo de pánico se abrió paso en su dominio de sí misma y la luz que rodeaba el círculo vaciló—. No es asunto tuyo.

—Tú sí eres asunto mío y acabaré en el infierno con él antes de que te haga algo. Vuelve al círculo.

Mia lo miró y perdió el miedo, aunque el lobo había dado un paso de tanteo dentro del círculo. El poder le manaba del corazón y se le extendía por todo el cuerpo.

—No me vencerá —le aseguró tranquilamente—. No puede vencerme —corrió fuera del claro con su destino grabado en la cabeza y el lobo pegado a sus talones.

Todo terminaría donde ella decidiera. Estaba segura de eso. Voló a través del bosque. El calor de su cuerpo cortaba la niebla heladora que cubría el suelo y los senderos. Lo que la perseguía rugía con voracidad. Ella conocía cada recodo y cada cuesta y corría a través de la noche sacudida por la tormenta como una flecha con la diana a la vista.

Salió del bosque y se dirigió al acantilado. Toda ella estaba negra y viscosa por la niebla repugnante. Se detuvo para recuperar la respiración y lanzó poder detrás de sí para ganar el tiempo que necesitaba. Oyó un grito de dolor y rabia y sintió un placer perverso.

Estaba fuera del círculo; aislada y sola. Estaba en el acantilado donde la que fue Fuego hizo su última elección. Detrás tenía el mar encrespado y debajo las rocas implacables.

«Estás atrapada», oyó el susurro en la cabeza. «Quédate y te hará mil pedazos. Da un paso atrás, salta y escapa.»

Sin aliento por la carrera y por lo que crecía en su interior, retrocedió poco a poco. El viento agitaba el borde húmedo de su túnica y las rocas resbaladizas temblaron.

La isla estaba cubierta por la niebla y asfixiada por su peso. Era algo que había previsto. Vio un círculo brillante alrededor del pueblo donde resplandecía la luz como si mil velas lo iluminaran. No había previsto eso, ni la energía que emanaba y la alcanzaba en forma de amor.

Lo albergó en sí y lo protegió con su propio poder mientras veía al lobo subir lentamente hacia el acantilado.

«Ven por mí», se dijo, «sí, acércate. Llevo toda mi vida esperando este momento».

La fiera le mostró los colmillos y se levantó, como un hombre, sobre sus patas traseras.

«Témeme porque soy tu muerte y tu espanto.»

Un rayo negro cayó del cielo y chamuscó la piedra que tenía a sus pies. Mia retrocedió un poco más y vio el brillo de satisfacción en aquellos ojos rojos.

—No has acabado conmigo —dijo tranquilamente antes de lanzarle una llamarada.

Sam salió del bosque y vio a Mia en el borde del acantilado con la túnica blanca que brillaba como la plata, el pelo agitado por el viento y la monstruosa forma negra elevada sobre ella. El fuego los rodeó y el humo se hizo más espeso. Lenguas de fuego caían del cielo como una lluvia ardiente.

Blandió la espada como un rayo y corrió hacia el acantilado con un grito más de furia que de miedo.

«¡Ahora!», se dijo Mia mientras giraba como si diera un paso de baile.

—Esta noche de júbilo he hecho mi elección. Él me elige a mí y yo le elijo a él —extendió los brazos dejando el corazón al descubierto—. No hay fuerza que apague esta luz. Mi corazón es suyo y el suyo es mío y éste es nuestro destino común. Mi muerte los salvará —gritó por encima de los truenos cuando los demás salían del bosque—. Lo haría por mis seres queridos. Se han necesitado trescientos años para terminar esta disputa con tres palabras: elijo el amor —cogió la mano de Sam que había aparecido a su lado—. Elijo la vida.

El lobo se transformó en un hombre con sus mil caras fundidas unas en otras y todas ellas con la señal de Mia.

—Has salvado este lugar, pero no te has salvado a ti —el aliento era hediondo—. Tú vendrás conmigo.

Avanzó y Sam mostró la espada brillante como el agua.

—Es su señal y mi señal —al clavarla, la forma se desintegró en una niebla que reptaba sobre la roca como una serpiente.

—Los matones nunca juegan limpio —dijo Mia mientras la niebla siseaba y se deslizaba hacia sus pies. Sintió que un poder firme y blanco la abrasaba por dentro—. Me corresponde a mí acabar.

—Acaba entonces —la invitó Sam.

Se deshizo de todas las protecciones y abrió todas las trampillas. El poder le brotó con toda su energía y permaneció como una llamarada bajo el cielo enfurecido.

—Por todo lo que soy y seré alejo la oscuridad de mí. Con valor, justicia, fuerza y corazón termino lo que empezó mi sangre inmemorial. Prueba el miedo más temible y enfréntate a mi fuego justiciero —alargó el brazo y en su mano se formó una bola de fuego—. Las tres hermanas han labrado tu destino. Que se haga mi voluntad.

«Por Lulú y los demás inocentes», pensó.

Lanzó la bola a la niebla que ardió y se retorció mientras se derramaba por el borde del acantilado con un aullido hasta caer al mar.

—Ahógate en el infierno —la acompañó Sam—. Muere en la oscuridad. Arde eternamente con la señal de mi mujer. Tu fuerza quedará aplastada por el vasto mar.

—Que se haga… —Mia se volvió hacia Sam.

—Nuestra voluntad —Sam se apartó y la atrajo hacia sí—. Sepárate del borde, Mia.

—¿Por qué? La vista es preciosa —se rió llena de júbilo y levantó la cara al cielo donde las estrellas se abrieron paso entre las nubes. La luna navegaba como un velero sobre un mar en calma—. Menuda sensación. Tendrás preguntas que hacerme, pero antes necesito estar un momento con Nell y Ripley.

—Adelante.

Descendió de los acantilados y se arrojó en los brazos de sus hermanas.

* * *

Ya en su casa, dejó a los demás en la cocina y fue al jardín con Sam.

—Te costará entender por qué no he compartido contigo y los demás todo lo que pensaba hacer. No ha sido por arrogancia, ha sido… —las palabras no le pasaron de la garganta cuando Sam la abrazó con todas sus fuerzas—. Necesario —consiguió terminar.

—Cállate por un minuto. Sencillamente… Mia —escondió el rostro en su melena y le susurró palabras delicadas y fogosas en gaélico. Hasta que bruscamente la apartó y la sacudió con fuerza—. ¿Necesario? Una mierda. ¿Era necesario arrancarme el corazón? ¿Sabes lo que es verte en el borde del acantilado con eso avanzando hacia ti?

—Sí —le tomó el rostro entre las manos—. Sí. Era lo único que podía hacer, Sam. La única forma de estar segura. La única forma de acabar con todo sin que nadie resultara herido.

—Contéstame una cosa y mírame a los ojos cuando lo hagas. ¿Te habrías sacrificado?

—No —Mia mantuvo la mirada serena cuando él entrecerró los ojos—. Arriesgar la propia vida es distinto a sacrificarla. La arriesgué, sí, es verdad. Pero lo hice con las ideas muy claras porque soy una mujer práctica que aprecia su vida. La arriesgué por la única madre verdadera que he conocido. Por la isla y la gente que vive en ella; por ellos —dijo señalando a la casa—; por los hijos que van a tener; por ti; por nosotros. Sin embargo, pensaba vivir y, como verás, lo he conseguido.

—Planeaste abandonar el círculo y llevarlo al acantilado sola.

—Tenía que acabar allí. Lo preparé como mejor supe y tuve en cuenta todas las posibilidades, pero me olvidé de algo que tú no pasaste por alto. Cuando miré desde el acantilado y vi el círculo de luz…, Sam —abrumada por el amor se abrazó a él—. Cuando sentí esa fuerza, ese amor y esa fe que me dominaban…, ése fue el obsequio más preciado. Quién sabe qué habría pasado sin ello. Tú lo hiciste; tú pediste ayuda cuando yo no pensé en ello.

—Le gente respondió. Yo sólo lo comenté con algunas personas…

—Que lo comentaron con otras —terminó Mia— y se reunieron alrededor de la casita amarilla y en los bosques. Esos corazones y esas mentes se volvieron hacia mí —Mia se puso una mano entre los pechos donde todavía podía sentir aquel palpitar—. Una magia muy poderosa. Tienes que entenderlo —continuó mientras se apartaba—. No podía decírtelo. No podía decírselo a nadie. No podía exponerme tanto y correr el riesgo de que nuestro enemigo leyera lo que había en mi mente y en mi corazón. Tenía que esperar a que todo estuviera en su sitio.

—Estoy asimilando eso, Mia, pero no era tu lucha. Era nuestra lucha.

—No estaba segura. Quería estarlo, pero no lo estuve hasta que saliste del círculo delante de mí. Lo que sentiste por mí…, cuando me dijiste que me querías…, estabas pálido por lo que sentías… Supe que me seguirías. Entonces supe también, sin duda, que teníamos que terminarlo juntos. Tengo que decirte… —sacudió la cabeza y se apartó hasta que estuvo segura de que podría decir las palabras—. Una vez te amé con toda mi alma, pero mi amor iba acompañado de mis necesidades y mis deseos. Era el amor de una muchacha y tenía límites. Cuando te fuiste, me obligué a guardar bajo llave aquel amor. No podía vivir con él vivo dentro de mí. Hasta que volviste —se giró para mirarlo—. Me dolía mirarte. Como te he dicho, soy una mujer práctica y no me gusta el dolor. Lo llevé como pude. Te deseaba, pero no tenía que abrir el cajón del amor para tenerte. Al menos eso pensé —le apartó el pelo de la frente—. Eso deseé. Pero el cerrojo no aguantó y el amor se derramó. Era distinto que antes, pero yo no lo noté, no quise darme cuenta porque me hacía daño. Cada vez que me decías que me amabas era como si me clavaras un puñal en el corazón.

—Mia…

—Espera, voy a terminar. La noche que estuvimos sentados aquí, en el jardín, con la mariposa, ¿te acuerdas? Antes de que llegaras había estado intentando aclarar mis ideas de una vez por todas. Razonarlo y prepararme. Tú te sentaste, me sonreíste y todo se derrumbó. Como si sólo hubiera estado esperando ese momento, esa mirada. Cuando me dijiste que me amabas, no me dolió. No me dolió en absoluto. ¿Sabes cómo me sentí?

—No —le pasó la mano por la mejilla—. Dímelo.

—Feliz. Feliz hasta la médula —le acarició los brazos, no podía dejar de tocarlo—. Lo que sentí por ti en aquel momento, lo que siento por ti ahora y sentiré siempre, no es el amor de una chiquilla. Nació de allí, pero es algo nuevo. No necesita fantasías ni deseos. Si te vas…

—No voy…

—Si vuelves a irte, lo que siento por ti no cambiará ni lo guardaré bajo llave. Tenía que saberlo sin sombra de duda. Lo celebraré, como celebro lo que hemos hecho. Sé que me amas y eso es suficiente.

—¿Piensas que voy a abandonarte ahora?

—Ésa no es la cuestión —se dejó llevar por el corazón y dio una vuelta sobre sí misma—. La cuestión es que te quiero lo bastante como para dejarte marchar; que no me haré preguntas ni me preocuparé ni te miraré con esa sombra en mi corazón. Te quiero lo bastante como para estar contigo; como para vivir contigo sin lamentaciones ni condiciones.

—Ven aquí. Exactamente aquí —señaló un punto delante de él.

Mia asintió con la cabeza y se acercó.

—¿Aquí está bien?

—¿Ves esto? —levantó la cadena para que pudiera ver los anillos.

—¿Qué son? Son preciosos —alargó una mano para tocarlos y se quedó sin respiración al notar la calidez y la luz que salió de ellos—. Sus anillos —susurró—. Los anillos de él y ella.

—Encontré el de él en la cueva de Irlanda de la que te hablé y el de ella, hace unos días, en nuestra cueva. ¿Puedes ver lo que tienen grabado?

Mia pasó un dedo por los símbolos celtas y leyó las palabras gaélicas con el corazón en un puño.

Sam se quitó la cadena y sacó el anillo más pequeño.

—Es tuyo.

Todo el poder que ella sentía todavía se paralizó, como si se contuvieran un millón de alientos.

—¿Por qué me lo das?

—Porque él no pudo mantener su promesa, pero yo sí lo haré. Quiero que lo recuerdes y que me lo recuerdes una y otra vez. Cuando nos casemos y todos los días después. Quiero recordártelo cada vez que nazca un hijo nuestro.

Lo miró a los ojos.

—Hijos…

—He tenido una visión —empezó a decir Sam mientras le secaba una lágrima que le caía por la mejilla—. Estabas trabajando en el jardín al principio de la primavera. Las hojas no eran más que una leve mancha verdosa y el sol casi no calentaba. Cuando salí para encontrarme contigo, te levantaste y estabas maravillosa. Más maravillosa que nunca. Estabas embarazada de nuestro hijo. Te puse una mano en el vientre y noté que se movía. Noté la vida que habíamos engendrado. Estaba impaciente por nacer, no sé qué decirte —le tomó la cara entre las manos—. No sé lo que quería decir. No sabía que pudiera desear tanto todo lo que vi y sentí en ese instante. Vive conmigo, Mia, y con todo lo que hagamos juntos.

—Yo creía que la magia era cosa de la noche. Sí —lo besó en una mejilla—. Sí —lo besó en la otra mejilla—. Por todo —se rió al besarlo en los labios.

Sam le tomó la mano derecha.

—Ése no es el dedo —le dijo Mia.

—No puedes llevarlo en la izquierda hasta que nos casemos. Cumplamos las tradiciones y, ya puestos, creo que unas personas que han estado enamoradas toda la vida deberían tener un noviazgo corto.

Abrió la mano y un destello de luz apareció donde había estado la lágrima. Sam sonrió, lo arrojó al cielo y se convirtió en una lluvia de estrellas.

—Un símbolo —dijo mientras cogía una de las luces—. Una promesa. Te daré las estrellas, Mia —volvió a abrir la mano y le ofreció un anillo rodeado de diamantes transparentes como el agua y brillantes como el fuego.

—Las acepto. Y te acepto a ti, Sam —extendió la mano casi sin poder contener la emoción cuando Sam le puso el anillo en el dedo—. ¡Menuda magia vamos a hacer!

—Empecemos ya.

Feliz, la levantó del suelo y bailaron juntos en el jardín rebosante de flores.

Las estrellas tintineaban brillantes en la oscuridad.

Biografía

Nora Roberts nació en Silver Spring, Maryland, Estados Unidos. Trabajó como secretaria hasta que en 1979 una tormenta la obligó a permanecer en su casa durante varios días y empezó a escribir. En 1981 vio publicado su primer libro, y a partir de ese momento comenzó su carrera como novelista de éxito, refrendada por numerosos premios.

biografía